FANTASY

Buch

Gan Moondark und die Rosenpriesterin Sylah sind ins Königreich Harbundai geflohen. Durch einen Überraschungsangriff kann Gan mit seiner neuen Truppe den Vormarsch von König Altanar verhindern. Doch dem jungen Barbaren wird keine Ruhepause gegönnt. Seine junge Frau Neela und die Rosenpriesterin Sylah werden von König Altanar entführt. Und so ziehen Gan und seine Krieger erneut in den Kampf. Ein Teil der Hundemenschen hat sich jedoch unter der Führung von Likat, einem der Widersacher von Gans Vater, König Altanar angeschlossen. Will Gan den Kampf gegen seine eigenen Stammesbrüder vermeiden, so muß er sich nun nicht nur als tapferer Krieger, sondern auch als listiger Verhandlungsführer bewähren.

Autor

Donald E. McQuinn diente 20 Jahre bei den US-Marines, bevor er mit dem Schreiben begann. Er sieht sich selbst als Geschichtenerzähler – was ihm durch seine irische Abstammung im Blut liegt. »Die Moondark-Saga« ist sein erster Fantasy-Zyklus, nachdem er zuvor mehrere Spionagethriller geschrieben hat. Donald McQuinn lebt mit seiner Frau Carol im Nordwesten der USA.

Bereits erschienen:

Donald E. McQuinn: Die Moondark-Saga 1.
Die Rosenpriesterin (24789)
Donald E. McQuinn: Die Moondark-Saga 2.
Das Spiel des Kriegers (24790)
Donald E. McQuinn: Die Moondark-Saga 3.
Die Geiseln des Königs (24791)

In Kürze erscheint:

Donald E. McQuinn: Die Moondark-Saga 4.
Die Mondtänzer (24839)

Weitere Bände sind in Vorbereitung.

FANTASY

Donald E. McQuinn

Die Geiseln des Königs

Die Moondark-Saga 3

Aus dem Amerikanischen
von Andreas Helweg

GOLDMANN

Die amerikanische Originalausgabe erschien
unter dem Titel »Warrior« (Book III)
bei Del Rey/Ballantine Books, New York

Umwelthinweis:
Alle bedruckten Materialien dieses Taschenbuches
sind chlorfrei und umweltschonend.
Das Papier enthält Recycling-Anteile.

Deutsche Erstveröffentlichung 3/99

Umschlaggestaltung: Design Team München
Umschlagillustration: Agt. Schlück/Johnson
Satz: deutsch-türkischer fotosatz, Berlin
Druck: Elsnerdruck, Berlin
Verlagsnummer: 24791
Redaktion: Waltraud Horbas
V. B. · Herstellung: Peter Papenbrok
Printed in Germany
ISBN 3-442-24791-8

1 3 5 7 9 10 8 6 4 2

In Liebe für unsere Besten –
Tim, Conn und Mark.

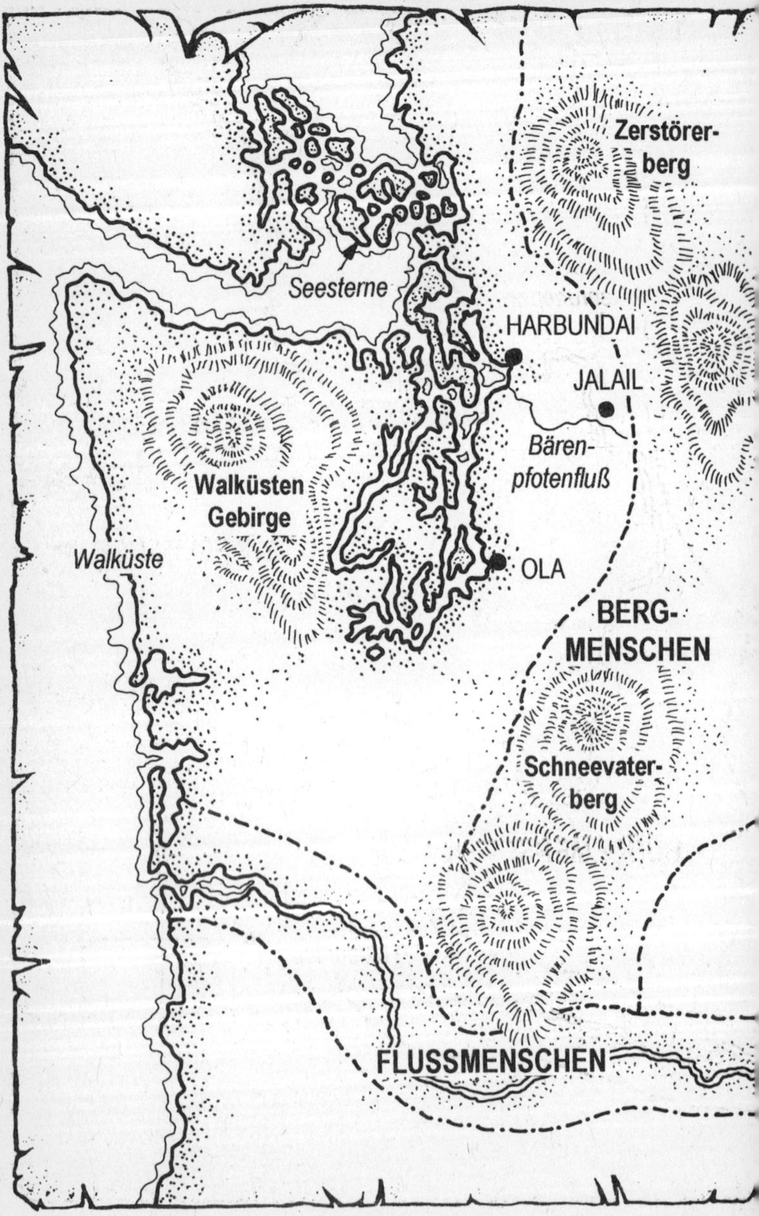
Zerstörer-
berg
Seesterne
HARBUNDAI
JALAIL
Bären-
pfotenfluß
Walküsten
Gebirge
Walküste
OLA
BERG-
MENSCHEN
Schneevater-
berg
FLUSSMENSCHEN

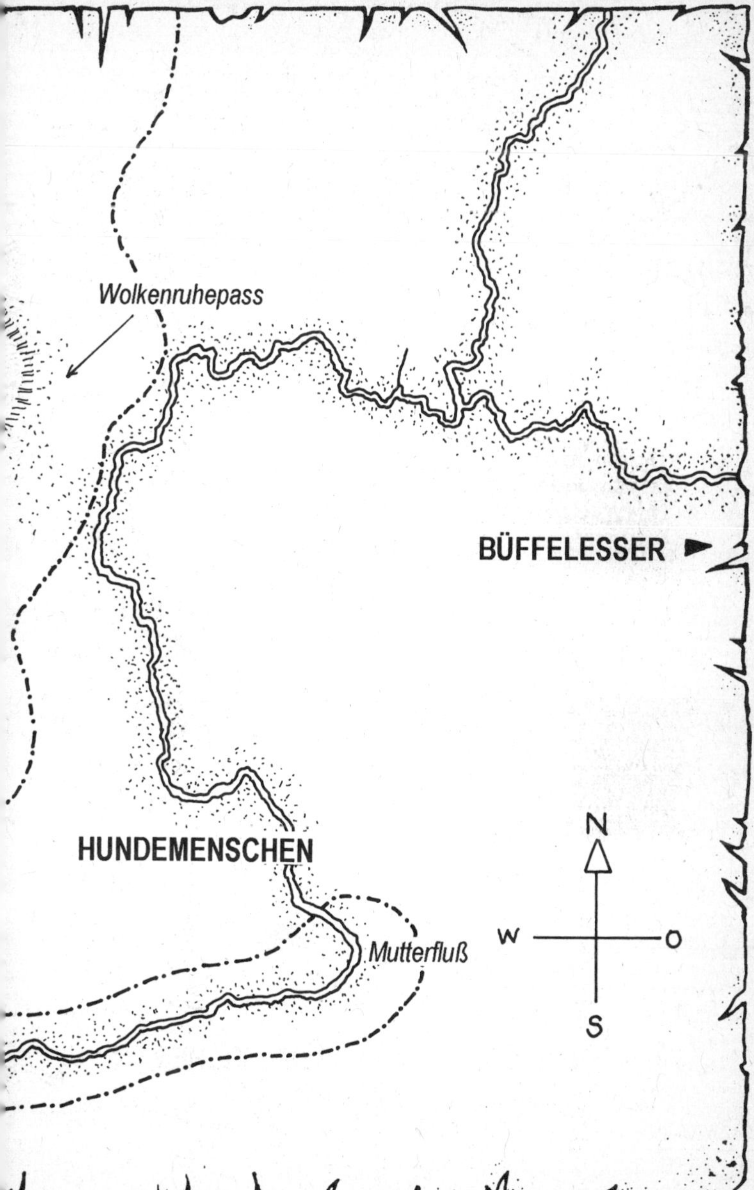
Wolkenruhepass
BÜFFELESSER
HUNDEMENSCHEN
Mutterfluß
N
W
O
S

Eins

Der abnehmende Mond und die herabgebrannten Feuer der Feiernden warfen ihren schwachen Schein auf den nahezu verlassenen Festplatz. Die meisten der Soldaten waren entweder schon lange in ihre Quartiere zurückgekehrt oder hatten sich an dem offenbar endlos strömenden Bier ein wenig zu gütlich getan. Die Menschen schliefen selbst auf der Bühne, auf der die Hochzeitszeremonie stattgefunden hatte. Ein paar Pferde waren noch immer an den dafür vorgesehenen Pfosten festgebunden. Stimmen, Lachen und Musik drangen durch den Stoff der Zelte nach draußen.

Tate trat heraus und verließ eine dieser hartnäckigen Runden, die das Feiern nicht aufgeben wollten. Sie ging ein Stück, um sich von dem Lärm zu entfernen, blieb dann stehen und blickte hinauf zum Mond.

Dort hatten früher Menschen gelebt. Männer und Frauen, die gearbeitet, gespielt und sogar Kinder an diesem tödlich-silbernen Ort empfangen hatten. Einen von ihnen kannte sie. Hatte sie gekannt. Damals. Welchen Unterschied machte das schon? Das lag alles weit in der Vergangenheit, hatte die Legenden überlebt.

In all diesen Monaten hatte sie kein einziges Mal an die Kolonie gedacht. Der Mond war schlicht nur der Mond, kein Ort wissenschaftlicher Leistungen und keine Quelle nationalen Stolzes. Niemand stocherte in seinen sauerstofflosen Geheimnissen herum, niemand scannte von dort oben aus die Erde nach verräterischen Pickeln, hinter denen sich Interkontinentalraketen verbargen, die in den Himmel vorstießen.

Oder doch?

Sie schüttelte den Kopf. Die Kolonie hatte sich nie selbst erhalten können, und jegliche heroischen Anstrengungen, Nahrung zu produzieren, hätten das Unausweichliche nur aufgeschoben. Jedenfalls waren, trotz der Bemühungen der Zensoren, einige Berichte durchgesickert, denen zufolge eine Rakete alles eliminiert hatte.

Eliminiert. Noch so eine Erinnerung aus den »guten alten Zeiten«, genauso wie der ungebetene Gedanke an einen Freund auf dem Mond. Die Menschen hier starben; sie wurden nicht verschwendet, weggeblasen, zum Verschwinden gebracht, infiziert oder mit Atombomben beworfen. Sicherlich kam es hier schrecklich oft zu Gewalttätigkeiten, deren Opfer auch Jones beinahe geworden wäre, aber zumindest hatten diese etwas von der Integrität eines ehrlichen Kampfes. Niemand vergiftete die Luft. Niemand verseuchte die Erde mit unsichtbaren Strahlen, welche die Knochen durchlöcherten und das Fleisch darüber abschälten.

Und dennoch vermißte sie ihre Zeit. Allein in der Dunkelheit, preßte sie die Fäuste an die Schläfen und wiegte sich im unerträglichen Schmerz ihrer unendlichen Einsamkeit. Ihre Welt. Trotz der Schrecken ließ sie Tate nicht los. Diese Welt hatte alles und jeden zerstört, das oder den sie jemals gekannt hatte, aber an diesem Ort mit seiner sauberen Luft und seinem kristallklaren Wasser würde sie sich niemals zu Hause fühlen.

Gelegentlich hatte sie die Schuld dafür in der Tatsache gesucht, daß sie von den anderen getrennt worden waren und daß Jones eine so unangenehme Persönlichkeit entwickelt hatte. Doch schließlich hatte sie eingesehen, daran lag es nicht. Sie lebte im Exil. Vielleicht war sie dabei nicht vollkommen unglücklich, aber sie wußte, niemals würde – könnte – sie so werden wie die Menschen um sie herum.

Die Hochzeiten hatten ihr fast den Rest gegeben. Ihre Freunde. So glücklich. Und sie? Allein. Ein Monster. Naja, Emso leistete ihr wunderbar Gesellschaft, und einige der anderen Offiziere der Wölfe hatten ihr unmißverständliches Interesse zu verstehen gegeben. Eigentlich wollte sie das gar nicht, nur im gleichen Augenblick verspürte sie einen so erbitterten Neid auf Sylah und Neela, der schon fast an kalten Haß grenzte. Sofort schämte sie sich. Den beiden konnte sie die Schuld nicht in die Schuhe schieben, weil sie keinen Mann fand, der ihr attraktiv genug erschien.

Und wer trug dann die Schuld? Dieser Gedanke hatte in letzter Zeit eine beunruhigende Dimension angenommen. Sie lächelte reumütig; vielleicht setzte ihr schlicht der Einbruch des Winters zu, dessen kalte Nächte sie nicht allein im Bett verbringen wollte. Aber da war noch etwas, das war ihr auch klar. Nur hatte sie keine Ahnung, was. Sie war auch früher bereits mit weißen Männern ausgegangen, dennoch ließ ihr die vollständige Abwesenheit Schwarzer keine Ruhe. Wieder mußte sie ehrlicherweise eingestehen, daß dieser Mangel, und zwar noch stärker als das Fehlen schwarzer Frauen, sie am meisten beunruhigte. Demnach waren zumindest einige ihrer Reaktionen normal, überlegte sie, und versuchte, darüber zu scherzen, bemühte sich, ihre Laune aufzuheitern. Das funktionierte nicht, und so brach sie zu ihrem Quartier auf und entschloß sich, über andere Dinge nachzudenken.

Grimmig wandte sich ihre Aufmerksamkeit von ihr selbst den anderen Überlebenden der Kälteschlafbehälter zu. Sie wußte, die lebten noch. Oder wenigstens mehr als einer von ihnen. Einer der olanischen Gefangenen vom Bärenpfotenfluß hatte inständig behauptet, sie hätten die Schlacht gewonnen, wenn die Fremden mit ihren Blitzwaffen ihnen beigestanden hätten. Gan hatte darauf beharrt, daß sie sich außer Sicht hielt, er wollte dem Feind ihre Gegenwart nicht offenbaren und das Geheimnis ihrer Waffen bewahren, dennoch hatte er sie bei den Verhören lauschen lassen. Der Gefangene war ein zäher Brocken mit unbezwingbarem Blick, und er hatte geschworen, Ola würde seine gefallenen Kameraden rächen – mit Donner und Blitz wie auch mit Klingen. Sie fragte sich, ob der Helm mit dem eingeritzten Bild die Hauptstadt erreicht habe. Das bezweifelte sie. In gewisser Weise hoffte sie sogar, er befände sich auf dem Grund des Flusses. Das Gefühl, sich Gan gegenüber illoyal benommen zu haben, beunruhigte sie immer tiefer.

Da sie nun dem Dorf, in dem Jones wohnte, näher kam, erhob sich ein Wind. Er entzog ihr die Wärme, und sie zitterte, zog die Schultern zusammen und schob die Hände in die Taschen ihrer kurzen Jacke, die sie sich aus Anlaß der Feierlichkeiten genäht hatte. In einem Anfall von Ausgelassenheit hatte sie den Frauen, mit denen sie zu der Zeit zusammenarbeitete, erzählt, die Jacke (die nach einem Präsidenten des 20. Jahrhunderts benannt war) heiße »Ikejacket«. Während der Zeremonie hatte sie ein zweites Stück davon gesehen, und die Frauen zweier Wölfe hatten sie gebeten, ihnen ihre zu leihen, damit sie den Schnitt nachahmen könnten.

Donnacee Tate, Modedesignerin unter Wilden, dachte sie, doch als sie lächeln wollte, fuhr ihr ein Windstoß brennend in die Augen. Sie wischte die Feuchtigkeit weg und redete sich ein, dabei handele es sich nicht um Tränen, und falls doch, so stammten die von der Böe. In diesem Moment bemerkte sie eine Bewegung und blieb abrupt stehen. Ein sechster Sinn warnte sie. Und sie gehorchte ihm, ohne zu zögern. Rasch hockte sie sich hin, damit sich jeder, der sich näherte, vor den Sternen oder den bleichen Resten des Mondlichtes abhob. Für eine Weile erstarrte sie und lauschte dem beharrlichen Wispern von Wind und Gras. Daraufhin begann sie die Gegend abzusuchen, drehte den Kopf und benutzte die Augenwinkel, aus denen man im Dunkeln am besten sehen konnte. Das, was sie bemerkt hatte, zeigte sich kein zweites Mal, doch jetzt, während sie darüber nachdachte, erschien es ihr wie ein abgeblendetes Licht, wie etwas Heimliches, das nicht entdeckt werden wollte. Nach zwei Minuten erhob sie sich und setzte ihren Weg fort, legte dabei allerdings die Hand auf den Murdat. Sie hielt sich in der Mitte der schmalen Straße, damit jeder, der sie erreichen wollte, zunächst über ein Stück offenen Grundes mußte.

Die erste Hütte am Dorfrand war noch kaum zu erkennen, da sah sie die stämmige Gestalt, die sich aus dem Schutz der Finsternis löste und auf die Straße trat. Wut verscheuchte ihre Furcht, da sie feststellte, wie zuversichtlich der Fremde war, daß sie ihn nicht sehen würde. Außerdem glaubte er offensichtlich, sie würde ihm wenig Widerstand leisten. Falsch, Mister, dachte sie und nahm den Murdat quer vor den Körper, damit sie bereit war, zuzuschlagen oder einen Hieb abzuwehren. Die Gestalt verschwand hinter einem Gebüsch, aber sie wußte jetzt, wo sich der Kerl befand. Sie ging weiter.

Er trat vor und blockierte ihr den Weg. Er hatte eine dicke, gesichtslose Form. Sie machte zwei große Schritte, schob die Klinge vor und drückte die Spitze in das weiche Fleisch unterhalb seiner Rippen.

Zwei Hände erhoben sich sofort in Richtung Himmel. Eine Stimme sagte: »Nicht gerade eine freundliche Begrüßung für einen alten Freund, Donnacee. Vor allem nicht für einen, der so lange auf dich gewartet hat, daß seine Knochen durchgefroren sind und seine Augen nach ein wenig Schlaf schreien.« Selbst aus dem Flüsterton konnte sie seine gewohnte Mischung aus Verletztheit, Vorwurf und leichtem Spott heraushören.

»Bilsten«, erwiderte sie und senkte ebenfalls die Stimme. »Was machst du hier, du Narr? Ich hätte dich beinahe aufgespießt.«

»Ich habe gewettet, du würdest zögern. Und das hast du ja auch.«

Sie nahm die Klinge ein Stück herunter. »Gan hat mir erzählt, wie du in der Burg plötzlich aus dem Nichts aufgetaucht bist. Hast du da auch gewettet, er würde zögern?«

»Das war ganz anders. Ich habe ihn gerufen, damit er wußte, wo ich war. Wenn man jemanden erschreckt, erlebt man oft die allerschlimmsten Überraschungen. Aber ich wollte nicht zu dir in die Burg kommen.«

»Und warum hast du mich überhaupt aufgesucht?«

»Setz dich und hör mir zu.« Er ging zu den Büschen am Rande der Straße und hockte sich auf ein Knie. Dabei bewegte er sich so geschmeidig und leise wie eine Katze, und sie begann zu vermuten, er habe gesehen werden wollen, als er ihr auf der Straße entgegengetreten war. Das nahm sie ihm noch mehr übel als ihre vorherige Annahme, er respektiere ihre Fähigkeiten nicht. Nachdem sie sich gesetzt hatte, fuhr er fort: »Sag deinen Freunden, der König habe sich mit drei Baronen verbündet, um die Wölfe in eine Falle zu locken. Den Köder wird Malten spielen, die Baronie im Westen von Jalail.«

»Baron Malten ist unsere beste Verteidigung gegen Ola! Was hat er –«

»Pst!« Er legte ihr eine Hand auf die Schulter und unterbrach sie. »Nicht so laut. Er fürchtet Gan mehr als Ola. Und wie ich denke, hat er damit recht. Außerdem wäre ich dir sehr dankbar, wenn du vergessen würdest, daß ich das gesagt habe. Also, Gan sollte besser noch etwas erfahren: Die Teufel haben das Hundelager überfallen.«

Tate hörte mit wachsender Bestürzung zu.

Die erste Einheit der Teufel war im Sturm ins Lager geritten, ungeachtet dessen, daß die Nachtwachen sie entdeckt und Alarm geschlagen hatten. Sobald die Verteidiger sich ihnen zuwandten, griff eine zweite Einheit aus einer anderen Richtung und dann eine dritte Einheit an. Bilsten endete mit der grimmigen Aufstellung der Verluste. »Über dreißig Krieger sind gefallen, die meisten aus Gans Nordclan. Achtzehn Frauen. Zwei Männer, zwölf Jungen und acht Frauen im gebärfähigen Alter werden vermißt. Auch die Hundehütten und die Pferdepferche wurden überfallen. Sie haben den Hundehäuptling überrascht und mehr als vierzig Hunde getötet. Der Pferdehäuptling hat sie kommen hören, deshalb konnten sie kein einziges der ausgebildeten Pferde erbeuten.«

Sie schüttelte den Kopf. »Das kannst du ihm selbst erzählen.«

Er kicherte. »Bei Tagesanbruch werde ich schon verschwunden sein, und heute nacht möchte ich ihn lieber nicht damit behelligen. Aber ich habe auch eine gute Nachricht für ihn. Sag ihm, der Sieg am Bärenpfotenfluß habe auch an der Walküste Widerstand entfesselt. Die Olaner werden den Teufeln diesen Winter über keine Unterstützung zuteil werden lassen.« Er verstummte, und sie ertappte sich dabei, wie sie sich erwartungsvoll vorbeugte. Bei seinen nächsten Worten nahm seine Stimme einen anderen Tonfall an. »Jetzt müssen wir uns über eine religiöse Sache unterhalten. König Altanar behauptet, Sylah habe sich mit einer neuen Religion eingelassen. Das beunruhigt sowohl ihn als auch den König von Harbundai; sie werden ein Bündnis eingehen, um diesen Kult zu zerschlagen. Die Kirche hat hier keinen Vertreter, daher weiß sie nicht, was sie glauben soll. Vielleicht hast du eine Ahnung?«

Tate schüttelte den Kopf. »Sie arbeitet im Heilungshaus. Zum Predigen bleibt ihr keine Zeit. Vermutlich sind sie nur wütend, weil wir den Frauen helfen.«

»Verbringt sie viel Zeit mit dir?«

In der Frage schwang ein Unterton mit, der sie warnte, genauso wie das abgeblendete Licht zuvor. »Mehr als mit allen anderen außer Clas und Neela. Weshalb?«

»So viel Zeit, wie du mit Jones verbringst?«

Sie hob den Murdat und piekte ihm in den Bauch. »Ich denke, du solltest mir besser erklären, worauf du hinauswillst.«

Er seufzte. »Andere Händler wollen gehört haben, Jones habe sich mit einer neuen Religion eingelassen. Und zwar *sehr* eng eingelassen.«

»Das ist doch verrückt. Er ist ein – ach, gleichgültig. Hör mir zu, kümmere dich nicht um ihn. Er ist noch immer krank. Außerdem, was weißt du schon? Du hast allen deine ›guten‹ Nachrichten überbracht, also mach dich besser davon, solange du dazu noch in der Lage bist.«

Er erhob sich, und sie ging mit ihm, wobei sie die Klinge weiter auf seinen Bauch richtete. Vorsichtig hob er die Hand zum

Gruß, wich zurück und marschierte dann in Richtung Feindseliger Berge davon. Sie wollte sich gerade umdrehen, da hörte sie ein lautes, dumpfes Geräusch. Während sie den Atem anhielt, horchte sie in die Dunkelheit. Zum zweiten Mal in dieser Nacht fühlte sie sich gewarnt, nur diesmal drängte sie die Bedrohung zur panikartigen Flucht. Widerwillig trat sie vor. Nach ein paar Schritten redete sie sich ein, ihre Einbildung habe ihr einen Streich gespielt. Fünf Meter noch, dachte sie; ich gehe noch fünf Meter.

Sie stolperte und fiel hin, wobei sie fast aufgeschrien hätte, und ihr gelang ein Hieb zur Seite, bevor sie auf dem Boden aufschlug. Sie wälzte sich herum und kam wieder hoch in die Hocke.

Nichts. Stille. Sogar der Wind war verstummt.

Worüber war sie gestolpert? Sie kroch mit ausgestreckter Hand weiter. Berührte etwas Pelziges. Feuchtes. Da fuhr sie zurück. Das Ding stöhnte, und sie schob den Murdat vor, für den Fall, daß dieses Etwas angreifen sollte.

»Jemand hat mich überfallen.« Bilstens gedämpftes Flüstern schien geradewegs aus der Erde zu kommen. »Wie es sich anfühlt, ist mein Schädel gebrochen. Von hinten. Du warst es ja wohl nicht, oder?«

»Nein! Ich habe nach dir gesucht!«

Er bewegte sich erneut und würgte. Schließlich sagte er: »Nun, du hast mich gefunden. Falls du mir nicht den Rest geben willst, könnte ich aufstehen und von hier verschwinden.«

Sie schob ihm die Hände unter die Arme und wollte ihn auf die Füße bringen. »Du brauchst Hilfe«, erwiderte sie. Da spürte sie sein totes Gewicht.

Voller Haß zerrte sie ihn weiter und erwartete, der oder die Angreifer würden zurückkehren und sie beide erledigen. Nachdem eine Zeit, die ihr wie Stunden vorkam, verstrichen war, hatte sie sich dem Dorf so weit genähert, daß sie einen Hilferuf riskieren konnte. Sie setzte sich neben ihn, schrie sich die Lunge aus dem Leib, unterdrückte Tränen der Wut und der Verwirrung, der Furcht und des erneuten Gefühls, eine *Fremde* zu sein, womit diese ganze verfluchte, verfluchte, verfluchte Sache angefangen hatte.

Die Äbtissin hatte für die Fremden einen ganz besonderen Ausflug vorbereitet. Alle waren früh auf den Beinen, und sie beobachtete, mit welch ungetrübter Freude sie glücklichen Kindern gleich zum Palast hinausritten. Abermals fragte sie sich, wie es wohl in ihrem Lande aussehen mochte, weil zwischen Männern und Frauen eine so fröhliche Stimmung herrschte und jedes Geschlecht dem anderen gleiche Aufmerksamkeit entgegenbrachte. Eigentlich hatte sie den Eindruck, daß Männer sich gelegentlich sogar dem Willen der Frauen beugten. Sich dessen zu vergewissern, hatte sie eine ganze Weile gekostet, doch nun stand es für sie fest. Und verwirrte sie um so mehr.

Über ihre persönlichen Hintergründe hatte sie praktisch nichts erfahren können, und das wurmte sie. Schließlich war sie es gewohnt, über all ihre Freunde Bescheid zu wissen. Diese Menschen jedoch wiesen jeden Versuch der Äbtissin zurück, ihre Vergangenheit zu erkunden. Damit war sie ganz und gar nicht zufrieden, vor allem, da sie ein so großes Wissen zu besitzen schienen. Der kleine Mann, Leclerc, hatte den Steinarbeitern beigebracht, bessere und sicherere Kräne zu bauen. Conway hatte Altanar überzeugt, die Straßen reparieren zu lassen, was man durch Wegezölle finanzieren konnte. Dadurch war es möglich geworden, Waren und Rohstoffe im ganzen Königreich wesentlich schneller zu befördern. Und Altanar glaubte, daß sie noch wesentlich größeres Wissen besaßen, als sie zuzugeben bereit waren.

Sie hoffte nur, sie würden ihn auch weiterhin zufriedenstellen können.

Außerdem hoffte sie, möglichst viel über sie zu erfahren, bevor er sie töten ließ.

Sie mochte die Fremden. Sie waren so schlau und amüsant wie die kleinen menschenähnlichen Einhörnchen, die Seeleute manchmal aus den Ländern im fernen Süden mitbrachten. Heute saßen sie alle im Sattel. Leider mußte sie sich in einer Sänfte tragen lassen. Früher war sie gern geritten, aber ihre Knochen gestatteten ihr das mittlerweile nicht mehr: Conway blieb an ihrer Seite und schwatzte fröhlich, bis er etwas entdeckte, was er sich genauer ansehen wollte, und davongaloppierte. Ihn mochte sie am liebsten. Er bildete die größte Herausforderung, vor allem seit dem Tod von Falconer. Trotz all seiner Freundlichkeit spürte sie seitdem eine Anspannung in ihm, und sie vermutete, seine Gedanken verfolgten ein Ziel, das weit über seine Worte hinausging. Er verhehlte seinen Wunsch nicht, das Königreich und seine Bewohner genauestens kennenzulernen. Altanar war von seiner Herumschnüffelei nicht begeistert, doch in seiner Offenheit und Freundlichkeit gab ihm Conway keinen Anlaß zur Kritik. Und die Menschen mochten ihn ebenfalls. Altanar besaß genug Verstand, das auszunutzen. Er nannte Conway daher seinen Liebling und ließ ihn überall herumstreifen.

Wie vorauszusehen war, hatte der König die Reisefreiheit der Frauen stark eingeschränkt und dafür die Sitten von Ola vorgeschoben. Tatsächlich hatten sich die Frauen, wenngleich sie den Auserwählten bereitwillig halfen, seit dem Besuch am Strand der Lieder innerlich zurückgezogen. Unter dem Verlust von Falconer hatten sie schwer gelitten, sich jedoch bald erholt. Über die Szene am Strand unterhielten sie sich nur im Flüsterton und voller Entsetzen. Die Äbtissin hatte sich miserabel gefühlt, nachdem ihr klargeworden war, wie stark ihnen dieses Erlebnis zugesetzt hatte. Sie hatte sich Vorwürfe gemacht, ihnen die Wahrheitsbeschützer auf diese gnadenlose Weise vorgeführt zu haben, doch schließlich war das etwas, dem sie nicht aus dem Weg gehen konnten. Trotzdem gefiel es ihr nicht, mit anzusehen, wie sich die Frau mit Namen Kate Bernhardt nur noch mit Kindern – und mit ihren beiden Freundinnen – beschäftigte. Was letztere anging, so hatte sich ihre Position innerhalb der Gruppe umgekehrt. Bei der kleinen Quicklebendigen, Janet Carter, hatte nach der Vorführung am Strand eine Art emotionaler Verfall eingesetzt, während diese Sue Anspach wuchs, bis sie quasi zur Behüterin ihrer Freundin wurde. Trotzdem fragte sie Carter weiterhin in allen Belangen nach ihrem Rat oder ihrer Meinung. Aber Carter behauptete allzuoft, sie habe zu viel zu tun, um sich zu entscheiden, oder müsse über zu vieles nachdenken, um sich zu äußern. In Wirklichkeit überließ sie schlicht alle Entscheidungen Anspach.

Am beunruhigendsten war, daß Carter sich plötzlich entschlossen hatte, sich nicht mehr von ihren Waffen zu trennen. Sie schien zu glauben, die Beschützer könnten sie jederzeit abholen wollen. Altanar machte ihr Verhalten ausgesprochen nervös, und seine fadenscheinigen Versuche, sie zu überzeugen, daß sie keinen Schutz außer seinem guten Willen brauchten, hatten lediglich die beiden anderen dazu gebracht, ihrem Beispiel zu folgen. Zwar benahmen sie sich ihren Waffen gegenüber nicht so fanatisch wie Carter, doch entfernten sie sich nie mehr als ein paar Schritte von ihnen. Und sie bewachten einander, stets bereit, im Notfall einzugreifen.

Früher oder später würde Altanar mehr Kontrolle über sie verlangen. Eigentlich über die Waffen. Was das bedeutete, mochte sie lieber überhaupt nicht in Erwägung ziehen.

Sie seufzte und versuchte, auf ihrer Sänfte eine bequemere Stellung zu finden. Bevor ihr dies gelang, wehte ein übler Gestank über sie hinweg, der ihr die Tränen in die Augen trieb. Ihr Hals schnürte sich zusammen, und sie hustete. Conway und seine Freunde bemerkten sofort ihre Pein und riefen den Trägern zu, sie sollten sich eilen. Einige Sekunden später war der Rauch verschwunden, und sie befahl den Trägern anzuhalten.

»Was macht ihr?« rief sie zu Conway hinaus, der auf seinem scheuenden Pferd saß.

Er grinste unverschämt. »Die Welt ist doch voller Überraschungen«, sagte er, und trotz des Tränenschleiers entging ihr Leclercs Erschrecken und das ablehnende Runzeln seiner Stirn nicht. Mit dieser Bemerkung hatte er offenbar mehr enthüllt, als seinem Freund recht war; einen Augenblick wurde ihre Gereiztheit durch die Neugier verscheucht, was es damit auf sich hätte. Conways Stimme riß sie in die Gegenwart zurück. Er zeigte auf ein eigenartiges Bauwerk aus Ziegeln. Das Ganze sah aus wie ein riesiger, gemauerter Kuchen. In der Hitze darum tanzte die Luft, und aus den Öffnungen oben strömte Rauch. Das hatte den Husten und die Tränen ausgelöst.

Sie wußte nicht, worum es sich handelte, aber sie haßte es.

»Das ist ein Geschenk für Altanar«, erklärte Conway. Sie blickte ihn scharf an. Hatte sie in diesen Worten Abscheu mitschwingen hören? Er fuhr fort: »Für guten Stahl ist vor allem ein heißes Feuer wichtig. Deshalb haben Louis und ich das hier gebaut. Man nennt es Kokerei. Wir tun Kohle hinein und erhitzen sie, und so werden die Verunreinigungen herausgetrieben. Es funktioniert ungefähr so, als würde man Holzkohle herstellen.«

»Es stinkt«, erwiderte sie.

»Leider läßt sich das nicht verhindern«, mischte sich nun Leclerc ein. »Und ein wenig Rauch ist doch nur ein kleiner Preis für bessere und billigere Pflugscharen und Angeln und Herdplatten und –«

Sie unterbrach ihn heftiger als beabsichtigt. »Messer. Pfeilspitzen. Speerspitzen. Weitere Männerspielzeuge.«

Conway zuckte zusammen. »Wir wissen, daß er es nicht nur für friedliche Zwecke einsetzen wird, Äbtissin. Trotzdem können die Schmiede hoffentlich mehr Werkzeuge in kürzerer Zeit herstellen.«

Damit war er dennoch nicht wirklich glücklich, fiel ihr auf. Er hegte Befürchtungen, über die Leclerc einfach hinwegsah. Oder die er besser verbergen konnte.

Bei diesen Menschen wußte man das nie.

Sie blickte zu den Frauen. Was die dachten, war klar. Ihre Gesichter strahlten Abneigung aus. Die arme kleine Carter verschmähte das ganze Ding. Gut für dich, dachte sie und wünschte nur, sie könnte ihr mitteilen, wie sehr sie ihr beipflichtete.

Um etwas guten Willen zu zeigen, fragte sie Leclerc: »Wie hast du das runde Dach zustande gebracht? Das ist doch auch aus Ziegeln? Wie hält das? Warum fällt es nicht herunter?«

Er platzte fast vor Stolz. »Das ist eine richtige Kuppel. Ich habe abgemessen, welche Größe sie bekommen soll, und die Arbeiter haben einen Erdhügel aufgehäuft. Dann haben die Maurer die Ziegel vermauert, während die Erde die Steine stützte. Nachdem der Mörtel ausgehärtet war, haben wir die Erde wieder herausgeholt. Es ist zwar vielleicht nicht die einfachste Art, das zu bewerkstelligen, aber ich erinnere mich an ein paar Bilder –« Die Begeisterung, die mit ihm durchgegangen war, versiegte plötzlich, und er warf seinen Freunden einen entschuldigenden Blick zu. Als er fortfuhr, beherrschte er sich sichtlich mehr. »Also, ich kann mich an Beispiele aus unserer Heimat erinnern. An der Verbesserung dieser Technik arbeite ich noch. Diese Bauweise ist sehr gut. Stabil. Siehst du das Ziegelmuster an der Ladetür? Wir nennen das Bogen, diese Rundung über ihr. Man braucht keine Stütze oder Stempel, und ein Dutzend Männer könnte darauf tanzen. Würde dem Bogen nichts ausmachen.«

Sie sah ihn böse an, damit er nicht wagte, ihre Intelligenz zu verhöhnen. Er sagte: »Das stimmt, Äbtissin; ohne Quatsch.«

»Ohne was?«

Diesmal starrten ihn die anderen finster an. Leclerc begann zu schwitzen. »Nur eine Redewendung. Die benutzen wir bei uns in der Familie – also, in meinem Clan, meine ich. Es bedeutet ungefähr so viel wie: Sollte ich lügen, mögen meine Ziegen niemals Junge bekommen. Wir sagen das häufig.«

Wieder eine blanke Lüge. Obwohl er offensichtlich die Wahrheit über dieses Zeug namens »Kokerei« und diesen albernen kleinen Ziegelhöcker sagte. Seine Freunde beobachteten, ob sie seine Erklärung akzeptierte.

»Diese Redewendung habe ich noch nie gehört«, erwiderte sie. »Erkläre mir, auf welche Weise der Ofen funktioniert?«

Sie lächelte fast angesichts seiner Erleichterung, die sofort ungetrübter Freude Platz machte. Er berichtete ihr über den Glücksfall, daß sie einen Vorrat Fettkohle entdeckt hätten, denn die meiste normale, die man hier in der Gegend fände, sei nicht rein genug, und erklärte ihr, nur daraus könne man Koks herstellen. Sie wollte erwidern, Kohle sei Kohle, aber er war schon über den Punkt hinaus. Man schichtete sie in dem Ofen auf, fuhr er fort, und erhitzte sie, um Gas und Teer herauszutreiben. Sie nahm an, damit meinte er so etwas wie Dampf, denn, wie er erläuterte, sammelten sich diese Dinge oben im Ofen – das begriff sie, denn oft genug hatte sie den Ruß in Feuerstellen gesehen –, wo die enorme Hitze sich entzündete und die Ziegel die Hitze wiederum auf die Kohlen abstrahlten. Zum Schluß fügte er noch hinzu, der ganze Prozeß dauere drei Tage.

»Hat Altanar das schon gesehen?« erkundigte sie sich.

»Natürlich weiß er darüber Bescheid. Du solltest es dir als erste anschauen«, mischte sich nun Conway ein. »Uns ist es sehr wichtig, daß du verstehst, wie sehr uns nur das Wohl des Volkes, und nicht das des Königs, am Herzen liegt.«

Sie nickte, und er schlug vor, sie sollten ihren Weg fortsetzen. Dem stimmte sie bereitwillig zu. Dieser gräßliche Schwefelgestank hatte ihren Anfall ausgelöst, vermutete sie; das erinnerte sie an das Unterland. Vielleicht hatte sie deshalb einen so schlechten ersten Eindruck von dem Bauwerk gewonnen. Ganz recht. Am Ende würde es doch nur der Waffenherstellung dienen.

Der Gedanke an Waffen – und die Fremden – führte stets zum gleichen Punkt. Altanar würde schließlich entscheiden, sie zu beseitigen.

Conway ersparte ihr weitere finstere Gedanken dieser Art und ritt davon, um sich mit einigen Schiffsbauern bei der Arbeit zu unterhalten, eilte dann zu ihr zurück und erzählte ihr, er sei mit dem Bau von seetüchtigen Schiffen nicht vertraut, da es in der Gegend, aus der er stamme, keine Meeresküste gebe. Er rief Leclerc zu sich, und gemeinsam versuchten sie, sich Konstruktionsmerkmale der Schiffe ihres Landes in Erinnerung zu rufen. Sie verwirrten sie mit ihrem Gerede über Segel und etwas, das »Katamaran« hieß, und als sie begriffen hatte, daß es sich dabei offensichtlich um eine Art Boot handelte, kam das Wort »Ausleger« ins Spiel, womit sie wahrscheinlich den Gleichgewichtsbalken meinten, wie er richtig hieß. Dann fragte sie sich, wieso sie mit seetüchtigen Booten vertraut waren, wenn sie nie zur See fuhren.

Sie stellten nicht im mindesten das dar, als was sie erschienen. Das fiel jedem auf. Waren sie tatsächlich so blind, dies nicht zu bemerken?

Noch während sie den Anleger und das Boot erreichten, welches sie für den Ausflug arrangiert hatte, dachte sie darüber nach. Auf dem Inneren Meer waren mehrere Gruppen von Mörderwalen unterwegs, und sie wollte den Fremden die Begrüßungszeremonie zeigen. Nicht daß ihr das Vergnügen bereitete. Ganz bestimmt nicht.

Mörderwale waren Altanars Familie heilig, ihre persönlichen Beschützer. Zweimal im Jahr, im Frühling und im Spätherbst, wenn die Herden im Inneren Meer eintrafen, wurden sie mit Fischen und Blumen begrüßt. Die Symbolik der Zeremonie verärgerte sie. Fische und Blumen, ja. Speise für die Mächtigen – also die Männchen, oder die Herrscher – und nutzlose Blumen für die Schwachen – die Weibchen, oder die Untergeordneten. Die Kirche stimmte nur aus dem Grund zu, weil einer von Altanars Vorfahren klug genug gewesen war zu behaupten, er verehre die Wale lediglich deshalb, weil der Eine In Allem sie geschaffen hatte. Das war eine blanke Lüge, aber sie überdeckte einen Riß im Teppich der geteilten Macht.

Conway hatte sie gebeten, die Zeremonie besuchen zu dürfen, und aus diesem Grund waren sie hier. So unbekümmert wie jetzt hatte die Äbtissin die Frauen seit langem nicht gesehen. Sie halfen ihr an Bord, kurze Zeit später hatte man die Segel gesetzt, und sie waren unterwegs. Das kalte, klare Wasser gluckerte, während der Rumpf hindurchpflügte, und die Takelage sang ihr geheimnisvolles Lied. Riesige Quallen schwebten sorglos, ohne Eile vorbei und pulsierten in ihrem eigenen Rhythmus. Scharen schwarzweißer Seevögel stiegen in die Lüfte, da sich das Boot näherte, und hinterließen Flecken auf der Oberfläche, wo ihre Füße und Flügelspitzen silbrigen Schaum aufgeschlagen hatten. Weit im Süden berührte ein halbes Dutzend Segel der Begrüßerboote fast das Wasser, während sie auf der Suche nach den Walen kreuzten.

Plötzlich fiel ihr ein anderes Schiff auf, das auf sie zuhielt. Es hatte keine Flagge gesetzt, und an Bord waren nur ein Mann am Ruder und einer am Bug zu erkennen, doch die Zielstrebigkeit ihrer Annäherung machte sie nervös. Sie konnte nicht schwimmen. Die einzigen Segel außer den Grüßenden waren weit entfernt. Sie rief Conway zu: »Können wir nicht die Richtung ändern? Dieses Boot kommt geradewegs auf uns zu.«

Ruhig erwiderte er: »Das stimmt, Äbtissin. Es befindet sich ein Mann darauf, den ich dir vorstellen möchte.«

»Wie bitte?« keuchte sie.

Inzwischen war das Boot direkt hinter ihnen. Seine Segel nahmen ihnen den Wind und verlangsamten sie fast bis zum Still stand, und dann, während es so dicht vorbeifuhr, daß sein Gleichgewichtsbalken fast ihren Rumpf berührte, sprang ein Mann darauf, dessen Bart so schwarz wie das Auge einer Fledermaus war, und hüpfte dann flink zu ihnen herüber. Conway begrüßte ihn freundlich, wobei sie sich gegenseitig am Ellbogen griffen, wie es bei den Menschen aus dem Volk der For üblich ist.

Sie gab sich alle Mühe, ihre würdige Zurückhaltung zu wahren, als sie zu ihr traten. Dabei war ihr das aufgeregte Geplapper der anderen drei Frauen keine große Hilfe.

»Diesem Herrn ist es lieber, wenn du seinen Namen nicht

kennst, Äbtissin«, erklärte Conway, »aber er ist ein Freund. Er haßt Altanar nicht weniger als du.«

Ihr Herz klopfte wie das eines Kaninchens und trieb ihr den Atem aus den Lungen. Sie sank in sich zusammen. Conway kniete augenblicklich neben ihr und wedelte mit einem Fläschchen Ammoniak unter ihrer Nase. Sie zuckte heftig, wich zurück, und schlug ohne große Wirkung nach seiner Hand.

»Was glaubst du, was du da tust, du Kind? Verstehst du denn nicht – gerade hast du das Todesurteil über diesen Mann gesprochen. Und über dich selbst.«

Der Schwarzbärtige entgegnete: »Ich glaube nicht«, und war offensichtlich belustigt. Er fuhr fort: »Gewiß haben wir dich ein wenig überrascht, doch hielten wir diesen Weg für den sichersten, um ein Treffen zwischen dir und mir zu bewerkstelligen.«

»Ha! Was weißt du schon über Sicherheit?« Sie warf einen vielsagenden Blick auf den Steuermann und seine beiden Seeleute.

»Vielleicht solltest du doch besser meinen Namen erfahren. Ich heiße Wal. Die drei gehören zu meinen Männern.«

»Wie ich bereits vermutet habe.« Sie schockierte ihn mit einem triumphierenden Lächeln. »Was für ein stolzer, ungehobelter Klotz du bist. Siehst du, wie leicht ich dich dazu bringen kann, mir zu verraten, was ich wissen will? Und du sprichst mir gegenüber von Sicherheit.«

Wal sah in hilfloser Wut zu Conway, der nur laut lachte. Diese Gefühlsäußerung erschreckte sie, denn angesichts des Dramas, das sich hier abspielte, verhielt er sich völlig verändert. Conway sagte: »Äbtissin, du weißt, der König will uns so schnell wie möglich loswerden, sobald er glaubt, alles über unsere Waffen gelernt zu haben. Ich habe erfahren, daß es Widerstand gegen ihn gibt. Daher habe ich mit Wal gesprochen, und wir stimmen in vielerlei Hinsicht überein, vor allem, was Altanar angeht. Und wir sind ebenfalls der Meinung, daß die Kirche – und damit die Frauen – mehr Freiheit besitzen sollten. Wal kann Krieger von den Stämmen der Walküste organisieren, die uns unterstützen. Er kann seine unabhängigen Schiffsmeister einsetzen. Wir bitten um nichts, doch wissen wir, daß du Informationsquellen und einflußreiche Freunde hast. Falls du uns nicht zu helfen vermagst, kämpfe bitte wenigstens nicht gegen uns.«

»Denkt ihr nicht, ihr braucht eine ganze Armee, um gegen Altanar vorgehen zu können? Oder werdet ihr einfach eure Blitzwaffen auf sie richten und sie damit in die Flucht schlagen?«

Anstelle einer Antwort holte Conway eine kleine Schachtel mit einem Holzkohlestift hervor und zeichnete ein unsinniges Bild auf die Planken des Decks. Das erste stellte eine Kuh dar, die ein riesiges Euter hatte, an dem man sie erkennen konnte. Dazu malte er zwei vertikale Federn; deren Kielenden waren angespitzt, und an jedem Ende hing ein Tropfen. Die drei Frauen umdrängten sie und betrachteten das Bild, während Leclerc und Conway verschwörerisch grinsten. Wal blickte mißtrauisch drein. »Dies«, so erklärte Conway, »ist eine Botschaft von einer Frau namens Donnacee Tate. Sie wurde mit einem Messer in einen Helm gekratzt, der dem Kommandanten der Abteilung gehörte, welcher in der Schlacht am Bärenpfotenfluß gefallen ist.«

Sie höhnte: »Botschaft? Das ist eine Kinderzeichnung. Was soll das bedeuten?« Dabei richtete sie den gekrümmten Zeigefinger auf die Federn.

Conway wirkte ausgesprochen ernst. »Die Botschaft ist natürlich geheim. Aber sie stammt von ihr. Nur wir können sie verstehen.«

Sie betrachtete die Bilder und beobachtete ihn währenddessen verstohlen. Er erweckte tatsächlich einen äußerst ernsten Eindruck. Und es gab Menschen, die mit Zeichnungen oder sehr fremdartigen Symbolen schrieben. Das erbitterte Stirnrunzeln des Mannes namens Wal fiel ihr auf, und sie erzitterte; *der* benahm sich ebenfalls ernst. Sie hatte anscheinend keine andere Wahl, als sich auf sie einzulassen. Wieder spähte sie zu Conway, und ein seltsamer Schauder, wie sie ihn seit langem nicht mehr gespürt hatte, tänzelte über ihre Rippen und ihren Rücken hinab. Ja, sie wollte sich ihnen anschließen! So hatte sie sich nicht mehr gefühlt, seit … Sie biß sich auf die Unterlippe. Seit Sylah zugestimmt hatte, den Versuch zu unternehmen, das Bündnis zwischen Altanar und den Hundemenschen zu verhindern.

Conway fuhr fort: »Die Soldaten von Harbundai wurden von einem Hundekrieger befehligt. Tate hilft ihm offenbar. Dieser Hundekrieger wird gegen den König vorgehen, wenn die Zeit reif ist. Wir müssen uns bereithalten, um sie von hier aus zu unterstützen, und wir müssen Altanar vor dieser Schlacht auf jede mögliche Art und Weise, die uns einfällt, schwächen.«

Sie richtete sich auf und schnaubte. »Ich verspreche gar nichts. Falls Ihr das alles überlebt, erwarte ich jedoch, daß Ihr Euer Wort haltet. Was die Frauen und die Kirche betrifft.«

»Für nichts und wieder nichts?« Wals Knurren klang, als stamme es von den Balken des Schiffes.

Sie starrte ihn finster an. »Ich habe gesagt, ich würde nichts versprechen. Und nicht, ich würde untätig herumsitzen. Sicherlich werde ich alles tun, was in meiner Macht steht, und Ihr müßt Euer Wort halten.«

Unbeeindruckt erwiderte er: »Ich habe nichts dazu gesagt und nichts versprochen.«

»Dann tu das jetzt, oder ich werde dir im Gegenzug auch nichts zusichern. Wirst du dem, was Conway vorgebracht hat, zustimmen?«

Er kaute auf seinen Barthaaren herum und antwortete schließlich mit funkelnden Augen: »Ja.« Dann plötzlich, wie eine plötzliche Flaute mitten im Sturm, begann er zu lachen. »Ich freue mich, dich auf unserer Seite zu haben, alte Frau. Du bist eine Abteilung bester Männer wert, nicht wahr?«

Sie setzte ihr süßestes Lächeln auf. »Jede Frau weiß das. Und du bist trotzdem ein ungehobelter Klotz. Verlasse mein Schiff.«

Kopfschüttelnd lachte er weiter und ging zum Heck. Sein

Boot war eine gute halbe Meile entfernt, trotzdem hängte er sich ohne Zögern an die Reling, winkte einmal und ließ sich los. Sekunden später konnten sie ihn kaum mehr erkennen. Das andere Schiff änderte die Richtung und kreuzte auf ihn zu.

Anspach fragte: »Wird er das schaffen? Das Wasser ist so kalt. Warum ist er nicht auf die gleiche Weise zurückgekehrt, wie er gekommen ist?«

»Zu gefährlich«, antwortete Conway. »Wenn zwei Boote zweimal so nahe aneinander geraten, könnte jemand Verdacht schöpfen. Passiert das nur einmal, denkt jeder, es handelt sich um ein Versehen. Und Wal schwimmt besser als die meisten Fische, glaube ich. Er hat schon drei Schiffsuntergänge überlebt.«

»Du weißt aber eine ganze Menge über ihn«, meinte die Äbtissin. Es wäre nicht gut, ihm jetzt ihre Bewunderung über das, was er vollbracht hatte, zu zeigen. Am besten hielt sie ihn demütig. »Du suchst dir sehr unglaubwürdige Freunde aus.«

Bernhardt fragte: »Wie haben Sie das gemacht? Und woher wissen Sie, daß die Botschaft von Tate ist?«

Ehe er darauf antwortete, sagte Conway: »Äbtissin, würdest du uns bitte entschuldigen? Dies muß ein Geheimnis bleiben.«

Verärgert winkte sie die anderen davon. Und um alles auf die Spitze zu treiben, sprach der Kerl so leise, daß sie nicht einmal lauschen konnte. Er war wirklich ein bißchen zu schlau.

Conway ging über ihre Gereiztheit hinweg und faßte seine Erklärung so kurz wie möglich. »Tate und ich sind beide Geschichtsfans, und insbesondere interessieren wir uns für die Amerikanische Revolution. Es gibt einen ganz bestimmten Ort, an dem wir eine Schlacht gegen die Briten gewonnen haben; eine kleine Gruppe Amerikaner, überwiegend Bürgerwehr, hatte eine erfahrene Truppe Briten eingekreist und besiegt. Der Ort hieß Cowpens. Tate schickte uns eine Botschaft, die allen in dieser Welt unsinnig erscheinen mußte, doch ich habe die Bedeutung verstanden. Cow wie Kuh, und Pens wie Federhalter. Der entscheidende Faktor ist, dieser Schlachtplan vom Bärenpfotenfluß hatte große Ähnlichkeit mit dem von Cowpens. Sie können sicher sein, daß unsere Freundin großen Einfluß auf dessen Verlauf hatte.«

Die anderen grinsten, außer Carter. Ihrem Hohnlächeln fehlte das Feuer, das ihm einst innegewohnt hatte, aber wenigstens unternahm sie einen Versuch. Sie sagte: »Da können wir mal sehen, was wir dieser neuen Welt Schönes gebracht haben. Die alten Geschichten über Siege. Weitere Kriege. Wunderbar.« Sie stolzierte zum Heck davon.

Anspach atmete durch und lächelte traurig und entschuldigend. »Sie wird sich schon wieder fangen. Ich werde mit ihr sprechen.« Auch sie verließ die Gruppe.

Bernhardt faßte Conway am Arm, während er sich zur Äbtissin aufmachte. »Danke«, sagte sie, »ich stand kurz davor, aufzugeben. Wir wissen, dieser Altanar hat es auf uns abgesehen. Ich dachte, wir hätten uns damit abgefunden, abzuwarten, bis er sich uns schnappt. Jetzt haben Sie uns eine Aufgabe gestellt. Ob wir nun gewinnen oder verlieren, ist gleichgültig. Danke.«

Leclerc mischte sich ein. »Ich habe es Ihnen doch gesagt, Matt. Passen Sie auf, Carter wird schon mitmachen. Sie hat immer ein bißchen mehr das Täubchen gespielt als wir anderen, aber sie ist nicht dumm. Tief im Innern hat sie begriffen.«

»Das besorgt mich nicht, Louis. Sicher wird sie mitmachen. So, und nun wollen wir uns die Wale anschauen. Was halten Sie davon?«

Die Äbtissin drehte sich beim Klang des Lachens um. Durch die Bewegung schmerzten ihre Gelenke. Conway war sofort neben ihr. »Du brauchst etwas Warmes für deine Hände«, stellte er fest und eilte los. Innerhalb von Sekunden kehrte er mit dampfend heißen Tüchern zurück. »Ich habe der Mannschaft gesagt, sie sollten ein paar davon vorbereiten«, erklärte er. Er wickelte ihr das Tuch um die Hand, und rasch vertrieb die Hitze den Schmerz. Sie schloß die Augen, hielt ihm die andere Hand hin und lehnte sich in ihrem Stuhl zurück. Derweil sie nach Süden wendeten, spürte sie das Schaukeln des Bootes unter sich. Kurz blinzelte sie in das perlfarbene Weiß einer Wolke, die im Blau des Himmels leuchtete. Der Mast zeichnete sich schwankend wie ein Schattenriß vor beidem ab. Erneut schloß sie die Augen und ließ sich von Erleichterung treiben, als könne sie ihren unbeholfenen, schmerzgeplagten Körper dazu bringen, sich einer Wolke gleich zu erheben und davonzuschweben und alle Pein und Sorgen zurückzulassen.

Fast hätte sie gekichert. Zum ersten Mal in ihrem Leben beteiligte sie sich an einem riskanten Abenteuer, das ein Mann unternahm, und nun wickelte der gleiche Mann sie ein wie ein Kleinkind, und sie genoß es auch noch, als wäre sie eine mondsüchtige Jungfrau.

Entweder war dies der dümmste Anfang einer Rebellion, von dem sie je gehört hatte, oder der beste. Sie hoffte nur, daß das letztere zutraf.

Zwei

Der Winter legte sich über die beiden befeindeten Königreiche von Harbundai und Ola und zeigte sich mit solchem Grimm, daß den Legenden des Anfangs und seiner sommerlosen Jahre neues Leben eingehaucht wurde. Schnee fiel mit einer Häufigkeit, an die sich niemand mehr erinnern konnte, und blockierte Straßen und die Pässe über die Feindseligen Berge. Es war, als versuche der Himmel, die rivalisierenden Herrscher von der Vergeblichkeit ihrer unwichtigen Streitereien zu überzeugen. Männer von Rang nehmen von solchen Dingen jedoch wenig Notiz, und obwohl keines der Königreiche gegen das andere vorzugehen vermochte, setzten beide die Vorbereitungen dazu fort.

Unter den einfachen Menschen verlief das Leben anders. Zum

ersten Mal standen sie nicht ohne eine Heilerin da, während die ungewöhnliche Kälte unter Gebrechlichen, Unachtsamen und Sorglosen wütete. Sylah arbeitete schwerer denn je zuvor, da das Wetter sowohl Verletzungen als auch Krankheiten nach sich zog. Und dazu gesellten sich andere Härten. Die Fischer wurden sehr vorsichtig, und ihre Fänge fielen geringer aus. Gemüse, das den Winter normalerweise im milden Küstenklima überstand, verfaulte entweder oder gefror und wurde so ungenießbar. Viele Obstbäume verloren Äste und kippten gar um. Die Überschüsse der reichen Ernte schmolzen schneller dahin als die Schneewehen. Die scheinbar endlose Parade grauer Tage und Stürme floß sogar in die Alltagssprache ein. Mütter wiesen auf jeden neuen Schneefall hin und schalten ihre Kinder: »Sei lieb, oder die Riesen lassen den Winter für immer bleiben, wie es in den Geschichten heißt! Das willst du doch nicht, oder?«

Natürlich lautete die Antwort darauf nein, aber die Kinder stellten fest, daß der Schnee kam, egal was sie taten, und so benahmen sie sich wie sonst auch.

Die große Ähnlichkeit im Verhalten der Männer von Rang und der kleinen Jungen entging Sylah nicht, während sie ihren Gatten und Gan beobachtete, wie sie die Wölfe schulten.

Vor dem ersten Schnee hatten sie noch rasch die sich bietende Chance genutzt und das Lager der Bergmenschen in den Ausläufern der Feindseligen Berge überfallen.

Nicht lange danach hatten die Spione von Nummer Zwei Nachricht gebracht, daß die Teufel ihre Angriffe auf das Lager der Hundemenschen fortsetzten. Der Vorteil der Zerstörung des Bergmenschenlagers lag deshalb auf der Hand. Die Krieger, die durch die Wölfe getötet worden waren, würden niemanden mehr behelligen, was die Untertanen des Barons einschloß. Und in der Tat waren schon wenige Tage danach die mutigsten Holzfäller losgezogen und hatten vor dem ersten Schnee noch die besten Zedern geschlagen.

Während der kalten Jahreszeit bezog der Baron Gan in seine

eigentümliche Diplomatie ein. Wann immer das Wetter es erlaubte, besuchten sie die angrenzenden Baronien im Norden und Westen.

Manchmal waren diese Besuche offiziell. Öfter jedoch ritt Gan ohne den alten Mann allein los, wobei nur Clas und Emso ihn begleiteten, gelegentlich auch Tate. Sie reisten in leichter Kettenrüstung, die sie unter der Kleidung einfacher Leute trugen, und sie gingen sorgsam auf Kundschaft, durchforsteten die dichtesten Wälder zu Fuß, führten die Pferde am Zügel und hielten sich am Kriegsgrat, wo sie schweigend und unsichtbar wie Geister entlangzogen und jede Kleinigkeit bemerkten. Gan lernte die Wege kennen, die in alle drei benachbarten Baronien führten. Er prägte sich Furten ein, sah, wo große Straßen von Hindernissen eingeengt wurden. Mehrfach wurden sie von Stürmen überrascht, doch nur einmal drohte ihnen wirkliche Gefahr, da die Pferde sich nicht mehr durch die Verwehungen schleppen konnten. Die armen Tiere überlebten nur unter Schwierigkeiten, und danach nahmen die Männer stets mehr Futtergetreide mit.

Gan lernte. Er brachte das gesellschaftliche Leben des leidenden Barons praktisch zum Stillstand, indem er ihn fast jede Nacht bis zu später Stunde wachhielt und nach Erklärungen über alles, was sie tagsüber gesehen hatten, ausfragte. Baron Jalail beschwerte sich insgeheim über Gan und sagte, der Hundekrieger vermittele ihm das Gefühl, er würde einem das Hirn zu den Ohren herausziehen, doch stets beantwortete er alle Fragen des jungen Mannes und war für jede Idee aufgeschlossen, die ihm sein Berater unterbreitete. Sein Stolz auf Gan wurde seinen Altersgenossen zu einer Quelle nachdenklicher Sorge. In der Baronie hörte man, wenn auch nur gelegentlich, beunruhigendes Gerede, daß die Adligen Jalails den Neuankömmling um seinen Einfluß beneideten.

War Gan in der Burg, fragte er Nummer Zwei fast täglich aus und trieb den armen Mann und seine Commers zur Arbeit an, wie sie es noch nie erlebt hatten. Zur Zeit der kürzesten Tage des

Jahres, als die Pässe vollständig blockiert waren, hatte Gan ein detailliertes Wissen über jeden einzelnen Adligen in Jalail, jeden Baron von Harbundai, den König, die Königinmutter und die meisten Adligen der anderen Baronien zusammengetragen. Er konnte Zahlen über alle Gruppen herunterleiern, die Nummer Vier bekannt waren, und er erschütterte den Baron und Nummer Vier gleichermaßen, indem er ihnen vorrechnete, wieviel einträglicher die Kohleverkäufe an Ola wären, wenn der Handel über die Grenze hinweg nicht ständig Störungen unterliegen würde. Bei seinem Vorschlag, der Baron solle diesen Ertrag nutzen, um bei den Stämmen des Nordens Jade zu erstehen, die er den Nions weiterverkaufen könne, glotzte ihn dieser mit großen Augen an. Gan erkannte, daß er weit über das hinausdachte, was der Baron je in seine Überlegungen mit einbezogen hatte. Er kam auf dieses Thema vorerst nicht wieder zu sprechen; doch jeder wußte, es spukte ihm weiterhin im Kopf herum.

Auf den folgenden Kundschafterritten zeigte er sich weniger gesprächig, bis zu einem Abend, als der Winter schon in den letzten Zügen lag.

Sie schlugen früh das Lager auf, weit oben an einem bewaldeten Hang, von dem aus sie einen guten Blick über ein Flußdelta hatten, das sich in das Innere Meer ergoß. Während die anderen sich unterhielten, ging Gan ein wenig abseits und betrachtete die Landschaft. Die Fenster in den kleinen Siedlungen leuchteten, die gläsernen strahlten heller als Edelsteine, während jene aus geöltem Papier an das Gelb von Butter erinnerten. Rauch hing über den Häusern. Wo das Land das Meer berührte, bewegte sich ein Muster unregelmäßiger Blitze entlang der Wasserlinie und zog nach Süden. Ein Schwarm Küstenvögel kreiste dort, und zwar so exakt, als wären sie militärisch gedrillt, und stellte seine Flugkünste zur Schau. Sie waren unsichtbar, solange sie Gan die dunkle Oberseite zuwandten, und hingen wie Juwelen in der Dämmerung, wenn sie sich gemeinsam umdrehten und ihre weißen Bäuche präsentierten.

Die grünschwarzen Seesterninseln jenseits von ihnen erinnerten an in Silber gefaßte Steine. Sie verschwammen und verschmolzen mit dem Wasser, als die Sonne versank und die Wolken und die Berge der Walküste in blutiges Rot tauchte.

Tate beobachtete ihn ohne Unterlaß. Er setzte in ihr ein eigentümliches Gefühl, eine Energie frei. Aus welchem Grund auch immer, sie war sicher, daß er mit einem schwerwiegenden Problem rang – obwohl er äußerlich so wirkte, als wäre er aus Granit. Dann erinnerte sie sich an Sylah, der ebenfalls einmal aufgefallen war, wie unnatürlich hell manchmal seine Augen funkelten. Sie hatte es den Glanz des Eroberers genannt.

Daraufhin konzentrierte sich Tate auf seine Augen. Dennoch war sie überrascht über seine Worte, nachdem er sich wieder zu ihnen gesellt hatte.

»Ich beabsichtige, hier zu herrschen.«

Die Unterhaltung tagsüber hatte sich vor allem um weniger wichtige Angelegenheiten gedreht; man hatte sich wie gewöhnlich über das Gelände ausgetauscht. Die behagliche Stille des Abends verstärkte noch den Schock über seine Aussage.

Alle drängten sich um die Feuergrube einer verlassenen Trapperhütte, die ihnen für die Nacht Schutz bieten sollte, und auf dem Spieß brutzelte ein großes Stück Rindfleisch vor sich hin. Das Fauchen und Spritzen des heißen Fetts war das einzige Geräusch, das auf seine Verkündung folgte. Niemand blickte auf.

Er starrte weiterhin ins Feuer und drehte den Spieß. Nach einer langen Pause fuhr er fort: »Mein Vater hat uns Frieden gebracht, aber zu viele junge Männer fürchteten, unsere Feinde, die uns auf allen Seiten zu umgeben scheinen, könnten über uns herfallen. Was wäre, wenn Harbundai, Ola und die Hundemenschen einen einzigen Herrscher hätten? Selbst die Teufel würden die Aussichtslosigkeit erkennen, gegen eine solche Gemeinschaft vorzugehen.« Er sah auf, und sein Eifer flehte um Zustimmung. »Stellt euch Olas gerüstete Infanterie vor, die eine Stütze für die

Schnelligkeit der Wölfe bilden könnte – und das alles beschirmt von den besten Reitern der Welt, unseren eigenen Hundekriegern. Wer würde es wagen, uns anzugreifen?«

In dem Schweigen war die Unsicherheit der anderen spürbar. Clas blickte zur Seite. Emso räusperte sich und entgegnete: »Ich werde dir sagen, wer. Der erste Kriegshäuptling, der sich entscheidet, er wolle die Kontrolle über den Fellhandel an sich reißen, oder der unser Holz will, oder der denkt, wir sollten die Pferde für seine Kavallerie züchten, oder der unseren Fisch will, oder –«

Gan unterbrach ihn. »Genug! Ich schwöre, die Gier anderer Menschen kann ich nicht beenden, aber wer könnte uns *besiegen*?«

»Wir selbst.« Das kam von Clas, und die beiden Worte schienen ihn zu schmerzen. Dennoch fuhr er fort. »Sieh dir an, was wir hier gerade tun. Als Baron Jalail schwach war, wollte der König ihn ersetzen. Wir vier haben ihn gestärkt. Und was tun wir jetzt? Wir planen Bündnisse, die unsere Macht noch vergrößern, damit wir den König ersetzen können. Merkst du es denn nicht? Du wirst zu einem von ihnen!« Er erhob sich, weil er sich zu sehr aufregte, um sitzen zu bleiben. »Wir sollten noch eine Schlacht für Jalail fechten, bis wir sicher sind, daß er seine Ländereien halten kann. So viel sind wir ihm schuldig. Und dann gehen wir nach Hause. Unser Volk braucht uns, Gan. Denk daran!«

Gan erhob sich und trat ihm entgegen, und keiner der beiden Männer war sich seiner Leidenschaft bewußt, die Tate und Emso jedoch dazu veranlaßte, sich verstohlen zurückzuziehen. Draußen winselten die Hunde und kratzten mit den Pfoten an der Tür.

Eine Weile lang standen sie sich wie erstarrt gegenüber, und ihre Hände berührten fast die Griffe der Murdats, während sie sich vorbeugten, wie von unsichtbaren Leinen gehalten. Dann bewegte sich Clas. Es war, als hätte er im Innersten nachgegeben.

Er schien zu schrumpfen. Seine angespannten Muskeln erschlafften und verloren die klare Form. Die Grimasse des Kriegers fiel von seinem Gesicht ab und wich einem verwirrten, verlegenen Ausdruck. »Ich werde nicht gegen dich kämpfen.«

Gans Antwort hatte Ähnlichkeit mit einem Fauchen. »Nicht wegen meines Vaters! Ich bin mein eigener Mann, nicht seiner! Und ich bin nicht die Prophezeiung meiner Mutter!«

»Ich habe einen Eid geschworen. Wie ich sterbe, um ihn zu ehren, ist mir gleichgültig. Tu, was dein Schicksal von dir verlangt.«

Gan wandte sich halb ab, ließ die Hände sinken, und seine Schultern sackten herunter. Er blickte an die Decke. Tate war sicher, sie habe in seinen Augen Tränen bemerkt. Tief und schaudernd holte er Luft. »Ich habe dich gebeten, immer in meiner Nähe zu sein. Und jetzt habe ich dir dies angetan. Ich schäme mich.«

»Das brauchst du nicht«, erwiderte Clas.

Ein schmales, unsicheres Lächeln belebte Gans Gesicht, während er Clas wieder ansah. »Kein Mann kann sich einen solchen Freund verdienen. Vergib mir bitte.«

Clas zuckte mit den Schultern. »Schon vergessen.«

Daraufhin setzte er sich, als sei nichts geschehen, wieder ans Feuer. Tate und Emso wechselten einen Blick und rückten zurück an ihre Plätze. Die Türe bebte nicht mehr unter dem Ansturm der Hunde.

Tate war mit der ersten Wache dran. Sie war froh, aus der Hütte herauszukommen, obwohl der Wind auffrischte, die Temperaturen sanken und sie sich den Schlafsack umlegen mußte. Sie setzte sich mit dem Rücken an einen Baum, wobei sie sich eine Stelle aussuchte, von der aus sie drei Seiten des Hauses klar im Blick hatte. Raggar und Shara befanden sich auf der vierten Seite. Cho behielt sie bei sich und zog sie dicht an sich heran. »Wir Mädchen müssen einander beistehen, Hund«, sagte sie. »Hilfst du mir, helf ich dir.« Überrascht nahm sie zur Kenntnis, wie das Tier herumfuhr und ihr feucht über die Wange leckte, und impulsiv drückte sie die Hündin. »Was für eine Bestie du bist. Ein stummes altes Herzchen. Vermutlich sollte ich dich beschützen, was?« Cho reagierte darauf, indem sie sich einige Male um sich selbst drehte, sich schließlich niederließ und den Kopf in Tates Schoß bettete. Kalt oder nicht, Tate fühlte sich verpflichtet, ihr die Ohren zu kraulen, und sie hätte beinahe laut darüber gelacht, wie der Hund dies genoß und gleichzeitig den Wald mit voller Aufmerksamkeit beobachtete.

Tate ließ ihre Gedanken schweifen, und sofort kam ihr Jones in den Sinn. Den ganzen Winter über hatte er sich mehr und mehr von ihr distanziert. Ohne Zweifel hatte er Freunde in der Baronie gefunden, und sie mußte sich schließlich doch eingestehen, daß es sich um Mitglieder dieser Religionsgemeinschaft handelte. Die Menschen brachten Sylah häufig Informationen – und noch häufiger wilde Geschichten – über das Anwachsen der Gruppe. Sylah setzte Tate stets darüber in Kenntnis. Niemand sprach es offen aus, aber jedem war klar, welchen Ärger auch immer Jones machen würde, er würde auf seinen »Landsmann« abfärben. Sylahs Eifer, für Tate Gelegenheiten herbeizuführen, bei denen sie sich verteidigen konnte, rührte sie tief an, genauso wie Neelas unverbrüchliche Freundschaft.

Ja, sie hatte ihre eigenen Freunde gefunden, überlegte sie.

Jones verkomplizierte die Dinge lediglich. Wie sollte sie ihn vor den Vorbehalten warnen, die sich ihm und seinen Kameraden gegenüber aufbauten, wenn er sie ständig nur zurückwies?

Und einige der Dinge, die über die Mondtänzer erzählt wurden, erschütterten auch sie. Ein Mann war zu Sylah gekommen, und über seinen Rücken hatten sich Striemen von brutalen Peitschenhieben gezogen. Jedenfalls hatte er sie zu spät aufgesucht und lag wegen der Infektion schon im Sterben. Er hängte sich wie ein Kind an Sylah und flehte sie um ihren Beistand an, damit er nicht die unendlichen Qualen erleiden mußte.

Jones war bei der Auspeitschung zugegen gewesen, sagte der

Mann, wich darüber hinaus jedoch allen Fragen aus. Bis zum Schluß weigerte er sich, die Namen der Gruppenmitglieder oder auch nur irgendwelche Einzelheiten preiszugeben.

Da hatte Tate zum ersten Mal die Macht der Sekte gespürt. Für das zweite Mal zeichnete Bilsten verantwortlich. Was ihre Meinung über Händler betraf, hielt Sylah nicht hinter dem Berg, doch ihn behandelte sie mit der gleichen Freundlichkeit und Aufmerksamkeit wie jeden anderen auch. In der Nacht, in der er überfallen worden war, hatte er eine Schüttelung erlitten, so nannte es jedenfalls Sylah. Tate hatte mit diesem Begriff einige Schwierigkeiten, bis sie erkannte, daß die Heilerin eine Gehirnerschütterung behandelte.

Als Bilsten wieder in der Lage war, weiterzureisen, enthüllte er seinen Respekt von Jones' Freunden. Er wollte in aller Heimlichkeit losziehen und teilte es ihr erst Minuten vor seinem Aufbruch mit. »Ich habe auf diesen Vollmond gewartet«, erklärte er und rieb sich die Stelle, wo sich die vollständig verheilte Wunde befand. »Dann springen und schreien sie wie Ziegen herum, und dabei kann ihnen ein armer Händler entschlüpfen. Mein Gefühl sagt mir, sie mögen Leute meines Schlags nicht.«

Sein Verhalten machte sie besorgt. Sie verglich es mit der Art, mit der er ihnen angeboten hatte, für sie eine Spur durch das Land der Bergmenschen zu legen. Dies war plötzlich ein anderer Mann. Die Teufel hatte er sicherlich gefürchtet, aber damals hatte er sich darauf verlassen, mit ihnen zurechtzukommen. Jetzt legte er ein solches Selbstvertrauen keinesfalls an den Tag.

Sie ging mit ihm, sattelte sein Pferd und belud die Maultiere. Er verschwand in der Nacht und ließ sie mit den einsamen Geräuschen seiner kleinen Karawane zurück. Einen Moment lang glaubte sie, er drehe sich um, und halb hob sie schon die Hand, um ihm zuzuwinken, doch spielte ihr wohl nur das Licht einen Streich.

Nachdem er aufgebrochen war, gab es für sie keinerlei Veranlassung mehr, den wachsenden Verdacht zu leugnen, daß dieses abgeblendete Licht, welches sie in der Nacht des Überfalls auf Bilsten gesehen hatte, in Jones' Haus aufgeleuchtet hatte.

Drei

Die ersten Blumen des Frühjahrs brachen durch den schmelzenden Schnee des Winters. Es waren Krokusse, und Tate zeigte sich ob ihrer großen Anzahl nicht weniger überrascht als Gan und Clas. »Bei uns gibt es die auch«, sagte sie, »aber sie kommen später und nicht in solcher Menge.« An einigen Stellen überdeckten sie die Erde wie ein Teppich, doch vor allem an den Hängen verblüffte die Flut der Blüten sie. Sie schienen sich der Sonne in hellen Wirbeln aus Gelborange und Purpurrot entgegenzustrecken, und ihre Farbenpracht ließ die Berge geradezu unter ihrer Lebenskraft erzittern. Einmal, da sie diese Schönheit betrachtete, ergriff sie plötzlich ein tiefes Gefühl des Verlustes. Noch einige Minuten danach konnte sie sich nicht erklären, woher diese seltsame Reaktion kam. Dann erinnerte sie sich an einen Ausflug in ein Museum in Washington, wo sie benommen vor den wunderschönen Gemälden der Impressionisten gestanden hatte, die in ihren Arbeiten ähnliche Szenen einzufangen versuchten.

Die Farben des Frühjahrs spiegelten auch die Energie der Menschen wider. Sie selbst hielt die lauernde Nostalgie ein wenig auf Abstand, und sie schalt sich, weil sie unfähig war, sich zu den Leuten zu gesellen. Schließlich brachte Neela ihre Gedanken wieder in die rechte Ordnung. Sie erklärte Tate, sie solle sich einfach ein bißchen Vergnügen gönnen; das wäre die beste Vorbereitung auf das große Fest, welches in einigen Wochen stattfinden würde, am offiziellen ersten Tag des Frühlings. In einem ungewöhnlichen Anfall von Großzügigkeit hatte Baron Jalail Sylah gebeten, der Willkommensfeier für die Sonne vorzusitzen. Als Tate daraufhin verwirrt wirkte, hatte sie einige Fragen über die Feiern in ihrem eigenen Land über sich ergehen lassen müssen, die sie in Verlegenheit brachten, allerdings konnte sie sich inzwischen solchen Dingen sehr geschickt entziehen. Sylah rettete die Situation und erzählte, die Kirche sei dafür verantwortlich, die Daten aller Feiertage festzulegen, und somit auch den Wechsel der Jahreszeiten. Der Frühling war die wichtigste. Sie symbolisierte für die Menschen die Zeit des Anfangs, nachdem die Riesen die Welt verlassen hatten.

Im Augenblick gaben die wärmeren Tage das Signal für das Wiedererwachen vielfältiger Betriebsamkeit. Manche Bauern warteten schon darauf, daß der Schnee endlich schmolz, damit sie den Pflug anspannen und so früh wie möglich ihre Erbsensaat ausbringen konnten.Tate beobachtete interessiert, wie alte Pfostentürme von drei bis vier Metern Höhe auf den Feldern auftauchten. Bald erfuhr sie, daß diese nur aus dem Grunde da waren, weil Krähen von Natur aus genauso verschlagen sind wie Menschen. Zu Tausenden ließen sich die wilden, krächzenden Vögel auf Bäumen, Dächern und Zäunen, selbst auf den Burgmauern nieder und zerrten an dem Netzwerk von Leinen, die über die Felder und die Saat und später – wie Tate erklärt wurde – die saftigen Schößlinge gespannt waren. Vogelscheuchen in jeder möglichen Form hingen an diesen Leinen, bis hin zu beunruhigend realistischen Schlangenimitationen aus verwobenem Gras, die im Wind hellfarbenen Propellern gleich herumwirbelten. Trotzdem durchdrangen gelegentlich Krähen die Schutzeinrichtungen, fielen praktisch aus dem Himmel herunter, pickten rasch eine Erbse auf und stiegen dann fluchtartig, aber triumphierend wieder auf. Die Kinder halfen bei dieser Schlacht mit ihren kleinen Hunden. Die streiften über die Felder, versetzten die verfluchten Vögel in Aufregung und rannten sofort auf jeden zu, der es wagte, zur Landung anzusetzen. Zwar sah Tate nie, daß einer der Hunde eine Krähe erwischt hätte, doch fielen ihr viele auf, die sich in ein Weibchen verliebten, und ehe der Besitzer die beiden nicht getrennt hatte, konnten die Vögel einigen Schaden anrichten.

Der Baron verbrachte den größten Teil des Morgens damit, Streitigkeiten, die wegen solcher Vorfälle aufkamen, zu schlichten. So verbittert sich die Bauern auch darüber ausließen, wessen Hund über wessen Erbsenbeet getrampelt sei und ob nun das Weibchen schuld sei oder der Rüde, weil er einen Kampf angezettelt habe, fand doch jedermann sein Vergnügen an diesen Vorgängen.

Abends jedoch zeigte der Baron keine Spur von Humor, als er die Operation in Gang setzte, die ihn unwiderruflich auf die Straße der Revolte führen würde.

Einer der Commers von Nummer Zwei suchte Tate auf, während sie mit den Frauen der Einheit in dem Gebäude arbeitete, wo die Kinder aufbewahrt wurden. Er teilte ihr mit, der Baron benötige sie in der Burg. Auf dem Weg dorthin entdeckte sie Neela und Sylah, die vor ihr her eilten. Bei ihrem Eintreffen hatten die beiden bereits im Beratungszimmer Platz genommen. Allerdings saßen sie nicht an dem langen Tisch, sondern an der Wand gegenüber von Gan, Clas und Emso. Ebenfalls am Tisch, den Rücken den zwei Frauen zugewandt, saßen Nummer Zwei, Ops und Nummer Vier. Sie fragte sich, warum die Gegenwart der anderen Frauen erforderlich war, obwohl sie von der eigentlichen Ratsrunde ausgeschlossen wurden. Das erschien ihr ein wenig seltsam, doch sie dachte nicht weiter darüber nach, da sie ihre Aufmerksamkeit nun dem Fremden in ihrer Mitte zuwandte.

Er hatte neben Baron Jalail am Kopfende des Tisches Platz genommen. Offensichtlich war er ein Mann von großem Reichtum. Seine Kleidung bestand aus schwerer Wolle, und über seinem Stuhl hing ein Mantel aus Seeotterfell. Dicke, goldene Armbänder lugten unter seinen schmuckvollen Manschetten hervor, und eine große Emaillebrosche baumelte von einer goldenen Kette um seinen Hals.

Der Baron bedeutete ihr, sich neben Emso zu setzen, und stellte den Neuankömmling vor. »Zu meiner großen Freude darf ich euch mit dem Adligen Malten bekanntmachen«, begann er. »Er ist der Bruder des Barons Malten, aus der Baronie in unserem Westen. Was er zu berichten hat, wird euch interessieren.«

Und innerhalb weniger Sätze war Tate mehr als interessiert – sie war verblüfft. Der Mann war schlicht ein Verräter. Während er sprach, konnte sie fast die Boshaftigkeit aus ihm heraustropfen sehen. Ständig tupfte er sich das Gesicht mit einem Leinentuch ab, wobei er jedesmal zu einer anderen Person Blickkontakt herstellte. Seine dunklen Augen durchbohrten sein jeweiliges Gegenüber wie Messerspitzen.

Er behauptete, dem Recht nach stünde die Baronie Malten ihm zu. Sein Bruder hatte ihn, wie er nicht weiter ausführte, darum betrogen. Jetzt wollte Malten auch Baron Jalail verraten. Er erzählte eine Geschichte, die Bilstens Berichte bestätigte; der Sieg am Bärenpfotenfluß hatte den König in Panik versetzt. Er wollte die Wölfe nach Westen locken und dort überfallen. Seine Hoffnung bestand darin, sie zur Herausgabe ihrer Offiziere zu überreden. Falls sie zustimmten, sollten sie als persönliche Truppen des Königs in seinen Dienst treten. Falls nicht, erging Befehl, sie bis zum letzten Mann niederzumetzeln.

An diesem Punkt warf Baron Jalail ein: »Nummer Zwei hat mich bereits über diesen Plan in Kenntnis gesetzt. Seine Männer waren ausgesprochen fleißig. Um ehrlich zu sein, Adliger Malten, haben sie mir auch von deiner Unzufriedenheit berichtet.«

»Dann dienen sie dir nicht gut genug«, erwiderte der, und der Baron riß die Augen auf. Der Mann aus Malten fuhr fort: »Ein Mann, der unzufrieden ist, präsentiert den Kopf seines eigenen Bruders nicht auf einem Pfahl. Nur ein Mann, der des Zornes voll ist, tut so etwas.«

»Ich verstehe, worauf du hinauswillst.« Dem Baron schien unbehaglich zumute zu sein. »Wie auch immer, mir liegt überhaupt nichts an irgendwelchen Köpfen. Mir geht es lediglich um den

Frieden in meiner Baronie. Die Frage, auf deren Antwort wir alle gespannt warten, lautet: Was willst du eigentlich?«

Die Oberlippe des Adligen Malten kräuselte sich leicht. Diese Bewegung war zu knapp, um sie für Hohn zu halten, doch angesichts des bohrenden Blicks konnte man sie auch nicht als Lächeln mißverstehen. »Deine Wölfe sind unsere beste Waffe gegen die Olaner. Ich möchte sie in Sicherheit wissen, ich möchte den Verrat des Königs vereiteln, und ich möchte meinen Bruder von seinem Platz gestoßen sehen, bevor er mein Land an den König, oder schlimmer noch, an die Olaner verliert.«

»Das erwartest du von meinen Wölfen?«

»Ich schlage es lediglich vor, Baron. Ich schlage vor, du solltest Malten angreifen und deine Truppen in guter Verteidigungsposition aufstellen, bevor der König mit seinen drei Helfern eintrifft.«

Milde fragte Gan, warum sie nicht einfach einen Boten zum König senden sollten, der diesem mitteilte, das Komplott wäre aufgeflogen. Warum sollten sie gegen irgendwen, insbesondere gegen Landsleute, kämpfen?

»Weil sie, wenn du ihnen nicht in die Falle gehst, mit der vereinten Macht aller vier Barone hier einfallen werden.« Er wandte sich Jalail zu. »Ich glaube, du kannst dir vorstellen, welche Plünderungen eine solch große Armee für dein Volk erwarten läßt. Selbst wenn die Wölfe sie auf magische Weise vertreiben sollten, wird es ein ganzes Jahrzehnt dauern, bis der Schaden wiedergutgemacht ist.«

Gans Gesichtsfarbe nahm einen tiefroten Ton an, da er sich und seine Männer von dieser Bemerkung beleidigt fühlte, doch erwiderte er nichts darauf. Der Baron erhob sich. »Wir werden darüber beraten. Dein Quartier befindet sich unmittelbar neben diesem Zimmer, und so kannst du dich ausruhen, ohne daß jemand etwas von deiner Anwesenheit erfährt. Morgen früh wirst du meine Antwort hören.«

Sobald der Mann den Raum verlassen hatte, versammelte der

Baron alle am Ende des Tisches. Die Hände hatte er auf die Platte gestützt, und jeder Finger bildete einen Bogen und zitterte und zuckte vor Begeisterung. »Im ersten Moment bin ich äußerst geneigt, diese Gelegenheit zu ergreifen. Bislang wollte ich jede Auseinandersetzung mit dem König vermeiden. Doch jetzt plant er einen Angriff auf mich. Selbstverteidigung ist kein Verrat. Noch immer glaube ich, Baron Malten wußte, daß die Olaner letzten Herbst einen Überfall auf uns planten.

Aber schon früher bin ich oft meiner Begeisterung zum Opfer gefallen. Deshalb habe ich euch zu meinem Rat herbestellt. Ich werde mich von eurem Urteil leiten lassen.«

Er bat alle Männer nacheinander um ihre Meinung und begann mit seinen eigenen Leuten. Dabei wurde augenfällig, daß alle am liebsten Gan für sich hätten sprechen lassen. Doch der Baron zwang jeden, seine eigene Ansicht offenzulegen. Er stellte auch Fragen, mit denen er sich vergewisserte, ob die jeweilige Ansicht auf wohlüberlegten Gründen fußte. Gan hob er sich bis zum Schluß auf.

»Nun, Gan«, sagte er, »du hast die Argumente gehört. Jeder hat so seine Vorbehalte. Was hältst du von der Sache?«

Überraschung und Enttäuschung machten sich auf dem Gesicht des Barons breit, als dieser den Kopf schüttelte und auf den Tisch starrte. Schließlich blickte er auf und erklärte: »Wir haben genug Zeit, uns auf die Verteidigung einzurichten. Ob ein neuer Baron an unserer Flanke ein zuverlässigerer Partner wäre, wissen wir nicht. Falls wir losziehen, wird sich der König mit Sicherheit fragen, woher wir von seinem Überfall Kenntnis hatten, und mit gleicher Gewißheit wird dieser Malten verleugnen, daß er jemals hier war. Sollte der König sich zum Angriff entschließen, werden wir bereit sein. Falls er unsere Vorbereitungen bemerkt und uns daraufhin in Ruhe läßt, ist dies für alle Beteiligten das Beste.«

Der Baron schwieg eine ganze Weile lang und rieb sich den Nacken, während er nachdachte. Ohne Vorrede wandte er sich an die Frauen. »Sylah. Neela. Ihr habt die Gedanken dieser Männer gehört. Was haltet ihr davon?«

Sie wechselten einen erschrockenen Blick, dann nickte Neela, und Sylah ergriff das Wort. Sie klang zunächst fast schüchtern, dennoch lag in ihren Ausführungen eine stille Entschlossenheit, welche ihre Zaghaftigkeit nach und nach verdrängte. »Wir Frauen fürchten jede Schlacht, weil wir Angst um unsere Männer haben. Zudem sorgen wir uns auch um unsere Schwestern.« Sie reagierte mit einer knappen Geste auf das Stirnrunzeln des Barons und fuhr eilig fort: »Das Leben ist für uns besser hier als in Harbundai. Wir können dir keinen Rat geben, sondern uns nur vergewissern, ob du uns vor Ola beschützen und uns helfen wirst, unsere Rechte zu sichern. Dann werden dich all unsere Schwestern in jeder Baronie des Königreiches so gut unterstützen, wie ihnen möglich ist.«

Der Baron lächelte sie säuerlich an. »Uns helfen? Auf welche Weise? Indem ihr euch weigert, mit jemandem das Bett zu teilen, der uns angreifen will?«

Tate erhob sich halb, doch Gan zog sie rasch zurück. Erschüttert fiel ihr auf, daß er die Hand ausgestreckt hatte, ohne sie überhaupt anzusehen; seine Aufmerksamkeit galt ganz allein Neela, und er mußte sich alle Mühe geben, nicht zu grinsen.

Neela stand in einer schnellen, fließenden Bewegung von ihrem Stuhl auf. Ihre blauen Augen glänzten eisig hell und furchteinflößend. »Die Wölfe wissen, wie sehr der Schutz ihrer Frauen und Kinder vom Wort des Barons abhängt, sollte einem von ihnen in seinen Diensten etwas zustoßen. Die Frauen sind dankbar, weil sie arbeiten können und von ihren Anstrengungen profitieren, und alles, worum sie den Baron je gebeten haben, war Land für ein Haus und einen Garten. Sie werden von allen anderen Frauen des Königreichs beneidet, und zwar nicht, weil sie Häuser oder Land oder Ehemänner haben – sondern wegen ihrer *Würde*. Das wissen auch ihre Männer und schätzen sie – und dich – um so mehr.« Sie errötete und fügte noch hinzu:

»Dieser Vorschlag, den du gemacht hast, könnte ebenfalls eine gewisse Wirkung zeigen.«

Alle lachten, während sie sich wieder setzte, und am Ende fiel auch der Baron mit ein. Er verzog das Gesicht, da er bemerkte, daß man ihn zum Besten gehalten hatte, und wartete, bis Ruhe einkehrte. Daraufhin trug er Gan auf, er solle die Truppe zum Marsch bereitmachen. Die Vorteile überwögen die Risiken, meinte er, und schloß damit die Versammlung.

Gan und Neela kehrten in ihr Quartier zurück. Er stapelte etwas Holz auf und zündete es an, bevor er sich in seinen Stuhl setzte. Neela brach ein Brot in Stücke, dic sie auf einen Holzteller legte, dann warf sie gehackte Zwiebeln in den abgedeckten Eisentopf auf der Feuerstelle. Der Topf hing an einem Eisenarm, dessen vertikales Ende an einem Rohr auf einer großen Metallplatte befestigt war, die wiederum im Boden festgenietet war. Sie mußte ihn herumschwingen, um etwas in den Topf werfen zu können, und der Arm knirschte und quietschte, sobald er bewegt wurde. Das brachte Neela die Aufmerksamkeit der drei Hunde ein, die vor dem Bett auf dem Boden lagen. Sie wußten, dieses Geräusch bedeutete, es wurde gekocht, und dabei fielen meist ein paar Brocken für sie ab. Diesmal jedoch anscheinend nicht. Sie dösten weiter.

Neela setzte sich neben Gan auf den Boden, plazierte ihren Arm auf seinem Oberschenkel und ihren Kopf auf ihrem Arm. »Habe ich mich zu weit vorgewagt?« fragte sie und starrte ins Feuer.

Er strich ihr übers Haars. »Was du gesagt hast, entsprach genau der Wahrheit.«

»Du warst so still. Ich habe geglaubt, ich hätte dich verärgert. Die Menschen hier sind es nicht gewöhnt, von Frauen die Meinung gesagt zu bekommen.«

Er kicherte. »Ich respektiere dein Urteil.«

Hoffentlich würde sie das Gespräch in dieser Richtung nicht mehr fortführen wollen, dachte er, und tatsächlich schien sie sich mit seiner Antwort zufriedenzugeben. So konnte er sich erneut seinen Gedanken zuwenden. Er brauchte einen Augenblick, bis er sich wieder darauf konzentriert hatte, vor allem weil ihm der mundwässernde Duft des Hirscheintopfs in die Nase stieg.

Die Versorgung mit Essen war eins der Myriaden von Dingen, die er für den Marsch zu planen hatte. Sie wären in der Lage, sich im Land mit Vorräten zu versorgen, aber das meiste würden sie auf Wagen transportieren müssen. Den Einheimischen die Vorräte wegzunehmen stand außer Frage, außer im Notfall, und dann müßte man sie irgendwie dafür entschädigen. Die Ausrüstung der Männer sollte ebenfalls grundlegend inspiziert werden, und alle Mängel mußten beseitigt werden. Inzwischen war die Bekleidung der Truppe vereinheitlicht worden, wodurch es viel leichter zu überprüfen war, ob jeder das bei sich trug, was er sollte. Natürlich waren zusätzliche Gegenstände erlaubt, doch um die mußte sich jeder einzelne selbst kümmern. Persönlichkeit drückte sich schließlich in Verzierungen aus. Er war stolz auf den stattlichen Anblick, den seine Männer auf dem Marsch abgaben, obwohl die große Anzahl verschiedener Hüte der Kolonne meist ein etwas liederliches Aussehen verliehen.

Und auch auf ihre Kleidung war er stolz. Man hatte sie mit großer Sorgfalt nach vielen Beratungen und Versuchen ausgewählt. Die Fußbekleidung bot dafür ein hervorragendes Beispiel. Die Hundemenschen zogen eine Art Stoffröhre mit verstärkten Hacken und Zehen über die Füße. Doch in Jalail mangelte es an Webern, die diese herstellen konnten. Daher benutzte man ein viereckiges Tuch, welches um den Fuß und den Knöchel gewickelt wurde. Es war Neela gewesen, die darauf hingewiesen hatte, wieviel einfacher diese Tücher zu waschen und zu trocknen waren, und daß sie sich wesentlich besser verstauen ließen. Bis Gan gelernt hatte, auf welche Weise man sie richtig wickelte, hatte er etliche Blasen davongetragen, doch inzwischen führten er und die anderen Wölfe jeder sechs Stück davon im Gepäck mit. Außerdem besaß jeder zwei Streifen aus einem starken

Baumwollstoff, die vielleicht anderthalb Meter lang und sieben Zentimeter breit waren. Um die Beine gebunden, verhinderten sie das Schlackern der Hosen, und war ein Mann verwundet, ließen sie sich hervorragend als Bandagen benutzen. Bei Bedarf konnte man sie aneinanderbinden und damit Gegenstände hochziehen oder hinunterlassen. Alle besaßen ein zusätzliches Hemd und eine zweite Hose, die entweder aus Leder oder aus diesem seltsam gesprenkelten Stoff genäht waren, den die Menschen hier Kam nannten. Sie schienen ihn regelrecht zu lieben, Gan dagegen fand ihn häßlich. Doch hatte er den Vorteil, im Wald eine wunderbare Tarnung zu liefern. Am stolzesten waren die Männer auf ihre Stiefel. Diese waren hoch und mit dicken Sohlen versehen, und sie wurden unter Anleitung eines der besten Schuhmacher der Baronie von den Frauen der Soldaten in ihrer eigenen Werkstatt gefertigt. Die Frauen behaupteten, sie würden aus dem besten Leder gemacht. Die überzähligen Paare, die sie herstellten, wurden begeistert von Einheimischen und Händlern gleichermaßen gekauft. Ein Mann, der ein Paar Stiefel verlor, mußte die Schilde von vier seiner Kameraden tragen, bis er seine neuen bezahlt hatte.

Und zu all dem bekam jeder Soldat Nähzeug, damit er seine Ausrüstung in Ordnung halten konnte.

Gan lächelte in sich hinein, während er sich daran erinnerte, was für einen Aufruhr Nummer Vier veranstaltet hatte, als der Mann erfuhr, welche Menge Seife die Einheit brauchte. Daß über die Hälfte davon für die Haushalte bestimmt war – auf Sylahs Bitte –, ließ ihm fast den Atem stocken. Aber er lieferte sie. Und die Menschen in den Dörfern redeten bereits darüber, wie wenige der Wölfe und ihrer Familien während der Wintermonate erkrankt waren.

Er schüttelte den Kopf, vertrieb so die abschweifenden Gedanken und zwang sich, das eigentliche Problem in Angriff zu nehmen.

Die Entscheidung des Barons war genau das, was er gewollt

hatte. Sicherlich hatte er ehrlich geantwortet, als er sich dagegen ausgesprochen hatte. Der Sieg am Bärenpfotenfluß änderte die grundlegende Tatsache nicht: Die Wölfe waren eine winzige Einheit. Sie befanden sich in der Position eines kleinen Mannes, der einen Faustkampf mit einem großen Kerl zu überstehen hat. Der Kleine muß einen Sturm von Schlägen landen, um den Gegner zu ermüden, und dabei ständig auf der Hut davor sein, selbst getroffen zu werden. Macht der kleine Mann nur einen einzigen Fehler, braucht der Große nur einen richtigen Treffer. Genau so verhielt es sich mit den Wölfen. Sie konnten ein Dutzend Schlachten gewinnen, und trotzdem besäßen sowohl Ola als auch die vereinten Barone von Harbundai noch immer ausreichend Männer, sie zu überwältigen, sollten sie sich nur zu diesem einen, tödlichen Irrtum hinreißen lassen.

Tief im Herzen verlangte ihn dennoch nach der Auseinandersetzung: Der Adlige Malten war ein Verräter. Seine arrogante Unehrlichkeit stellte seine Schwäche dar, die Angst vor der wachsenden Stärke der Wölfe die des Königs. Ihr Spiel mitzuspielen war gefährlich. Aber dem Preis konnte er nicht widerstehen.

Zu seinen Knien entflocht Neela sich das Haar und ließ es offen fallen; er drehte es sich um die Hand und genoß den Blutdurst, den er im ganzen Körper spüren konnte. Zu Zeiten dachte er an sein Glück und erwischte sich dabei, daß er dann närrisch wie ein Frühlingsfohlen ins Leere starrte.

Und doch.

Sie saßen auf der Schneide eines Messers. Ohne ihren Beitrag hätte Baron Jalail diese Welt noch vor dem Winter verlassen, und trotzdem lebten sie nur unter seiner Duldung. Ob nun als Gäste oder als Partner, sie waren von ihm abhängig. Freiheit war lediglich eine relative Größe, hatte er festgestellt. Körperliche Anstrengung verlangte Jalail wenig von ihm, im Vergleich zur Nachtwache jedenfalls. Die Forderungen des Stammes erschienen ihm ganz natürlich, vor allem deshalb, weil er ein Teil dieser

Gemeinschaft war. Hier, wo er akzeptiert und bewundert wurde wie nie zuvor bei seinem eigenen Volk, war er sich stets bewußt, daß er anders war. Niemand sprach darüber. Trotzdem fiel es ihm auf. Er bemerkte den Schmerz, der in Clas' Augen aufflackerte, wenn die anderen Offiziere über Feste oder auch nur über Besuche zwischen den Familien redeten und ihn nicht mit einbezogen. Sie taten dies nicht aus Unhöflichkeit, sondern aus der tiefverwurzelten Gewohnheit, jeden, der nicht von Geburt aus zu »ihnen« gehörte, auszuschließen. Sylah bereitete dies nicht so viele Schwierigkeiten. Gan vermutete, ihr Leben als Auserwählte habe sie bereits auf solches Außenseitertum vorbereitet.

Neela litt am meisten darunter und beschwerte sich am wenigsten. Die anderen Frauen behandelten sie wie die Männer Clas. Ihre Gesellschaft hießen sie stets aus tiefstem Herzen willkommen. Die Frauen der Wölfe wußten, was sie und Sylah und Tate für sie getan hatten, und sie begegneten allen wie Königinnen. Sylah hatte ihr Heilungshaus, Tate war für die Ausbildung der Einheit verantwortlich. Neela arbeitete lang und hart mit den Weberinnen, Töpferinnen, Schneiderinnen und Kinderfrauen, doch gleich Clas gehörte sie nicht zu ihnen. Sie brachten ihr die ersten Blumen des Frühlings, sie stellten besondere Schals und Decken und Töpferwaren für sie her, doch niemals kam eine von ihnen auch nur in die Nähe ihrer Haustür, noch lud man Neela zu sich ein. Mehrfach hatte er gesehen, daß sie in der Tür ihres Hauses in der Nachmittagssonne saß, wo ihre helle Haut und ihr blondes Haar glühten. Beim ersten Mal hatte er die Luft angehalten und sich nicht geregt, damit sie sich nicht bewegte, während er ihre Schönheit mit den Augen in sich aufsaugte. Dann hatte er näher hingeguckt und die Traurigkeit bemerkt, die zarte Sehnsucht, mit der sie die Hände aus dem Schoß nahm und auf die Schenkel legte, als wolle sie so die Entfernung zu den lachenden, schwatzenden Frauen überbrücken. Diese gestikulierten wild in der Sonne, und jedesmal, wenn eine Hand den Arm einer der anderen berührte oder sich auf eine Schulter legte, zuckte sein Weib vor Einsamkeit zusammen.

Später, Neela schlief an seiner Seite, starrte er in die Dunkelheit, die ihm wie so oft zuvor keine Antworten gab, und abermals fragte er sich, warum seine Füße erwählt worden waren, diesen Weg einzuschlagen.

Kannte er denn überhaupt noch die Wahrheit? Einst war er sich dessen sicher gewesen. Stets. Jetzt mochte er das nicht mehr behaupten.

Die Finsternis langte nach ihm, berührte seine Haut, seine Muskeln, seine Knochen. Sie wußte Bescheid. Sie begriff, wer er war und wohin er ging. Doch sie würde es ihm nicht verraten. Der leichte Frühlingsregen lachte glucksend vorm Fenster. Der nächtliche Wind wisperte: »Zeit. Geduld. Zeit.«

Vier

Der Frühling bedachte Ola mit der gleichen Schönheit, die er auch Harbundai verliehen hatte. Die Aussicht auf die erwartete und ersehnte Erneuerung konnte jedoch die Anspannung nicht überdecken. Das Königreich wußte, Altanar trug sich mit der Absicht, den Verlust seiner Armeen zu rächen und sich Harbundai ein für allemal einzuverleiben.

In der Stadt rauchten die Essen vom Morgengrauen bis zum Einbruch der Abenddämmerung, in den Schmieden wurden Waffen und Rüstungen hergestellt. In der Dunkelheit dann erfreuten sich die Kinder an dem Schauspiel der Funkenschauer, die aus den Schornsteinen aufstiegen. Die Eltern, die sie von diesem Schauspiel fortholten, um sie ins Bett zu schicken, hatten daran nicht solche Freude. Während sie ihre Kleinen nach Hause führten, blickten sie über die Schulter zurück, und auf ihren Gesichtern spiegelte sich jene grimmige Niedergeschlagenheit, der man das Verständnis für die Spiele der Mächtigen ablesen kann. Conway, der in einer bevölkerten Straße unterwegs war, blieb stehen und beobachtete einen der Schmiede eine Weile lang. Der Handwerker sah auf und lächelte freundlich, sagte allerdings nichts. Conway gab sich seinerseits ebenfalls nicht die Mühe, ein Gespräch zu beginnen. Jeder, mit dem er sich unterhielt, bekam später Besuch von einem Wahrheitsbeschützer. Bis jetzt hatte man wohl daraus noch niemandem einen Strick gedreht, doch wollte er inzwischen die Leute wegen einiger Worte nicht einem Risiko aussetzen. Unabsichtlich ging sein Blick zu den beiden Männern, die in der Nähe herumlungerten. Zumindest trugen sie nicht die weiße Kleidung ihrer Organisation.

Altanar hatte seinen fünf sogenannten »Gästen« Freiheit in der Stadt gewährt, dennoch wurden sie sorgsam überwacht. Wollten die Frauen die Abtei verlassen, mußten sie um Erlaubnis bitten – die ihnen noch nie verwehrt worden war, wie Conway wohl zugab – und auf eine Eskorte warten. Die Männer durften jederzeit hinaus, allerdings erst, wenn das obligatorische Pärchen der Verfolger bereitstand. Die Anzahl der Wächter war stets die gleiche, weshalb sich die »Gäste«, waren sie erst einmal unterwegs, nicht mehr trennen durften. Jedesmal, wenn sie darüber diskutierten, ihre ständigen Begleiter abzuhängen, wallten die Emotionen hoch, am Ende aber waren sie alle der gleichen Meinung: Jeglicher augenscheinliche Widerstand würde nur Aufmerksamkeit auf sie lenken. Darüber hinaus war ihnen durchaus bewußt, daß Altanar über eine Armee von Informanten verfügte, die der wachsenden Unzufriedenheit der Bevölkerung entgegenwirken sollten. Selbst die Olaner, sein eigener Stamm, stöhnten unter den hohen Pflichten und Abgaben.

Conway und die anderen akzeptierten ihren Status und zeigten sich nach außen hin gleichgültig über ihre eingeschränkte Freiheit. Trotzdem fühlten sie sich steigendem Streß ausgesetzt, insbesondere Conway. Über seine nächtlichen Ausflüge wußten die Frauen nicht Bescheid. Der Gedanke, vor ihnen etwas zu verbergen, machte ihm mehr und mehr zu schaffen. Die Sache lief schon seit zu langer Zeit. Er fand nicht den Mut, sein Doppelleben zu gestehen. Und des weiteren plagte ihn die Angst, er könne durch Offenheit seine Verbindungen zum sich formierenden Widerstand gefährden. Ironischerweise lag in der größten Gefahr gleichzeitig ihre größte Hoffnung. Abermals redete er sich ein – das tat er andauernd –, er würde die Angelegenheit genau richtig handhaben.

Von seinen Gefährten hatte ihn Carter am meisten überrascht, dachte er, kehrte der Schmiede den Rücken zu und setzte seinen Spaziergang fort. Zum ersten Mal hatte er im Herbst eine Veränderung in ihrem Verhalten bemerkt, beim großen Erntefest. Altanar hatte ihnen einen seiner gelegentlichen Besuche abgestattet, und Carter, die bis zu diesem Zeitpunkt jeden Kontakt mit dem Mann peinlich vermieden hatte, lauschte nicht nur aufmerksam allem, was er von sich gab, sondern beantwortete, nachdem er sie direkt angesprochen hatte, ruhig und offen seine Fragen. Später, während sie den anderen erklärte, die einzige Art, mit dem König umzugehen, bestünde darin, ihn milde zu stimmen und seine Schwächen aufzudecken, war sie fast wieder die Alte gewesen. Conway warnte sie, Altanar besitze nicht mehr Schwächen als Dracula, aber wesentlich weniger Freunde.

Je länger er es sich überlegte, desto stärker gelangte er zu der Überzeugung, dieser Abend habe für sie eine Art psychologischen Wendepunkt dargestellt. Seitdem war sie, zuvor aggressiv und bisweilen geradezu barsch, immer umgänglicher geworden. Klug und scharfsinnig wie gewohnt, vertrat sie allerdings nur noch widerwillig ihre eigene Meinung. Und wenn, dann stützte sie sich stets auf Logik und Beobachtungen. Eigentlich, so erinnerte er sich, war sie es gewesen, die vorgeschlagen hatte, sie sollten eine möglichst versöhnliche Haltung einnehmen und sich mit Unterwürfigkeit tarnen. Zudem hatte sie ebenfalls Bruchstücke aus ihrer Welt in diese eingebracht, worin sie Leclerc in nichts nachstand. Sie war eine Meisterin im Fadenspiel, das den Olanern vollständig unbekannt war. Jung und alt griffen es mit großer Freude auf. Sie wußte mehrere verschiedene Namen für jedes Muster und konnte mit den verzwickten Figuren eine Geschichte verflechten, während ihre Finger das Webwerk ständig veränderten. Die Kinder bettelten sie dauernd an, sie möge wieder ein Märchen erzählen.

Die Auserwählten waren ihre Lieblinge. Sie merkte sich ihre Namen, ihre Vorlieben, ihre Persönlichkeiten und verbrachte jeden Tag viel Zeit mit ihnen. Mehrere der weniger freundlichen Priesterinnen beschwerten sich bei der Irisäbtissin über ihren zu großen Einfluß. Die Äbtissin erwiderte darauf jedoch nur, sie sollten von ihr lernen. Diese Entscheidung war zwar sicherlich weise, allerdings kaum populär. Die wenigen Erwachsenen in der Kirche, mit denen Carter Freundschaft geschlossen hatte, mieden sie daraufhin. Immerhin hatte sie noch die Kinder, und, so hatte Conway mindestens bei einer Gelegenheit bemerkt, versteckte sie in jeder ihrer Geschichten stets interessante moralische Aspekte. Eingesperrte Vögel sangen sich in die Freiheit, edelmütige Tiere retteten ganze Familien, Damen wurden von Helden vor Drachen beschützt, und Mäuse schlossen sich tollkühn zusammen, um der Katze eine Glocke umzuhängen. Bei diesem Gedanken mußte er lächeln. Er war entschlossen, ihr dieses Geheimnis zu lassen, als habe er überhaupt nicht bemerkt, was sie da tat, dennoch war für jeden Erwachsenen deutlich zu sehen, daß sie die Kinder dahin führte, eigene Vorstellungen zu entwickeln und die ihrer Umgebung in Frage zu stellen.

Erst vor kurzem hatte Carter ihren größten Erfolg feiern dürfen, und der hatte alle zum Staunen gebracht. Viel zu oft, um es dem Zufall zuzuschreiben, tauchte Altanar im Unterricht der Auserwählten auf, wenn sie gerade ihre Geschichten zum Besten gab. Von der ersten an war er genauso in Bann geschlagen wie ihre sechs- und siebenjährigen Kleinen. Und schließlich hatte er sich sogar eingemischt. Nachdem sie geendet hatte, »erklärte« er, was sie erzählt hatte, besetzte sich selbst in den heroischen Rollen und erläuterte, das Märchen spiegele seine Position, seine Leistungen und seine Fähigkeiten. Klugerweise widersprach Carter ihm niemals, und sie war zu geschickt, um den Kindern darzulegen, daß auch eine andere Interpretation möglich sei. Jedenfalls heiterte sie Altanar auf, was sonst niemand wagte. Conway hatte sie dabei nur zweimal beobachtet, und beide Male hatten seine Lungen geschmerzt, weil er das Lachen unterdrücken mußte, da sie einen solch wunderbar herzlichen Humor an den Tag legte, der ihn an einen Clown bei einem Hochseilakt erinnerte.

Kate Bernhardt und Sue Anspach integrierten sich direkter in die hiesige Kultur, und obwohl ihre Anstrengungen nicht soviel Aufsehen erregten, waren sie doch äußerst effektiv. Eine Weile lang litt Anspach sichtlich darunter, daß Carter, ihre engste Freundin, sich von ihr zurückzog und eine Nische bei den jungen Auserwählten suchte. Bernhardt entging diese Problematik nicht, und sie reagierte darauf, indem sie sich aufmerksam und freundlich um Anspach bemühte. Sue suchte zwar immer wieder die Nähe zu Carter, doch diese schien ihre Form der Zuwendung nicht mehr zu brauchen.

Aus diesem Grund beschäftigten sich Bernhardt und Anspach hauptsächlich mit den Heilerinnen. Sie vergaßen jedoch nicht, was Falconer zugestoßen war, und arbeiteten aus diesem Grunde nicht bei den Kranken. Die Irisäbtissin hielt ihr Sträuben für verständlich und teilte sie den Kriegsheilerinnen zu, bei denen sie sich ausschließlich um Verletzungen zu kümmern hatten. Dieser Zug stellte sich als unerwartet vorteilhaft heraus. Auf den Wegen, die sie zu den Verwundeten zurücklegen mußten, beobachteten sie alles und tauschten sich darüber aus, um sich jede Einzelheit einzuprägen. Behandelten sie die Verletzten im Heilungshaus, versuchten sie jegliche nützlichen Informationen in Erfahrung zu bringen. Zu der Zeit, da der Schnee sich verabschiedet hatte und die Narzissen die Felder mit ihrer gelben Pracht säumten, kannten sie die besten Fluchtwege nach Süden und Norden und hatten eine gemeinsame Datenbank über sämtliche adligen Familien des Königreichs angelegt.

Auch Leclerc hatte sich, ähnlich wie Carter, einem Wandel unterzogen. Nachdem sein verbessertes Kransystem an die Öffentlichkeit gedrungen war, trat einer von Altanars Generälen an ihn heran und wollte sich mit ihm über Probleme bei den Belagerungsmaschinen unterhalten. Leclerc gab sich dieser Aufgabe völlig hin, und seine Erläuterungen eines beweglichen Turms mit ihren Skizzen und mathematischen Berechnungen zur Stabilität erschütterten den General und machten ihn regelrecht sprachlos. Jede Arithmetik, die über lange Divisionen hinausging, wurde mit den Zeiten der Riesen in Verbindung gebracht und galt daher als böse. Leclercs kabbalistische X und Y, die gleich S und T waren, ließen den bärbeißigen alten Krieger zurückweichen, während er mit beiden Händen das Zweizeichen vollführte, um Hexerei abzuwehren, bis Leclerc ihn davon überzeugt hatte, er habe nichts zu befürchten, da es sich lediglich um Worte aus seiner alten Sprache handele und so weiter. Der General murmelte etwas vor sich hin und verabschiedete sich, und Leclerc verbrachte die nächsten achtundvierzig Stunden aufrecht sitzend auf einem Stuhl mit gerader, steifer Lehne, richtete das Gewehr auf die Tür und war bereit, wenigstens einige der Beschützer ins Grab mitzunehmen, wenn diese kämen und ihn abholten.

Nachdem dieser Schrecken jedoch ausblieb, bat er Conway um Unterstützung, damit er dem bäuerlichen Betrieb des Palastes zugeteilt würde. Altanar hatte aus Angst vor Gift im Essen einen Bauernhof anlegen lassen, auf dem alles angebaut wurde, was er zu sich nahm. Dort wurden zudem Pferde gezüchtet. Leclerc wurde seine Bitte gewährt. Mit der ihm eigenen Energie stürzte er sich auf seine Aufgaben, und bereits nach einer Woche überwachte er den Bau eines riesigen Hühnerstalls. Wie er Conway anvertraute, wollte er den Bestand durch genetische Kontrollen aufbessern und den Arbeitern zeigen, auf welche Weise sie mit den Hinterlassenschaften der Tiere besseren Dünger herstellen konnten.

Einmal hatte Conway ihn dort besucht. Die Arbeiter mochten Leclerc und seine ständige Tüftelei offensichtlich, obwohl sie sich über seine Beschäftigung mit Gülle amüsierten. Er führte Conway seinen Methanproduktionstank mit einem Stolz vor, als würde es sich um feinste Juwelen handeln.

Der Schock sollte erst folgen, nachdem er Conway in das geführt hatte, was er »mein Büro« nannte. Es überraschte nicht, daß das Gebäude früher ein Stall gewesen war, ehe Leclerc es für sich mit Beschlag belegt hatte. Jetzt hatte es ein neues Fenster bekommen, das erst jüngst in die Holzwände gesägt worden war, und an einer der Wände stand ein langer Arbeitstisch. Gegenüber waren Regale angebracht worden. Der Gang dazwischen war gerade groß genug, damit sich ein Mann um die eigene Achse drehen konnte. Der Tisch war mit Behältern jeder Größe und Form übersät, worunter sich auch ein großer Mörser mit Stößel und eine einfache Waage befanden. Leclerc hatte sich an der gegenüberliegenden Wand direkt unter dem Fenster niedergelassen und grinste wie ein Kind, das ein Geheimnis hat und es unbedingt loswerden will. Conway mußte ihn schließlich fragen, was es hier zu sehen gab.

Leclerc war niedergeschlagen. »Ist es Ihnen nicht aufgefallen? Riechen Sie es denn nicht?«

Freundlich erwiderte Conway: »Seit ich hier angekommen bin, rieche ich nichts anderes mehr. Und ich muß gestehen, Louis, der Gestank haut mich nicht gerade vom Hocker.«

Lachend sagte Leclerc: »Nicht der Mist. Dies hier!« Er nahm ein Säckchen aus dem Regal. »Die verwenden ihn ständig. Für den Boden. Und sie behandeln ihre Pferde damit. Die Äpfel werden auch damit geräuchert, bevor sie zum Trocknen kommen.«

Verblüfft blickte Conway in den Sack. »Schwefel?« wunderte er sich. Ihm entging der Unterton in seiner Stimme nicht, der Leclercs Verstand in Frage stellte.

Der kleinere Mann zeigte sich noch amüsierter. »Begreifen Sie denn nicht?« Mit den Händen auf Conways Schultern schob er ihn zurück in die große Scheune. »Sehen Sie sich die Wände an, unten, wo sie aus Stein sind. Fällt Ihnen dieses Zeug nicht auf?«

Conway verlegte sich aufs Raten. »Das Weiße? Scheint Salz zu sein.«

»Salz.« Das Wort triefte vor Hohn. »Haben Sie denn in Ihrem Leben nur etwas über Verkehrsdichte und Ampeln gelernt? Das ›Weiße‹ ist Salpeter, Matt. Salpeter ist Kaliumnitrat. Denken Sie an den Holzkohleofen! Denken Sie an den Schwefel! Und jetzt – Kaliumnitrat. Fällt Ihnen dabei nicht etwas anderes ein?«

»O Gott«, keuchte Conway. »Schwarzpulver. Sie arbeiten an Schwarzpulver?«

Leclerc trabte zurück in sein Büro und ließ Conway keine andere Wahl, als ihm zu folgen. Er zeigte ihm Gefäße mit weißem Pulver und Töpfe mit einer schwarzen, körnigen Substanz. »Das weiße Zeug, das sich an den Dunggruben absetzt, ist Kaliumnitrat. Inzwischen habe ich schon einen ganz hübschen Vorrat angehäuft, aber die richtige Mischung fehlt mir noch«, erklärte er und knallte eines der Gefäße auf den Tisch, wobei Conway instinktiv zusammenzuckte. »Die Holzkohle ist gut. Weide. Wenn ich mich recht erinnere, soll das die beste sein. Und der Schwefel kommt direkt vom Schneevaterberg und ist so rein wie der Morgentau.« Während er sprach, schaufelte er die verschiedenen Zutaten in einen anderen Topf und verrührte sie mit einem Stab. Er stocherte wild darin herum, und das Gefäß schwankte wie betrunken.

Conway packte ihn am Arm. »Seien Sie vorsichtig«, krächzte er.

»Was? Ach, machen Sie sich keine Sorgen. Damit kann man allenfalls Feuer machen. Es brennt ganz gut, explodiert jedoch nicht.«

»Wenn man Sie erwischt, haben wir ein Problem.«

»Falls wir nicht eine Möglichkeit finden, unsere ›Blitzwaffen‹

funktionsfähig zu halten, werden wir nie wieder irgendwelche Probleme haben. Wir brauchen einen Trumpf im Ärmel. Dieses Zeug wird uns den liefern. Wenn ich die richtige Zusammensetzung finde.« Er kippte seine neueste Mischung in die Feuergrube, wo sie zischend blaue Flammen spuckte, die fürchterlich qualmten. Traurig schüttelte er den Kopf.

Trotzdem hatte er mit seinem Argument recht. Conway hatte ihm zugesagt, jederzeit zu helfen. Er hoffte nur, daß ihnen noch Zeit blieb, etwas – irgend etwas – zu tun, um Altanars letztem Zug zuvorzukommen.

Das Bedürfnis nach Sicherheit verdrängte diese Erinnerungen aus seinem Kopf, während er seinen anscheinend ziellosen Spaziergang durch die schmale Straße fortsetzte. Er rief sich ins Gedächtnis, daß er weiterhin gleichgültig wirken mußte.

So wischte er sich den plötzlichen Schweiß auf den Handflächen an der Hose ab und wünschte sich, Tee könne bei ihm sein und ein Auge auf alles haben. Sie traute in der Burg niemandem, und natürlich durfte sie niemals die Mauern verlassen. Conways Kontakte zum Untergrund waren eine regelrechte Do-it-yourself-Aktivität. Noch einige Male war er mit ihr des Nachts über die Mauer gestiegen, doch im Winter erhöhte sich das Risiko. Wegen der Kälte mochten die Wachen in geschützten Ecken stehen, anstatt ihre gewohnten Routen abzugehen, und ein überraschender Schneefall konnte ihre Fußabdrücke zu offensichtlichen Beweisen werden lassen, die selbst der nachlässigsten Patrouille auffielen.

Daher hatten sie ein Signalsystem mit dem Untergrund abgesprochen. Besaß Conway Informationen für Wal, kehrte er in einer bestimmten Schenke ein und bestellte Bier. Darüber hinaus sagte er nichts und sprach mit niemandem, aber anschließend führte ihn sein weitschweifender Spaziergang zum Markt, wo ein Kontakt zustande kommen konnte.

Entsprechend dem Plan hielt Conway nun auf den Hauptmarkt der Stadt zu. Zunächst mußte er mit einer bestimmten

Person über den Preis von Obst feilschen. Diese Person trug stets einen grünen Schal und einen silbernen Ohrring. Es war nie die gleiche, und es konnte sich wahlweise um einen Mann oder eine Frau handeln.

Heute war es ein Mann, der getrocknete Aprikosen, Äpfel, Kirschen und Birnen aus einem Holzeimer verkaufte. Conway entdeckte ihn sofort, nachdem er das große Zelt betreten hatte. Das Gewühl des Marktes betäubte ihn jedesmal für einen Moment, die Wucht des Gewimmels traf ihn wie ein Schlag. Nichtsdestotrotz sah er den Mann prompt, als würden seine Augen von irgendeiner Macht gelenkt. Sein Blick ging einfach durch alles andere hindurch, und die Plötzlichkeit, die Leichtigkeit, mit der er ihn ausmachte, erschreckte ihn wie die Berührung einer Messerspitze. Er blieb stehen, nahm sich die Zeit, sich zu sammeln, und schlenderte dann beiläufig durch die Gänge.

Auf dem Markt vergaß er sich immer selbst. Er genoß seine Anwesenheit hier, da die Menschen so lebendig waren, gute Laune verbreiteten und vor Energie strotzten. So etwas hatte er nicht nur noch nie gesehen, sondern bei jedem Besuch hier lernte er etwas Neues über die Welt, in der er jetzt lebte. Heute verkaufte ein Mann ein gepunktetes Fell, das mit Sicherheit einem Schneeleoparden gehört hatte. Auf Conways Frage hin, woher er es habe, blickte der Kerl ihn an, als hätte er den Verstand verloren. »Aus den Bergen im Norden natürlich. Dort leben die Biester schließlich.«

Conway lächelte, nickte, ehe er davonging, und verbarg seine Überraschung. Wenn es in der ehemaligen Cascade Range – heute die Feindseligen Berge – Leoparden gab, mußte dies das Werk der Williamsiten und ihrer Genbänke sein. Falls der Krieg mit nuklearem Erst- und Gegenschlag begonnen hätte, wie es alle erwartet hatten, wäre ihnen niemals die Zeit geblieben, ihre Arbeit zu beenden. Offensichtlich waren sie, da sie für ihre Zentren die abgelegensten Gegenden ausgesucht hatten, in der Lage gewesen, eine große Anzahl der verschiedensten Spezies zu züchten. Conway hatte sich bereits daran gewöhnt; an den Marktständen hatte er immerhin sechs Arten Fasane entdeckt, deren Gefieder wie Emaille glänzte. Außer einer, dem Kragenfasan, handelte es sich bei ihnen um exotische Arten, an die er sich nur noch vage aus dem Zoo, aus dem Fernsehen oder von Bildern der Artenschutzbanken erinnern konnte. Tigerfelle und Bärenhäute waren beeindruckend und in großer Zahl zu finden, doch nicht so gewöhnlich wie Seehund, Biber, Nerz und Karakulschaf. Wolle von Lama, Alpaka, Schaf und Ziege gab es reichlich. Die Metzgerstände boten wenigstens ein halbes Dutzend unterschiedlicher Fleischsorten an, vom Kaninchen bis hin zum Hund. Aus Conways Sicht wirkten die meisten handwerklichen Produkte primitiv, aber sie wurden mit Sorgfalt hergestellt und erschienen stabil. Tischler sägten und hämmerten, während sie auf Kunden warteten, Töpfer formten ihre Schüsseln und Teller, und man fand sogar Goldschmiede, die ihre edlen Metalle verlöteten, polierten und formten.

Er blieb vor dem Obstverkäufer stehen und richtete die Augen streng geradeaus. Der Mann mußte entscheiden, ob es sicher war, zu reden oder nicht. Falls er die Beobachter nicht erkannte, feilschte er lediglich mit Conway und schickte ihn dann weiter. Heute jedoch war er darauf erpicht, sich mit ihm zu unterhalten, so sehr, daß er fast vergaß, seine Miene zu kontrollieren. Conways gereizter Blick beruhigte ihn, und er verfiel wieder in seine Rolle. Er hielt ihm eine Handvoll getrockneter Birnen hin, als wollte er sie anpreisen. Statt jedoch ein Verkaufsgespräch zu beginnen, sagte er: »Wal will wissen, ob Altanar euch eure Waffen abgenommen hat.«

Conway grunzte überrascht und schüttelte den Kopf. »Nein. Noch nicht.«

Der Händler fuhr fort: »Die Beschützer sammeln Männer für die Armee und verstärken auch ihre eigenen Reihen. Einer von Altanars Günstlingen hat geäußert, der Angriff auf Harbundai würde früher beginnen als erwartet, und falls du und deine

Freunde nicht mit euren Blitzwaffen an der Spitze marschieren würdet, übernähme diese Aufgabe jemand anders. Wal macht sich Sorgen um euch.«

»Um die Waffen, meinst du.«

Der Kerl grinste und hielt ihm eine Handvoll getrockneter Pfirsichscheiben entgegen. Conway erinnerten sie an abgeschnittene Ohren. Er erwiderte: »Wahrscheinlich glaubt er, sie seien ohne euch wertlos.«

Conway nahm sich ein Stück Obst und biß davon ab. Die Frucht war so zäh wie die Rinde des Baumes, von dem sie stammte, aber trotzdem köstlich. »Was sollen wir tun?«

»Haltet euch zur Flucht bereit. Es wird keine großartige Warnung geben. Und hier solltest du besser auch verschwinden.« Der Mann warf einen Blick an Conways Schulter vorbei. Mit lauter Stimme sagte er: »Ich schenke dir die, die du gegessen hast, aber das ist mein letztes Angebot. Drei Münzen ist billig.«

Nun zählte Conway das Geld ab, und der Mann wickelte die Ware in Papier ein und schnürte es mit einem Bindfaden zusammen. »Bis zum nächsten Mal, hoffe ich«, verabschiedete er sich. Er setzte ein unschuldiges Lächeln auf, zwinkerte verwegen wie ein Eichelhäher, und dann brach Conway auf.

Den Markt zu verlassen stellte eine der schwierigsten Aufgaben dar, die er jemals zu bewältigen gehabt hatte. Seine Gedanken liefen wild durcheinander, sprangen hin und her, und er mußte an die roten, glühenden Funken denken, die aus dem Schornstein der Schmiede aufstiegen. Er fühlte sich ähnlich hilflos. Und die Chancen, daß er wie sie von der Dunkelheit verschlungen wurde, standen ebenfalls recht gut. Er versuchte an seine Freunde zu denken. Auf welche Weise würden sie auf das Gebot zur Flucht reagieren? Ihm erschien es, als würden sie ein zweites Mal die Höhle verlassen; der weitere Aufenthalt hier war zu gefährlich, und daher mußten sie den Schritt ins Ungewisse wagen.

Verlegenheit erfüllte ihn, weil er sich nicht auf seine Gefährten konzentrieren konnte. Ständig hatte er nur Tee vor Augen.

Den ganzen Winter hatte er sich selbst gegenüber verleugnet, was in ihm vorging, sogar in den Nächten, wenn er auf sie wartete, sie ihn aber nicht besuchte. Manchmal konnte er dann nicht einschlafen, und falls doch, wachte er häufig voller Schreck und mit klopfendem Herzen auf, und dabei zitterte er vor Angst, daß seine Knochen schmerzten. Das Schlimmste war Sekunden später bereits überstanden, die Angst hingegen verweilte, ein Gift, das es ihm unmöglich machte, zu essen oder klar zu denken, bis er sie wohlbehalten wiedersah.

Auch dann noch redete er sich ein, er sorge sich nur deshalb um sie, weil er sich um jeden sorgte, der unter Altanars Knute lebte.

In den Nächten, die sie mit ihm teilte, erlebte er eine solche Lust und eine solche Befriedigung, daß es ihm leicht wurde, den Gedanken an den Matt Conway zu verdrängen, der er einst, an einem anderen Ort und zu einer anderen Zeit, gewesen war. Bei Tageslicht betrachtet sagte er sich, er sei einfach nur einsam und sie ebenfalls.

Wenn sie des Nachts über die Burgmauern stiegen und in die Stadt schlichen, galt seine Angst weit mehr ihr als sich selbst, und dennoch fühlte er einen übertriebenen Stolz über ihre Behendigkeit, ihre Kraft und ihren unbezähmbaren Mut. Ihre durch die Gefahr geschmiedete Nähe zueinander war eine bittersüße Orgie der Emotionen.

Die massiven Türen des Sonnenaufgangstores tauchten vor ihm auf, und nun gestand er es sich ein: Er würde diesen Ort niemals ohne sie verlassen können. Sein Gesicht wurde warm, dann heiß, aber er lächelte vor sich hin, denn zum ersten Mal akzeptierte er, was Tee betraf, die Wahrheit. Dieses Gefühl war einfach wunderbar.

Fünf

Zwei Tage lang rang Conway mit sich, ob er seine Freunde von der bevorstehenden Flucht in Kenntnis setzen sollte oder nicht. Sie konnten sowieso nur wenig unternehmen, um sich vorzubereiten, denn falls sie irgendwelche Zeichen ungewöhnlicher Aktivität zeigten, würden die Beschützer mißtrauisch werden. Noch mißtrauischer, korrigierte er sich trocken. Sie verdächtigten sowieso alles und jeden. Und mit gutem Grund. Viele Menschen im Königreich haßten Altanar, doch dabei handelte es sich um jene Art Haß, die man einem Fluß entgegenbringt, in dem ein Kind ertrunken ist, oder einem Feuer, welches ein Haus mit all den damit verbundenen Erinnerungen verwüstet hat. Was den König betraf, umgab ihn eine unirdische Sphäre der Macht. Die Beschützer erst verliehen Altanars Grausamkeit eine persönliche Komponente. Wenn Altanar Qualen befahl, waren sie es, die sie zufügten. Wohin auch immer sie gingen, beobachtete man genauestens ihre Fehltritte.

Am Morgen des dritten Tages erschien nun einer von ihnen bei Conway und teilte ihm mit, daß der König ihn zu sprechen wünsche. Er war in die weiße Hose, das weiße Hemd und den weißen Umhang seines Amtes gekleidet, und Conway spürte, wie sich seine Rückenmuskulatur verkrampfte. Der Beschützer schritt hinter ihm her und erteilte ihm unterwegs einsilbige Anweisungen, die den Weg betrafen. Die Befehle des Königs kamen ohne Farbe und Leben aus seinem Munde. Er hatte die Befugnis, jeden zu töten, der den Gehorsam verweigerte.

Als er das Arbeitszimmer des Königs betrat, beachtete er die finstere Grimasse nicht, die auf die Trennwand hinter dessen Tür gemalt war. Er ging rasch um sie herum und strahlte mit seinem Lächeln eine Unbekümmertheit aus, die eine schlichte Lüge war. Altanar begrüßte ihn freundschaftlich und unterhielt sich mit ihm über Nebensächlichkeiten, was Conway nur in seiner Überzeugung bestärkte, etwas sei im Schwange. Rasch kam der Herrscher von Ola auf den Punkt zu sprechen. »Ich war gezwungen, meine Pläne für den Krieg mit Harbundai zu ändern«, erklärte er. »Eigentlich hatte ich vor, dich und deine Freunde erst einzusetzen, wenn die Lage auf dem Schlachtfeld kritisch wird. Jetzt aber möchte ich mit der ersten Schlacht alles entscheiden. Mein Ziel besteht darin, die Armee von Harbundai vernichtend zu schlagen. Letzten Endes rette ich so vielen meiner Männer das Leben. Bist du damit einverstanden?«

Die Schlußfolgerung, sie sollten nicht eingesetzt werden, erleichterte Conway, vor allem, da er von Tates Aufenthalt irgendwo im Norden wußte. Trotzdem hörte er aus den Worten eine Bedrohung heraus. Vorsichtig stimmte er zu.

Altanar lachte anerkennend. »Ich bemerke Widerwillen in deiner Antwort. Gut. Unsere Kriege sind nicht eure Angelegenheit. Um euch die Beteiligung daran zu ersparen, bitte ich dich, einige meiner Männer im Gebrauch eurer Waffen zu unterrichten.« Auf seinem Gesicht zeigte sich falsches Bedauern, dann fuhr er fort: »Ich habe euch stets zugestanden, daß die Waffen euer Besitz sind und daß ihr sie zu meinem Nutzen verwendet. Aber uns stellt sich ein neues Problem.«

»Und was wäre ›unser‹ Problem, König?« Conway betonte das Wort, woraufhin in Altanars Augen ein gereiztes Funkeln aufblitzte. Sofort war es wieder verschwunden und wurde durch sein noch unbehaglicheres Lächeln ersetzt. »Ich habe deine Freunde ausfindig gemacht«, erklärte er. »Die zwei mit Namen Jones und Tate leben auf dem Land dieses fetten kleinen Feiglings, der sich Baron Jalail nennt. Du hättest mir mitteilen sollen, daß die Frau schwarz ist; etwas so Ungewöhnliches darf man nicht für sich behalten. Jedenfalls sind sie mit dem in Ungnade gefallenen Sohn und dem besten Freund eines vertriebenen Kriegshäuptlings der Hundemenschen dort aufgetaucht. Diese beiden Hunde sind für den hinterhältigen Überraschungsangriff verantwortlich, der mich drei meiner Abteilungen gekostet hat. Ich kann dich nicht darum bitten, gegen Harbundai zu kämpfen, wenn deine Freunde auf der anderen Seite stehen.«

»Statt dessen sollen wir andere ausbilden, die unsere Freunde bekämpfen?«

»Natürlich nicht!« Altanar war verletzt. »Ich werde auf meine Kosten einen Boten zu diesem sogenannten Baron schicken und ihm mitteilen, ihr stündet in meinen Diensten. Dazu werde ich ihm eine Möglichkeit bieten, sich vor der Schlacht zu drücken, und ihn wissen lassen, in diesem Falle wäre ich ihm sehr gewogen. Falls er jedoch ein bißchen Ehre im Leib hat und darauf beharrt, sich ins Unvermeidliche zu fügen, soll er erfahren, daß ich unter den Besiegten keine Gnade werde walten lassen. Schließlich wirst du deinen Freunden sagen, ihr würdet euch nicht an diesem Krieg beteiligen, da er nicht eure Angelegenheit sei, und dann bittest du sie, das gleiche zu tun.«

»Aber dann wirst du ausgebildete Männer haben, die unseren Platz einnehmen.«

Altanar grinste begeistert; er genoß seine großartigen Aussichten, die weit über das Spielchen hinausgingen, das er mit seinem Gegenüber trieb. »Eine Überraschung ist in der Schlacht mehr wert als zwei Abteilungen. Eure Waffen sind wenigstens fünf wert.« Rasch wurde er wieder nüchtern. »Doch dadurch verschonen wir deine Freunde, und das ist das Wichtigste.«

Conway wußte, was er nun zu tun hatte. Jeder Widerspruch würde nur Öl ins Feuer von Altanars Paranoia gießen. Und ein zu rasches Beistimmen ebenfalls. »Mehr als zwei Männer können wir nicht ausbilden, König, und wir müssen die Waffen bis zur eigentlichen Auseinandersetzung in unserem Besitz verwahren.«

Sie feilschten und einigten sich schließlich auf drei Männer. In drei Tagen würde der Unterricht beginnen und sieben Tage dauern. Conway ließ sich auch in der Frage des Besitzes überzeugen und gestand zu, die Männer dürften die Waffen mitnehmen, wenn sie Ola verließen. Altanar ließ zähneknirschend zu, daß Conway sie begleiten würde.

Nach dem Gespräch eilte Conway zurück in sein Quartier. In Gedanken ging er hastig alle möglichen Folgen durch. Tate und Jones waren der Hebel, mit dem Altanar ansetzte, um der Gruppe die Waffen abzujagen. Der König wußte, sie würden nicht zu schießen wagen, solange sie irgendwo im Kampfgetümmel ihre Freunde vermuten mußten. Ein Bote mit einer Warnung an Tate und Jones würde jedoch niemals aufbrechen, soviel war Conway klar. Wenn diese drei Männer erst einmal fähig waren, die Gewehre zu handhaben, konnte man die Restlebenszeit, die den Fremden blieb, in Minuten abzählen.

Die Waffen so zu manipulieren, daß sie die Olaner beim Gebrauch töteten, kam nicht in Frage.

Ihre einzige Hoffnung bestand in Wal. Noch vor einigen Tagen war Conway jeder Fluchtversuch waghalsig und gefährlich erschienen. Jetzt fragte er sich nur noch, ob Wal bald genug etwas arrangieren konnte.

Altanar schritt hinüber zur Feuerstelle, um Holz nachzulegen, und zog sich einen Stuhl heran, auf den er sich setzte. Er schloß seinen Umhang; der Winter umklammerte den Stein der Burg noch immer mit fester Hand und widerstand der Wärme des Frühjahrs. Selbst wenn es angenehm warm im Zimmer gewesen wäre, dachte er, wäre das Feuer notwendig. Flammen reinigten, und in ihr unendliches Flackern zu starren, befreite seinen Verstand von jeglichen Ablenkungen. Im Feuer lag die Wahrheit.

Bei diesem Gedanken mußte er lächeln. Die Beschützer erachteten das Feuer gewiß als hilfreich bei ihrer Suche nach der Wahrheit. Einen Augenblick lang fragte er sich, ob die heimlichen Gedanken anderer Menschen ebenfalls so klug waren. Das mochte er eher bezweifeln. Er konnte sich nicht daran erinnern, daß ihn jemals irgendwer auch nur eine Weile lang so amüsiert hatte wie er sich selbst.

Conway hatte genau auf die von ihm vorhergesehene Weise reagiert. Das war gut. Und zudem hatte er nicht leichthin zugestimmt, die Waffen zu übergeben, sondern ehrlich besorgt gefeilscht. In seinen Einwänden hatte er keine Ausflüchte bemerkt.

Oder etwa doch?

Nein, entschied er. Der Mann war kein Narr. Ihm blieb keine andere Wahl, und er versuchte lediglich, die besten Bedingungen auszuhandeln.

Manchmal dachte er darüber nach, ob er es nicht mit Falconer einfacher gehabt hätte. Conway konnte seine Gefühle sehr gut verbergen.

Falconer. Es machte ihn zornig, daß dieser Mann ein Messer in die Finger bekommen hatte. Man hätte ihm nie den Zutritt zur Küche gewähren sollen. Der Oberkoch hatte dafür bezahlen müssen, aber der angerichtete Schaden ließ sich nicht wiedergutmachen. Er wünschte nur, der Koch hätte die Folter länger durchgehalten. Viel länger. Das hätte er verdient gehabt. Und die neue Köchin verstand es nicht halb so gut, die Speisen zuzubereiten.

Er setzte sich im Stuhl zurecht und schalt sich, weil er seine Gedanken abschweifen ließ.

Conway zeigte sich unbesorgt, den Männern den Umgang mit den Waffen innerhalb von sieben Tagen beibringen zu können. Auch das war gut. In zwei Wochen würden die Blitzwaffen lebenswichtig werden. In höchstens drei Wochen jedenfalls.

Die Flammen tanzten über die Scheite. Er langte nach dem Schüreisen. Die großartige Handwerkskunst, mit welcher der Griff geglättet oder das Eisen in Form einer stilisierten Schlange gestaltet war, fiel ihm nicht auf. Er stocherte herum und fragte sich, was ihn an dem Gespräch mit Conway noch immer beunruhigte.

Sieben Tage Ausbildung. Er hatte irgendwie eigentümlich ausgesehen, als er das sagte, und seine Augen hatten sich seltsam bewegt. Mit dieser Zahl war er nicht einverstanden gewesen. Er regte sich nicht darüber auf, aber die Zeit stellte ihn auch nicht zufrieden. Warum? Natürlich hatte er zehn Tage verlangt, doch die Menschen behaupteten immer, sie bräuchten mehr. Altanar seufzte. Sie waren alle solche Narren; es war ein Wunder, daß er mit diesem Volk überhaupt etwas zustande brachte.

Sieben Tage. Welchen Unterschied machten sieben oder zehn oder zwanzig Tage? Laut sprach er vor sich hin: »Ich habe es gesehen. Bloß was? Was war an der Ausbildungsdauer so wichtig? Er hat mehr Zeit verlangt, jedoch nur zaghaft; warum hat er mir nicht gesagt, es läge in meiner Verantwortung, wenn die Männer den Umgang mit den Waffen nicht richtig lernten? Jeder vernünftige Mensch hätte sich hinter dieser Logik verschanzt. Irgend etwas stimmt da nicht.«

Er zog das schwere Schüreisen aus dem Feuer zurück. Die gegabelte Zunge der Schlange und ihr Kopf glühten zart rosa. Ein Rauchfaden stieg dort in die Luft, wo ein winziges Stück Holz hängengeblieben war. Er strich es ab und senkte das Ende des Schüreisens auf das Fell am Rande des steinernen Kamins. Einzelne Haare wurde schwarz und kringelten sich durch die Hitze, und eine säuerliche Rauchschwade wallte auf. Er drehte den Griff, schob das versengte Fell beiseite und enthüllte das nackte Leder. Kleine Blasen bildeten sich darauf, und es verkohlte langsam, zischte und knisterte. Altanar drehte den Griff erneut und stocherte mit der Schlangenzunge weiter, bis das Geräusch aufhörte. Während er das Schüreisen in seine Halterung zurückhängte, beugte er sich in den noch immer aufsteigenden Rauch vor. Er atmete tief ein.

»Wahrheit«, sagte er. Seine Stimme klang sanft und sinnlich. »Im Feuer liegt die Wahrheit.«

Eine Stunde später stand Altanar vor dem Raum, in dem die Frau mit Namen Carter den Kindern eine Geschichte erzählte. Sie handelte von einem Kaninchen und einem Brombeerstrauch. Er spähte hinein und amüsierte sich über ihre Ernsthaftigkeit.

Das Märchen ähnelte ihr so sehr – wie allen gewöhnlichen Leute eigentlich. Sie erfanden ihre kleine Fabeln, um sich selbst zu einem gewissen Erfolgsgefühl zu verhelfen. Das Kaninchen würde den Fuchs austricksen und einen weiteren Tag leben. Normale Menschen bewunderten das Kaninchen und wollten ebenso sein. Ein Mann mit Intelligenz würde versuchen, ein schlauerer Fuchs zu werden.

Nachdem sie die Geschichte beendet hatte, folgte sie den Kindern, die zum Spielplatz gingen, aus dem Raum. Er löste sich von der Wand und verstellte ihr den Weg. Dabei erschreckte er sie, woraufhin sie die Hand vor den Mund schlug und beinahe einen leisen Schrei ausgestoßen hätte. Vor Angst riß sie die Augen weit auf. Es gefiel ihm, daß sich daran nichts änderte, auch nachdem sie ihn erkannt hatte.

»Ich wollte dich nicht überraschen«, sagte er. »Komm und setz dich einen Moment zu mir. Ich bringe Neuigkeiten, die dir gefallen werden.« Er nahm sie am Handgelenk und wollte sie herumdrehen, doch sie weigerte sich.

»Meine Kinder«, entgegnete sie, »die kann ich nicht allein lassen.«

Er drängte sie herum. »Eine Priesterin wird sich um sie kümmern. Du hast frei, bis ich wieder aufbrechen muß.«

Also ließ sie sich zu ihrem Stuhl zurückführen und blickte nur ein weiteres Mal zur Tür. Nachdem sie sich gesetzt hatte, zog sie Ellbogen und Knie an, um sich so klein wie möglich zu machen.

Altanar wählte sich einen Stuhl und ließ sich auf ihn sinken. Dabei schwang er mit einer großen Geste seinen Umhang über die Lehne. Dessen hellgrüne Stickereien bildeten einen wunderbaren Gegensatz zu dem ruhmreichen Rot und Gelb der äußeren Rosette. Sein Hemd und seine Hose waren ebenfalls bestickt und zeigten ein verzwickt verwobenes Kettenmotiv auf blaugrünem Stoff.

Er fragte sie nach den Kindern, riß sich zusammen, ertrug ihr Geschwätz solange wie möglich und kam dann auf sie und ihre

Freundinnen zu sprechen. Sie versicherte ihm, alles sei in Ordnung, und sie klang fast so, als würde sie das glauben. Daraufhin erklärte er ihr, allein die Sitten des Landes seien dafür verantwortlich, daß sie hier praktisch eingesperrt leben mußten. »Falls ich dadurch nicht mein Volk beleidigen würde«, sagte er und ergriff ihre Hand, »würdet ihr nie eine Eskorte brauchen. Natürlich habe ich als König die Macht, doch die Gebräuche meiner Untertanen bestimmen mein Denken in jeder Hinsicht.« Er blickte auf seine Hirschlederhausschuhe. »Vor kurzem habe ich mich mit Conway unterhalten. Ich glaube, er würde uns gern verlassen. So sehr ich das verabscheue, kann ich ihn natürlich nicht zurückhalten. Ihr seid meine Gäste; deshalb dürft ihr gehen, wann immer ihr wollt. Dennoch bin ich ein wenig verwirrt, weil er wohl kaum Dank für den Schutz empfindet, den ich euch gewährt habe.«

Sie wollte protestieren, und er legte ihr einen Finger ans Kinn. »Sicherlich möchtest du ihn verteidigen, und um die Wahrheit zu sagen, habe ich auch niemals etwas von ihm verlangt, außer einige meiner Männer auszubilden, damit wir uns gegen Harbundai wehren können. Dem hat er auch zugestimmt, doch ich hatte halb erwartet, er würde mir eine der Waffen anbieten. Nicht jetzt sofort, aber bestimmt könnte er eine erübrigen, wenn er uns verläßt, nicht wahr? Ihr habt ja mehr, als ihr Personen seid.«

»Ich wünschte, wir könnten sie dir alle überlassen«, erwiderte sie. »Ich wünschte, wir bräuchten sie nicht mehr, und du ebenfalls nicht. Dieses ganze Töten hasse ich. Der Schmerz –« Plötzlich schimmerten Tränen in ihren Augen.

Nun ließ er ihre Hand los und trat ans Fenster. Zwei Beschützer in der Nähe sorgten dafür, daß es keine Lauscher gab, und so fuhr er fort: »Wenn du nur wüßtest, wie sehr es mich plagt, derjenige zu sein, der meinem Volk all diese Belastungen auferlegen muß. Sie zwingen mich dazu. Mein Leben lang habe ich stets danach gestrebt, Glück und Sicherheit zu verbreiten, aber um dies zu erreichen, brauche ich die Macht, um eine stabile Gesellschaft aufzubauen. So viele stellen sich gegen mich. Und wollen die den Menschen helfen? Gewiß nicht. Sie wollen alles nur für sich selbst, genauso wie Harbundai unsere Rechte auf dem Inneren Meer bestreitet.«

Sie erhob sich vom Stuhl und gesellte sich in respektvollem Abstand zu ihm. »Ich habe geglaubt, dein Krieg mit Harbundai – also, ich habe dich sagen hören, es handele sich um eine Eroberung.«

»Das ist es auch. Oder wird es werden.« Er drehte sich um und lächelte sie von oben herab an. »Soweit es ihren König betrifft. Das Volk wird einen Herrscher willkommen heißen, der um seine Nöte Bescheid weiß. Meinen Untertanen gegenüber darf ich mich nicht zu versöhnlich zeigen – sie müssen schließlich den Krieg ausfechten, nicht wahr? –, aber dir kann ich die Wahrheit gestehen. Dadurch fühle ich mich wesentlich erleichtert. Krieg und Töten sind mir ein Greuel. Hoffentlich können wir das rasch beenden und etwas Gutes aufbauen.«

»Ja, das hoffe ich auch.«

»Vor allem im Augenblick.« Er zwinkerte ihr langsam und weise zu. »Habe ich dir schon die gute Neuigkeit mitgeteilt?«

»Gibt es noch eine? Was du mir über dich erzählt hast –« Sie hielt inne und wurde leicht rot, weil sie sich selbst verraten hatte. Während sie ihn anstarrte, öffnete sie den Mund ein wenig, und sie erinnerte ihn an einen Fisch, der sich einreden will, der Köder hänge eigentlich nicht an einem Angelhaken. Er trat näher an sie heran und streckte die Hände aus. Sie hob die ihren und ließ sie von ihm nehmen.

»Ich habe bisher nichts davon gesagt, da ich dir keine falsche Hoffnung machen wollte, aber ich suche schon seit einiger Zeit nach deinen beiden vermißten Freunden. Jetzt habe ich sie gefunden.«

»Donnacee? Jones? Sind sie hier?«

»Nein, nein. Doch ich weiß, wo sie sich befinden. Sie sind Gefangene des Barons Jalail, einer der üblen Adligen von Harbundai.« Er beobachtete, wie ihre Freude nachließ und schließlich erstarb, während er ihr von den Gefahren erzählte, denen sie in der bevorstehenden Schlacht ausgesetzt sein würden. Daraufhin gab er ihre Hände frei und gebot ihr mit einer Geste Schweigen. Fast im Laufschritt eilte er zur Tür, spähte zu beiden Seiten in den Gang und wiederholte das gleiche am Fenster. Nun kehrte er zu ihr zurück, setzte sich auf einen der Stühle und zog sie zu sich heran, wo sie sich neben ihm niederließ. Er beugte sich dicht zu ihr vor, bis seine Lippen ihr Haar berührten, und flüsterte: »Nur meine vertrauenswürdigsten Spione wissen, daß ich mit dreien der Barone in Verhandlungen stehe und sie zu überzeugen versuche, mit ihren Soldaten auf meine Seite überzutreten. Sie hassen ihren König. Und sie haben eine Todesangst vor den Blitzwaffen. Natürlich muß ich es so aussehen lassen, als würde ich den Krieg erklären, dennoch wünsche ich mir, Harbundai möge aufgeben, bevor es zum Blutvergießen kommt. Diese Heimlichtuerei ekelt mich an, allerdings sollte ein König genauso geduldig wie schlau sein.«

»Du kannst es schaffen.« Unwillkürlich legte sie ihm die Hand auf den Arm, und in ihrer Aufregung entging ihr, daß er bei der Berührung fast unmerklich zurückwich. Sie fügte hinzu: »Glücklicherweise hast du mir das alles erzählt. Damals am Strand der Lieder, wo ich deine Wahrheitsbeschützer und ihre Taten gesehen habe –« Sie blinzelte und schauderte, ehe sie fortfuhr. »Natürlich betrachte ich das jetzt mit anderen Augen, denn eigentlich kannst du ja nichts dafür. Und du versuchst sogar, durch Verhandlungen den Frieden zu bewahren! Das ist wirklich eine gute Nachricht. Genau das muß getan werden. Ich wußte – nein, ich wußte überhaupt nichts. Nun werde ich so ehrlich mit dir sein wie du mit mir. Zuerst habe ich dich für grausam gehalten. Ständig habe ich gehofft und gehofft, in dir würde auch ein guter Kern stecken, und nach einer Weile habe ich dein wahres Ich hinter deiner Grausamkeit entdeckt, den König, der selbst am meisten unter dem leidet, was er anzurichten verpflichtet ist.

Jetzt jedoch weiß ich Bescheid. Du willst lediglich für alle das Beste, und nur, wenn du stark bist, wirst du das erreichen.«

Er erhob sich, strich ihr einmal durchs Haar, und dachte dabei, wie erstaunlich drahtig es sich anfühlte. Es rief einige interessante Bilder vor seinem inneren Auge hervor.

Später, du unartiger Junge, dachte er.

»Ich vertraue dir«, sagte er. »Bitte, verrate niemandem ein Wort. Insbesondere nicht Conway. Er ist so stolz auf seine Führerschaft, und ich möchte ihn nicht beleidigen.«

Ihre Augen funkelten. »Den kenne ich sehr gut. Ich werde niemandem ein Sterbenswörtchen verraten.«

Während er den Raum verließ, summte er vor sich hin.

Sechs

Sie gingen auf dem Gelände innerhalb der Burgmauern spazieren. Seit ihren ersten Tagen in Ola hatte Falconer auf häufigen Treffen bestanden, und zwar je öfter, desto besser. Dann würden sich die Menschen daran gewöhnen, sie in der Gruppe zu sehen und dies schließlich nicht mehr als bedrohlich empfinden. Auf diese Weise konnten sie am sichersten Informationen austauschen. Conway führte diese Gewohnheit fort. Falconer hatte ihm außerdem erklärt, daß es ein sehr schlechtes Zeichen wäre, wenn jemals ein Außenstehender versuchen würde, sich zu ihrem Treffen zu gesellen. Altanar verhehlte nicht, wie sehr er diese Praxis mißbilligte, doch war er gleichermaßen unfähig, sie zu verbieten. Jedenfalls nicht, solange er vorgab, ihnen Gastrecht zu gewähren. Das Ganze war ein verrücktes Spielchen, eins, von dessen üblem Ausgang alle überzeugt waren. Der König hatte sich entschlossen, ihre Waffen zu gebrauchen, und er hoffte noch immer, seine »Gäste« davon überzeugen zu können, ihm zu dienen. Sollte dieses Vorhaben scheitern, würde er sie der Folter unterziehen. Das wußten sie. Und Altanar wußte, daß sie es wußten. Bislang setzten sie die Scharade fort, wobei jede Seite nach einer Möglichkeit Ausschau hielt, die Oberhand zu gewinnen. Zunächst Falconer und danach Conway hielten eine Flucht für den denkbar ungünstigsten Fall, der eintreten mochte, außer einer Gefangennahme natürlich.

Nun, sagte er sich, während er sich darauf vorbereitete, die Neuigkeit zu verkünden, jetzt sind wir also nur noch einen Schritt vom schlimmsten Fall entfernt. Die Zeit ist reif, den zweitschlimmsten anzugehen. Er versuchte, zuversichtlich zu klingen.

»Wir werden hier verschwinden«, erklärte er. Die drei Frauen blickten ihn an, als hätte er in einer fremden Sprache geredet, und Leclercs vernehmliches Grunzen war der einzige Laut, der das Rauschen der Fichten entlang des Pfades unterbrach, durch die der Frühlingswind wehte.

Und Leclerc hatte sich auch als erster wieder gefaßt und fragte: »Wann?«

»Heute nacht. Altanar ist vor einer Stunde zu einem Ritt nach Norden aufgebrochen, wo er die Abteilungen inspiziert, die sich auf den Marsch nach Harbundai vorbereiten. Ein Teil seiner persönlichen Wache ist mit ihm losgezogen, die Burg ist demnach unterbesetzt. Eine bessere Chance wird sich uns nicht bieten.«

Anspach erkundigte sich: »Und wie sollen wir fliehen? Sobald sie uns vermissen, werden sie hinter uns her sein.« Die Frage hatte er erwartet, doch die trockene, ruhige Art, mit der sie gestellt wurde, überraschte ihn gelinde. Er blickte Anspach an, bevor er antwortete, und fühlte sich verlegen, weil er die deutlichen Veränderungen in der alten Sue erst so spät bemerkt hatte. Das lag nicht nur an dem kürzeren, zurückgekämmten Haar, welches sie hagerer wirken ließ, oder am Sonnenlicht, das ihre gesündere, rötlichere Haut betonte. Sie sprach so leise wie immer, und die Sorge schwang weiterhin in ihrer Stimme mit – sie schien die Eigenschaft zu besitzen, sich ständig um andere zu sorgen, und dieser Charakterzug war auch jetzt nicht zu übersehen. Doch diese neue Frau strahlte zudem Sicherheit aus. Sie wußte, mit ihren Stärken konnte sie ihre Schwächen ausgleichen. Diese neue mochte er. Sie hatte sich zum Besseren entwickelt.

»Wir haben Hilfe.« Conway hörte, wie selbstgefällig er sich anhörte, es gelang ihm jedoch trotzdem nicht, dies zu verhindern. »Louis hat bereits erfahren, daß ich mich mit dem hiesigen Untergrund getroffen habe. Ansonsten habe ich das niemand anderem gegenüber erwähnt, weil ich Ihnen größere Unannehmlichkeiten ersparen wollte, falls ich erwischt würde.«

Daraufhin folgte eine Reihe Ausrufe, von denen, wie erwartet, nicht alle begeistert klangen, aber Carter fuhr förmlich aus der Haut. Sie war ausgesprochen verärgert. »Die ganze Zeit lang haben Sie sich mit den Feinden des Königs getroffen? Und dabei unser Leben riskiert, ohne den Anstand zu besitzen, es uns mitzuteilen? Jetzt behaupten Sie, diese Rebellen, von denen wir zum erstenmal erfahren, könnten uns hier in Windeseile herausholen. König Altanar wird uns mit Sicherheit finden, und wenn, wird er uns allen die Schuld für die Flucht geben, und dazu noch, weil wir uns mit Ausgestoßenen getroffen und ihn angelogen haben. Warum sollten wir überhaupt wegrennen? Und wohin?«

In ihren Vorwürfen lag genug Wahrheit, und in ihren Fragen ausreichend Logik, um ihn zu verletzen. Conway gab sich beschwichtigend, obwohl er seine Position verteidigte und ihr erklärte, die Menschen, die ihnen helfen würden, wären weniger Wilde als Altanar und mit den Bergmenschen in keiner Weise zu vergleichen. Dabei betonte er, Leclerc und er hätten Altanars Männer im Umgang mit den Gewehren unterrichtet. Dieser Tatsache und den damit verbundenen Folgen könnten sie nicht länger ausweichen, und der König hätte einige seiner besten Soldaten zu diesem Zweck ausgewählt. Er schloß mit der Bemerkung: »Wir sind am Ende unseres Weges hier angekommen. Sie wissen inzwischen genug, um uns die Waffen abzunehmen.«

»Gut«, erwiderte Carter. »Darüber bin ich froh. Wir sollten sowieso nicht kämpfen. Dieser ganze dumme Krieg dient doch einzig dem Zweck, daß er die Herrschaft über das Innere Meer erlangt. Sie wissen alle, wie sehr ich jeden Gedanken an einen Krieg verabscheue, aber das Meer gehört ihm schließlich. Überlassen wir ihm die Waffen. Er hat Ihnen ja auch gesagt, er wolle sie nur für seine Männer haben, damit wir nicht auf Tate und Jones schießen müssen. Bislang haben wir die Waffen hier nicht gebraucht. Und jetzt auch nicht. Ich würde sie am liebsten nie wiedersehen.«

Plötzlich bemerkte sie den Unglauben und die wachsende Feindseligkeit um sich herum, und sie wich ängstlich zurück. Das Schweigen war unbehaglich, schmerzlich, und als sie lachte, klang es scharf wie zerbrochenes Glas. Mit einer weiten Handbewegung tat sie das Gesagte ab. »Ich weiß, was Sie denken. Keineswegs will ich ihn verteidigen. Das wäre lächerlich. Ich möchte nur auf die fürchterliche Gefahr hinweisen, die mit einer Flucht verbunden wäre. Wir sollten uns beruhigen und uns mit aller Vernunft fragen, ob Altanar nicht genauso in der Falle sitzt wie wir. Natürlich haben wir seine Grausamkeit kennengelernt, aber hat je einer daran gedacht, ob er nicht gezwungen ist, diese Dinge zu tun? Oder daß er sie eigentlich auch nicht selbst tut? Er ist uns stets entgegengekommen. Und schließlich wurde er in einen Krieg hineingezogen, außerdem sind wir für ihn nur potentiell gefährliche Fremde.«

»Er hat uns wie Kälber behandelt, die gemästet werden, um hernach zur Schlachtbank geführt zu werden«, entgegnete Leclerc. »Was braucht es noch, um Sie zu überzeugen? Wollen Sie auch erst auf den Gestellen am Strand der Lieder enden?«

Sie erbleichte und riß den Mund auf. Eine Sekunde lang bot sie einen komischen Anblick, doch dieser Effekt verschwand, als die Wut in ihren Augen durchbrach. Sie beherrschte sich allerdings sehr gut. »Ich würde vorschlagen, wir stimmen darüber ab.«

»Natürlich.« Conway zeigte sich sofort einverstanden. »Aber wir müssen zusammenbleiben. Die Mehrheit entscheidet, und falls wir gehen, dann nur gemeinsam. Okay?«

Alle nickten. Er stellte die entsprechende Frage, und nur Carter wollte bleiben. Sie nahm die Entscheidung kommentarlos und mit offensichtlicher Würde an. Conway erläuterte nun, sie müßten sich weiterhin ganz normal verhalten, doch währenddessen beobachtete er Carter aus den Augenwinkeln. Er meinte einen Hauch von Verdruß bei ihr bemerkt zu haben. Beim Streit um das Verlassen der Höhle hatte sie sich ebenfalls dagegen ausgesprochen. Die Art, wie sie auf die Erwähnung des Strands der Lieder reagiert hatte, wog das allerdings auf. Anscheinend sah er schon Schwierigkeiten, wo es keine gab. Sie brauchte vermutlich nur Zeit, um sich an den Gedanken zu gewöhnen.

Bernhardt erkundigte sich, wie er ihren Aufbruch koordinieren wollte, und er antwortete, dafür gebe es keinen strikten Plan. »Unsere Helfer müssen auf eine geeignete Gelegenheit warten. Ich weiß nur eins: Wir müssen bis Mondaufgang aus der Burg verschwunden sein. Da fällt mir ein – vergessen Sie nicht, Ihre Gesichter und Hände zu schwärzen. Überprüfen Sie auch gegenseitig Ihr Gepäck auf helle oder glänzende Teile. Und packen Sie so, daß nichts klappert. Von Einbruch der Dunkelheit an sollten Sie sich bereithalten.«

Anspach fragte: »Ihre Freunde – stimmt das, was Janet gesagt hat? Haben wir von denen noch keinen kennengelernt? Und wo bringen Sie uns hin?«

»Die Antwort lautet: ja, nein, ich weiß nicht. Und jetzt überlegen Sie vermutlich, ob wir überhaupt eine Chance haben. Chance: ja. Wahl: nein.«

Sie lächelte und zuckte leicht mit den Schultern. Carter senkte den Kopf und gab vor, ihre Stiefel zu betrachten, als Conway in ihre Richtung blickte.

Nachdem sie sich getrennt hatten, gaben sie sich Mühe, unbeteiligt zu wirken, und Leclerc brachte es sogar zustande, richtiggehend unbekümmert zu erscheinen. Conway fragte sich, was sie wohl über den Abschied von hier dachten. Er blickte dem Ganzen am optimistischsten entgegen, dessen war er gewiß. Lächelnd erinnerte er sich, mit welchem Stolz Tee ihm die Vier-Personen-Zellen beschrieben und ihm erklärt hatte, in jeder habe nur jeweils einer Kontakt zu einer anderen. Sie war überzeugt, daß noch nie jemand zuvor etwas so Raffiniertes ausgeklügelt hatte.

Dieser Gedanke löste einen jener belastenden depressiven Anfälle aus, die ihm mehr und mehr Sorgen bereiteten.

Trotz aller Möglichkeiten und Gelegenheiten, die der Menschheit in dieser Welt geboten wurden, unterschieden sich deren Bewohner um keinen Deut von jenen, welche die Gattung fast bis zur völligen Vernichtung mit Feuer und Seuchen überzogen hatten. Obwohl Millionen Quadratkilometer Land zur Verfügung standen, die einen unvorstellbaren Reichtum hätten hervorbringen können, bekriegten und töteten sie einander weiterhin und stürzten sich auf jeden winzigen Vorteil, den sie dem anderen gegenüber erlangen mochten.

Und er beteiligte sich auch noch daran. In dem Gefecht am Fluß hatte er getötet. Würde sich ihm die Chance bieten, gnadenlos würde er auch Altanar umbringen. Ohne den wäre die Welt besser dran.

War Matt Conway ein besserer Mensch, weil er einen mörderischen Wilden erschosssen hatte? Würde Matt Conway ein besserer Mensch werden, wenn er das gleiche abermals tat?

Unentschlossenheit setzte seiner Seele zu. Das Gefühl, nichts sei überhaupt etwas wert, drängte sich seinem Verstand auf und wollte seinen Willen zum Überlebenskampf auslöschen.

Die Gattung *hatte* überlebt.

Diese bloße Tatsache verhalf ihm ins Gleichgewicht, und so fand er wieder Boden unter den Füßen. Bewußt richtete er sich auf. Das alte Sprichwort »Wo es noch Leben gibt, gibt es auch Hoffnung« stimmte. Die Menschen trugen stets die Fähigkeit zum Bösen in sich, und gute Menschen mußten immer den Willen aufbringen, dagegen anzutreten und es zu besiegen. Falls bewaffneter Widerstand die einzige Möglichkeit war, Altanar oder jemanden anderen an seiner Stelle von seinem Thron zu stürzen, dann mußte er entsprechend handeln.

Eine metallisch scheppernde Tonfolge von einem Kriegshorn auf der Burgmauer verkündete die Mittagsstunde und riß ihn aus seinen Tagträumen. Er hielt in seinem ziellosen Herumwandern inne und brach in Richtung Küche auf. Zwar hatte er keinen Appetit, doch sein Kopf sagte ihm, bis zur nächsten Mahlzeit könnte eine Weile vergehen. Also setzte er sich allein an einen der langen Tische und verdrückte mit selbst auferlegter Beharrlichkeit eine herzhafte Portion. Das Steak war exzellent, dazu wurden dick geschnittene Brotscheiben und Butter gereicht. Außerdem gab es verschiedene Konfitüren, Käse und getrocknete Äpfel, die teilweise weich waren, weil sie in Soße getränkt wurden. Nachdem er fertig war, erhob er sich und schüttete den letzten Schluck Löwenzahnwurzelkaffee hinunter. Trocken dachte er, wenn er so weiteressen würde, könnte sich das zu einem echten Handicap ausweiten; falls er beim Abendbrot genausoviel zu sich nahm, wäre er zu voll zum Gehen.

»Schön, dich lächeln zu sehen«, sagte Tee mit ihrer sanften, hohen Stimme, die so plötzlich an seiner rechten Schulter ertönte, daß er vor Schreck beinahe seinen Becher hätten fallen lassen.

»Was machst du denn hier?« Er suchte den Raum ab, während er sprach, und die unterschwellige Nervosität durchbrach die Entspanntheit, die er noch einen Moment zuvor gespürt hatte.

»Keine Sorge«, antwortete sie. »Ich arbeite hier. Für mich ist es ganz normal, mit dir zu reden, aber du solltest ein wenig die Stirn runzeln. Dann denkt jeder, du wolltest dich bei mir über etwas beschweren.«

»Was für ein Ort.« Er starrte sie finster an. »Läuft alles gut?«

Sie senkte den Blick zu Boden und wirkte zerknirscht. »Wir

sind bereit.« Von ihrem Gesicht vermochte er nur die Wangen zu sehen, und da diese sich nun röteten, wurde aus seinem vorgetäuschten Stirnrunzeln Ernst. Er fragte sich, was diesen Umschwung ausgelöst hatte. Dann sagte sie: »Ich wünschte, du würdest bleiben«, und er verstand. Fast hätte er die Hand nach ihr ausgestreckt.

»Ich will, daß du mitkommst.«

Sie zuckte zusammen und sah ihn mit aufgerissenen Augen an, ehe sie zurücktrat und sich duckte, als würde sie einen Schlag von ihm erwarten. Mit erstickter Stimme antwortete sie: »Sag so etwas nicht. Bitte, geh.« Sie drehte sich um und wollte sich entfernen, doch er packte sie und kämpfte darum, zornig zu erscheinen.

»Ich mußte es einfach sagen. Es stimmt schließlich. Ich möchte mit dir reden. Ohne dich kann ich nicht von hier fort.«

Mit einer Behendigkeit, die ihn vollständig überraschte, wand sie sich aus seinem Griff.

Wollte sie die Szene einfach zu Ende bringen, bevor sie in eine ernsthafte Gefahr ausuferte? Wollte sie ihm mitteilen, daß sie mit ihm kommen wollte, aber nicht konnte?

Sie rannte davon, ehe er eine seiner Fragen auszusprechen vermochte, und in schlechter Laune traf er vor seinem Zimmer ein. Er stürmte hinein, warf sich aufs Bett, und haßte Ola, haßte das Schicksal, das ihn an diesen Ort verschlagen hatte, haßte den Widerstand, der ihn doch nur ausnutzte. Ja, dachte er, genau das ist es. Woher weiß ich, ob die nicht ebenso bösartig und grausam sind wie Altanar?

Dieser Gedanke war ihm noch nie durch den Sinn gegangen, und nun zuckte er dabei hoch wie eine Marionette an ihren Fäden. Während er begann, im Zimmer hin und her zu schreiten, erschien ihm der Vergleich immer treffender. Sie hatten ihn eingewickelt. Ihre Subtilität war bewundernswert. Die couragierte kleine Frau – dazu eine Schönheit – mit ihrer unglücklichen Geschichte. Dann das ganz Brimborium, um Wal einzuführen, wobei Conway sich gefühlt hatte, als würde er eine Prüfung absolvieren, bevor sie sich mit ihm abgeben würden. Daraufhin die große Verführungsszene, die durch das vorgeschobene Eingeständnis, sie würde nur tun, was sie müsse, noch erleichtert wurde. Und er hatte ihr jedes einzelne Wort abgenommen.

Und würde es wieder genauso machen.

Er brauchte sie so sehr, daß ihm alles andere gleichgültig war.

Er wollte nicht einmal mehr an seine Liebe zu ihr denken.

Der Schweiß brach ihm aus, und er wandte sich anderen Fragen zu. Was war mit seinen Freunden? Falls die Flucht doch nur den Wechsel von einem Gefängnis ins nächste darstellte, wie sollte er ihnen jemals wieder in die Augen sehen? Wohin hatte er sie geführt?

Er war ein Narr. Wütend schlug er mit der Faust auf den kleinen Tisch, und sein Becher sowie das Jagdmesser in der Scheide tanzten an den Rand und fielen auf den Boden. Der Becher zersprang auf dem Stein. Das verschaffte ihm Erleichterung. Während er die Scherben aufhob, hatte er Zeit, sich zu sammeln und die Beherrschung wiederzufinden.

Als er sich schließlich aufrichtete, war sie da. Wie ein Schauspieler in einem Theaterstück sah er sich selbst dabei zu, wie er die Scherben auf den Tisch häufte. Er öffnete den Mund, wollte etwas sagen, aber sie legte den Finger auf seine Lippen und ließ ihn die Worte nicht aussprechen. Sie trat näher, hob die andere Hand und strich ihm über die Augenbrauen. Während er sich weiterhin bewegte, als wäre er in einem Traum gefangen, streckte er die Arme aus und wollte sie umarmen. Der Schock der Berührung ihres Körpers riß ihn aus diesem eigentümlichen Zustand. Auch sie entflammte im gleichen Moment.

Sie mühten sich gemeinsam ab, ihr das Kleid über den Kopf zu ziehen, und verrückt vor Sehnsucht packte er es schließlich am Saum und riß es ihr herunter. Kurz starrte er ihre glänzende Lieblichkeit, ihre vorspringenden Brüste, ihren flachen, harten Bauch an. Das dunkle Dreieck ihrer Scham war noch feucht von dem Bad, das sie genommen hatte, und zum erstenmal wurde er sich des Dufts nach Rosen und des unterschwelligen, treibenden Geruchs bewußt, der zu ihr gehörte. Hastig streiften sie seine Kleidung ab. Ihre Liebe war ein Festmahl von Verhungernden, setzte sich aus Bedürfnis, Verlangen und der melancholischen Freude zusammen, die ein Vergnügen hervorruft, dessen Sekunden gezählt sind.

Sie verließ ihn so leise, wie sie gekommen war. Zu sprechen erlaubte sie ihm nicht. Nachdem sie gegangen war, dankte er ihr im stillen für ihre Liebe und ihre Weisheit.

Denn er fand nicht die richtigen Worte.

Spät am Nachmittag erwachte er. Sofort sortierte er seine Ausrüstung. Nach einer kleinen Mahlzeit wartete er auf die Dunkelheit, reinigte seine beiden Gewehre, das Scharfschützengewehr, die Pistole, ölte die Waffen ein, brach sie auf und spähte in die diamanthellen Läufe. Er lud die Magazine, testete die Spannung und drückte die Patronen wieder heraus. Sie landeten auf dem Tisch, wo sie höhnisch glänzten. Erneut lud und überprüfte er die Waffen und fand in dem respekteinflößenden Klicken und Klacken der mechanischen Teile Trost. Stunden verstrichen. Er wetzte das Messer. Von allen Vorbereitungen verging dabei die Zeit am schnellsten. Daher hatte er sich diese Arbeit absichtlich bis zum Schluß aufgehoben. Mit der einen Hand hielt er die Klinge im richtigen Winkel, mit der anderen strich er den kleinen Keramikwetzstein in kreisförmigen Bewegungen darüber. Wieder und wieder. Der hypnotisierende Rhythmus vertrieb seine Gedanken. Im Zimmer hallte das dünne Lied des Stahls wider, der geschliffen wurde. Die wortlose Melodie vermittelte ihm das Gefühl, kalte Füße würden über seine Haut tanzen.

Er hob das Messer ins Licht und wurde sich der Ironie bewußt, sich von einer Tätigkeit trösten zu lassen, deren einziger Zweck dazu diente, Tod und Gewalt zu bringen.

Endlich nahm er eine Ecke des Fells auf seinem Bett hoch und schnitt hinein. Ohne Anstrengung glitt die Klinge durch die Kante, und er schob die Waffe in die Scheide.

Jetzt blieb ihm nichts anderes mehr zu tun als zu warten. Allein. Wieder einmal.

Sieben

Als es klopfte, empfand er fast Enttäuschung. Langsam schritt er zur Tür. Er konnte nicht sicher sein, ob es sich um seinen Führer handelte, und um nicht jemanden zu alarmieren, der ihn lediglich überprüfen wollte, ließ er die Gewehre auf dem Tisch liegen. Während er nach dem Riegel griff, kam ihr der Gedanke, ihr Plan könne aufgeflogen sein. Daher nahm er, ehe er die Tür öffnete, die Pistole aus dem Halfter und verbarg sie hinter dem Rücken.

Einer der Wachmänner stand davor. Conways Blick wurde sofort von dem blutverschmierten Schwert angezogen, das er in der Hand hielt. Er hob die Pistole. Der Mann verzerrte das Gesicht und dämpfte die quäkige Stimme. »Wal hat mich geschickt! Ich komme von Wal! Um dir den Weg zu zeigen!«

Conway senkte die Waffe. Die Wache deutete mit der ihren den Gang hinunter. »Ich mußte den Kerl töten, der mich heute nacht begleitet hat. Komm, Eile ist geboten.«

Während er rasch sein Gepäck und die Gewehre zusammensuchte, überraschte ihn die kontrollierte Schnelligkeit seiner Bewegungen. Er fragte sich, ob ihm wohl irgendwer die Leere anmerken würde, die er in sich verspürte.

Die Wache hastete den Flur entlang, und Conway folgte. Wenigstens dies eine Mal freute er sich über die ledernen Hausschuhe, weil er mit ihnen lautlos schleichen konnte, wenngleich ihn seine Stiefel, die ihm bei jedem Schritt gegen den Schenkel schlugen, durchaus störten. Bald erreichten sie eine kleine Tür, die nach draußen führte. Die Wache öffnete sie mutig, trat hinaus in die Nacht und tat dabei, als würde sie sich umsehen. Da der Mann nichts entdeckte, winkte er Conway hinter sich her. Sie zogen die Hausschuhe aus und die Stiefel an, dann liefen sie gebückt von Deckung zu Deckung, bis sie die Abtei erreichten. Die Frauen schliefen in einem kleinen Haus für sich allein, ein Zugeständnis an ihren einzigartigen Status – was es zugleich vereinfachte, sie unter Beobachtung zu halten. In dieser Nacht gab es keine Wachen; ein Großteil der Männer eskortierte Altanar. Während sich die Frauen eilig zu ihnen gesellten, konnte er ihre geschwärzten Gesichter nicht erkennen, doch Carter stach heraus, weil sie kleiner war, und Conway meinte, Bernhardt trüge ein zusätzliches Gewehr. Rasch schmierte sich Conway Hände und Gesicht mit Holzkohle ein.

Sie schlüpften hinaus in die Nacht, und Conway stellte sich vor, wie Altanar wegen dieses Lochs im Sicherheitssystem toben würde.

Schon nach den ersten Metern wurde ihm klar, daß sie in Richtung Süden unterwegs waren. Also ging es wohl zum Tor mit Namen Sommergold, das mit Messing beschlagen war. Davor lag der Bauernhof, auf dem Leclerc lebte.

Ohne Zwischenfall überwanden sie die Burgmauer und durchquerten die Stadt. Kurz vor der Stadtmauer hörten sie aus einer Gasse einen Hund heulen. Die Wache fuhr herum und schob die erste Person hinter sich in die kleine Straße hinein. Bevor die Frauen noch protestieren konnten, hatte er sie alle verfrachtet, aber Conway, der den Schluß bildete, war vorbereitet. Er richtete sich auf Widerstand ein, da rief eine Stimme von der Mauer her: »Wer ist da? Kommt her!«

Als die Wache ihn drängen wollte, befand sich Conway schon in der Gasse und trieb die Frauen vor sich her. Er hatte keine Ahnung, wohin er eigentlich wollte, nur fort von der alarmierten Stimme. Plötzlich bemerkte er vor sich eine Bewegung, schwarz vor schwarzem Hintergrund, und er hatte den Eindruck, ein Gegenstand hätte sich ihnen in den Weg gestellt und blockiere ihr Fortkommen. Er verlangsamte verwirrt den Schritt, und die Wache quetschte sich an ihm vorbei und duckte sich unter der offenen Tür hindurch, die Conway gesehen, doch nicht erkannt hatte. Die vier zögerten, als allerdings die Stimme hinter ihnen erneut rief, stürzten sie hinein. Die Tür schloß sich leise hinter ihnen. In der undurchdringlichen Dunkelheit sagte eine Frau: »Haltet euch aneinander fest.« Einen Moment lang suchten sie sich mit den Händen, daraufhin fügte die Frau hinzu: »Sprecht nicht. Folgt mir.«

Trippelnd ließen sie sich an ungehobelten Holzwänden entlangführen. Eine Treppe nach unten löste eine Flut unwilliger Flüche aus. Wieder schloß sich eine Tür hinter ihnen, und sie erreichten einen Raum, dessen Boden aus Erde bestand und in dem eine Kerze brannte, die gerade genug Licht abgab, um Gesichter zu erkennen. Die Wache war noch immer bei ihnen, und auch die gebeugte alte Frau. Ihre rauhe Haut und ihr graues Haar erzählten Bände über ein langes, langes Leben. Sie starrte die Neuankömmlinge finster an, insbesondere die Wache.

»Wie konntest du nur so unachtsam sein? Willst du unbedingt auf dem Strand singen? Die Beschützer haben ihr Fehlen vermutlich bemerkt, sobald ihr über die Mauer wart.«

»Ich war nicht unachtsam«, entgegnete der Mann zur Verteidigung. »Niemand hat uns gesehen. Frag die da.«

»Sie brauchten euch gar nicht zu sehen.« Die Frau bückte sich, verrückte eine große Truhe, und ihr Führer eilte zu ihr hin und half ihr. Zwischen ihrem angestrengten Grunzen schimpfte sie den Mann weiter aus. »Feuer. Im Quartier der Frauen. Kurz nachdem ihr aufgebrochen seid.« Sie richtete sich auf. »Das reicht.« Zu ihren Füßen war nun ein viereckiges Loch enthüllt. Die Spitze einer Leiter wurde sichtbar, welche in eine Finsternis hinabführte, die so dicht wirkte, als hätte sie eine feste Gestalt. Die Alte beachtete es kaum, sondern wandte sich an die drei Frauen. »Wer von euch hat etwas brennen lassen?«

Die drei wechselten Blicke und schüttelten den Kopf. Carter fragte: »Hat es stark gebrannt? Wurde jemand verletzt?«

Das verneinte die Alte, und Conway glaubte bemerkt zu haben, wie die Spannung teilweise von Carter abfiel. Dann sagte sie: »Sie wissen doch nicht, daß wir fliehen wollen. Nur daß wir nicht da sind.«

»Das Feuer wurde rasch gelöscht«, erwiderte die Alte. »Eure Habseligkeiten waren verschwunden. Die Männer des Königs sind vielleicht nicht klug, aber auch nicht vollkommen dumm.«

»Wenigstens haben sie keine Ahnung, wohin wir gegangen sind. Und warum ebenfalls nicht.« Carter legte Anspach die Hand auf den Arm. Die Holzkohleschmiere und das düstere Licht erzeugten auf den Gesichtern gespenstische Mienen, und in den Augen aller ließ sich der Schrecken der Erkenntnis ausmachen. Conway und Bernhardt zogen sich unmerklich von ihr zurück, während Anspach starr dastand, als hätte die Hand auf ihrem Arm sie zur Unbeweglichkeit verdammt.

Carter fuhr fort: »Verstehen Sie denn nicht? Wenn wir zurücklaufen, können wir ihnen vielleicht einreden, wir wären nur vor dem Feuer geflohen. Sollten sie uns nicht glauben, brauchen wir ihnen doch nur zu erklären, wir seien schließlich eigentlich nirgendwo hingegangen. Sobald sie sehen, daß wir freiwillig zurückkehren –«

Der Knall der Ohrfeige, die Bernhardt ihr verabreichte, zerriß die feuchte Luft wie ein Fluch. Durch die Wucht des Schlags rutschte Carter das Gewehr von der Schulter, und sie fing es mit der Armbeuge auf. Seitlich taumelte sie an die Wand, wo sie mit hängenden Schultern stehenblieb. Fast im Plauderton sagte Bernhardt: »Du dumme Hexe. Du hast es ihm abgekauft, ja?« Sie wandte sich an die anderen. »Die alte pathetische Geschichte. Der Gefangene identifiziert sich mit dem Geiselnehmer. Das hätte uns auffallen müssen.«

Conway drückte sich die Hände an die Schläfen. »Wie konnte ich nur so blind sein? Sie hat es ja praktisch offen eingestanden.«

»Machen Sie sich keine Vorwürfe«, tröstete ihn Anspach. »Kate hat recht: Wir hätten es alle bemerken müssen. Jetzt ist es zu spät, sich darüber zu beklagen. Was tun wir?«

Conway blickte die alte Frau an. »Ist dies der Weg nach draußen?«

»Nicht direkt. Der Tunnel führt euch –«

Carter klammerte sich an Conway. »Hören Sie nicht auf sie! Wenn Sie dort hinuntersteigen, ist es aus mit Ihnen! Sie werden uns erwischen. Und foltern. Wir müssen uns auf Altanars Seite schlagen. Bisher haben wir uns nichts zuschulden kommen lassen.«

Grob riß er sich los. Er wollte sie von sich fortschieben, aber er wußte, wenn er die Hände hob, würde er sie möglicherweise schlagen, und angesichts der Gefühle, die in ihm aufwallten, hatte er Angst vor sich selbst. Tee war noch immer dort, und sie hatte die gesamte Operation organisiert. Bereits zuvor hatte sie ein großes Risiko getragen, doch Carters verdrehte Logik hatte die Gefahr für sie verdoppelt. Vielleicht würde Altanar zunächst glauben, daß sie lediglich eine einzige Wache bestochen hatten, erfuhr er jedoch von den verdächtigen Gestalten, die in der Nähe des Sommergoldtores aufgetaucht und in der Dunkelheit verschwunden waren, um seinen Beschützern zu entgehen, würde er die Verschwörung schnuppern.

Es würde Vergeltung geübt werden, an Unschuldigen oder Schuldigen, bis die ersten Namen fielen. Und Tees würde sich vermutlich darunter befinden.

Auch früher hatte er schon Haß gefühlt. Doch nie war er demjenigen, dem er galt, nahe genug gewesen, um ihm in die Augen zu blicken. Jetzt, wo dies möglich war, sah er in seinem Gegenüber nur die Angst, mit der sich die Frau verzweifelt an ihr Leben klammerte.

Die Tatsache, daß sie ihm leid tat, rief lediglich Schuldgefühle in ihm wach.

Die Alte packte sie an den Schultern, und Conway überraschte die Kraft, mit der sie Carter festhielt. »Am besten überlaßt ihr sie mir und meinen Freunden oben.«

Carters Augen drohten ihr aus dem Kopf zu fallen. Ihr Gesicht formte sich zu einem stillen, schockierten Flehen, und ihr Blick ging von Anspach zu Bernhardt und wieder zurück. Dann wandte sie sich Conway zu. Anspach widersprach: »Das können wir nicht machen«, und Bernhardt nickte zustimmend. Conway sagte zu der Alten: »Sie ist eine von uns. Das können wir nicht tun.«

»Lassen Sie mich einfach in Ruhe«, brachte Carter vor. »Ich werde allein zurückkehren. Das mit dem Feuer und dem Fluchtversuch werden sie schon verstehen. Über den Weg, den wir genommen haben oder über diesen Ort hier werde ich kein Sterbenswörtchen verraten. Sie können mir vertrauen.«

»Die Beschützer würden sie aufbrechen wie eine Auster«, erklärte die Wache. »Du hast uns und unsere Vereinigung verraten.« Katzenschnell schlug er ihr mit der Faust ins Gesicht. Das Geräusch klang nicht einmal annähernd so dramatisch wie Bernhardts Ohrfeige. Carter schien sich zunächst aufzurichten, dann sackte sie auf dem Boden zusammen. Die Wache blickte Conway an. »Wenn du deine Verräterin retten willst, trage sie. Aber bleibe nicht hinter uns zurück. Ich werde nicht auf dich warten.« Und damit stieg er ins Loch und die Leiter hinunter, ehe irgend jemand etwas erwidern konnte.

Bernhardt beeilte sich zu folgen, und während sie verschwand, gab sie Anspach ein Zeichen, sie möge Conway helfen. Unten angekommen war er dankbar, die Wache vorzufinden, die sich inzwischen offensichtlich wieder besser in der Gewalt hatte. Der Mann hob die Kerze hoch genug, damit sie sich gegenseitig sowie das auf sie lauernde Ende eines weiteren Tunnels erkennen konnten, der von diesem abzweigte. »Der Hund, den ihr gehört habt, war das Signal, daß der Weg über die Mauer, den wir eigentlich vorgesehen hatten, zu gut bewacht wird. Ein paar Freunde von uns werden die Beschützer und die Soldaten in dem

Bereich auf Trab halten. Dadurch ziehen sie Altanars Männer von anderen Posten ab. Hoffentlich gehört unser zweiter Weg zu einer dieser Stellen, sonst ist es aus mit uns.«

Der Tunnel war schmal und niedrig. Bald wurde Conway klar, sie konnten Carter nur tragen, indem einer die Knöchel nahm, während ihr der andere unter die Achseln griff. Selbst die Frauen, die ein gutes Stück kleiner als Conway waren, mußten hier gebeugt wie alte Weiber gehen. Und schlimmer noch, die Wache legte ein rasches Tempo vor. Nicht lange, und ihre Rücken beschwerten sich mächtig.

Trotz allem fand Conway Zeit, das Bauwerk zu bewundern. Das einzige Licht stammte von der Kerze der Wache vorn, und so konnte er nur ahnen, wieviel ihm entging. Bei einigem, was er erspähte, war er froh, nicht mehr zu sehen. Im Kerzenlicht glänzende Spinnweben strichen über sein Gesicht und seinen Nacken. Rinnsale tröpfelten an den Wänden herab, und einmal stolperte er über einen Erdhaufen, der sich an einer solchen Stelle gelöst hatte. Gelegentlich glaubte er in der Ferne das schrille Pfeifen von Ratten zu hören. Er staunte über die abzweigenden Tunnel, an denen sie vorbeitrabten, und dreimal betraten sie riesige Höhlen. Eine davon war so groß, daß ihr angestrengter Atem von den Wänden widerhallte, und er war sicher, er habe Stapel von Schwertern und Rüstungen gesehen. Demnach mußte es sich um eine Waffenkammer handeln.

Bald darauf blieb die Wache vor einer Leiter stehen, die von seltsamen Nägeln in der Erdwand gehalten wurde. Über ihnen verschwand sie in der Finsternis. Nachdem er Carter abgelegt hatte, versetzte er der Leiter einen prüfenden Stoß. Sie wackelte beängstigend. Die Wache grinste herausfordernd. »Wartet hier«, befahl er. »Ich werde nachschauen, ob oben die Luft rein ist.« Er reichte Anspach die Kerze und stieg unbeholfen hoch, da er sein Schwert noch immer in der Hand hielt. Als das Scharren seiner Stiefel verklungen war, hatten sie das Gefühl, es würde im Gang noch kälter und klammer.

Ewigkeiten schienen zu verstreichen, bis das Zittern der Leiter seine Rückkehr ankündigte. »Niemand da«, teilte er ihnen mit und verschwand erneut in der Dunkelheit. Sie konnten ihn herumwühlen hören, und dann war er wieder da und hatte sich ein aufgerolltes Seil mit Haken, das mit Knoten versehen war, um den Körper geschlungen. Er erklärte ihnen, an der Mauer sollten sie, wenn es ans Klettern ging, die Knoten mit beiden Füßen umklammern und darauf stehen. Dann müßten sie den obersten erreichbaren Knoten mit den Händen fassen, sich hochziehen und unten auf den nächsten Knoten stellen.

Anspach zitterte. Selbst das schwache Licht verbarg nicht, wie bleich sie geworden war. »Ich glaube, das kann ich nicht. War noch nie die Kräftigste.« Ihr Blick suchte Carter, und aus der Hilflosigkeit der kleineren Frau schöpfte sie offenbar Hoffnung. »Was ist mit ihr? Sie wird bestimmt nicht am Seil hochklettern können. Warum laßt ihr uns nicht hier unten, bis wir sicher auf einem Wagen oder so aus der Stadt geschmuggelt werden können? Ich passe auf sie auf.«

»Wir bleiben zusammen«, antwortete Conway anstelle der Wache.

Bernhardt griff in ihre Jacke und zog ein aufgerolltes Stück fast zentimeterstarker Nylonleine hervor. »Habe mir gedacht, dies könnten wir vielleicht brauchen. Ich werde vor Ihnen hochgehen«, sagte sie. »Sie binden es sich um den Oberkörper. Dann werde ich ziehen. So wird es klappen.«

Anspach erwiderte nichts, doch ihr Gesichtsausdruck verriet, daß sie kaum überzeugt war.

Über die wackelnde Leiter erreichten sie die Oberfläche inmitten eines innen hohlen Holzstapels vor einem Töpferschuppen. Dort gelangten sie hinaus, indem sie einfach eine Wand des gespaltenen Holzes abtrugen. Der Wachmann eilte zur Mauer und überließ es der Gruppe, alle Spuren ihrer Gegenwart zu beseitigen. Rufe in der Ferne von denjenigen, die nach ihnen suchten, trieben sie zu größter Eile an.

Conway folgte der Wache als erster das Seil hoch, wobei er sich Carter und zwei der Gewehre über die Schulter gehängt hatte. Einmal stöhnte die Frau leise, davon abgesehen bildete sie nur ein regloses Gewicht. Auf dem Wehrgang der Mauer legte er sie ab und eilte zurück. Schwitzend kam er wieder unten an und beobachtete Bernhardt, wie sie sich hocharbeitete. Das Nylonseil fiel zischend herunter und landete mit einem dumpfen Schlag neben ihnen. Rasch banden sie es Anspach um und schickten sie los.

Sie schaffte zwei Knoten, bevor sie vor Angst und Erschöpfung zitternd aufgab. Conway hörte, wie Bernhardt am Seil zog. Er drückte seinen Kopf zwischen Anspachs Beinen hoch und nahm sie auf die Schultern. Gemeinsam brachten sie sie schließlich nach oben.

Der Abstieg stellte eine Wiederholung des Hochkletterns dar. Als die Wache dann versuchte, das Seil zu lösen, klapperte der Haken nur, kam jedoch nicht frei. Am Ende kraxelte der Mann noch einmal nach oben und ließ sich daraufhin hastig fast fallen. »Das Seil hatte sich an einem Nagel im Wehrgang verfangen«, erklärte er, löste es nun und rollte es auf, während sie weiterrannten.

Conway und Bernhardt gaben sich alle Mühe, mitzuhalten, mußten allerdings Carter tragen, die bei der Rüttelei gelegentlich stöhnte. Ein paar Minuten später hatten sie einen Apfelgarten erreicht. Hier wartete ein Mann auf sie, der die Zügel von fünf Pferden hielt. Er übergab sie der Wache und lief dann sofort davon. Kurz darauf hatten sie Carter auf eins der Tiere gebunden, der Rest von ihnen saß im Sattel, und schon ging es zwischen den Bäumen weiter. Nachdem sie den Obsthain hinter sich gebracht hatten und auf der Straße in Richtung Süden ritten, ließ sich die Wache zurückfallen und gesellte sich zu ihnen. »Ich glaube, Altanars Leute werden noch nicht hinaus zum Bauernhof geritten sein, um nach eurem Freund zu sehen. Falls doch, muß er sich allein freikämpfen. Wer auch immer zu ihm geschickt wurde und ihn darüber in Kenntnis setzte, daß wir kommen, wird beim ersten Anzeichen von Schwierigkeiten fliehen. So lauten die Befehle.«

»Wozu soll er dann gut sein?« Bernhardt, die für gewöhnlich immer in vernünftigem Ton sprach, klang ziemlich spröde.

Die Wache antwortete: »Falls ein Mitglied des Widerstands erkannt wird, ob nun tot oder lebendig, muß die ganze Familie dafür büßen. Stell dir vor, dein Vater oder deine Mutter kämen auf den Strand der Lieder. Dann frag dich, welches Risiko wir auf uns nehmen, um Menschen zu retten, die für uns noch überhaupt nichts getan haben.« Er trieb sein Pferd mit den Hacken an und ritt davon. Als Bernhardt Anstalten machte, das Gespräch fortzusetzen, hielt Conway sie zurück. Sie murmelte etwas in sich hinein und fügte sich.

Sie waren noch immer ein gutes Stück von dem Bauernhof entfernt, da stach ihnen der Gestank von Leclercs Düngerexperimenten in die Nase. Das genügte, um den moralsteigernden Effekt zu dämpfen, den das schwache Licht der aufgegangenen Mondsichel erzeugt hatte. Plötzlich vernahmen sie ein scharfes Flüstern aus einem Gebüsch zu ihrer Rechten, und Leclerc erschien auf einem Pferd. Ein zweiter berittener Mann tauchte aus dem Dickicht auf und stoppte neben ihm, wobei er so unruhig im Sattel saß, daß sein Tier hin und her tänzelte. Die Wache näherte sich dem Fremden, und der harte Ton seiner verärgerten Fragen durchschnitt die Stille der Nacht. Nachdem die Wache Leclercs Begleiter einige Momente zugehört hatte, erwiderte er leise etwas, und der Mann riß sein Pferd herum und jagte ohne ein weiteres Wort davon.

»Dieser Kerl hat mir den Arsch gerettet«, berichtete Leclerc. »Er wurde langsam nervös, während wir auf Sie warteten. Wir sind hier erst vor kurzem angekommen, ungefähr zwei Minuten vor einem größeren Trupp Soldaten. Sie galoppierten die Straße zum Bauernhof entlang. Wird nicht mehr lange dauern, dann werden sie meine Abwesenheit bemerken.«

Die Wache ging im Geiste alles rasch durch und sagte: »Wir müssen in diese Richtung weiter. Folgt mir.«

Doch Leclerc eilte in das Dickicht und kehrte mit einem Packpferd zurück, was ihren Führer in äußerste Wut versetzte. Leclerc hörte sich seinen Ausbruch schweigend an und erwiderte schließlich: »Dieses Zeug muß ich unbedingt mitnehmen. Das ist mein letztes Wort.«

Zunächst schien es, als würde es nun zu einem erbitterten Streit kommen. Doch ausgerechnet diesen Augenblick suchte sich Carter aus, um das Bewußtsein wiederzuerlangen. Sie zerrte heftig an ihren Fesseln und bat, man möge ihr erlauben, richtig im Sattel zu sitzen. Während die beiden Frauen ihr dabei halfen, erzählten sie ihr, daß sie die Stadt hinter sich gelassen hatten. Carter spähte daraufhin ängstlich in die Nacht hinein und verstummte.

Sie folgten ihrem Führer über einige Felder und dann einen schmalen, schattigen Pfad durch den Wald entlang, der auf einer Klippe oberhalb des Inneren Meeres endete. Conway hatte während des Ritts absichtlich die Position hinter Carter eingenommen, falls ihr törichtes Vertrauen in Altanar sie dazu veranlassen sollte, einen Fluchtversuch zu wagen. Es machte ihn fast wahnsinnig, ihre vage Gestalt zu beobachten, die sich einen Weg durch die Finsternis bahnte. Er hatte das Leben der gesamten Gruppe aufs Spiel gesetzt, nur damit er sie retten konnte. Tee, die das alles erst ermöglicht hatte, saß dagegen in der Falle. Jetzt verachtete er sich selbst und schämte sich, weil er die Frau verlassen hatte, die er – na, was? Liebte? Tatsächlich?

Er fand nicht einmal den Mut, sich offen seine Gefühle einzugestehen.

Der Führer gab das Signal zum Anhalten und riß ihn damit aus seinen Gedanken. Unter ihnen lagen zwei Auslegerschiffe im Wasser, das im Mondlicht silbrig glänzte und einen dermaßen friedlichen Anblick bot, daß die Aufregung der Nacht reine Einbildung zu sein schien.

Diese Illusion entbehrte nicht einer gewissen Grausamkeit, denn schon drang der Lärm der Verfolger zu ihnen vor.

In Windeseile ging es nun südlich weiter, wo sie einen nicht ganz so steilen Weg nach unten erreichten. Nun folgte der tückische Abstieg. Fast hatten sie den Strand erreicht, da brachen die Olaner aus dem Wald hervor und jagten hinter ihnen her.

Die Beiboote der Auslegerschiffe erweckten den Eindruck, als würden sie kriechen, obwohl sie an den Rufen der Ruderer hören konnten, daß diese sich mit aller Kraft in die Riemen legten. Von oben sirrten Pfeile herunter, sangen ihr unheilverkündendes Lied und fielen mit einem Zischen ins Wasser. Schlimmer noch war das dumpfe Ploppen, wenn die Geschosse im nassen Sand einschlugen; es ähnelte zu sehr dem Geräusch, den ein Treffer in Fleisch hervorrief. Und nun war Carter die erste, die aus dem Sattel war und sagte: »Runter von den Pferden! Bringt sie zwischen euch und die Bogenschützen.«

Das funktionierte so lange gut, bis Anspachs Tier vor Schmerz kreischte und sich mit einem Pfeil in der Seite losriß. Sofort gerieten auch die anderen Pferde in Panik, zerrten an den Zügeln und bäumten sich auf. Bernhardt wurde umgestoßen. Carter mußte sich entscheiden, ob sie lieber losließ oder mitgeschleift wurde. Der Wache und Conway gelang es lediglich durch reine Kraftaufwendung, ihre Tiere im Zaum zu halten.

In diesem Augenblick erkannte Conway die Torheit ihrer Position. Keine fünfzig Meter entfernt bot ein Haufen Treibholz hervorragend Deckung. Aber von dort war es zu weit zum Wasser, daher hatte es keinen Sinn, hinzulaufen – sie würden es von dort aus niemals bis zu den Beibooten schaffen, wenn der Zeitpunkt des Rückzugs kam, da er sich innerhalb der Reichweite der sich rasch nähernden, berittenen Bogenschützen befand.

Leclerc lud unterdessen hektisch sein Packpferd ab und verteilte seine Ausrüstung auf dem Strand. Conway ging zu ihm hinüber. »Sie werden das nicht komplett mitnehmen können. Was ist das überhaupt?«

Kurz und knapp antwortete Leclerc: »Warum schicken Sie den Kerlen nicht ein bißchen Blei rüber und kühlen ihre Gemüter damit etwas ab? Diesen Kram können Sie meine Sorge sein lassen.«

Nach drei Salven ertönte kein einziger Schmerzensschrei, doch die Dichte des Pfeilhagels nahm deutlich ab. In der Ferne allerdings erreichten nun berittene Beschützer den Strand. Bernhardt und Anspach schossen den großen Lauf ihres Gewehrs in diese Richtung ab. Daraufhin teilten sich die Verfolger in kleinere Gruppen und eilten in den Schutz der Treibholzbarrieren.

Plötzlich rannte Leclerc in die gleiche Richtung los und schwankte im lockereren Sand am Rand des Strandes unter seiner Last. Conway rief ihm zu, er solle zurückkommen, doch das war vergeblich, wie er nur zu gut wußte. Der kleinere Mann kletterte auf die aufgetürmten Baumstämme, suchte offensichtlich nach einem bestimmten Gegenstand in seinen Taschen, und schließlich sah Conway ein Streichholz aufflammen. Daraufhin stürzte Leclerc zu ihnen zurück. Inzwischen hatten sich die Boote auf den Strand geschoben. Leclerc gesellte sich wieder zur Gruppe, die nun spritzend durchs Wasser lief und an Bord kraxelte. Die Ruderer drehten die Boote bereits um, während Conway und seine Freunde noch das Gepäck und die Waffen einluden und danach selbst hineinkletterten.

Die Bogenschützen auf der Klippe ließen Pfeile auf sie herabregnen. Ein Ruderer schrie auf und sank in sich zusammen. Ein zweiter brüllte und stellte sich aufrecht hin, wobei er das Boot zum Schaukeln brachte, zog sich dann einen Pfeil aus dem Oberschenkel und warf ihn ins Meer. Ein dritter rief den anderen zu, sie sollten sich endlich in die Riemen legen, und als Conway sich daraufhin umblickte, stellte er fest, daß sie praktisch nicht von der Stelle kamen. Beim Heranfahren hatte er die Boote schon für langsam gehalten, aber vermutlich hatte er das nur der Aufregung wegen so wahrgenommen. Jetzt allerdings mußten sie gegen die auflaufende Flut ankämpfen, die sie beständig in Reichweite der Pfeile zurücktrieb.

Er zielte auf die Männer, die dreist auf der Klippe standen. Leclerc legte ihm die Hand auf den Arm. »Sparen Sie sich die Munition. Ich habe den Kerlen eine hübsche Überraschung dagelassen.«

»Ihren Kram? Die werden nicht aufhören, auf uns zu schießen, nur um Ihr Gepäck zu plündern –«

Ein Grollen wie ferner Donner brachte ihn zum Verstummen, und dann spürte er einen Druck, der ihn wie eine riesige Hand ins Boot preßte. Logik und Erfahrung erklärten ihm, das müsse eine Explosion sein, und dennoch hatte er eine derartige noch nie erlebt. Die Auswirkungen ähnelten denen, die er kannte, und doch fehlte der scharfe Knall, und statt eines Blitzes erfolgte nur ein feuriges Glühen. Was auch immer da vor sich ging, die riesigen Baumstämme gerieten in Bewegung. Männer brüllten, Pferde wieherten. Alle, die dazu in der Lage waren, zogen sich eiligst zurück. Der Pfeilhagel hörte auf.

Die Besatzung der Boote saß reglos da, ließ das Kinn hängen und starrte auf den schleierhaften weißen Rauch, der am Strand aufwallte.

»Ich dachte mir doch, ich hätte am Ende noch die richtige Mischung gefunden«, sagte Leclerc.

Dann fiel achtern ein Pfeil ins Wasser, und der Mann, der die Ruderer befehligte, errang die Fassung wieder. Er brüllte die Mannschaft an, sie solle rudern. Mit neuer Kraft gingen die Männer an die Arbeit.

»Lassen Sie sich das eine Lehre sein«, meinte Leclerc zu Conway. »Trauen Sie nie einem Kerl, der behauptet, er würde sich gern mit Hühnerscheiße umgeben. Das kann nur ein hinterhältiger Schuft sein.« Er kicherte über seinen eigenen Scherz, aber Conway bemerkte einen bekümmerten Beiklang in dem Lachen. Leclerc blickte zum Strand zurück, wo sich der Rauch lichtete und die Überlebenden ihren Kameraden halfen, und tief aus seiner Brust löste sich ein Seufzer. »Wieder mal auf der Flucht. Und wieder mal ein Beitrag zum Fortschritt der Menschheit, oder etwa nicht, Matt?«

Conway wünschte nur, ihm würde eine Antwort auf diese Frage einfallen.

Acht

Alle paar Jahre strömten die Bewohner des Gebietes, wo sich Harbundai und Ola berührten, wie eine menschliche Flut nach Norden. Doch weder durch den Mond noch durch die Jahreszeiten wurde diese Bewegung ausgelöst, sondern durch die Vorahnung des Krieges.

In diesem Jahr senkte sich während der ersten Wochen des Frühlings ein wahrer Nebel solcher Gerüchte über das Land, obwohl es eigentlich weniger Zwischenfälle an der Grenze gab als gewöhnlich. Nichtsdestotrotz wußten die Menschen Bescheid, ganz so wie Tiere auf unerklärliche Weise das Wetter vorhersagen können. Zum einen herrschte zwischen ihnen und ihren einstmaligen Feinden ein gewisser Austausch. Manche dienten sogar den freien Sklavenjägern, die ihr Hauptquartier in Ola errichtet hatten. Um zu überleben, verschlossen sie die Augen vor dem Leid ihrer Landsleute weiter im Norden. Manche redeten sich gar ein, sie würden ihnen helfen, da sie jeden zurückkauften, den sie erkannten. Daß sie tatsächlich gar nicht *jeden* zurückkaufen konnten, wurde weniger öffentlich verhandelt. Dennoch gelang es den Grenzbewohnern zu überleben. Über die Jahrzehnte hinweg hatten sie sich bis zum Fanatismus zu einem verschlagenen, inzestuösen, stammesbewußten Clan entwickelt.

Dieses Jahr jedoch brachte ihren vollständigen Rückzug mit sich, und von ihren Nachbarn wurden sie willkommen geheißen wie ein Rudel wilder Hunde. Ihre Lebensumstände erzeugten ein fast angeborenes Schuldbewußtsein in jedem von ihnen, das zu höchst unfreundlichem Spott über ihre wechselhafte Moral und ihre Feigheit führte.

Wann immer sie nach Norden auswichen, stellten ihre Landsleute die eigene moralische Überlegenheit heraus, indem sie die Grenzbewohner für alles überhöhte Preise zahlen ließen. Als Reaktion darauf stahlen diese wiederum, was ihnen nur in die Finger geriet. Zunächst klauten sie lediglich, um zu essen, und waren sie satt, raubten sie aus Gier. Hatten sie sonst keinen anderen Vorwand, entwendeten sie alles mögliche, allein um in Übung zu bleiben.

In Sylahs Heilungshaus traf ein steter Strom an Patienten mit gebrochenen Knochen, Schwellungen und schmerzenden Köpfen aus beiden Gruppen ein.

Gan mußte gegen dieses Problem etwas unternehmen, und so durchstreifte er die gesamte südliche Flanke der Baronie, schlichtete Streitigkeiten und ging Beschwerden nach. Das Vertrauen in ihn wuchs. Bald erreichten ihn immer mehr Reiter, die um Hilfe für eine bestimmte Gruppe baten. Unter den Grenzbewohnern und ihren unwilligen Gastgebern verbreitete sich die Nachricht, dieser Hundekrieger sei ein gerechter Mann und besäße einen eisernen Willen. Mit Stolz sprachen sie über seine Fürsorglichkeit, und mit Ehrfurcht nahmen sie zur Kenntnis, wie er ohne Eskorte, nur von seinem Freund Clas begleitet, zu ihnen kam, wobei sich die beiden mit ihren augenfunkelnden Kriegsrossen und den drei Hunden vor niemandem fürchten mußten. Und außer den gierigeren Handelsleuten begrüßten alle seine über bloße Gerechtigkeit hinausgehenden Bemühungen. Er errichtete Lager, in denen sich die Neuankömmlinge in überschaubaren Gruppen zusammenschließen konnten. Dort durften sie ihre eigenen Anführer wählen. Außerdem gründete er Märkte, wo sie Lebensmittel zu ehrlichen Preisen erstehen konnten. Die Wölfe halfen ihnen beim Errichten ihrer Unterkünfte, und Gan schlug zudem vor, die Frauen der Einheit sollten den Frauen der Grenzer mit Gastfreundschaft entgegentreten. Des weiteren versuchte man, unter ihnen Rekruten zu werben. Mehr und mehr begeisterte sich Gan für ein Freiwilligenkorps, und obwohl gar nicht so viele junge Grenzbewohner zur Verfügung standen, handelte es sich bei jenen, die den Eid leisteten, um zähe Männer, die für die Zuwendung ihrem Volk gegenüber dankbar waren und zudem erpicht darauf, ihren Wert zu beweisen.

Baron Jalail war zufrieden. »Noch nie ist eine so große Anzahl nach Norden gezogen«, berichtete er eines Morgens, während er mit Gan durch das geschäftige Lager der Wölfe schritt. »Und trotzdem war es nie zuvor so friedfertig. Du hast hervorragende Arbeit geleistet.«

Gan dankte ihm und überlegte, ob dies der geeignete Augenblick war, auf den er gewartet hatte. Er entschied, es darauf ankommen zu lassen. »Die meisten unserer Probleme haben wir offensichtlich gelöst. Daher möchte ich dir eine Bitte unterbreiten. Ich hätte gern die Erlaubnis, nach Malten zu ziehen. Innerhalb von zwei Tagen könnten wir unterwegs sein.«

Baron Jalail runzelte die Stirn. »Man erwartet deinen Vormarsch nicht vor Ablauf einer Woche. Der Adlige Malten wäre möglicherweise nicht vorbereitet.«

»Genau. Nummer Zwei hat mir berichtet, seine besten Spione seien verstummt. Einer seiner Commers war sicher, er würde beobachtet, bevor er nach Hause aufbrechen durfte. Ich vertraue dem Adligen nicht.«

»Du glaubst, er will eigentlich nicht an Stelle seines Bruders herrschen?« In Jalails Stimme schwang leiser Sarkasmus mit.

Davon ließ sich Gan nicht ködern. »Oh, was das betrifft, traue ich ihm schon. Nur alles andere erweckt bei mir den Eindruck, er würde lügen. Falls er unser Verbündeter ist, wird es ihm nicht weh tun, wenn wir ein paar Tage früher eintreffen. Warte ich, bis die Allianz des Königs hier erscheint, muß ich mich ihnen allen auf einmal stellen.«

»Warum sollte er sich mit einem so ausgeklügelten Hinterhalt aufhalten? Wieso geht er nicht gleich zum König und bietet ihm die gleiche Vereinbarung an?«

»Ich weiß es nicht. Es gibt zu viele Unwägbarkeiten.« Die Logik fiel wie ein Mantel von ihm ab, und er stand da, ganz der junge, leidenschaftliche Krieger. Hände und Gesichtszüge zeigten Bewegung. Sein abgemessener Schritt verwandelte sich in ein geschmeidiges Gleiten. »Ich möchte ihm einen Strich durch die Rechnung machen, ihn dazu zwingen, einen Fehler zu begehen, und dann zuschlagen.«

»Soweit also der kalt berechnende Murdat«, bemerkte der Baron trocken, auf seiner Miene zeichnete sich jedoch ein gefälliges Grinsen ab, als Gan ihn anblickte. Daraufhin fragte er: »Hast du eigene Commers, die dich mit Informationen versorgen?«

Gan errötete. »Ich jage nicht in den Gründen von Nummer Zwei, Baron. Hätte ich Anlaß, ihm zu mißtrauen, würde ich das offen zum Ausdruck bringen.«

»Natürlich. Nur manchmal handelst du so rasch, daß man sich wundert.«

Damit spielte Jalail auf den nächtlichen Marsch an, der zur Schlacht am Bärenpfotenfluß geführt hatte. Gan hatte sich damit abgefunden, daß er für diese Entscheidung den Rest seines Lebens abfällige Bemerkungen würde anhören müssen. Dennoch wurmte es ihn, daran erinnert zu werden, daß er sich nicht ganz ehrlich verhalten hatte.

Plötzlich fiel ihm die Waffe ein, die als Bestechungsgeld gedient hatte, und das prächtige Stück glitzerte mit all seinen Juwelen und all seinem Gold vor seinem inneren Auge. Er schüttelte den Kopf, um das Bild loszuwerden, und der Baron sah ihn offen besorgt an.

»Dich bekümmert doch etwas?«

»Nichts von Belang. Habe ich demnach deine Erlaubnis, ja? Falls du ihm einen Boten schickst, der ihm mitteilt, wir wären aufgebrochen, kann er dir hinterher keinerlei Verrat vorwerfen.«

Der Baron dachte darüber nach und seufzte. »Wenn du glaubst, es müsse sein, dann hast du meine Erlaubnis.«

Nachdem Gan ihm gedankt hatte, setzte er den Spaziergang aus Höflichkeit noch eine Weile lang fort und pfiff schließlich die Hunde zu sich. Die unterbrachen ihr Herumtollen und liefen auf ihn zu. Er liebte es, wenn sie so auf ihn zujagten, alle drei auf einer Höhe, wobei ihre kraftvollen Schritte lockere Erde aufwarfen. Die Schnauzen hatten sie weit aufgerissen, und ihre Augen glänzten, als sei er das einzige auf der Welt, dennoch wußte er, sie beobachteten sich gegenseitig genau und wollten ihn jeder zuerst erreichen. Stets gewann Raggar das Rennen. Das lag keinesfalls daran, daß sich die anderen ihm unterwarfen; bei diesen Gelegenheiten handelte es sich um einen ehrlichen Wettbewerb.

Heute bemerkte Gan allerdings eine Veränderung, die ihm die Kehle zuschnürte. Er wollte ihnen zurufen, sie sollten aufhören. Am liebsten hätte er das Rennen von neuem starten lassen und die Zeit zurückgedreht.

Raggar verlor hinter Shara.

Den ganzen Winter über hatte dem älteren Hund die feuchte Kälte in Harbundai heftiger zugesetzt als sonst der trockene Frost der Prärie. Und Shara war gewachsen und fraß wie ein Tiger. Er hatte fast Raggars Gewicht erreicht und war beinahe so groß geworden. In wenigen Monaten würde er ihn vielleicht sogar überragen. Seine Kraft war unglaublich, und daher balgte Raggar nicht mehr verspielt mit ihm herum, sondern schnappte nach ihm und knurrte, um seine Vorherrschaft zu bestärken.

Inzwischen hatten sie Gan beinahe erreicht, und er sah die Muskeln, die sich im Sprung dehnten und zusammenzogen, und das schwere Winterfell, das hinter ihnen im Wind wehte. Sie verlangsamten ihr Tempo auch nicht, da sie ihn erreichten, sondern flogen an ihm einer überschwenglichen Lawine gleich vorbei, die einen Bogen schlug und wieder auf ihn zuhielt.

Die gemurmelte Bemerkung des Barons hörte Gan kaum,

doch das hastige Zweizeichen entging ihm nicht. Er hätte gelacht, aber Raggars Pein trieb ihm die Vergnügtheit aus.

Der graue Hund wußte, er war besiegt worden. Er nahm Gans Streicheln mit Würde entgegen, mied allerdings den Blick seines Herrchens. Statt dessen sah er hinaus auf die Felder. Gan begrüßte nacheinander die beiden anderen Hunde und lobte insbesondere Shara, und dann ließ er sich neben Raggar auf die Knie sinken. Dadurch kamen ihre Köpfe auf gleiche Höhe. Er legte den Arm um den Hals des Tieres und sprach tröstend auf ihn ein.

Der Baron betrachtete ihn verwirrt. »Ist er verletzt?« erkundigte er sich.

Gan schüttelte den Kopf. »Er hat noch nie verloren. Das begreift er nicht.«

Baron Jalail gab ein tiefes Grunzen von sich. »Das Begreifen verschlimmert alles nur noch.« Er schritt davon und bedeutete Gan, der sich erheben wollte, mit einer Geste, er möge bleiben. »So tröste ihn nur«, sagte er. »Das ist das mindeste – und das meiste –, worauf jeder von uns je hoffen darf.«

Nachdem er Raggar überschwenglich mit Aufmerksamkeit bedacht hatte, lobte er erneut Shara und Cho. Das Weibchen wälzte sich auf dem Rücken, während er es streichelte, es genoß die Zärtlichkeiten, derweil es langsam wieder zu Atem kam. Was Shara betraf, hätte Gan schwören können, der Hund wisse, was er zu ihm sagte, als er ihm erklärte, was für ein feines Tier aus ihm werden würde. Aus braunen Augen blickte ihn der junge Hund mit nüchternem Stolz an.

Auf dem Weg in sein Quartier fertigte er eine Knotennachricht für Clas an und band sie Cho ans Halsband. Er schickte sie in Richtung des Fechtübungsplatzes los und befahl ihr, ihn zu finden.

Gerade hatte er sich an seinem Schreibtisch niedergelassen, da trat Sylah ein. Er hieß sie herzlich willkommen und fragte sie, warum er und Neela sie und Clas in letzter Zeit so selten zu Gesicht bekamen. »Früher haben wir uns abends immer getroffen«, sagte er mit ernster Miene. »Und jetzt erzählen mir meine Männer, er würde sich auch des Nachts nicht mehr zu ihnen an die Feuer gesellen, mit ihnen singen und Geschichten zum Besten geben. Sie machen sich schon Sorgen, weshalb er soviel Schlaf braucht.«

Sie legte den Kopf schief. »Mein Ehemann kann diese Fragen genausogut selbst beantworten. Falls sie ihm jemand stellt. Und vielleicht interessiert es dich, was man so über das Verschwinden eines anderen, jüngeren Paares hört, das seit seiner Hochzeit kaum mehr gesichtet wurde.«

Er reagierte, als wäre er empört, und daraufhin lachten sie, bis Sylah wieder ernst wurde. »Ich war gerade beim Baron. Ihr brecht in zwei Tagen auf.«

»Ja, das werden wir. Bereitet dir das Sorgen?«

Sie schüttelte den Kopf ein wenig zu rasch. »Nein, nicht im geringsten. Nur – Clas meint, dem Adligen Malten dürfe man nicht vertrauen. Ich glaube, damit hat er recht. Daher hoffte ich, ihr würdet überhaupt nicht losziehen.«

»Du wolltest Neela an Harbundai ausliefern«, entgegnete er, »weil du wußtest, sie würde der Kirche helfen, die Frauen vor Männern wie Altanar zu beschützen. Das Erreichen meiner Ziele sollte eigentlich auch eine Hilfe für dich darstellen. Und außerdem muß es Leute geben, die vorhatten, dich zu unterstützen. Die könnten möglicherweise in der Lage sein, uns beiden zu helfen. Wer sind sie?« Er bemerkte ihr Zusammenzucken, bevor sich ihr Gesicht hinter einer perfekten Maske verbarg, die diese Reaktion überdecken sollte. Wurden seine Augen schärfer, oder ließ sie lediglich darin nach, Gefühle nach Wunsch vorzutäuschen? Da er in ihrer Antwort einen gewissen Groll mitschwingen hörte, entschied er, es müsse sich um das zweite handeln.

»Ich durfte ihre Namen nicht erfahren. Sie hätten sich mit mir in Verbindung gesetzt.« Sylah erzählte ihm von den Rosen und enthüllte ihm die verfluchte, angsteinflößende Nachricht, die an ihrer Tür gehangen hatte. »Jemand – ob Freund oder Feind – weiß von unserem Hiersein. Trotzdem hat er bislang kein weiteres Zeichen von sich gegeben.«

Sie ging zu leicht über dieses Ereignis hinweg. Wenngleich das Thema sehr wichtig war, wirkte sie plötzlich abgelenkt. Was sonst konnte ihr so schwer auf der Seele lasten?

Ohne bestimmten Grund dachte er an Jones. Das Bild schwankte vor seinem inneren Auge, war einen Moment lang klar und wankte im nächsten. So rasch – und unerklärlich – es aufgetaucht war, wurde es durch ein anderes verscheucht, und zum zweiten Mal an diesem Tag erblickte er in Gedanken die juwelenverzierte, faszinierende Waffe.

In schärferem Ton, als er beabsichtigte, fragte er: »Haben die Mondtänzer möglicherweise die Kirche unterwandert und Kenntnis von deiner Mission erhalten?«

»Könnte sein.« Die Veränderung in seinem Benehmen erstaunte sie ein wenig. »Sie erklären alle zum Feind, die sich nicht ihrem Glauben anschließen. Meiner Meinung nach stammten die Rosen von der Kirche und stellen eine Warnung dar, derzufolge unsere Pläne gescheitert sind und ich mich vorsehen muß.«

»Manchmal ist Verwegenheit die beste Vorsicht.« Er erhob sich, schritt auf und ab und sprach fast zu sich selbst. »Clas wird dir vermutlich erzählt haben, daß ich zu herrschen beabsichtige. Daher bin ich gezwungen, diesen König entweder zu vernichten oder ihm seine Macht zu nehmen und ihn so auf seinem Thron sitzen zu lassen. Eine Bewegung wie diese Mondtänzer darf ich nicht tolerieren, und das bezieht auch diesen Jones mit ein. Die Prophezeiung meiner Mutter –« Er hielt inne, und sein gequälter Blick ließ ihr das Blut gefrieren. »Ich kann mir keine Gelegenheit entgehen lassen, Sylah. Das ist mein Schicksal. Und trotzdem ist mir der Erfolg nicht sicher. Ruhm auf der einen Seite, Vergessenwerden auf der anderen. Dies akzeptiere ich. Doch ein einziger

Fehler kann mich straucheln lassen. Neela begleitet mich auf diesem Weg. Aber wie kann ich hoffen, sie würde im schlimmsten Falle jemanden heiraten, der dies nur aus ›Freundlichkeit‹ ihr gegenüber tut? Oder kannst du sie dir in der Halbsklaverei des Gewahrsams vorstellen? Ich nicht. Und das will ich auch gar nicht.« Er unterbrach sich und blickte sie an. »Ich weiß, ein besserer Status der Frauen ist die Idee, die du am meisten liebst. Um Neela willen stimme ich mit deinen Zielen überein. Falls du mir helfen kannst, schwöre ich, dich zu unterstützen.« Daraufhin verließ er den Raum.

Ihr Herz klopfte, während ihr das Gesagte durch den Kopf ging. »Die du am meisten liebst«, hatte er gesagt. Das gleiche hatte Lanta gesagt, als sie in Ola für König Altanar in Sylahs Zukunft geblickt hatte.

Sylah muß aufgeben, was sie am meisten liebt.

Damals hatte es sich dabei um ihre Mission gehandelt, jetzt hingegen war das Clas. Oder nicht?

Die Einsicht, daß sie sich um die Sicherheit ihres Mannes mindestens ebenso viele Sorgen wie damals um ihre Ziele machte, schockierte sie.

Nun wandte sie sich ab, denn die Schwäche und Verwirrung, die diese innere Betrachtung erzeugte, verärgerte sie. Nicht zu erwähnen die Sinnlosigkeit ihrer Besorgtheit. Clas würde sich niemals in Sicherheit befinden. Manchmal glaubte sie, dies sei das einzige, was er tatsächlich fürchtete, als würde es sein Selbstbild in Frage stellen, wenn er nicht ständig bei allen Ereignissen in vorderster Reihe stünde.

Sie wußte, er liebte sie. Sie haßte seine Herrin, diese leichtfertige Jungfrau der Schlachten, die stets neue, stets wechselnde Aufregung bot. Was konnte sie ihm dagegen schon bieten?

Zu gern hätte sie ihn in den Armen gehalten. In diesem Augenblick. Nicht später. Genau jetzt. Sie wollte seine unnachgiebige Kraft spüren, die süße Mischung aus Zufriedenheit und Leidenschaft, die in ihr aufwallte, wenn er sie umarmte. Welches dieser Gefühle die Vorherrschaft übernähme, war ihr vorher nie klar. Manchmal flammte das Feuer in ihr auf, und dann verlangte es sie allein nach den anstrengenden, erhebenden körperlichen Genüssen, die er in ihr hervorrief. Zu anderen Zeiten empfand sie eine Behaglichkeit, einen stillen Frieden.

Sie schauderte, verscheuchte die Tagträume und bedauerte, daß er in diesem Moment wahrscheinlich mit der gleichen Gelassenheit Kampf und Tod besprach, mit der sich normale Männer über Ernten und Preise und das Wetter unterhalten – und in diesem Moment hätte sie lauthals schreiend um eine Sekunde dieses Friedens und dieser Sicherheit flehen mögen.

Doch sie geduldete sich. Das war ihre Aufgabe. So lautete ihre Abmachung. Ausgesprochen hatten sie diese nie, wenngleich beide sie bis hin in die kleinsten Kleinigkeiten begriffen hatten. Clas na Bale war ein Krieger. Wer immer diese Tatsache verleugnete, verleugnete seine Seele. Wie oft hatte sie sich selbst gefragt, ob sie mit weniger als dem ganzen Mann leben konnte, den sie kannte, den sie liebte? Es war besser, sich um eine Liebe zu sorgen, die einem entrissen werden konnte, denn zu beobachten, wie sie verging und sich in Elend verwandelte. Was ihn betraf, war er sehr verständnisvoll. Natürlich hatte sie ihm gegenüber die Tür nie erwähnt – und würde dies auch niemals tun –, aber ihre Entschlossenheit, die Lage der Frauen in Jalail zu verbessern, bekümmerte ihn, und dennoch biß er lediglich die Zähne zusammen und schwieg. Eigentlich hatte er ihr sogar bei mancher Gelegenheit geholfen. Ja, sie verstanden einander. Und das schätzte sie mehr als alles andere.

Erschrocken fiel ihr auf, daß sie seine Stimme gehört hatte. Er kam auf sie zu und unterhielt sich währenddessen mit Emso. Manchmal sprach er auch im Schlaf einzelne Worte, und der Schweiß rann ihm dann über die Stirn. Bei diesen Gelegenheiten haßte sie die Herzlosigkeit seiner ersten Liebe, dieser Hündin, die ihn ausgesaugt und daraufhin einfach abgelegt hatte.

Sie verabscheute es, ihn zu teilen. Schlimmer noch, er mußte sie selbst mit niemandem teilen. Was hatte sie schon? Die Kirche? Die würde sie verbannen; dessen war sie sicher. Die Tür? Sie wußte nicht einmal, ob die überhaupt existierte und erst recht nicht, wo. Und interessierte sie das alles jetzt noch, da sie mit dem Mann verheiratet war, den sie liebte?

Der Mann. Dieser Gedanke hielt sie in manchen Nächten wach. Was, wenn sie ihm niemals begegnet wäre? Gab es irgendwo einen anderen Mann, den sie genauso lieben konnte wie ihn?

Unmöglich.

Sie waren glücklich. Warum war sie damit nicht zufrieden? Ständig lebte er am Abgrund des Todes. Hätte sie einen Mann lieben können, der wie frisches Laub brannte und nur Rauch, aber keine Hitze erzeugte?

Ihre eigene Flamme warf Funken und glomm. Wer sonst hätte seine Frau sein sollen? Selbstbewußt richtete sie sich auf und reckte das Kinn in die Höhe. Wer außer ihr könnte ihm das Wasser reichen?

Er verabschiedete sich von Emso, wandte sich um und entdeckte sie. Der harte Zug um seinen Mund milderte sich, und etwas – nicht gerade ein Lächeln, doch etwas Freundliches, ein heimliches Willkommen – huschte über sein Gesicht. Es war so unbestimmt wie das Gefühl, das einen Wetterwechsel vorhersagt. Mit kontrolliertem Schritt trat er zu ihr – dieser Dummkopf nimmt solche Rücksicht auf seine Würde! – und schloß ihre Hand in seine.

Gan kehrte in seine Hütte zurück, und sie erwischte ihn, wie er zu ihnen herübersah, nicht auf Clas' Rücken, sondern geradewegs ihr in die Augen, während sie über die Schulter ihres Mannes starrte. Sein Blick verweilte nur einen kurzen Moment, doch der genügte, um sie mit der plötzlich enthüllten Unsicherheit und den dunklen, verdrehten Gedanken zu erschrecken. Instinktiv war ihr klar, das hatte nichts mit Schlachten oder Prophezeiungen zu tun. Sie hatte in die entblößte Seele eines verliebten Mannes geblickt, aber da war noch etwas, etwas, das sie weder bei ihm noch bei einem anderen jemals erschaut hatte, und sie wußte lediglich eins: Das bereitete ihr große Angst.

Clas führte sie fort und betrachtete sie mit hochgezogenen Augenbrauen. Sie sagte: »Wir sollten es ihm jetzt mitteilen.« Warum sie das ausgerechnet in diesem Augenblick wollte, war ihr nicht recht bewußt, doch plötzlich erschien es ihr ausgesprochen wichtig.

Er lächelte, bevor er antwortete. »Noch nicht.« Damit drückte er ihre Hand. »Das ist so ein schönes Geheimnis. Unseres. Ganz allein unseres.«

»Ich meinte –«

Daraufhin legte er die Arme um sie und drückte sie so fest an sich, daß es ihr fast den Atem raubte. »Ich weiß, was du gemeint hast. Aber wir waren uns doch einig; im Moment sollte ihn nichts ablenken.« Er löste seinen Griff, als sie sich ihm entzog, streichelte ihren Bauch, und ein breites Grinsen teilte sein Gesicht. »Jedenfalls wird er vermutlich in ein paar Tagen selbst auf die Wahrheit stoßen.«

»Du!« Sie trat zurück und sah ihn mit vorgetäuschter Wut an. »Man kann es mir noch überhaupt nicht anmerken. Und zwar noch wochenlang nicht!« Sie stolzierte in Richtung ihres Hauses davon.

Er lachte leise und holte sie ein. »Habe ich dir je erzählt, wie häufig in meinem Clan Zwillinge vorkommen?«

Sie antwortete ihm nicht und versuchte statt dessen, den Blick nachzuahmen, mit dem die Äbtissin jene frechen Jungs bestraft hatte, die ihren Auserwählten unflätige Dinge nachriefen, wenn sie mit ihnen auf den Markt ging. Zwillinge. Dieser unausstehliche Kerl. Sich einzubilden, sie würde ihn tatsächlich lieben. Er ging an ihrer Seite, legte den Arm um sie und ließ die Hand so beiläufig, so sicher, auf ihrer Taille ruhen. Sein Kind. Ihres.

Der Murdat an seinem Gürtel stach ihr in die Hüfte. Die Klinge schob sich in der Scheide hin und her. Die Kälte des metallischen Scharrens ließ ihr eine Gänsehaut über den Rücken kriechen.

Beide Hände preßte sie über seine und verbarg die Waffe so vor ihrem heranwachsenden Kind.

Wie konnte die Liebe nur so wunderbar und gleichzeitig so verwirrend sein.

Nun hatten sie ihr Quartier erreicht. Sie drehte sich in seiner Umarmung, blickte ihm ins Gesicht, und ihre Hände wirkten wie blasse fliegende Wesen, die sich aufgrund zu vieler Sorgen nicht mehr beherrschen konnten. Gemeinsam ließen sie sich auf ihr Bett nieder.

Neun

Mit einer Wachsamkeit, die ihrem Namen alle Ehre machte, marschierten die Wölfe durch das spärlich besiedelte Land westlich der Burg. Berittene Gruppen übernahmen die Spitze und die Flanken. Häufig galoppierten Reiter davon, um Stellen zu erkunden, an denen jemand im Hinterhalt lauern könnte. Als sich eine Abteilung Fußsoldaten vom Hauptteil der Armee löste und einen solchen Ort untersuchte, ging sie dabei nicht nur viel langsamer, sondern auch wesentlich gründlicher vor. Noch befanden sie sich zwar auf Baron Jalails Gebiet und mochten diese Vorsicht für überflüssig halten, doch Clas erwärmte sie mit flammenden Worten für ihre Aufgabe.

Gan beobachtete den Trupp von zehn Mann, der ein dichtes Bambusgebüsch durchforstete, und mußte über ihre offene Zweckdienlichkeit lächeln. Ein Reiter konnte sich alle Umwege der Welt leisten; für ihn tat das Pferd die Laufarbeit. Ein Mann zu Fuß mußte für sein Vorankommen mit den eigenen Knochen bezahlen, und so betrachtete er das Leben mit ernsterem Blick.

Die berittenen Wölfe jagten nach möglichen Schwierigkeiten. Die Fußsoldaten stellten Schwierigkeiten dar. Dieser Unterschied war höchst interessant. Es hatte eine Weile gedauert, bis er ihm klargeworden war, da er selbst ein Reiter war, und jetzt, wo er ihn verstanden hatte, rief er ihn sich ständig ins Gedächtnis.

Wie gewöhnlich führte er die große Kolonne mit Clas und einer Einheit von zwanzig Reitern an. Diese Eskorte wurde täglich ausgewechselt und übernahm dann wieder Kundschafteraufgaben, derweil andere zwanzig die Einheit bildeten, die Gan kommandierte. Emso blieb bei seinen Männern. Tate ritt hinten und war für die Nachhut und den Versorgungstroß verantwortlich. Clas befehligte die große Kolonne. Während sie überwiegend in offenem Gelände unterwegs waren, blieb er ständig mit allen Truppenteilen durch Signalflaggen und Spiegelzeichen in Verbindung. Die Kodes stellten eine Kombination traditioneller Zeichen der Hunde und neuer Zeichen dar. Letztere hatte Tate eingeführt.

Der Tag neigte sich dem Ende zu, und sie erreichten die Grenzen von Baron Jalails Land. Felder wurden seltener, und diese wenigen wirkten, als hätte man sie aus dem widerstrebenden Wald herausgeschnitten. Die Häuser sahen geduckt und grob gezimmert aus. Sie bildeten ein stummes Zeugnis des Preises für die Freiheit, fernab vom Zentrum der Macht zu leben. Nur die härtesten, am meisten nach Unabhängigkeit strebenden Siedler ließen sich hier nieder, wo die ›anderen‹ von der gegenüberliegenden Seite der Grenzen jederzeit über sie herfallen konnten. Überfälle und Fehden waren so gewöhnlich wie Kupfermünzen. Die paar Menschen, die die Wölfe zu Gesicht bekamen, beäugten sie mit dem Mißtrauen jener, die sich nicht mehr viele Illusionen machen.

Sie hielten in einer unbewohnten Gegend. Die gebrüllten Befehle hallten im dichten Wald wider und schienen von überall und nirgends zu kommen. Bald wurden Befehle nur noch in fast geflüstertem Ton gegeben.

Der Morgen bot ihnen eher eine weichende Dunkelheit denn einen hellen Tag. Der Aufbruch fand in bedrücktem Schweigen statt. Die Wölfe marschierten bereits wieder, obwohl gerade nur das erste, bleiche Licht durch die verflochtenen Äste über ihnen drang. Als sie unterwegs waren, wurden Signale mit Pfeifen ausgetauscht. Selten antwortete ein Vogel darauf, und dann gewöhnlich einer der saphirgrünen Eichelhäher mit schwarzem Kamm. Das Geschnatter der Eichhörnchen bildete eine willkommene Unterbrechung der Stille.

Gan beobachtete, wie seine Truppe darauf reagierte, und er fühlte sich ein wenig besser; sie waren in diesem Land mehr zu Hause als er, und auch sie hielten stetig Ausschau nach den Seiten. Die ganze Kolonne drängte sich zusammen, da die Männer unbewußt die Lücken zwischen sich und ihren Kameraden schlossen.

Aber das alles war von minderer Bedeutung. Wirklich Sorgen bereiteten ihm Emsos Kundschafter. Der Wald erschwerte es den Reitern, alles zu überblicken. Eine Räuberbande mochte sich der Entdeckung entziehen, der Kolonne von hinten in den Rücken fallen, großen Schaden anrichten und sich daraufhin sofort wieder zurückziehen. Bei dieser Aussicht brach Gan auf Nacken und Schultern der Schweiß aus. Er mußte gegen das Gefühl ankämpfen, unsichtbare Augen würden sie bei ihrem Marsch beobachten.

Raggar haßte das vorsichtige Tempo, und er haßte es ebenso, mitten in der Kolonne gefangen zu sein. Schlaff trottete er neben seinem Herrchen her. Gan rief Clas zu sich. »Ich nehme die Hunde und gehe vorn bei Emso auf Kundschaft.« Clas öffnete den Mund und wollte widersprechen, doch Gan schnitt ihm das Wort ab. »Ich passe schon auf. Ja, ja, eigentlich ist das nicht meine Aufgabe. Aber ich mache es hauptsächlich wegen Raggar. Es langweilt ihn, mitten in dieser Herde zu wandern.«

Clas schnaubte. »Dann wären wir also schon zwei. Diese sogenannten Krieger zur Wachsamkeit und zum Marschieren anzutreiben ist wie Teig kneten; egal, wieviel man drängt und schiebt, sie benehmen sich immer gleich. Geh schon los; ich kümmere mich hier um alles.«

»Ich weiß. Danke, Clas.« Er pfiff leise, und sofort begann Raggar mit dem Schwanz zu wedeln. Selbst sein Pferd reagierte und zitterte, als wolle es im nächsten Moment vor Energie platzen. Dann waren sie unterwegs. Gan hatte das Gefühl, er sei so lange nicht mehr im Galopp geritten, daß er die Aufregung vergessen habe, die mit einem solchen Ritt verbunden war, und sogar der beengende Wald verlor ein wenig von seiner Bedrohlichkeit, während sie den Weg entlangjagten. Die Hunde schweiften aus, Raggar links, Shara rechts und Cho hinten. Sie wirbelten zwischen den Bäumen herum wie eine verirrte Präriewindhose und setzten über umgefallene Stämme hinweg. Schließlich erreichten sie einen Bach, und Raggar sprang hinein und schnappte nach dem Wasser.

Rasch hatten sie Emso eingeholt. Auf Kommando kamen die Hunde angerannt, wobei ihnen trotz ihres heftigen Hechelns die Enttäuschung anzumerken war. Emso sagte nichts, bevor Gan sie gestreichelt hatte. Dann fragte er: »Was führt dich hierher? Die Langeweile?«

»Genau. Irgend etwas gesichtet?«

»Bisher nicht.«

Gan blickte ihn fragend an, und der ältere Mann lächelte schief. »Ich möchte den Baron nicht kritisieren, doch als ich noch in seinen Diensten stand, sind wir so oft blind in unangenehme Überraschungen hineingerannt, daß ich einen sechsten Sinn dafür entwickelt habe. Auf unseren Flanken haben wir niemanden entdecken können, aber irgend jemand beobachtet uns. Das schwöre ich. Uns steht Ärger bevor.«

»Hier ist niemand, aber du weißt, es wird jemand kommen? Das würde ich auch behaupten; auch wenn es noch einige Wochen dauern würde, hätte ich am Ende damit recht, oder?«

Emso grinste, hielt jedoch an seiner Meinung fest. »Uns zieht jemand entgegen. Vielleicht ein Kundschafter, vielleicht eine ganze Abteilung, aber das werden wir bald wissen, innerhalb der nächsten« – er zögerte, schätzte die Zeit ab und sah Gan dabei an wie ein alter Hund, der schnüffelt – »sechs Stunden werden wir auf die ersten Spuren der Beobachter stoßen, darauf wette ich.«

»Und was setzt du ein?«

Darüber mußte Emso kurz nachdenken. »Wenn ich recht behalte, wetzt du mein Schwert. In aller Öffentlichkeit. Wenn nicht, schärfe ich deins. Und der Verlierer muß sich damit rasieren.«

»Abgemacht. Ich erkenne dich, Emso.«

Der ältere Mann schüttelte den Kopf. »Wie ich mich erinnere, grüßt ihr Hunde euch mit diesen Worten. Besiegelt ihr auch Wetten damit?«

Nachdem Gan genickt hatte, kehrte die Ernsthaftigkeit in Emsos Mienenspiel zurück. Sie erreichten ein unwirtliches Gelände, ein Gebiet, das sie bereits im Winter ausgekundschaftet hatten. Vor einigen Jahren hatte hier ein Orkan von unglaublicher Heftigkeit gewütet. Der Sturm hatte eine fünf Meilen breite und zehn Meilen lange Schneise hinterlassen. An deren westlicher Seite führte die Straße aus dem Wald durch die letzten größeren Felder von Harbundai. Der Wind hatte vermutlich jeden zehnten Baum umgeweht, an manchen Stellen sogar riesige freie Flächen geschaffen. Obwohl Gan den Wald nicht mochte, lösten diese umgefallenen Stämme in ihm eine seltsame Stimmung aus. Gelegentlich ragten Wurzeln wie die Füße toter Männer in den Himmel. Die weitaus meisten waren dagegen hoch über dem Boden abgeknickt. Aus der Entfernung betrachtet wirkten sie wie kleine Bäume, und so verwunderte es nicht, daß sie abgebrochen waren. Von nahem betrachtet brauchte es allerdings oft zwei Männer, um ihre Stämme zu umfassen.

Emso zeigte auf einen besonders hohen, kahlen Baum. Gan fiel daran vor allem der freie Raum auf, der durch den Verlust der

Krone entstanden war und es dem Sonnenlicht erlaubte, zum Boden vorzudringen, weshalb dort ein unglaubliches Wirrwarr von Pflanzen um Platz zum Leben kämpfte. Selbst diejenigen, die am raschesten wuchsen, wurden von den benachbarten Bäumen bedroht, die auf diesen unerwarteten Reichtum an Licht reagierten und ihre Äste in den offenen Raum hineinreckten. Gan betrachtete das alles mit Unbehagen. Er vermeinte, stumme Schreie an diesem grausamen Ort zu hören.

Die Straße führte weiter, allerdings wurden die Zeugnisse jenes vergangenen Sturms nach jeder Biegung immer deutlicher. Tatsächlich waren die meisten Kurven Ergebnis der Verwüstungen, da sich die ersten Reisenden nach dem Orkan einen gewundenen Pfad um die umgefallenen Stämme herum gesucht hatten. Gelegentlich hatte Bambus ein so dichtes Dickicht gebildet, durch das man sich höchstens mit harter Schwertarbeit hindurcharbeiten konnte. Und auch dann noch bogen sich die scharfen Enden zurück und konnten dem Unachtsamen üble Wunden zufügen. Diese Kombination aus Dickicht und wegversperrenden Bäumen zwang einige der Flankenreiter, sich der Straße bis auf Rufweite zu nähern. Ihre Pferde schnaubten, während die Reiter sie vorandrängten. Sogar die Hunde verminderten die Entfernung zu Gan. Dann eilte plötzlich von vorn ein Reiter auf sie zu. Der Aufregung zufolge, die sich auf dem Gesicht des Mannes widerspiegelte, hatte Gan seine Wette offensichtlich verloren. Emso gab sich Mühe, ein feistes Grinsen zu unterdrücken.

Der rotgesichtige junge Kerl erschrak, als er Gan erkannte, salutierte aber nichtsdestotrotz, wie es sich gehörte. Er berichtete, seine Gruppe habe ein Waldstück entdeckt, welches den Sturm ohne Schaden überstanden habe, und so seien sie recht gut vorangekommen. Beinahe wären sie mit dem Mann zusammengestoßen. Er aß gerade und flüchtete in großer Eile, wobei er alles stehen und liegen ließ. Der junge Kundschafter hielt etwas in die Höhe, das wie Stoff aussah, doch eine andere Beschaffenheit hatte. »Papier.« Da war sich Emso sicher. »Aus Harbundai. Niemand sonst kann es auf diese Weise herstellen.« Er fragte den Jungen: »Habt ihr ihn erwischt?«

Der Angesprochene wurde noch röter. »Er hat sich in ein Wirrwarr gestürzt, wo Baumstämme wie Stroh in einer Scheune übereinander lagen. Daraufhin übergaben wir die Pferde einem Mann und verfolgten ihn zu Fuß, doch er verschwand wie ein Hase in einem Gebüsch von Heckenrosen. Wir hörten, daß er nach Westen zog.«

Emso wandte sich an Gan. »Sollen wir die Kundschaftertrupps verstärken?«

Gan strich sich übers Kinn, während er Raggar anstarrte, als wisse der Hund die Antwort. Dann blickte er den Reiter an und fragte: »Der Mann hat gegessen? Allein? Von anderen habt ihr keine Spuren entdeckt? War er bewaffnet?«

»Er war bewaffnet und trug eine leichte Rüstung. Und er hat tatsächlich gegessen. Wir haben das gesamte Gebiet durchforstet, aber nur seine Fußabdrücke gefunden.«

Jetzt traf Gan eine Entscheidung. »Zieh die Flankenreiter zusammen, Emso. Ihr reitet geradewegs weiter, bis wir dieses Gebiet hinter uns haben. Dort suchst du eine gute Verteidigungsstellung, von der aus man die Straße überwachen kann. Du machst alles klar und kundschaftest die Gegend dann aus. Jeden, der irgendwie feindlich wirkt, nimmst du gefangen. Ich hole den Rest der Soldaten. Wir lagern an dem Platz, den du auswählst. Aber wage es nicht, noch Feuerholz mit deinem Schwert zu schlagen, bevor ich ankomme.«

Emso salutierte, wobei er sein bislang unterdrücktes Grinsen nicht mehr beherrschen konnte. Er gab schon Befehle aus, ehe Gan noch gewendet und sich auf den Rückweg gemacht hatte.

Später, während er neben Clas ritt, erklärte Gan seinen Gedankengang. Er versetzte sich in die Position des Gegners und überlegte sich die Möglichkeit, Truppen schnell genug in das verwüstete Waldstück zu bringen, um den Marsch der Wölfe zum

Stillstand zu bringen. Das war zwar schwierig, trotzdem nicht unvorstellbar. Doch eine Armee, die auf der anderen Seite des Waldes herauskäme, wäre wegen der umgefallenen Bäume gezwungenermaßen auf die Straße beschränkt. Ein guter Stratege würde seine Soldaten hundert Meter davor verstecken und die Wölfe überraschen, während sie als angreifbare Kolonne herausströmten. Gan hatte die Absicht, dieses Gebiet hinter sich zu bringen, bevor jemand auf die gleiche Idee kommen mochte.

Die Männer, die sich dessen nicht bewußt waren, kannten nur den Befehl, der sie zur Eile antrieb. Das Stampfen Hunderter Füße zerschnitt die brütende Stille des Waldes. Hunderte Köpfe fuhren nicht mehr hin und her, sondern richteten den Blick erwartungsvoll geradeaus. Gan erteilte die Anweisung, die Kriegstrommeln sollten den Marschrhythmus vorgeben, und die berittenen Musiker begannen mit der Arbeit.

Die Kolonne verwandelte sich in einen Pfeil, der durch den Wald schoß und ein Ziel suchte, und die Männer – jeder einzeln für sich – waren seine Wölfe. Gan stieg ab und lief wie sie zu Fuß. Sein Blut rauschte und siedete mit dem Vergnügen des jagenden Rudels.

Zehn

Der Kopf der Kolonne erreichte Emsos Position, als noch ausreichend Tageslicht blieb. Der Ort war gut gewählt, lag mehrere hundert Meter von dem verwüsteten Gebiet entfernt auf einem der bewaldeten, rundlichen Hügel, von dem aus man die unmittelbare Umgebung gut unter Kontrolle hatte. Bauern hatten die Umgegend gerodet. Und so wirkte es, als befände man sich auf einer verwilderten Insel inmitten eines Meeres unbewirtschafteter Weiden.

Gan beglückwünschte Emso zu seiner Wahl und ging daraufhin daran, sich das Gebiet näher anzusehen.

Der Bewuchs auf den Anhöhen unterschied sich deutlich von dem Fichtenwald. Hier fand man eine unglaubliche Vielfalt von Bäumen, und statt eines einzigen Baldachins eine ganze Reihe verschiedener Ebenen. Laubbäume herrschten vor, und das Grün des Frühlings zeigte sich noch verhalten und durchsichtig, wobei die unteren Bereiche sich sanft hin und her wiegten. In der Luft hing ein warmer, feuchter Geruch, der ungenierte Fruchtbarkeit verströmte. Überall strebten junge Blätter nach oben, kleinen grünen Kerzenflammen gleich. Gelegentlich blühte bereits ein Rhododendronstrauch. In der Ferne verschmolzen die blassen Blüten zu formlosen, stets in Bewegung befindlichen Gestalten, die Gan an alte, halbvergessene Gespenstergeschichten erinnerten.

Er hieß die Veränderung willkommen. Diese Landschaft mochte vielleicht nicht seine Sehnsucht nach der Prärie stillen, doch wenigstens ließ dieses zugeschnürte Gefühl in der Brust nach.

So saß er mit Clas vor seinem Zelt und beendete gerade sein Abendessen, das aus Huhn bestand, da entdeckte er Tate an der Spitze einer berittenen Patrouille, die sich der offenen Wiese im Norden näherte. Er runzelte die Stirn. Eigentlich sollte sie das Lager nicht verlassen und schon gar nicht Kundschaftertrupps anführen. Nicht, daß sie Ärger mit den Männern bekommen hätte. Die gehorchten ihr ohne Frage; und gerade darin bestand das Problem. Sie war ihr Liebling, und er fürchtete, zu ihrem Schutz würden sie zu große Risiken eingehen. Einen Augenblick später mußte er lächeln. Sie – genauso wie Neela und Sylah – würde ihn bei lebendigem Leib für sein – so nannten sie es – männliches Denken häuten. Doch was konnte er schon daran ändern. Frauen duldete er nicht in bewaffneten Auseinandersetzungen, und so weit würde er es auch nicht kommen lassen. Dennoch mußte er hoffentlich niemals ohne Tates Rat in die

Schlacht ziehen. Überraschend wurde ihm bewußt, daß er lieber auf ihre Waffen denn auf ihre strategischen Fähigkeiten verzichten würde.

Was die Männer zweifellos genauso sahen, entschied er mit einem Seufzer und schob das ganze Problem beiseite.

Inzwischen hatte sie das befestigte Lager erreicht und ritt auf ihn zu. Ihrem Tempo zufolge gab es etwas Wichtiges zu berichten. Clas bemerkte das ebenfalls, und so erhoben sie sich beide, um sie zu begrüßen.

Sie salutierte. »Wir haben den Adligen Malten gefunden.« Daraufhin beschrieb sie die Landschaft, die vor ihnen lag, ein gewelltes, leicht zugängliches Gebiet, das sehr viel Deckung bot. Dort gab es einige tiefe Gräben und einen großen Fluß. An dessen südlichem Ufer kampierten Malten und sechs weitere Männer.

»War das auch bestimmt Malten?«

»Sicher. Wir haben aus der Ferne den Rauch gesehen. Ich habe zwei Kundschafter zu Fuß hingeschickt. Sie gelangten nahe genug heran, um zu hören, wie er mit diesem Namen angesprochen wurde. Er schreit die anderen ständig an.«

»Hat er irgend etwas Wichtiges von sich gegeben?«

»Er sagte, der ganze Zeitplan sei ruiniert.«

Gan wollte sich zunächst abwenden, schnitt dann allerdings nur eine Grimasse. »Ich wette, du hast noch nicht gegessen. Setz dich zu uns. Ich lasse dir deine Ration holen.« Sie nahm die Einladung an, schwang sich mit Anmut vom Pferd und zog ihren Holzteller aus der Satteltasche. Jeder Soldat trug seinen eigenen im Gepäck. Inzwischen hatte jede Fünfzig-Mann-Einheit einen Koch und einen Küchenjungen; und diese beiden beförderten auf jeweils fünf Pferden die Vorräte und das Kochgeschirr. Teller und Besteck besaß jeder Mann selbst und war auch für deren Sauberkeit zuständig. Da Tate meist bei der Nachhut ritt, bekam sie ihr Essen in dieser Einheit. Innerhalb weniger Minuten kehrte der Soldat, der dorthin losgeschickt worden war, mit ihrem Hühnereintopf zurück. »Wir sind an einigen Bauernhöfen vorbeigekommen. Die gesamte Gegend ist verlassen«, berichtete sie, während sie ihr Fleisch zerschnitt. Das besorgte sie auf Art der Hundemenschen, hielt den Knochen mit der Linken und säbelte das Fleisch mit ihrem scharfen Messer ab. Diese Scheiben spießte sie auf oder brachte sie mit der Klinge an den Mund. Was zu klein war, löffelte sie.

»Milchkühe«, sagte Gan, und sie hielt mitten im Kauen inne und blickte ihn fragend an. Er fuhr fort: »Hast du irgendwelche Milchkühe gesehen? Oder anderes Vieh? Bei den verlassenen Häusern?«

Sie aß weiter und wirkte nachdenklich. »Ziemlich viel, aber das waren meist Fleischtiere. Schweine und Hühner. Und so etwas. In den Häusern gab es überall noch Bettzeug und viele Vorräte. Mir schien es, als seien die Bewohner erst kürzlich ausgezogen. Was schließt du daraus?«

»Sie sind in großer Eile aufgebrochen. Und sie hatten nicht die Absicht, besonders schnell zu fliehen, weil sie erwarten, bald wieder zurück zu sein. Das Vieh kann ganz gut eine Weile allein überleben, solange es Futter findet. Milchkühe müssen jedoch gemolken werden, sonst werden sie krank und sterben. Und die laufen weder schnell noch weit. Was meinst du, Clas?«

Der Angesprochene rümpfte die Nase. »Wir haben doch nicht für eine so große Überraschung gesorgt, wie wir dachten. Und jetzt könnten wir in eine Falle laufen.« Er hob die Hand und rieb sich die schwarze Tätowierung. Diese Geste lenkte Gan ab. Seit langem hatte er sie nicht mehr bei seinem Freund bemerkt. Clas war viel stärker beunruhigt, als seine Worte preisgaben.

Und Gan wußte auch, aus welchem Grund. Es war erforderlich, die Falle zu beseitigen. Die Wölfe besaßen nicht die Stärke, um direkt gegen die Armee vorzugehen, die der König aufgestellt hatte. Sogar, falls sie an der Stelle ihre Verteidigungsposition einnahmen, die der Adlige Malten vorgeschlagen hatte, würden sie dadurch nur an einem Ort eingeschlossen und waren dann leicht zu überwältigen. Nein. Sie mußten herausfinden, wie die Falle geplant war, damit sie nicht über ihnen zuschlug.

»Heute nacht werden wir uns mit dem Adligen unterhalten«, sagte er und wandte sich an Clas. »Such ein paar Männer aus, die uns begleiten; nicht mehr als zehn.«

Tate blickte von ihrem Essen auf und runzelte die Stirn. »Heute nacht? Ihr wollt in der Dunkelheit zu seinem Lager reiten? Damit werdet ihr sie halb zu Tode erschrecken. Wer weiß, was sie dann anstellen.«

Sie grinsten einander an, und Clas wirkte plötzlich genauso überschwenglich wie Gan. Tate nahm ihren Eintopf wieder in Angriff und ließ ihre Verzweiflung an dem hilflosen Gemüse aus. »Kinder«, gab sie beleidigt von sich. »Meine Anführer halten den Krieg für einen Halloweenstreich.«

»Einen was?«

Rasch sah sie auf und hoffte nur, den Schock verbergen zu können, der sie angesichts dieser Frage durchfuhr. Erleichtert nahm sie zur Kenntnis, daß Gan noch immer über ihr Verhalten kicherte. »Für einen gemeinen Streich, meinte ich. Ihr wollt den Adligen Malten nur aus einem einzigen Grund erschrecken: um des lieben Spaßes willen. Dabei könntet ihr leicht das Leben verlieren.«

Clas reckte sich und stand auf. Er öffnete den Mund und wollte etwas sagen, verharrte allerdings wie versteinert und starrte in die Ferne. »Wer mag das sein?« fragte er schließlich und senkte eine Hand auf den Griff seines Murdats. Gan und Tate erhoben sich nun ebenfalls und folgten seinem Blick. Bislang kaum wahrzunehmen, richteten nun zwei Männer ein eigenes Lager ein und entzündeten ein weithin sichtbares Feuer.

Entschuldigend antwortete Tate: »Emso hat mir vorhin von ihnen berichtet. Sie sind Boten.« Da Gan und Clas sie mit großen Augen ansahen, fuhr sie fort: »Er meinte, die wüßten immer, wann etwas Wichtiges stattfinden würde, und deshalb wären sie hier. Sie erklären niemandem irgend etwas, und es sei auch verboten, sie zu verhören. Ich glaube, Emso hat ein wenig Angst vor ihnen. Manche der Soldaten halten sie sogar für Hexer.«

Clas grunzte tief. »Wie die Vögel.« Nun war Tate verwirrt. Der Hundekrieger erklärte: »Hast du es nicht bemerkt? Die Falken, diejenigen, die wir Blutschwänze nennen, sie kreisen über uns. Das sind Aasfresser. Wir sagen, sie würden den Krieg riechen, weil sie sich stets vor einer Schlacht versammeln. Vermutlich haben sie im Laufe der Jahre gelernt, daß es meist einen Kampf bedeutet, wenn sich viele Menschen an einem Ort versammeln. Das gilt ebenfalls für die Krähen, wie die, die auf den Bäumen drüben auf dem Hügel hocken. Sind die dir vielleicht nicht aufgefallen? Gibt es so etwas bei euch nicht?«

Schroff erwiderte Tate: »Warum habt ihr denn die Boten nicht bemerkt?«

Gan beendete das Thema. »Wir brauchen die Boten nicht so dringend wie diese eher zivilisierten Menschen. Vor allem nicht im Krieg. Bei uns gibt es nicht so viele ›Absprachen‹, die man treffen muß. Aus diesem Grund stimme ich mit Clas überein; mir gefällt der Gedanke an Leute nicht, die anderen folgen und darauf warten, daß diese sterben.«

»Hoffentlich wird niemand sterben müssen«, sagte Tate.

»Ich werde schlafen, bis du aufbrechen willst«, warf Clas an Gan gewandt ein. »Du brauchst ebenfalls ein wenig Ruhe.« Damit ging er davon.

Gan nickte nur, und Tate versprach, die beiden zu wecken. Sie ließ jedoch keinen Zweifel daran, wie wenig ihr das behagte, aber die beiden lachten lediglich.

Einige Stunden später brachten Gan und Clas ihre zehn Männer in Position. Die Mondsichel lieferte ihnen kaum genug Licht, um den verwirrenden Schimmer zu überdecken, der die Landschaft überzog. Der Adlige und seine Eskorte hatten ihr Lager neben einer Hecke errichtet und lagen sorglos um ein großes Feuer herum. Gan war zwar sicher, die Flammen machten es ihnen unmöglich, im Dunkeln etwas zu erkennen, doch wollte er kein Risiko eingehen. Alle krochen flach voran und ertasteten sich den Weg über den Weidegrund. Nachdem Clas die Männer eingewiesen hatte, die sie begleiten sollten, kehrte er zu Gan zurück, der mit den Hunden wartete. Die zwei erhoben sich, die Hunde an der Seite, und traten auf das Feuer zu. Sie brauchten nur wenige Schritte, und als der erste der Lagernden sie entdeckte, traute er seinen Augen nicht, bis Gan zu sprechen begann. »Ich erkenne dich, Adliger Malten«, sagte er laut. »Clas na Bale ist mit mir gekommen, um dich zu begrüßen.«

Außer dem Adligen selbst sprang ein jeder auf, suchte nach seinen Waffen und gab sich Mühe, gleichzeitig vorbereitet zu wirken und die Dunkelheit nach allen Richtungen abzusuchen. Gan betrachtete sie aufmerksam. Offensichtlich waren sie noch sehr frisch, und die Essensreste, die auf dem Boden lagen oder im Feuer brutzelten, deuteten darauf hin, daß sie ausreichend gespeist hatten und noch einiges an Resten wegwerfen würden. Ihre Kleidung jedoch war schmutzig und zerrissen. Ja, eigentlich sahen sie regelrecht verfilzt aus, und keiner von ihnen hatte versucht, diesen Zustand vor der Mahlzeit zu ändern. Er fragte sich, ob sie überhaupt ihren Pferden zu trinken gegeben hatten; diese waren außerhalb des Lichtkreises als dunkle Schemen zu erkennen, die schnaubten und mit den Hufen scharrten.

Der Adlige erwiderte den Gruß leise und beglückwünschte sie zu ihrer unbemerkten Annäherung. Sein Blick fuhr beständig zwischen den Männern und den Hunden hin und her und verriet die Aufregung, die hinter der ruhigen Fassade brodelte.

Gan kam geradewegs auf Tates Entdeckungen zu sprechen. »Den Beobachtungen meiner Kundschafter zufolge haben die Menschen dieses Gebiet verlassen. Unsere Ankunft wurde erwartet. Steht Baron Malten mit seinen Soldaten bereits im Felde? Wie weit sind sie entfernt, und um wie viele Männer handelt es sich? In welchem Verhältnis stehen Infanterie und Kavallerie? Und was ist mit dem König und seiner Armee?«

Höflich lauschte der Adlige Gans Fragen. Eigentlich besaß seine beherrschte Ruhe einen katzenähnlichen Zug, und so verwunderte Gan die Boshaftigkeit in seiner Stimme nicht. »Ich kann dir alle Fragen beantworten, und dazu noch eine, die du nicht gestellt hast. Die hebe ich mir jedoch bis zum Schluß auf.«

Sein Bruder sei eilig nach Norden aufgebrochen, nachdem er einen Boten zum König gesandt habe. Morgen – spätestens übermorgen – würde Gan vor über dreihundert Reitern und mindestens der dreifachen Anzahl Fußsoldaten stehen. Er legte eine dramatische Pause ein und fügte schließlich hinzu: »Der Grund für all diese Bewegungen liegt in der Antwort auf die Frage, die du nicht gestellt hast. Du hättest dich wundern sollen, *weshalb* sie bereitstehen. Ist dir meine Kleidung nicht aufgefallen? Ich sitze hier praktisch in Lumpen! Diese armen, treuen Kerle sind die einzigen Freunde, die mir geblieben sind. Jemand hat uns verraten. Am heutigen Morgen hätte mich mein Bruder beinahe umgebracht. Sobald Jalails Bote ihm berichtete, ihr würdet früher aufbrechen, stellte er mich zur Rede. Er wußte über meinen Besuch beim Baron Bescheid. Du kannst zurück zu deinem Herrn laufen. Ich dagegen kann nur betteln, daß du mich mitnimmst.«

Clas wurde wütend. »Sag niemals wieder, ich hätte einen Herrn. Wer hat geredet?«

»Ich weiß es nicht. Darum mache ich mir später Gedanken. Mein Bruder hat fast so viele Soldaten wie ihr. Gut ausgebildete Männer. Es wäre nicht weise, ihnen entgegenzulaufen. Zu gefährlich. Falls ihr euch zurückzieht, verfolgen sie euch nach Jalail. Wir sollten uns verschanzen, solange noch Zeit bleibt.«

Gan wandte sich an Clas, der vor Wut schäumte. »Nimm zwei Männer, und kehr so schnell du kannst zu den Wölfen zurück. Sag Emso, es müßten sich Kundschafter bereithalten, wenn ich mit dem Adligen Malten ankomme.«

Clas strengte sich nicht weiter an, die Abscheu zu verbergen, welche er angesichts von Gans Gefügigkeit verspürte, mit der dieser die Erzählung des Adligen anhörte, doch trabte er ohne Zögern los. Der Adlige und seine Gesellschaft wirkten noch verängstigter, da Gan in die Dunkelheit pfiff und die acht Wölfe, die sich bisher versteckt gehalten hatten, mit ihren Pferden auftauchten.

Im Lager befahl Gan einem Mann, sich um die Gesellschaft des Adligen zu kümmern, während er sich zu einem privaten Gespräch mit Clas, Emso und Tate zurückzog. Er rief den Anführer der Kundschafter hinzu, die ihn zum Lager des Adligen begleitet hatten, und setzte ihn vor die Gruppe. Der junge Kerl war offensichtlich eingeschüchtert, da er nun im Zentrum der Aufmerksamkeit stand, doch auf Gans Fragen nach seinen Beobachtungen antwortete er selbstsicher. »Die Pferde waren ruhig und nur ein wenig feucht, Murdat. Ich meine, nicht naß. Sie haben heute ein Stück Wegs hinter sich gebracht, aber sie wurden nicht hart geritten. Mit Getreide wurden sie erst gefüttert, kurz bevor wir eintrafen.«

»Woher weißt du, daß sie nicht hart geritten wurden? Oder wann sie gefüttert wurden?«

Er erwärmte sich für seinen Bericht. »Die Satteldecken waren so gut wie trocken, und die Nacht ist feucht. Auf dem Boden lagen Körner. Im Tageslicht hätten sich die Vögel die geholt. In der Dunkelheit ziehen sie Mäuse und solches Getier an. Da noch viel herumlag, hatte noch kein Tier Zeit, sich daran gütlich zu tun. Ach ja, und sie haben Lederzügel; die waren trocken. Durchtränktes Leder bleibt jedoch lange naß.«

»Ich verstehe«, erwiderte Gan und blickte Clas, der ein Lachen unterdrückte, scharf an. »Ist dir sonst noch etwas aufgefallen?«

Er dachte einen Augenblick nach. »Ihre Kleidung war viel schmutziger als die Pferde oder die Sättel. Ich habe gehört, wie der Adlige dir erzählte, er habe heute morgen fliehen müssen, weil sein Bruder ihn töten wollte. Falls das zutrifft, warum blieb ihm dann Zeit, soviel Vorräte und Getreide für die Pferde aufzuladen? Wenn Emso uns zur Eile antreibt, können wir nur das mitnehmen, was wir ständig bei uns tragen. Doch so lebt der Adlige bestimmt nicht, glaube ich. Oder Ihr vielleicht, Murdat?«

Diesmal konnte sich Clas mit dem Lachen nicht mehr zurückhalten, und auch Gan hatte damit so seine Schwierigkeiten. Trozdem antwortete er so ernst wie ihm möglich war: »Nein, sicherlich hat er keinen Rucksack mit Ausrüstung neben dem Bett stehen wie ihr. Und außerdem glaube ich, er sieht selbst bei Tage nur die Hälfte von dem, was dir in der Nacht auffällt. Du hast deine Aufgabe sehr gut erledigt und darfst stolz auf dich sein. Jetzt ruhe dich ein wenig aus. Morgen mußt du frisch sein.«

Der junge Kundschafter stolzierte davon.

Tate, die den Adligen und seine Gefolgsleute nur aus der Ferne gesehen hatte, fragte: »Was hat es mit dieser zerlumpten und schmutzigen Kleidung auf sich? Meine Patrouille hat davon nichts berichtet.«

»Frag sie«, antwortete Gan.

Sie drehte sich um und rief einen Namen. Ein Mann trabte herbei. Als sie sich bei ihm erkundigte, wie der Adlige gekleidet gewesen sei, wirkte er überrascht. »Nun, er ist ein edler Herr, nicht wahr? Er hatte die feinsten Sachen an. Und seine Eskorte ebenso.« Noch verblüffter erschien er, da auf seine Antwort hin alle in der Runde den Kopf schüttelten und grimmige Mienen aufsetzten, und so verschwand er dankbar, nachdem Tate ihn entlassen hatte.

Gan sagte: »Wir hätten sie fast erwischt, bevor sie Zeit zum Umziehen hatten. Was die Flucht betrifft, haben sie gelogen. Und warum haben die Bewohner die Gegend verlassen? Weshalb glauben sie, es würde hier zur Schlacht kommen?«

Er zeigte auf Emso. »Finde das heraus. Wo stehen die Truppen des Königs? Ich möchte wissen, was innerhalb eines Tagesmarsches in jede Richtung los ist.«

Die Sorge furchte Emsos Stirn tief. »Wenn wir das alles auskundschaften, bleibt dir kaum noch ausgeruhte Kavallerie, wenn wir damit fertig sind, Murdat.«

»Dessen bin ich mir bewußt. Aber wir haben keine andere Wahl. Im Moment sind wir blind, und draußen sind feindliche Soldaten unterwegs. Entweder kontrollieren wir sie, oder sie werden uns vernichten. Finde sie für mich, Emso. Sei mein Augenlicht.«

Der ältere Mann richtete sich abrupt auf und drückte sich mit den Händen auf den Knien ab, um seinen Oberkörper hochzubringen. Er lächelte schief und trocken. »Ich werde sie auftreiben, gut, nur werden sie sich kaum damit zufriedengeben, beobachtet zu werden. Ehe dieser Tanz zu Ende geht, wird jemand jemanden küssen müssen.«

Clas mischte sich ein. »Und du suchst uns den hübschesten Partner aus, ja?«

»Wart nur ab, was Sylah sagen wird, wenn ich ihr das erzähle«, frotzelte Tate.

Gan und Clas lachten, derweil Emso ging. Trotzdem sahen sie sich noch eine ganze Minute, nachdem der Kundschafter aufgebrochen war, nicht in die Augen. Die Mondsichel, die sich bisher wie eine silberne Axt durch die Wolkenfetzen geschnitten hatte, wurde von einer großen Masse verdunkelt. Gan schlug vor, sie sollten besser ein wenig schlafen, damit sie auf den morgigen Tag vorbereitet waren. Von dem wußte schließlich keiner, was er bringen würde.

Elf

Die ersten von Emsos Reitern kehrten langsam ins Lager zurück, kurz nachdem Gans Ungeduld den Siedepunkt erreicht hatte. Die Umgebung um sein Zelt hatte sich auffällig von Menschen geleert, als die erste Fünf-Mann-Gruppe eintraf. Sie näherten sich durch die Furchen eines bepflanzten Feldes, was noch betonte, wie sehr sie in den Sätteln wankten. Ihre Pferde bewegten sich in dem erschöpften Gang, der einem Zusammenbruch vorauseilt. Gan verbiß sich den Befehl, ihnen Eile zu signalisieren; die Soldaten hatten seit fast sechsunddreißig Stunden keinen Schlaf mehr gefunden. Es war eine Sache, Männer und Tiere bis an die Grenzen ihrer Leistungsfähigkeit zu treiben, eine ganz andere dagegen, sie zu quälen.

Emso befragte sie nur kurz, ehe er sie entließ. Gan versuchte, seine Nervosität zu beherrschen, während der ältere Mann zum Bericht trabte.

Diese Gruppe war nach Westen geritten. Dort hatten sie keine Spur von irgendwelchen Truppen gefunden. Gegen Ende ihrer Patrouille hatten sie auch keine verlassenen Bauernhöfe mehr entdeckt, und es gab keine Anzeichen von Aktivitäten. Einer der Männer hatte trotzdem etwas bemerkt, das ihn verwirrte; er hatte begriffen, daß die Landbewohner wegen Baron Maltens Soldaten besorgt waren, die sich auf dem Marsch nach Norden befanden, wo sie sich mit dem König zusammenschließen wollten. Der Kundschafter berichtete, wenn die Bauern sie sahen, bestand ihre erste Reaktion darin, nach Süden zu schauen. Seinen Begleitern war Derartiges nicht aufgefallen, aber der Mann wich nicht von seiner Geschichte ab.

Emso strich sich über das Kinn, wobei der graue Stoppelbart hörbar kratzte. Er meinte lediglich: »Nach Süden haben wir auch Kundschafter geschickt. Was sollen wir lange raten; bald erhalten wir die Antwort.«

Inzwischen kehrten zwei weitere Gruppen zurück. Sie bewegten sich etwas schneller als die erste, und Gans Neugier wurde noch angestachelt. Er trug Emso auf, sie Bericht erstatten zu lassen.

Diese waren nach Norden gezogen, und ihre Erschöpfung wurde von einer Spur Aufregung überlagert, während sie davon erzählten, wie sie den Reitern von Baron Malten ausgewichen waren. Die Anführer weigerten sich, diese Männer mit dem Titel Kundschafter zu ehren. »Tolpatschige Bauern«, meinte einer höhnisch. Dann lachte er kurz. »Na ja, so waren wir früher ja auch.«

»Habt ihr deren Lager entdeckt?« wollte Gan wissen.

Einmütig nickten sie und fügten hinzu, das Gebiet, welches sie durchforstet hatten, sei so verlassen wie dieses. Außer den feindlichen Reitern hätten sie niemanden bemerkt.

Im Verlauf der nächsten Stunden hörten sie die Berichte weiterer müder Männer, und schließlich, mit den letzten beiden, setzte sich alles zu einem Bild zusammen. Eine Patrouille hatte einen Händler aufgestöbert, der ihnen entwischen wollte, und um sich freies Geleit zu erkaufen, hatte er preisgegeben, daß die Truppen des Königs zwei Tagesmärsche weiter nördlich standen. Gan wollte diese Chance ergreifen. Dies bot ihm die Möglichkeit, Baron Maltens Armee zu schlagen, bevor der König eintraf.

Ungeduldiger denn zuvor wartete er auf die letzten fünf ausgelaugten Reiter aus dem Süden. Sie berichteten, die olanischen Truppen hätten sich von der Grenze zurückgezogen.

Die Lage war perfekt – der Rücken frei, der Feind geteilt und schwach.

Auf Gans Bitte hin verneigte sich der Adlige höflich und ging zu seinem Zelt, während der Hundekrieger und seine Freunde den nächsten Zug besprechen würden. Gan dachte, die Ereignisse hätten ihn sehr fröhlich gestimmt. Er rief den jungen Wolf zu sich, dem die Wachen um Maltens Zelt unterstanden, und befahl ihm, er solle sich mit seinen Männern ein wenig ausruhen. Beiläufig nahm er zur Kenntnis, wie der Adlige zum Dank lächelte.

»Warum hast du das getan?« Clas blickte ihn finster an. »In ein paar Minuten wird es dunkel sein. Mich würde es nicht überraschen, wenn er sich davonschleicht und seinen Bruder warnt.«

»Der Baron wartet bereits auf uns. Der Adlige kann ihm

nichts erzählen, was er nicht schon wüßte.« Gan wischte den Einwand beiseite und wandte sich Emso zu. »Du kundschaftest für uns, während wir nach Norden ziehen. Tate, du nimmst dich der Nachhut an. Wir brechen beim ersten Tageslicht auf. Sag den Köchen, die Männer sollen heißen Getreidebrei erhalten. Bis Mittag gibt es keine Rast.«

Clas wälzte sich langsam von seiner Schlafmatte und zog seine Kleidung zu sich heran. Leise wie eine Katze schlüpfte er durch die Zeltklappe hinaus. Die Sterne leuchteten winzigen Eiskristallen gleich. Er zog sich das Lederhemd und die Lederhose über und band den Gurt mit dem Murdat um. Rasch und geräuschlos – so war er schon durch viele nächtliche Feindeslager geschlichen – machte er sich auf und bezog zwischen dem Zelt des Adligen Malten und den Pferden Stellung. Dort legte er sich hin, zog den Murdat und hielt ihn neben sich.

Über eine Stunde lang verharrte er vollkommen reglos. Innerlich fühlte er sich als Teil der Nacht, als Wesen, das nur einen Gedanken kannte. Er wartete darauf, daß sich etwas anderes bewegte.

Einmal glaubte er, es sei soweit. Rechts von ihm, ein wenig den Hügel hinunter. Seine Nackenhaare sträubten sich, und er nahm den Murdat zum Kopf hoch. Lauschte. Da hatte sich etwas gerührt, dessen war er sicher. Eine Maus? Eine Ratte? Selbst ein Käfer konnte solche Geräusche erzeugen, wenn er einen Stock umkippte, über den er balancierte.

Erneut richtete er seine Aufmerksamkeit auf das Zelt.

Die Zeit verstrich. Die Sterne setzten ihre Kreisbahn fort.

Die Zeltklappe zitterte. Nahe der Spitze öffnete sich ein Spalt, ging weiter auf und enthüllte die Finsternis im Inneren. Eine Stimme flüsterte etwas. Ein Mann trat heraus und hob sich schemenhaft gegen den helleren Hintergrund ab. Gebückt schlich er sich davon, jedoch nicht auf die Pferde zu.

Clas spannte die Beine an. Gerade in dem Augenblick, da er

sich erheben und den Mann verfolgen wollte, umklammerte eine Hand die seine. Eine Energie wie ein Blitz durchschoß seinen Körper, aber die Hand sagte: *Still. Still.* Er erkannte Gans Berührung und atmete benommen aus. Inzwischen war der Mann außer Sicht, obwohl leise Geräusche verrieten, daß er nach Westen aufgebrochen war.

Gan signalisierte: *Komm!* und führte Clas zu seinem eigenen Zelt.

Clas fragte Gan nicht erst, warum er so etwas Unglaubliches getan hatte. Sein junger Freund zündete eine Kerze an und wandte sich zu ihm um. »Ich mußte ihn ziehen lassen, Clas. Genau wie du war ich mir sicher, dieser Adlige würde lügen.«

»Du weißt, dieser Kerl wird dem Baron berichten, wir würden kommen«, erwiderte Clas. »Und der wird einen Reiter zum König senden, welcher wiederum losmarschieren wird, um uns anzugreifen.«

»Das kann er nicht schaffen«, entgegnete Gan. »Falls dieser Händler recht hatte, ist der König zu weit entfernt. Nicht einmal ein Gewaltmarsch wird ihn schnell genug zum Baron bringen, und sollte er trotzdem den Versuch unternehmen, werden wir leicht mit seinen erschöpften Männern fertig. Aber denk doch nach – der Mann, der sich in der Dunkelheit davongeschlichen hat, glaubt, sein Plan sei ungemein schlau, und er riskiert sogar sein Leben dafür. Wir sind gewarnt. Und sie sind keineswegs so unbemerkt, wie sie glauben.«

Das überzeugte Clas noch nicht. »Trotzdem hätten wir ihn uns schnappen sollen. Dann würden wir nun ihren Plan kennen.«

»Wenn er nicht eintrifft, wissen sie über unseren Verdacht Bescheid. Sollen sie ruhig glauben, wir würden uns keine Gedanken machen. Lassen wir sie sorglos werden.«

»Wir sind bereits sorglos. Ihn gehen zu lassen, war ein Fehler.«

»Ich habe die Entscheidung nun einmal so gefällt.« Der Zwang, befehlen zu müssen, verlieh seiner Stimme etwas Eiskaltes, das eine unsichtbare Barriere zwischen ihm und seinem Freund errichtete, und er wußte nicht, wie er diese Worte zurücknehmen konnte. Einen Schreckensmoment lang dachte er an Raggar, an das Rennen mit Shara. Er streckte die Hand nach seinem Freund aus. Clas hatte sich jedoch bereits umgedreht, löschte die Kerze und eilte durch die Zeltklappe hinaus, wobei er nicht mehr Lärm als ein Wispern in der Dunkelheit erzeugte.

Gan sank langsam auf sein Bett. Er wußte, er hatte sich richtig verhalten. Sein Vater hatte es ihm tausendmal gesagt – tu, was du kannst, damit dein Feind selbstgefällig wird. Hilf ihm, dich zu unterschätzen.

Mit dem, was er zu Clas gesagt hatte, hatte er recht gehabt. Sein Freund hätte das verstehen sollen, auch wenn er es ihm auf diese grobe Weise mitgeteilt hatte.

Warum hatte ihm sein Vater nicht verraten, welchen Preis es kostete, recht zu haben.

Emso gesellte sich zu Gan an die Spitze der marschierenden Einheiten. Die Hunde beobachteten sein Kommen und wedelten aufgeregt mit dem Schwanz. Sie hatten begriffen, daß seine Gegenwart normalerweise Abwechslung bedeutete, und der heutige Morgen hatte sich als lang und ereignislos erwiesen. Die Sonne stand bereits im Zenit, und der erste wirklich warme Frühlingstag machte der Kolonne schwer zu schaffen. Der ältere Mann hatte sich, wie Gan bemerkte, sauber rasiert und seine Rüstung poliert und eingeölt. Sein geschnittenes Haar spähte unter den Rändern seiner Helmmaske hervor. Gan mußte lächeln. Der alte Emso war immer etwas unordentlich gewesen. Der neue gab ein wenig mehr auf Reinheit, sorgte sich jedoch wenig um sein äußeres Erscheinungsbild, solange er nicht einen Kampf erwartete. Dann, so glaubte er, sollte er seinen Männern ein Beispiel geben, und an solchen Tagen beschrieb er sich gern als sauberer denn ein nasser Frosch.

Er zeigte weit voraus. »Dort kannst du schon Baron Maltens Berg sehen. Ich habe ein paar Männer losgeschickt, die sich das Ganze mal genauer anschauen sollten. Die haben sich auf einen harten Kampf eingerichtet, Murdat – sie haben sich eingegraben.«

Gan blickte ihn mit gesteigertem Interesse an. »Befestigungsanlagen?«

Emso nickte. »Sie haben Bäume gefällt und zusammengebunden. Aus denen ragen angespitzte Äste heraus. Vor den Truppen verläuft ein Graben. In den Stolperfallen sollen sich die Pferde die Beine brechen. Die haben ihre Aufgabe gut erledigt.«

»Und deine anderen Kundschafter?«

»Nichts.«

Gan nickte. »Wir werden hier eine Weile warten.«

Clas und Tate kamen gerade angeritten. Die schwarze Frau runzelte die Stirn, doch Clas legte eine versteinerte Beherrschung an den Tag, und daher wußte Gan, die Zurechtweisung der letzten Nacht war noch nicht vergessen. Tate stellte die auf der Hand liegende Frage: »Warum warten wir?«

»Ich bin mir selbst nicht sicher.« Gan sah Clas an, der hinüber zu Baron Maltens Berg starrte. Gan fuhr fort: »Ist jemandem von euch aufgefallen, daß die Gruppe des Adligen um eine Person geschrumpft ist?«

Tate und Emso wechselten einen Blick, und Clas schien sich angesichts ihrer Überraschung leicht zu entspannen. Gan fügte hinzu: »Clas und ich haben beobachtet, wie er sich gestern nacht davongeschlichen hat. Deshalb habe ich dir aufgetragen, Tate, sie heute den ganzen Tag im Auge zu behalten. Aus dem gleichen Grund sollten deshalb einige deiner Kundschafter für mich ein paar Spuren suchen, Emso. Und darum haben sie über ihren Fund nur mir Bericht erstattet, niemandem außer mir.«

In dem Aufruhr, der nun folgte, wiederholte er das, was er schon Clas erklärt hatte. Und daraufhin zeigte Emso ein wenig mehr Verständnis. »Jetzt begreife ich, warum diese Reiter hinter uns ausgeschwärmt sind. Du glaubst, die Olaner sind im Anmarsch, nicht wahr?«

Statt einer Antwort zog Gan den Murdat und zeichnete eine Skizze auf den Boden, die verdeutlichte, wie eine Schlacht mit Baron Malten sie an einem Ort festsetzen würde. Es handelte sich um ein riesiges Täuschungsmanöver. Baron Maltens Männer bildeten den Köder für die Wölfe. Der König von Harbundai glaubte, er und seine drei Barone würden sich zu Baron Malten gesellen, um gegen Jalails wachsende Macht vorzugehen. Der verborgene Plan – der des Adligen Malten – bestand darin, die Wölfe und die Truppen von Harbundai aufeinander zu hetzen. Dann würden die Olaner angreifen.

Gan war überzeugt, Maltens Truppen sollten zu den Olanern überlaufen, sobald diese sich zeigten. Er beendete seinen Vortrag, indem er noch erklärte: »Vermutlich wird der Adlige Malten zur Belohnung der neue Baron, unter der Schutzherrschaft von Ola allerdings.«

»Diese Vermutung klingt durchaus wahrscheinlich, bleibt jedoch trotzdem lediglich eine Vermutung.«

Gan stimmte zu. »Mir wäre wohler, wenn ich Antworten hätte, die das bestätigen, mein Freund. Aber Emsos Kundschafter haben unseren Flüchtling nach Süden verfolgt.«

Emso fragte: »Beabsichtigst du, hier zu warten, bis wir den Bericht von der Patrouille erhalten, die dort draußen unterwegs ist?« Gan nickte, woraufhin der ältere Mann die Lippen schürzte und befriedigt nickte. »Dann kannst du inzwischen deine Schulden bezahlen.«

»Meine Schulden?«

Emso zog seinen Murdat und reichte ihn zusammen mit einem Wetzstein Gan. »Unserer Wette. Scharf genug zum Rasieren, Murdat.«

Aus respektvoller Entfernung sahen die beiden Boten zu, wie die Wölfe plötzlich zusammenliefen. Sie blickten einander an und trieben ihre Pferde vorwärts, um den Grund der Aufregung zu erkunden. Zaghaft drängten sie sich nahe genug heran, bis sie erspähen konnten, daß Gan sich eifrig mit der Klinge eines Murdats über die Wangen fuhr. Die Wölfe jubelten und heulten wild.

Der kleinere Bote drehte sich zu dem größeren um und holte eine Münze hervor. »Welche Botschaft dieser junge Verrückte wem auch immer schicken wird, sie wird wichtiger sein als alles andere, das wir je zu Ohren bekommen haben. Es ist ein Privileg, sie zu überbringen. Und sie wird reich belohnt werden. Wähle eine Seite der Münze. Wenn er uns braucht, wird der Gewinner ihm dienen.«

Der andere ließ Gan nicht aus den Augen. Er erwiderte: »Die sind alle verrückt. Ich nehme die Seite des Königs.«

Der kleinere Mann warf die Münze in die Luft und fing sie wieder auf. Sein Gefährte beobachtete weiterhin fasziniert den Anführer der Wölfe. Der erste warf einen Blick auf die Münze und sah das Profil des Königs. Er schloß die Faust um das Geldstück. »Falsche Seite oben, Freund. Zu schade.«

Der zweite schnitt eine verdrießliche Miene. »Habe einfach kein Glück.«

Zwölf

Wenige Stunden später jagten die Kundschafter die Straße von Süden herauf. Schaum spritzte von ihren Tieren, die vor Erschöpfung glasige Augen hatten. Der Anführer der Gruppe versuchte, den ausgeruhten Wölfen zuzuschreien, sie sollten den Weg freimachen, doch brachte er lediglich ein heiseres Rufen zustande. Die Männer begriffen trotzdem seine Dringlichkeit und seine Absicht und wichen vor ihm und seiner Mannschaft auseinander, nur um sich hinter ihnen wieder zusammenzuschließen. Von Gans Standpunkt sah das aus, als würden die Reiter einen Fluß durchqueren. Schließlich brachte der Anführer sein Pferd genau vor Gan abrupt zum Stehen. Der keuchende Atem des Tiers roch, als hätte man es bis zum letzten Quentchen Kraft angetrieben. Der Mann salutierte und lieferte seinen Bericht ab, während die anderen Kundschafter und ihre Pferde gierig aus einem Bach tranken, der sich nur ein paar Meter entfernt befand. Er sagte, olanische Einheiten seien in großer Geschwindigkeit nach Norden unterwegs und nähmen sich nicht einmal die Zeit, das Land zu plündern. Es handele sich mindestens um tausend Mann, deren vorderste Abteilungen nicht mehr als zwei Stunden hinter ihnen zurücklägen. Was seine Patrouille betraf, so war sie mit Gewißheit nicht entdeckt worden.

Gan hatte es so eingerichtet, daß Clas den Adligen Malten und seine Gruppe den ganzen Tag über auf Abstand von sich hielt, doch jetzt gab er ihm das Signal, woraufhin sie sich frei bewegen durften. Die Nervosität des Adligen war durch seine Aufgeregtheit gut zu erkennen. Er gestikulierte wild. Clas gab vor, sich von seinen Vorhaltungen überzeugen zu lassen. Clas befahl Maltens Gefolgsleuten sofort, nachdem der Adlige auf Gan loseilte, mit ihm zu gehen, was dieser allerdings nicht bemerkte. Deren Schauspielkünste reichten nicht an die des Adligen heran.

Nachdem Gan den Bericht des Kundschafters wiederholt hatte, wirkte Malten wie vor den Kopf geschlagen. »Das ändert alles«, brachte er hervor. »Ich habe dich gewarnt, wir sollten eine Verteidigungsstellung einnehmen. Doch wer hätte ahnen mögen, daß die Olaner ausgerechnet in diesem Augenblick angreifen? Wenn ich meinen Bruder nicht warne, werden sie meine Leute niedermachen. Gleichgültig, worüber wir uns gestritten haben, jetzt muß ich sie schützen. Ich werde zu ihm reiten.«

Milde fragte Gan: »Und falls er dich noch immer umbringen will?«

»Das Risiko muß ich eingehen.«

Er blinzelte nervös angesichts von Gans Lachen und fiel dann mit ein. Noch lächelte er, obgleich unsicher, während Gan erneut das Wort ergriff. »*Ich* hätte deine Männer töten dürfen, wenn sie sich deinem Anspruch auf die Baronie widersetzt hätten. Dagegen hattest du nichts einzuwenden. Aber eigentlich wolltest du, daß uns die Olaner im Kampf mit deinem Bruder oder in einer Verteidigungsstellung überraschen. Während sie uns angriffen, sollten deine Freunde meutern. Einer von ihnen hätte deinen Bruder ermordet. Du wolltest uns vernichten und deinen König Seite an Seite mit den Olanern angreifen. Und das alles nur, damit du für Altanar einen Strohmann auf dem Thron des Barons abgeben könntest.«

Während er sprach, veränderte sich das Lächeln des Barons langsam, bis es am Ende zu einer fauchenden Grimasse wurde. »Du lügst.«

Gan wandte den Blick ab. »Clas, laß sie fesseln.« Der Adlige langte nach seiner Waffe, aber Raggar war über ihn hergefallen, bevor seine Hand noch den halben Weg hinter sich gebracht hatte. Die Wucht der Attacke warf den Mann rückwärts, und die beiden taumelten in den Rest der Gruppe. Shara und Cho reagierten eine Winzigkeit langsamer, sprangen vor und duckten sich vor denjenigen, die noch immer auf den Beinen waren. Knurrend, die Ohren angelegt, warnten sie mit glühenden Augen jeden davor, sich zu rühren. Raggar stand mit den Vorderpfoten auf der Brust des Adligen Malten. Seine Schnauze befand sich nur ein kurzes Stück von dessen zitternder Kehle entfernt, an der eine dicke blaue Vene heftig pochte.

Um sie herum verharrten die jungen Wölfe wie versteinert. Zum erstenmal hatten sie beobachtet, wie die Hunde ihr Herrchen verteidigten. Manche hatten sie schon in der Schlacht am Bärenpfotenfluß gesehen, doch im Kampf war solcher Grimm leicht zu verstehen. Wie ihr Zorn nun jedoch wie eine Flamme in der Nacht aufgelodert war, überraschte sie aufs äußerste. Ihr Erstaunen verschaffte sich in einem einzigen Atemzug Luft. Niemand beachtete die Krähen, die sich im Hintergrund krächzend versammelten. Gan rief die Hunde. Shara und Cho kehrten zu ihm zurück, wobei sich das Männchen an seiner Rechten und Cho hinter ihm postierte. Raggar trat langsam und knurrend Stück für Stück nach hinten. Der Widerwillen, den er dabei zeigte, schockierte die Anwesenden ebensosehr wie sein Angriff. Der Adlige blieb starr am Boden liegen, und Clas teilte ein paar Männer ein, um ihn zu fesseln.

Sobald man sich um sie gekümmert hatte, ließ Gan von Clas einen Scheinangriff auf Maltens Hügel starten. Zwar gefiel es ihm überhaupt nicht, seine Männer einer solch gefährlichen Scharade auszusetzen, doch war es unvermeidlich, falls er die Falle zu seinem Vorteil zuschnappen lassen wollte. Die Kriegstrommeln stimmten den komplizierten, drängenden Rhythmus des Angriffs an. Die Wölfe marschierten vorwärts. Ein paar von Maltens Reitern stellten sich ihnen entgegen und schossen eine Salve harmloser Pfeile ab, bevor sie davongaloppierten. Als die Soldaten einen Punkt zweihundert Meter vom Fuß des Hügels entfernt erreichten, ertönten schrille Pfeifen, und der Takt der Trommeln wechselte. Die Männer schwärmten nach rechts und links aus und bildeten eine Angriffsformation. Weitere Pfeile sausten vom Berg auf sie herunter, doch alle waren auf lächerliche Weise zu kurz gezielt. Die Trommeln verstummten.

Einige tapfere Seelen oben auf dem Berg erhoben sich, schlugen auf ihre Schilde ein und brüllten Beleidigungen. Die Wölfe blieben dort stehen, wo sie angehalten hatten. Während all dies vonstatten ging, ließ Gan die Boten holen und trug Emso auf, Kundschafter auszusenden, die das Nahen der Olaner beobachten sollten.

Die Wölfe setzten ihr Schauspiel eine Stunde lang fort. Die Männer hatten den Geist des Täuschungsmanövers begriffen, duckten sich unter vereinzelten Pfeilen und geschleuderten Steinen und tauschten die übelsten Beleidigungen mit den Verteidigern aus. Wegen des Gedankens an die noch unsichtbaren Olaner, die sich im Anmarsch befanden, war Gan zu nervös, um den derben Humor ihrer geschrienen Wortduelle zu genießen. Er hoffte nur, niemand würde verwundet werden. Ein durch einen geschleuderten Stein gebrochener Knochen oder eine kleine Verletzung durch einen Pfeil konnte einen Blutrausch auslösen. Dann würde dieses Spiel tödlich enden. Bereits jetzt fiel ihm die wachsende Anspannung auf; manche seiner Männer, aber auch jene auf dem Berg, reagierten wütend auf die Verleumdungen, die man einander entgegenschrie. Und schlimmer noch, von Minute zu Minute gebärdeten sich Maltens Soldaten zuversichtlicher, da sie glaubten, sie hätten ihren Feind so verängstigt, daß er in Untätigkeit verfallen war. Die Wölfe regten sich mehr und mehr über jede einzelne Verhöhnung auf.

Die letzten Kundschafter kehrten im Galopp von Süden her zurück. Während sie die Größe und die Aufstellung der olanischen Armee beschrieben, tauchten die ersten Elemente der Vorhut auf.

Die Falle schnappte zu, die Olaner von Süden, der König von Norden her. Gan entschied, es sei für das Opfer an der Zeit, den Kopf aus der Schlinge zu ziehen. Er wünschte nur, er könne bleiben und beobachten, wie die niedergeschlagenen Fallensteller sich gegenseitig anfauchten.

Erneut ertönten Pfeifen. Rote und gelbe Flaggen leuchteten hell in der Sonne des späten Nachmittags auf, während die Signale ausgegeben wurden. Mit gewohnter Präzision zogen sich die Wölfe zurück und formierten sich im Laufen zu ihren Einheiten. Ohne innezuhalten, strömten sie zu einer Kolonne zusammen und flossen nach Osten ab, fort vom Schlachtfeld und zurück in die schützenden Wälder. Auf dem Hügel wurde es still, eine benommene Überraschung machte sich breit, und dann begannen die Soldaten dort oben wie Sieger zu jubeln. Gan wartete, beobachtete, wie der letzte seiner Männer das Gebiet verließ, und lauschte mit grimmigem Vergnügen. Die olanischen Abteilungen erwarteten, Maltens Männer würden zu ihnen übertreten und mit ihnen die Wölfe zermalmen – nur waren die

Wölfe bereits auf dem Weg nach Hause, und der Verräter, der den Wechsel der Fronten hatte herbeiführen sollen, war gebunden und geknebelt und trat um sich wie ein Mastschwein, das zum Markt geführt wird. Der olanische Befehlshaber würde sich bald sehr getäuscht vorkommen; wenn er mit der kleinen Armee des Barons fertig war, würde er erpicht darauf sein, sich mit dem König und seiner Truppe anzulegen.

Gan trieb sein Pferd zum Trab an und suchte vor sich die Gegend ab, bis er die Boten erspäht hatte. Auf sein Zeichen hin hastete einer zu ihm. Während sie um den Preis für den Dienst feilschten, ritten sie nebeneinander weiter, dann hielt Gan an. »Geh nach Norden und suche den König und seine Verbündeten auf. Sie sind im Eilmarsch auf dem Weg hierher unterwegs. Sag dem König Folgendes: ›Gan Moondark und die Wölfe senden dir Grüße. Baron Jalail, der mir meine Befehle erteilt, wäre dein Freund gewesen. Und das gleiche gilt für mich. Statt dessen hast du versucht, meine Wölfe und mich zu vernichten. Keiner deiner Barone vertraut mehr dem anderen, und vor allem vertraut keiner mehr dir. Baron Malten wird von Ola angegriffen. Dein Verrat bringt dir das ein, was du verdient hast. Falls du diesen Tag überlebst, König, denke stets an eines: Du hast dir deine größte Hoffnung, die Olaner zu besiegen, zum Feind gemacht.‹«

Der pummelige Bote lauschte, derweil er den Blick auf einen Punkt in der Ferne gerichtet hielt, und nickte im Einklang mit Gans Rede. Am Ende wiederholte er die Botschaft Wort für Wort und hatte auch den verächtlichen Ton getroffen. »Ist das alles?« fragte er schließlich und erschien dabei enttäuscht. Gan versicherte ihm, er habe alles gesagt, sah ihm zu, wie er sich zum Aufbruch rüstete, griff jedoch plötzlich nach seinen Zügeln. Der Bote, der sich seiner Unverletzlichkeit vollkommen bewußt war, betrachtete ihn mit koketter Sorglosigkeit. Fast schien er Gan herausfordern zu wollen.

»Das ist ein Hundepferd«, stellte Gan fest.

»Wenn du es sagst.« Der Bote zerrte an den Zügeln. Da Gan sie nicht losließ, setzte er eine gelangweilte Miene auf.

»Es trägt das Zeichen eines Kriegspferdes, wurde aber niemals ausgebildet. Denn sonst hätte es sich gewehrt, als ich nach den Zügeln gelangt habe. Solche Pferde werden nicht verkauft.«

Der Bote seufzte tief. »Das war ein anständiger Handel. Ich habe es von einem Händler in Ola. Er behauptete, die Tiere von den Bergmenschen zu haben.«

»Die Tiere? Wie viele?«

»Ich weiß nicht – vielleicht acht? Zehn?«

Gan hatte die Zügel fest umklammert und mußte sich jetzt konzentrieren, um sie loszulassen. Daraufhin gab er dem Boten mit einem Fingerwink zu verstehen, er solle aufbrechen. Der Mann trieb sein Pferd ein Stück rückwärts, damit er Platz zum Wenden bekam, als ein Lärm die Luft erschütterte. Er klang zunächst leise, und seine Quelle war nicht festzustellen, schwoll aber um sie herum an. Hastig vollführte der Bote das Zweizeichen und fuhr mit dem Kopf in alle Richtungen herum. Ein Wolfsrudel hatte sie umzingelt und heulte gemeinsam. Ein Reh tauchte in einer Lücke des Buschwerks auf und zog die Aufmerksamkeit von Gans Hunden auf sich. Doch das Reh bemerkte sie kaum, da es ganz mit dem Gesang der Wölfe beschäftigt war, und sprang mit der Grazie von Bambus, der sich im Wind wiegt, davon.

Der Bote blickte Gan an, der den Kopf zur Seite neigte und intensiv lauschte. »Ich höre euch, Brüder. Schwierigkeiten. Helft mir, so es euch möglich ist.«

Das Geheul verklang mit einem kurzen Jaulen. Der Bote riß sein Pferd herum und floh. Sein Gefährte sah ihn kommen, gab seinem eigenen Tier die Sporen und gesellte sich im Galopp zu ihm. Auf seinem Gesicht spiegelten sich gleichermaßen Gereiztheit und Neugier wider. »War die Botschaft interessant?« wollte er wissen.

Der kleinere betrachtete ihn, als würde es ihn überraschen,

den Mann an seiner Seite zu finden. »Die Botschaft? Oh. Ja, interessant.« Er sah über die Schulter zurück auf den leeren Pfad hinter sich und zügelte sein Pferd. Daraufhin wandte er sich wieder seinem Freund zu. »Ich habe es nie geglaubt, aber es stimmt tatsächlich. Die Wölfe sprechen mit ihm.«

»Natürlich. Er ist ihr Befehlshaber.«

»Nicht *die* Wölfe, du Narr – die Wölfe. Echte. Hast du sie nicht heulen gehört?«

Inzwischen setzten sie den Weg im Schritt fort, wobei der kleinere weiterhin ständig nach hinten blickte. Der größere erwiderte: »Vögel singen, Wölfe heulen. Und?«

»Sie haben mit ihm gesprochen. Er hat sie verstanden. Ja, er hat ihnen sogar geantwortet. Ich habe es mit eigenen Augen gesehen.«

Nun drehte sich der andere Mann um. Er wollte gerade etwas entgegnen, doch da spülte eine Woge des Zweifels seinen Unglauben davon. Er klopfte seinem Pferd auf den Hals, damit es schneller laufen möge.

Clas wartete mit Tate am Ende der Kolonne, als Gan sie wieder erreichte. Er lächelte breit und sagte: »Die Männer haben das Heulen gehört. Sie behaupten, die Tiere hätten gesungen, weil du den König und alle seine Barone ausgetrickst hast.«

Gan erwiderte das Lächeln und hoffte, es würde die Vorahnungen überdecken, die ihn belasteten. Er antwortete freundlich auf Tates Glückwünsche und brachte es sogar fertig, sich kurz über die Vorgänge zu unterhalten. Sie verstummten, da in der Ferne das Gemurmel der Kriegstrommeln und das Klagen der Schlachthörner ertönte. Einen Augenblick lang schwiegen sie und lauschten, dann ritt Gan weiter. Während er sich an seinen gewohnten Platz an der Spitze der marschierenden Männer bewegte, wechselte er einige Worte mit ihnen. Sie waren noch immer kampfbereit, erkannten jedoch, daß ihr Auftrag erledigt war und sie mehr erreicht hatten als beabsichtigt. Das war Gan von allen am meisten bewußt, und dennoch ... Er versuchte sich einzureden, wie närrisch er sei.

Trotzdem machte er sich beständig Sorgen um Neela. Zu dieser Zeit, bei all den militärischen und politischen Überlegungen, beherrschte sie sein Denken. Andere Männer hätten angenommen, er würde sich mit wichtigen Angelegenheiten beschäftigen – dem Schicksal des Königs und der Barone, die ihn unterstützten. Jedenfalls glaubte er, andere Männer würden das von ihm erwarten. Gingen die nicht in die Schlacht und fragten sich, ob sie die ihre je wieder in den Armen halten würden? Doch bestimmt, entschied er; sie waren genauso wie er. So blickte er über die Schulter und betrachtete die zweireihige Kolonne, die gerade in den ersten Teil des verwüsteten Waldes kroch. Auf den Gesichtern zeichnete sich Erleichterung ab, sie spiegelten höchstens das Problem wider, wie man das Marschtempo halten konnte.

Zu ihnen hatten auch keine Wölfe von Gefahren gesprochen.

Neela befand sich in der Burg des Barons Jalail, sie war von Steinmauern und Männern umgeben, die sie beschützten.

Nichtsdestotrotz wollte die unbeschreibliche, nicht nachlassende Angst nicht von ihm weichen.

Angst.

Dabei handelte es sich nicht länger nur um Sorge. Er akzeptierte seine Furcht.

Und so signalisierte er Emso, das Marschtempo zu erhöhen.

Sie witterten die Katastrophe, noch bevor sie zu sehen war. Gan bestand zur Überraschung aller darauf, noch vor Anbruch der Dämmerung loszuziehen. Zum erstenmal, seit die Wölfe gegründet worden waren, war in jeder Bewegung eine steife Unzufriedenheit zu bemerken. Dennoch waren sie weit vor dem ersten Licht unterwegs, und so kam es, daß der erste scharfe Gestank aus der Dunkelheit auf sie zukroch und ihren Geist mit Sorgen und Spekulationen erfüllte. Die Männer flüsterten sich Fragen zu. Einige wenige beruhigten die anderen und erzeugten doch mehr Hoffnung denn Gewißheit. Andere machten die übelsten Voraussagen und wurden mit Drohungen zum Schweigen gebracht.

Sie zogen an Bauernhäusern vorbei. Die waren verlassen. Dennoch stieg der Geruch nicht von ihnen auf.

Verbrannte Wohnstätten haben ihren eigenen Gestank. Nichts sonst vermischt verzehrten Stoff und Holz und Farbe und Metall und Leder zu einer solchen Last, zu solchem Schmerz und Verlust. Nichts sonst riecht wie verkohltes Menschenfleisch.

Während sie weitermarschierten, wurde der Gestank durchdringender. Emsos Kundschafter ritten voraus und suchten nach dem, was sie ahnten und befürchteten. Bei ihrer Rückkehr trat der ältere Mann allein zu Gan.

»Die Kundschafter berichten, die Burg sei niedergebrannt worden. Niemand kennt irgendwelche Einzelheiten.« Im Murmelton verfluchte er die gerade aufgegangene Sonne, welche die Lüge auf seinem Gesicht verraten mochte. Welcher Mann würde dem Murdat mitteilen, was die Leute sagten.

Gan nahm sich nicht die Zeit, ihn länger auszufragen. Er trieb sein Pferd voran, und die Hunde rannten hinter ihm her.

Auf den ersten Blick von der Straße her schien sich die Burg kaum verändert zu haben. Während sein Pferd die Distanz verringerte, redete er sich ein, er habe den Brandgeruch falsch eingeordnet, doch diese Täuschung zerbrach angesichts der Wirklichkeit. Die Menschen, die durch das Eintreffen der Kundschafter vorgewarnt waren, spähten aus den Häusern, während er vorbeiritt, doch wann immer er zu ihnen sah, duckten sie sich.

Ihr Name saß ihm in der Kehle, lag ihm auf der Zunge. Er hätte ihn am liebsten laut herausgeschrien, fürchtete jedoch, sie könnte nicht antworten.

Clas galoppierte heran und gesellte sich zu ihm, während Gan sein Pferd gerade vor den verkohlten Überresten der massiven Balken der Burgtore zügelte, die in einem wahllosen Haufen vor dem Eingang lagen. Die stolzen Wimpel hingen schlaff herab, manche waren verbrannt. Er drängte sein verängstigtes Tier über den Schutt. Es stolperte, und er hielt es mit schierer Kraft und reinem Willen aufrecht. Dreieckige Rußflecken prangten an den Mauern über den Fenstern der Burg, stumme Zeugen der Flammen. Einige Gebäude wirkten unversehrt. Andere, die man aus Holz errichtet hatte, waren vollkommen verschwunden. Der Gewahrsam existierte nicht mehr; an der Stelle, wo er gestanden hatte, durchzogen die Burgmauer wegen der Hitze des Brandes Spalten und Risse. In der Nähe war der Wehrgang – einschließlich des Balkons, wo der Baron die Rekruten begrüßt hatte – ein Raub der Flammen geworden.

Der Hausleiter trat durch die Tür des Hauptgebäudes nach draußen. Er salutierte mit der linken Hand, da er den rechten Arm in einer Schlinge trug. Gebeugt und geschlagen ging er auf Gan zu. Unter Schmerzen richtete er sich auf, da er vor ihm stehenblieb. »Sie haben uns überrascht, Murdat«, berichtete er. »Zehn Adlige. Männer, denen der Baron stets vertraute. Sie kamen mit den Mondtänzern mitten in der Nacht und behaupteten, du und Clas und Emso und Tate, ihr alle wäret tot. Der Adlige Malten hätte euch und die Olaner und den König ausgetrickst.«

Gan packte ihn am Hemd und zerrte ihn zu sich heran, wobei sein Gesicht fast das des Verwundeten berührte. Der Hausleiter gab einen schrillen Schrei von sich und umklammerte seine verletzte Seite mit der gesunden Hand. »Wo ist meine Frau?«

Der Hausleiter blickte über Gans Schulter. Clas und die drei großen Hunde warteten hinter dem Murdat. Emso und Tate ritten gerade durch den abgebrannten Eingang herein. Als Gan ihn schüttelte und ihm die Frage praktisch ins Gesicht brüllte, riß sich der Mann zusammen. Niedergeschlagen antwortete er: »Sie haben sie und die Rosenpriesterin mit sich genommen, als sie hörten, ihr wärt nicht gestorben. Dann haben sie sich nach Ola aufgemacht, wo sie König Altanar um Schutz bitten wollen.«

Clas entfuhr ein leises Stöhnen. Gan hörte das Zischen, mit dem sein Murdat aus der Scheide glitt.

Der Hausleiter langte nach oben und löste Gans plötzlich schlaffe Hand von seinem Kragen. Nachdem er sich befreit hatte, fuhr er fort: »Dein Weib hat einen Adligen und mindestens zwei der Mondtänzer getötet. Der Baron erlegte zwei weitere Adlige. Viele Mondtänzer starben. Insgesamt ritten nur noch fünf Adlige fort. Aber wir haben dir gegenüber versagt. Sie haben die Frauen gefangengenommen. Ich bin bereit, dafür mit meinem Leben zu büßen, falls du das verlangst. Nur um eins möchte ich dich bitten: Du solltest wissen, daß ich für sie gekämpft habe.«

Hinter Gan versuchte Clas seine Stimme zu festigen. »Ist sie – sind sie verletzt?«

»Nein. Doch der Baron ist gefallen. Und ebenso Nummer Vier und Ops.«

Gan mußte sich zwingen, zuzuhören und nachzudenken. Er fragte: »Wie ist das Ganze vor sich gegangen? Wann sind die Rebellen geflohen?«

Nun berichtete der Hausleiter, ein Reiter habe die Wölfe verfolgt. Er hatte den Auftrag, ihren Untergang zu beobachten, doch nachdem er sah, daß Gan der Falle auswich, eilte er mit der Nachricht zurück. Bis dahin hatten sich die Verräter einem trinkfreudigen Fest hingegeben. Auf diese Neuigkeiten hin gerieten sie in Panik. Sie legten Neela und Sylah in Ketten, brachen innerhalb einer Stunde auf und schlugen den Weg nach Süden zum Bärenpfotenfluß ein. Weitere Geiseln hatten sie nicht genommen, nur je zwei Pferde und viele Vorräte.

Clas, dessen Stimme so ruhig wie der Tod klang, sagte: »Besorg uns frische Pferde, die besten, die wir haben. Und Vorräte.«

Gan fügte hinzu: »Auch für die Hunde. Und etwas, womit sie die Witterung aufnehmen können.«

Die Verletzungen schränkten den Hausleiter zwar ein, doch lief er los, so schnell er konnte. Emso stoppte ihn. Nach einigen raschen, geflüsterten Bemerkungen stieg er wieder auf und ließ Tate den Verwundeten zum Vorratslager führen.

Clas fragte Gan: »Wie viele Männer willst du?«

Gan schüttelte den Kopf. »Keinen. Die würden uns nur aufhalten.«

Allein die roten Flecken auf Clas' Wangen enthüllten seine Gefühle. Der eine erhellte die Tätowierung, und darunter zuckte ein Muskel, als sein älterer Freund sagte: »Da gibt es noch etwas, das du wissen solltest. Neela hat mir und Sylah das Versprechen abgerungen, ihr Geheimnis zu bewahren, bis du von diesem Marsch zurückkehrst. Sie wollte nicht, daß du abgelenkt wirst.« Er holte tief Luft. »Neela trägt dein Kind unter ihrem Herzen.«

Dreizehn

Tate und der Hausleiter beobachteten den Aufbruch der Hundekrieger. Die schwarze Frau trug noch immer ihre tarnfarbene Kampfausrüstung. Nachdenklich strich sie über ihr Gewehr und blickte den beiden Reitern nach Süden hinterher, bis sie außer Sichtweite waren. Der Hausleiter schien ihre Worte bereits zu erwarten, als sie sich ihm schließlich zuwandte. »Die Burg muß wieder instand gesetzt werden. Du und Emso, ihr wißt, was zu tun ist. Ich nicht. Ich stelle eine Patrouille zusammen und folge Clas und Gan.«

»Das geht nicht. Sie werden dich zur Rückkehr zwingen.«

»Nein, denn sie werden uns überhaupt nicht bemerken. Die beiden sind zu sehr damit beschäftigt, nach vorn Ausschau zu halten.«

Der Hausleiter erwiderte: »Die Adligen und die Mondtänzer einzuholen, ist nicht das Schwierigste. Ihnen die Geiseln abzujagen wird sich als hart erweisen. Inzwischen werden sie die Olaner erreicht haben, und das bedeutet einen schweren Kampf. Du brauchst mindestens zehn oder zwanzig Männer.« Er schluckte heftig und fuhr fort: »Du bist eine Kriegerin. Und eine Freundin. Dennoch glaube ich, diese Arbeit steht Männern besser an. Bitte, sprich mit Emso darüber.«

Tate lächelte trocken und war leicht verletzt. »Nein. Es ist meine Pflicht.« Sie hob die Hand und zeigte ihm die dünne Linie der Narbe, die ihre Blutsbrüderschaft mit Clas verkörperte. »Aus diesem Grund muß ich gehen. Und deshalb wirst du mir auch helfen und deinen Mund halten.«

Er salutierte und brachte ein reumütiges Grinsen zustande. »Sei vorsichtig. Falls du eine Verwundung davonträgst, darf ich nicht auf Vergebung hoffen.«

Sie lachte und war dankbar, weil sich mit dieser Bemerkung die Anspannung merklich löste. »Ich breche in zwei Stunden auf. Es ergibt keinen Sinn, ihnen direkt im Nacken zu sitzen. Außerdem habe ich noch einige Fragen. Gehörte Jones zu den Verrätern?«

Der Hausleiter schüttelte den Kopf. »Nein.« Seine beherrschte Fassade erlitt einen Riß. »Aber er wußte Bescheid! Muß er. Das sagen alle.«

»Ist er noch hier?«

»Die Menschen fürchten sich vor ihm. Die Mondtänzer behaupten, es gebe viel mehr von ihnen als offensichtlich ist – ›versteckte Gläubige‹ nennen sie diese. Meide ihn, Tate. Er ist böse.«

Sie zuckte hilflos mit den Schultern. »Er – er gehört zu meinem Volk. Doch ich verspreche dir eines: In Jalail wird er kein weiteres Unheil anrichten.«

Bis zu Jones' Hütte war es nur ein kurzer Ritt. In der Frühlingswärme waren die Stieglitze aus dem Süden zurückgekehrt, und ihr geschwätziges Zwitschern erfüllte überall die Luft, während sie zwischen den Löwenzahnblüten am Straßenrand hin und her flatterten. Sie wechselten gerade ihr Federkleid, und ihr steifes Braun und Grau ging in ein strahlendes Gelb über. Daher wirkten sie irgendwie unvorbereitet, als würden sie halb angekleidet zu einem Fest kommen. Tate hielt bei ihrem Lieblingslama an und rief es zu sich. Das Tier mit seinem protzigen Monokel verabscheute das Geflatter der Vögel offensichtlich, und was Tates Pferd betraf, war es sich seiner Sache diesbezüglich nicht ganz sicher. Trotzdem trottete das Lama zum Zaun. Sie belohnte es mit einer Scheibe getrockneten Apfels, und es streckte ihr den Kopf entgegen, damit sie ihm eine Weile lang den Hals kratzen konnte.

Wenn sie nur den Tag an diesem Ort verbringen könnte. Vielleicht alle ihre verbleibenden Tage. War es nicht seltsam? In weniger denn zwei Stunden würde sie auf eine Armee zureiten, von der sie gehaßt wurde, eine Armee, die es als ihre Pflicht betrachtete, Sklavenjäger zu beschützen. Und dennoch bereitete ihr das Gespräch mit Jones bei weitem mehr Angst. Sie reichte Seiner Lordschaft noch eine Apfelscheibe und ritt davon, wobei sie einen Schwarm Stieglitze aufscheuchte, die schimpfend über die Straße flüchteten.

Jones' sägende Stimme bat sie herein, während sie ihr Pferd anband. Er war wie gewöhnlich allein, obwohl sie spürte, daß in dem Zimmer eine Versammlung stattgefunden hatte. Zwar hätte sie das an nichts Bestimmtem festmachen können, doch irgendwie fühlte sie die Gegenwart anderer. Der schmutzige Fußboden erschien ihr härter und hatte wohl das Gewicht von mehr Menschen getragen, als hierher gehörten. Die nackten Wände strahlten eine unnatürliche Wärme ab. Sie trat in die Mitte, da ihr danach zumute war, etwas Raum um sich zu haben. Nur ein karges bißchen Sonnenlicht fiel durch die Türöffnung hinter ihr herein. Doch statt das Zimmer zu erhellen, stellte es nur die Häßlichkeit der wenigen Möbelstücke heraus und erzeugte unheilverkündende Schatten.

Er saß auf einem Hocker am Tisch und hatte sich mit den Ellbogen darauf gelehnt. Wie sie selbst hatte er die hiesige Kleidung seinem eigenen Geschmack angepaßt, trug ein lockeres, weites dunkles Hemd, das mit wunderbaren, hellen, geflügelten Wesen bestickt war. Er schob seinen Oberkörper herum, damit er Tate gegen das Sonnenlicht besser erkennen konnte. Zum ersten Mal bemerkte sie die silberne Scheibe, die an einer silbernen Kette von seinem Hals baumelte.

In der diffusen Dämmerung leuchtete die pinkfarbene Haut seiner Kopfverletzung und erhob still Anklage. Tate wollte den Blick von der Narbe abwenden, was ihr keine andere Wahl ließ, als dem Mann in das fuchsartige Gesicht mit seiner unverhohlenen Feindseligkeit zu schauen. Er sagte: »Sind Sie gekommen, um mich wegen der Entführung zu verhören? Wegen der blonden Königin und dieser hochmütigen, wilden Hexe? Ich hätte gedacht, sie würden diesen Tölpel Emso schicken, diesen Kerl, der ständig eine Rasur nötig hat. Warum Sie? Haben die Angst davor, mich zu foltern? Glauben sie, Sie könnten mich dazu bringen, etwas zu gestehen?«

In Tate loderte der Zorn auf. »Was ist eigentlich mit Ihnen los? Wer hat irgend etwas von Folter gesagt? Ich bin nur hergekommen, um –« Er richtete sich halb auf und wich vor ihrer Inbrunst zurück. Die silberne Scheibe stieß gegen seine Brust, und er griff danach. Seine Lippen bewegten sich und formten – ja, was? Ein stilles Gebet? Flüche? Mißtrauen und wachsendes Unbehagen verdrängten ihre Wut. »Sie wissen doch Bescheid, nicht wahr? Erzählen Sie mir nicht, Sie hätten vorher etwas gewußt. Bitte, nur das nicht.«

»Keiner Ihrer Freunde würde mir das glauben.«

»Sie kannten diejenigen, die das getan haben. Und Sie wußten, daß es sich um Feinde von Gan handelte. Auch von dem Plan, den Baron zu stürzen, hatten Sie gehört.«

Er warf den Kopf in den Nacken, lachte krähend, und nachdem er damit fertig war, sprang er auf und schlug mit den Fäusten auf den Tisch. Seine Augen funkelten wild. Tates Hand fuhr zu ihrer Pistole. Entweder entging ihm das, oder es war ihm gleichgültig. Ein Tropfen Spucke blieb an seiner Unterlippe hängen und glitzerte wie ein Kristall, während er unter der Wucht seiner Worte bebte. »Natürlich wußte ich Bescheid! Das brauchte man mir nicht erst zu erzählen, das hätte ein Blinder mit Krückstock kommen sehen. Ihre Freunde hassen mich. Deshalb muß man es ihnen einbleuen. Dieser Eine In Allem, dieser Eine, Der Zwei Ist – die reinste Blasphemie! Apostasie!«

Tate starrte ihn an. »Was hat das mit dem Mord am Baron zu tun? Mit der Entführung zweier unschuldiger Frauen? Sylah hat Ihnen das Leben gerettet!«

So plötzlich er aufgebraust war, stellte er nun wieder eine Karikatur ruhiger Vernunft dar. Er wischte sich den Mund mit dem Handrücken. »Sie können am wahren Schicksal nicht eher wieder teilhaben, bis sie nicht den Geschmack des Falls, den bittersten Bodensatz der Sünde genossen haben. Der Mondtanz ist nur der erste Schritt. Um wirklich errettet zu werden, müssen sie alle böse werden, böse genug, um die Macht zu zerstören, die sie vom Weg abgebracht hat. Und sie selbst müssen zerstört werden, falls es notwendig ist. Ich habe natürlich den richtigen Weg erkannt. Auch Ihnen habe ich möglichst viele Hinweise gegeben. Aber Ihre Verbindung zu diesen Menschen hat Sie vergiftet.« Er beugte sich vor und streckte eine Hand wie eine Klaue mit zuckenden Fingern aus. Die andere spielte mit der Scheibe. »Kommen Sie zu mir, Donnacee. Der Mondtanz ist eine Wonne. Probieren Sie die Freiheit, die Sie zur Klarheit der Demut führt. Wir beide werden sie dazu bringen, sich in Schande vor uns niederzuwerfen. Wenn wir die Fäulnis erst aus ihren Seelen und ihren Körpern gebrannt haben, wenn diese falschen Institutionen erst zu Asche vergangen sind, dann werden wir es sein, die sie zur Seligkeit führen.«

Unbewußt trat sie seitlich nach hinten. Nun stand er geradewegs im Sonnenlicht, und er krümmte sich und zuckte zusammen. »Sie wollen mir etwas über das Böse erzählen? Sie wußten, die Wölfe marschierten in eine Falle. Sie haben ihren Tod in Kauf genommen. Ja, Sie haben sogar meinen Tod riskiert, verdammt.«

»Mir wurde versichert, daß man Sie verschonen würde.« Er grinste verschlagen. »Man kann Sie ja kaum verwechseln, sogar unter Ihren neuen Freunden nicht. Die haben gesagt, Sie würden beschützt werden.«

»Dieser Stein, der Ihren Kopf traf, hat Ihnen den Verstand geraubt. Wie soll mich irgendwer in einer Schlacht ›beschützen‹?« Unwiderstehlich wurde ihre Hand von dem Gewehr angezogen. Jones riß die Augen auf. Er ging einen Schritt zurück. Sie fuhr fort: »Ich werde Neela und Sylah folgen. Was Sie mir erzählt haben, muß ich an Gan und Clas weitergeben. Falls Sie noch da sind, wenn die beiden wieder hier eintreffen, werden sie Ihnen bei lebendigem Leibe die Haut abziehen. Und ich bin nicht sicher, ob ich sie davon abhalten würde, selbst wenn ich könnte.« Ihr Handgelenk schmerzte. Sie warf einen Blick darauf. Der Muskel unter der Narbe pochte. Sie trat an den Tisch und stieß Jones aus dem Weg. Er warf den Stuhl um und wich weiter nach hinten zurück.

Sie war bereits zur Tür hinaus, als er ihr mitleiderregend und flehend hinterherrief. Sie kniff die Augen zu und versuchte, ihn zu ignorieren. Er rief erneut. Wütend drehte sie sich um und blieb im Eingang stehen, da sie seine Hütte nicht noch einmal betreten wollte.

Er jammerte. »Sie weisen mich zurück. Ich bin doch nur an der letzten, ewigen Gnade interessiert. Tun Sie das nicht. Bitte.«

Sie haßte sich selbst, weil sie schwach geworden war. Er kniete, hatte die Ellbogen auf den Tisch gestützt und faltete die Hände wie zum Gebet. Sie erwiderte: »Meinen Tod hätten Sie in Kauf genommen. Und beim nächsten Mal wieder, oder?«

Er benahm sich, als hätte sie ihn verbrannt, und sprang auf. »Sehen Sie!« Sie und *Die*! Nachtragend! Jenseits aller Erlösung! Na schön. Ich verfluche Sie. Sie und Ihre Freunde. Den Frieden der Hingabe werden Sie niemals erfahren. Gehen Sie! Kämpfen Sie! Auf ewig. Unser Böses wird Sie überschwemmen, unsere Vergebung werden Sie niemals erfahren!«

Er lachte, während sie aufbrach und dermaßen benommen war, daß sie sich nicht länger um ihre Würde scherte, sondern losrannte, in den Sattel stieg und davongaloppierte. Sie bemerkte nicht, wie Seine Lordschaft zum Zaun rannte, ihr hinterhersah und sich darüber wunderte, weshalb sie nicht zu ihm kam.

In der einbrechenden Dunkelheit verschwamm die Ferne zwischen den schwarzen Stämmen des Waldes. Der Weg vor ihnen löste sich im Zwielicht auf. Die Hunde waren nicht mehr zu sehen. Clas zügelte sein Pferd und zwang Gan trotz dessen Protesten, das gleiche zu tun. Er drängte den jüngeren Mann, die Hufabdrücke der Tiere zu betrachten, die sie verfolgten. Zunächst maß er die Länge der Schritte mit den Fingern ab. Auf dieselbe Weise stellte er die Tiefe der Spuren fest. Die Pferde waren nicht ermüdet. Von aufgeworfener Erde ließ sich nichts entdecken. Ihre Schritte waren lang und sicher, keines stolperte oder zog einen Huf nach. Gan mußte zugeben, daß sich die Entführer nicht so große Sorgen um Verfolger machten, wie er erwartet hatte.

Clas legte ihm die Hand auf die Schulter und blickte ihm in das versteinerte Gesicht. »Diese Männer haben keine Angst, Gan, und wir wissen beide, sie erwarten uns: Irgend etwas lauert auf uns. Auch wenn wir die Hunde für uns kundschaften lassen, dürfen wir in der Dunkelheit nicht in einen Hinterhalt geraten. Glaube mir, ich habe es genauso eilig wie du.« Gan wollte widersprechen, aber Clas ging darüber hinweg. »Das Geheimnis hat noch einen zweiten Teil: Sylah ist ebenfalls schwanger. Ich habe nicht die Absicht, sie oder mein Kind durch Gedankenlosigkeit zu verlieren. Mut allein genügt nicht, Gan. Wir brauchen Gelassenheit.«

Sylah schwanger. Das war ihm nie in den Sinn gekommen. Und Clas riß sich zusammen, beherrschte sich. Gan glaubte, er würde an der Scham über sein Benehmen ersticken. So fauchte er Clas an: »Damit haben wir nur noch einen Grund, weiterzureiten. Meinst du, ich könnte jetzt Ruhe finden?«

»Du mußt. Und du wirst. Wir müssen um sie kämpfen. Du, ich, die Hunde. Die Spur verrät uns, daß sie Hilfe erwarten. Wir brauchen unsere ganze Kraft.«

Gan überlegte einen Augenblick lang und beobachtete, wie die Dunkelheit den Wald eroberte. Natürlich hatte Clas recht. Nur aus reiner Verlegenheit wollte er das nicht laut eingestehen.

Er hatte sich gefährlich sorglos verhalten und war einfach nur den Spuren gefolgt, denn er freute sich, weil sie nicht durch Regen zerstört worden waren. Doch gleichzeitig hatte er nicht alles aus ihnen herausgelesen. Seine Gedanken galten allein der Rettung Neelas. Clas hatte jedoch recht; er mußte eher an das Wie, weniger an das Wann der Befreiung denken. Zustimmend nickte er und pfiff die Hunde zu sich, bevor er sein Pferd anpflockte.

Er ließ sich Saker von Clas geben. Der erste Bissen der in Blätter eingewickelten Ration löste eine fürchterliche Welle von Erinnerungen aus. Er verlor sich in Gedanken an die Männer seines Stammes, die Reusen bauten, an das fröhliche Gelächter, wenn sie in das kalte Wasser tauchten, um sie zu plazieren. Dann stießen sie den Atem aus den Lungen, und abermals, wenn sie wieder tauchten, um den Fisch zu holen. Er spürte regelrecht die erschütternde Kraft der riesigen, silbrigen Gestalten, die den zupackenden Händen zu entkommen suchten. Er hörte die Lieder der Frauen, die den Fisch ausnahmen und auf süßen Weidengestellen zum Räuchern und Trocknen hängten. Der Duft der frischen Beeren war das Signal dafür, die breiige Lake anzurühren, die Mischung aus Früchten und Fisch, aus der dann die einzelnen Saker geformt wurden, bevor sie erneut trockneten. Er hörte das Stampfen der riesigen hölzernen Stößel in den ausgehöhlten Baumstämmen.

Er sah Neela, wie ihr goldenes Haar am Kragen ihrer ärmellosen Jacke tanzte, wie sie den Stößel hob und senkte. Ihre Arme leuchteten honigfarben im Sonnenlicht, und indem sie ihn anblickte, strahlten ihre Augen blauer als die Federn des Eisvogels und ihre Zähne wie der Schnee auf den Gipfeln.

Hatte er sie wirklich so gesehen? Erinnerte er sich, oder träumte er?

Raggar näherte sich zögernd und riß Gan aus seinen Gedanken. Der junge Mann ließ sich mit dem Rücken zu einem Baum nieder, streckte die Beine vor sich aus, und als er den Kopf drehte, starrte er geradewegs in die großen Augen des Hundes. Raggar wirkte besorgt, schien den Zustand seines Herrchens zu begreifen, hob eine Vorderpfote und legte sie Gan auf die Schulter. Daraufhin bot Gan ihm ein Stück Saker an, das er ohne Begeisterung entgegennahm, ihn jedoch weiterhin anstarrte. Gan kraulte ihm den Hals, und langsam wurde das Tier ruhig. Bald legte er sich hin und nagelte Gans Beine mit seinem Kopf auf dem Boden fest.

Clas hatte sich bereits ausgestreckt, und Gan fragte ihn, ob er schlafe. Zur Antwort erhielt er ein gedämpftes Grunzen. Gan berichtete: »Da ist etwas, das ich dir die ganze Zeit erzählen wollte. Der Bote, dem ich heute morgen einen Auftrag erteilt habe, ritt ein Hundepferd.«

Clas grunzte erneut.

»Ein junges Kriegspferd.«

Sofort fuhr Clas in eine sitzende Position hoch. »Unmöglich.«

»Noch nicht ausgebildet, aber ausgesucht. Der Bote hat es von einem Händler in Ola gekauft. Der hatte es von einem Teufel.«

»Das sind sehr schlechte Nachrichten. Was meinst du –«

»Ein zweiter Überfall wie derjenige, von dem wir gehört haben. Nicht einmal Bay oder Likat würden Kriegspferde verkaufen. Wir müssen zurück, Clas.«

»›Zurück‹, Gan, und nicht nach Hause?«

Glücklicherweise verbarg die Dunkelheit die Röte, die ihm heiß ins Gesicht stieg. »Du weißt, was ich sagen wollte. Die Hundemenschen ziehen überallhin, und wo sie sich niederlassen, ist ihr Zuhause.«

Clas schwieg, und schließlich fragte Gan: »Bist du enttäuscht von mir, mein Freund? Will ich zuviel erreichen?«

Diesmal dauerte die Stille noch länger an, und endlich antwortete Clas: »Ich jage die Männer, die unsere Frauen gestohlen haben. Für dich sieht die Welt anders aus. Komplizierter. Wenn wir Neela finden, werden all deine Ziele und Prophezeiungen auf dem Spiel stehen. Vielleicht ist das der Endpunkt deines Weges. Wird es dir Schwierigkeiten bereiten zu entscheiden, was dir am wichtigsten ist?«

»Du beleidigst mich. Ich werde sie retten, oder mein Leben verliert seinen Wert.«

»Gut.« Er gab einen ruppigen, behaglichen Laut von sich, während er sich hinlegte. Dann sprach er in seine Jacke, die er als Kopfkissen benutzte, hinein: »Ich verstehe nicht jede Veränderung, die ich beobachte. Doch eins begreife ich sehr wohl: Die wichtigen Dinge ändern sich nicht. Wir werden unser Bestes geben. Niemand, ob in dieser oder in der nächsten Welt, hat ein Recht, mehr zu verlangen.«

Bevor Gan in den Schlaf fand, hörte er eine Eule, den kleinen Nachtsänger. Halblaut sagte er: »Du wieder, mein Freund? Wirst du meine Gedanken lesen, während ich schlafe? Bist du so erpicht auf die Sorgen und Ängste, die ich sonst niemandem zu offenbaren wage? Geh fort; such dir einen sichereren Ort.«

Er lauschte noch lange, doch die Eule rief nicht mehr.

Vierzehn

Sie hatten den Bärenpfotenfluß bereits vor zwei Tagen hinter sich gelassen und befanden sich tief in olanischem Gebiet, da kam Raggar auf sie zu. Sofort zügelte Gan sein Pferd und stellte sich in den Steigbügeln auf. »Er humpelt«, bemerkte er.

Clas blinzelte in die Ferne. »Aber nicht arg.«

Sie ritten langsam weiter. Das Erscheinen des Hundes war eine Warnung, und beide Männer verdoppelten ihre Wachsamkeit.

Raggar hatte sie fast erreicht, bevor sie das Blut an seiner Schulter bemerkten. Sie wechselten einen Blick, und Clas sagte: »Ich reite schon voraus, während du ihn versorgst. Das ist doch eine Wunde, oder nicht?«

Gan nickte und stieg ab. Raggar lief zu ihm und wedelte mit dem Schwanz. Er blickte dümmlich drein, als sei er wegen der

Verletzung verlegen. Gan untersuchte sie. Es handelte sich um einen kleinen Schnitt in der Haut, der keinerlei Bedrohung darstellte. Allerdings stammte er von einem Gegenstand, den Menschen hergestellt hatten, was wiederum eine ganz andere Geschichte war. »Sie haben dich erwischt, nicht wahr? Entweder wirst du zu unvorsichtig, oder vor uns treibt sich jemand herum, der sehr schlau ist.« Aus der Satteltasche holte er ein Töpfchen hervor, das mit einem Lederdeckel dicht verschlossen war. Ein wenig Pinienharzlösung stillte die Blutung.

Gan ging neben seinem Pferd weiter und behielt Raggar bei sich in der Nähe. Der Weg war mit Unkraut überwuchert, der Boden kaum zu erkennen. Das bot ein lebendiges Zeugnis der gefährlichen Unwägbarkeiten, die das Leben in dieser Gegend heimsuchten, dachte er. Sie befanden sich dicht genug am Land der Teufel, um jederzeit mit Überfällen rechnen zu müssen. Wie der Osten von Jalails Land und die Grenzregion zwischen Jalail und Malten war hier eine friedliche Existenz kaum möglich.

Von seinem Versteck hinter einem Lorbeergebüsch aus signalisierte Clas ihm, er solle vom Weg abweichen. Ein kurzes Stück vor ihm war ein dünnes Band knapp über den Boden gespannt. Deutliche Kratzspuren verrieten ihm die Stelle, wo Clas es entdeckt und sofort sein Pferd angehalten hatte. Langsam verfolgte Gan es zu seinem Ursprung, wobei er nach weiteren Fallen suchte, welche die erste schützen sollten. Das Band führte zu einem Auslöser. Zog man daran, wurde ein kleiner Stock freigegeben. Durch Druck auf die Fangleine löste sich das dicke Seil, mit dem ein junger Baum in der Stärke von Gans Unterarm in gebogener Haltung befestigt war. Dieser wiederum war an einen Baumstamm geschnürt und so eingerichtet, daß er horizontal über den Weg schwang. Die Waffe war mit einer Obsidianspitze versehen, welche fast einen Fuß lang war. Ihre Wucht mußte verheerende Wirkung besitzen. Zusätzlich befand sich hinter der Klinge noch eine Pfeife. Wer auch immer diese Falle aufgestellt hatte, wollte wissen, wann sie zuschnappte.

Rasch schnitt Gan die Pfeife los und zerlegte dann die ganze Konstruktion. Er rief Shara und Cho zurück, bevor er zu einem anderen Baum hinter einer Wegbiegung lief und die Falle fünfzig Meter weiter südlich wieder aufbaute, allerdings ohne die Pfeife und mit umgekehrter Zielrichtung. Beim erstenmal entglitt ihm der Auslöser, und so war es gut, daß er auf die Pfeife verzichtet hatte. Nachdem er schließlich zufrieden war, gab er Clas ein Zeichen, er solle nach vorn Ausschau halten. Daraufhin blies er in die Pfeife. Ein schriller, weittragender Laut ertönte.

Zu dem Zeitpunkt, da er sich zu Clas gesellte, tauchten drei Männer aus ihrer Deckung vielleicht dreihundert Meter entfernt auf. Raggar knurrte und grummelte sogar weiterhin tief in der Brust, nachdem Gan ihm auf die Flanke klopfte. Zwei der Männer gingen zu Fuß in Richtung Norden und wollten nachsehen, was sie gefangen hatten. Der dritte hastete auf einem Pferd davon; in der Ferne erschien ein weiterer Mann zu Fuß, der sein Kommen beobachtete.

Die beiden anderen benahmen sich nicht gerade besonders vorsichtig. Das verblüffte Gan, bis ihm einfiel, daß sie nach dem Auslösen der Falle keine Schreie oder Rufe gehört hatten. Somit durften sie sicher sein, ihr Opfer getötet zu haben.

Gan und Clas sahen, wie die Klinge den vorausgehenden Mann traf. Die Wucht des jungen Baumes warf ihn gegen den zweiten Mann, der rücklings auf dem Boden landete. Gan war sofort hinter ihm und hielt ihm die Spitze des Murdats an die Kehle, bevor er noch wußte, was ihm geschah.

»Wo sind sie?« fragte Gan. Der Mund des Kerls bewegte sich ruckartig. Vor Schock verdrehte er die Augen. Gan schlug ihn mit der freien Hand und wiederholte die Frage, und abermals gab sich der Mann alle Mühe zu antworten. Ein Tropfen Blut benetzte die Spitze des Murdats, nur um kurz darauf von einer plötzlichen Flut Schweißes fortgespült zu werden. Clas kniete sich neben ihn hin und brachte sein Gesicht dicht an seines heran. »Ist der andere losgeritten, um eure Freunde zu warnen?«

Der Gefangene wollte nicken, was ihm jedoch nur einen weiteren Stich einbrachte. Gan zog die Klinge ein wenig zurück. Er fragte: »Wo ist sie? Ist sie verletzt? Wo sind die Frauen?«

Der Kerl würgte angestrengt hervor: »Bei den anderen. Wo der Reiter hingeritten ist.« Seine Miene hellte sich ein wenig auf. »Er hat auf deinen Hund geschossen. Ich wollte ihn zurückhalten –«

»Ist sie verletzt?«

»Nein!« beteuerte er erstickt.

»Wie viele sind dort?« erkundigte sich Clas.

»Fünf Adlige aus Jalail. Sie sind gerade erst zu uns gestoßen – fünfzehn olanische Fußsoldaten, drei Reiter, ein Offizier. Ein Dutzend Mondtänzer haben die Adligen begleitet, davon sind drei Frauen.«

Gan strahlte. »Fußsoldaten? Offensichtlich wollten sie sämtliche Reitertruppen für die Schlacht in Harbundai aufsparen. Das kommt uns sehr entgegen.«

Der Mann war begierig darauf, sich hilfreich zu zeigen. »Die Leute aus Jalail waren wütend. Sie hatten Reiter erwartet, die sie eskortieren sollten. Daher wollten sie allein weiterziehen, doch der Offizier hat ihnen befohlen, bei uns zu bleiben. Bei ihnen.« Er schluckte und fügte langsam hinzu: »Unser Offizier behauptete, du seist tot. Der König habe ihm das mitgeteilt. Diese Adligen würden ihn nicht interessieren. Er will die Frauen.«

»Sie warten bestimmt auf ein Signal von den beiden hier«, vermutete Clas.

Der Olaner stimmte zu. »Das ist richtig. Wir sollen winken, wenn die Falle euch getötet oder verwundet hat. Falls eine große Truppe käme, sollten wir dafür sorgen, daß der Offizier sieht, wie wir zur Brücke über den nächsten Fluß fliehen. Dort sollten wir uns mit den anderen treffen.«

Auf Clas' Frage hin erklärte er freimütig den Weg zu dieser Brücke und schätzte sogar ab, wie lange man brauchte, um sie zu erreichen. Erst als sie ihm seinen Helm abnahmen, erkannte er ihre Absichten. Abermals brach ihm der Schweiß aus.

Beiläufig fragte Clas: »Töten wir ihn gleich hier, oder lassen wir ihn erst vom Weg treten?«

Stöhnend schüttelte der Mann den Kopf. Er hob die Hände zum Zweizeichen, war jedoch nicht in der Lage zu sprechen. Gan stand auf. »Hier«, entschied er und zog den Murdat hoch.

»Nicht!« Der Soldat versuchte, sich rückwärts davonzuschieben. »Ich kann euch zu der Brücke führen. Außerdem werde ich euch noch mehr verraten. Tötet mich nicht!«

»Was verraten?«

»Über die anderen Soldaten. Ungefähr fünfzig. Die sind zur Brücke unterwegs und treffen sich dort mit unserem Offizier.«

»Wann?«

»Heute nacht. Morgen. Ich weiß nicht. Aber ich habe es euch gesagt! Tötet mich nicht.«

Gan lächelte ihn an. Er bemerkte nicht, wie Clas ihn betrachtete, dann die Stirn runzelte und sich abwandte. »Ich töte keine Hilflosen. Nicht mal solchen Abschaum.« An Clas gerichtet sprach er weiter: »Bitte, kannst du ihn fesseln? Wenn ich ihn nochmals anfasse, schneide ich ihm die Kehle durch.«

Clas nickte. Er benutzte eine Leine der Falle, um dem Mann die Handgelenke an die Knöchel zu fesseln. Das hatte er innerhalb weniger Sekunden erledigt, und die beiden hielten sich nun im Schutz des Waldes und führten die Pferde zum Versteck der drei Olaner. Clas zog sich den olanischen Helm und den Harnisch über. Als er sich aus der Deckung wagte und zum Treffpunkt an der Brücke losspurtete, konnte er nur hoffen, die Beobachter würden ihn für einen Überlebenden halten. Gan nahm die Hunde und die anderen Pferde und nutzte jede Deckung aus, während er ebenfalls eilig aufbrach.

Inmitten eines Nachmittags, der so friedlich war, daß Gan ein gefährliches Würgen in der Kehle spürte, erreichten sie die Brücke.

Auch damals, als er sie gebeten hatte, ihn zu heiraten, waren sie an einem Fluß gewesen. Bestimmt erfuhr ein Mensch ein solches Glück nicht, damit es ihm so bald schon wieder entrissen wurde.

Das Tal war an dieser Stelle recht breit, das Land verhältnismäßig flach. Der Fluß schlug eine helle Schneise durch den dichten dunklen Wald, einen Cañon der Sonne und der Wärme. Er strömte sanft dahin und hatte sich in seiner Kraft weit ausgebreitet. Ein großer Sumpf erstreckte sich flußabwärts, wo junge Teichsimsen neben vertrockneten alten wuchsen. Aufgebrochene und zerrissene Samenkapseln entließen Flaumwölkchen in die Luft, wenn rotflüglige Drosseln sie berührten, die schwirrend ihre Brutreviere absteckten. Ihr metallisches Zirpen klang wie tausend kleine Glöckchen. Die schnatternden Schwärme schwimmender Vögel benahmen sich ein wenig diskreter, obwohl ihre Mätzchen oftmals in größere Streitereien mit viel spritzendem Wasser ausarteten. Elegante Gänse in ihrem schwarzen, weißen und grauen Gefieder kreuzten königlich zwischen Stockenten, Pfeifenten, Sägern und Lappentauchern umher. Brautenten, die so bunt waren, daß man fast geblendet wurde, glitzerten bei ihrem Balzritual.

Gan wandte sich an Clas. »Wir müssen uns beeilen«, stellte er fest. Während die Hunde den Weg hinunterliefen, um die Kolonne zu suchen, sammelten die beiden Männer eilig trockenes Holz und stapelten es in der Mitte der Brücke. Die alten Bretter und Balken fingen rasch Feuer, und Minuten später erhob sich eine Flammen- und Rauchsäule über dem Fluß. Das Holz wurde von der aufsteigenden Luft in die Höhe gewirbelt, sprühte Funken und landete mit wütendem Zischen im Wasser. Dieses trug die nicht mehr brauchbaren Trümmer unbeeindruckt in Richtung Meer davon.

Zufrieden, weil nun die Verstärkung des Gegners ausreichend lange aufgehalten werden würde, ritten sie in den Wald. Sie trennten sich und nahmen sich die Zeit für ihr Nara. Nachdem sie das erledigt hatten, wirkte Clas noch immer zu angespannt und schien seinen Kopf nicht richtig freigemacht zu haben. Doch für diese Sorgen blieb keine Zeit. Sie brachen auf, näherten sich allerdings nicht allzusehr der Straße. Weicher Moder dämpfte ihre Schritte. Sie bewegten sich kaum so laut wie ein leichter Wind, der das Laub aufrührt.

Sylah blickte zu den beiden Soldaten, die kurz vor ihr gingen und bemerkte, daß sie ihr keine Aufmerksamkeit zollten. Sie hoffte nur, das gleiche gelte für die beiden hinter ihr, wo Neela ging. Vorsichtig und indem sie jeden Anschein von Eile vermied, gelang es ihr, ein paar Zoll der Kette einzuholen, die sie mit der Taille des berittenen Adligen vor ihr verband. Inzwischen haßte sie den Mann nicht mehr.

Das stimmte nicht ganz. Sie hatte aufgehört, darüber zu grübeln, wie sehr sie ihn haßte. Die Flamme brannte jedoch in ihrem Herzen weiter, und der Geschmack von Galle füllte noch ihren Mund. Trotzdem war sie zu der Überzeugung gekommen, besser einfach nicht an ihn zu denken. Nur die Flucht war wichtig. Alles andere zählte nicht.

Sie nutzte das bißchen Freiheit, das sie durch das Verkürzen der Kette gewonnen hatte, und berührte verstohlen ihren Bauch. Wie Clas es liebte, über die Stelle zu streicheln, an der sich bald eine Wölbung zeigen würde. Wieviel Mühe er sich gab, nicht sentimental zu wirken, obwohl er über nichts anderes als das Kind mehr sprechen konnte.

Sie war glücklich, daß bislang noch kein Anzeichen ihrer Schwangerschaft sichtbar war, und das gleiche galt auch für Neela. Der Gedanke an Altanars Reaktion, wenn er davon erführe, erschreckte sie. Die Mondtänzer bereiteten ihr zusätzliche Sorgen. Kalt wie Eidechsen sprachen sie ständig über Tod und Zorn. Zwar war bei ihnen eine gewisse Aufregung zu bemerken, aber keine Begeisterung. Sie erweckten den Eindruck, Zerstörung sei für ihren Fortschritt von wichtiger Bedeutung, dabei bestanden ihre Ziele doch nur in der Zerschlagung der Kirche und deren Ersetzung durch ihre eigene Vision. Sie gehörte zur Kirche; Neela gehörte zu den Herrschern. Daher wollte sie sich gar nicht erst damit beschäftigen, was die Mondtänzer von den Schwangerschaften halten würden.

Erneut redete sie sich ein, man könne es noch nicht bemerken. Nicht einmal die beste Heilerin. Noch nicht. Selbst wenn es sich anfühlte wie ein Berg.

Es war ein Berg.

Dem Reiter fiel auf, daß die Kette durchhing, und er zog fest daran und ließ sein Pferd schneller gehen.

Sie blickte nicht einmal auf. Denn sie hatte ihr Kind berührt.

Dort, in ihrem Inneren, lag die Kraft. Das war eine gute Sache; das Leben beinhaltete über die Kraft des einzelnen hinaus viel mehr. Zumindest hatte sie dieser Marsch gezwungen, die Dinge so zu betrachten. Nachwuchs zu bekommen, ein Kind in sich heranwachsen zu lassen, das war ein Wunder. Es war wichtiger, Leben zu schenken, und das galt nicht nur unbedingt ausschließlich für Geburten.

Es bedeutete zu lieben.

Sie würde beides tun. Sie würde ihr Kind lieben. Die Äbtissin, die keine Kinder hatte, liebte Sylah. Von allen Menschen, die sie kannte, hatte sie am meisten dazu beigetragen, daß nun Leben in der Rosenpriesterin heranwuchs. Sie hatte Sylah vor dem Tod gerettet und auch vor dem Nichtleben jener Auserwählten, die lediglich das bloße Überleben und darüber hinaus nie etwas anderes lernten.

Wer durfte eine solche Kraft in Frage stellen? Wer wollte sie glauben machen, sie sei geringer denn Schwerter und Pfeile? Das Leben zu meistern war nicht schwer, es war, als befreie man einen Vogel aus einem häßlichen Käfig. Glück zu schenken, Bedeutung zu schaffen, Intelligenz zu verbreiten – das war Kraft. Das war Liebe.

Sie hoffte, Clas würde das alles verstehen. Ob Gan dazu je in der Lage sein würde, mochte sie bezweifeln.

Der Adlige zerrte abermals an der Kette und hätte sie ihr beinahe ins Gesicht geschlagen. Nachdem sie das Gleichgewicht zurückerlangt hatte, unterdrückte sie ein ironisches Lächeln. Der Haß, das Kind der Hilflosigkeit und der Angst, war ebenfalls ein lebendiges Wesen.

Sie würde entkommen. Hilflos würde sie nicht sein.

Indem sie sich, soweit ihr möglich war, umdrehte, sah sie zu Neela. Die blauen Augen des Mädchens glänzten kälter als der Winter, aber sie lächelte. Das bewies Mut. Zwar war auch sie gefesselt, allerdings an einen Adligen, der hinter ihr ritt, aber es war ein wenig bequemer. Für Neela bedeutete das jedoch, wie Sylah wußte, keinen Unterschied. Niemals würde sie sich Schmerz, Angst oder Wut anmerken lassen. Sie lächelte allein für Sylah. Sonst war sie so kalt und distanziert wie der weiße Gipfel des Schneevaterberges. Selbst die Mondtänzer hielten sich vorsichtig von ihr fern, sie schienen zu begreifen, daß sie ein besonders gefährliches Tier in ihrer Mitte hatten. Dennoch verhöhnten sie das Mädchen häufiger als Sylah, und vor allem mit größerer Boshaftigkeit. Die Priesterin glaubte, sie hätten sogar mit Stöcken nach ihr gestochen, wenn sie nicht gefürchtet hätten, Neela könnte sich einen schnappen und ihren Peiniger daran zu sich heranziehen.

Sylah fragte sich, wie sie ihr Kind erziehen würde.

Besser lenkte sie ihre Aufmerksamkeit auf die Flucht. Ihre Angst würde sie niemandem offenbaren.

Raggars Knurren warnte Gan und Clas davor, daß sie sich den Gejagten näherten. Sie erreichten Shara und Cho, die warteten, und hörten Stimmen.

Die Olaner marschierten in zwei Reihen, wobei jeder Mann seinen Nachbarn auf dem schmalen Weg beinahe berührte. Wenn sie geradewegs von der Seite angriffen, hätten Gan und Clas es nur mit vier Männern auf einmal zu tun – höchstens acht –, ehe sie auf die andere Seite durchgebrochen waren. Dabei konnten sie sich die Frauen holen.

Diese Chance war ein Kind der Verzweiflung, dennoch die einzige, die sie hatten. Die verbrannte Brücke würde die Ankunft der olanischen Truppe, die sich mit den Entführern treffen wollte, verzögern; trotzdem würde sie irgendwann kommen. Der Erfolg hing allein davon ab, ob sie den Gegner überraschen und schnell genug fliehen konnten, um eine Verfolgung zu verhindern.

Während sie durch das Unterholz schlichen, entdeckten sie eine Stelle, von der aus sie einen recht guten Überblick hatten. Dort warteten sie. Die Spitze bildeten zwei nervöse Soldaten, die sich in raschem Tempo voranbewegten, vielleicht ein bißchen zu schnell. Gan und Clas sahen sich an, als sie bemerkten, wie die beiden ständig über die Schulter zurückblickten. Sie schienen sich eher Gedanken über etwas hinter ihnen denn über eine Bedrohung vor ihnen zu machen. Sie zogen vorbei.

Kurz darauf folgte der Rest der Männer. Neela und Sylah befanden sich ungefähr in der Mitte der Gruppe. Gan bemerkte die vier Olaner in Rüstung, die Clas als Schildkröten beschrieben hatte. Im Augenblick bewegten sie sich bestimmt nicht wie Schildkröten, dachte Gan und erstarrte im nächsten Moment. Ihre Rüstung trugen sie locker, demnach war ihnen mehr an Eile und weniger an Sicherheit gelegen. Das Benehmen der zwei an der Spitze hätte ihn schon darauf bringen sollen: Sie glaubten, sie befänden sich auf der Flucht vor einer größeren Truppe. Die Täuschung mit der Springfalle hatte funktioniert. Er wünschte nur, die anderen wären bei ihm. Hätten sie bloß die Zeit gehabt, für Tate, Emso und zehn oder zwanzig Wölfe Pferde zu besorgen ...

Es war keine Zeit. Weder damals noch jetzt.

Er erkannte die verräterischen Adligen, zwei vorn, drei hinter den Gefangenen. Der Anblick der Ketten versetzte ihn in Wut.

Indem er sich beruhigte, wurde ihm die tiefere Bedeutung der Ketten deutlich. Die Adligen würden sich verzweifelt wehren. Verloren sie Neela oder Sylah oder – der Gedanke brannte wie

Feuer – starb eine der beiden Frauen, erlitt ihre Position bei den Verhandlungen mit Altanar erheblichen Schaden.

Mit Handsprache fragte Clas: »Bereit?«, und Gan nickte. Sie peitschten ihre Pferde mit der Flachseite der Klingen voran und stürmten auf die Kolonne zu, die nur wenige Meter entfernt war. Die olanischen Soldaten erbleichten vor Schreck und rissen ungläubig die Augen auf.

Gans Pferd stolperte nicht. Aber was immer es zum Sturz brachte, riß ihm vollkommen die Vorderbeine unter dem Bauch fort, und es ging noch im gleichen Moment zu Boden, wobei es Gan kaum Zeit ließ, sich instinktiv aufzurichten, damit er nicht auf dem Gesicht landete und sich das Genick brach. Während er mit den Schultern auf die weiche Erde prallte, spürte er sein eigenes Gewicht, das ihn zu erdrücken drohte, doch dann rollte er sich ab, kam auf die Beine, rannte weiter und hielt wundersamerweise noch den Murdat in der Hand. Raggar lief zu seiner Rechten, die beiden anderen blieben ein wenig hinter ihnen, um Gegenangriffe abzuwehren. Clas hatte die beiden Adligen vorn attackiert, und die zwei lagen bereits auf dem Boden.

Ein Soldat rannte auf Gan zu und wurde niedergeschlagen. Ein zweiter tauchte auf. Sein erster Hieb glitt von der Klinge des Hundekriegers ab und traf ihn oberhalb des linken Auges am Kopf. Halb blind schlug Gan nach dem Mann und spürte Widerstand; er hatte einen guten Treffer gelandet. Ein Schrei ertönte, dann drängte ein berittener Adliger auf ihn zu. Gan duckte sich hinter einem Baum, und im nächsten Augenblick pfiff ein Schwert an seinem Kopf vorbei und grub sich in den Stamm. Cho fiel brutal über das Hinterbein des Pferdes her. Es wieherte laut, bäumte sich auf, und sein Reiter verlor seine Waffe. Gan schlug auf ihn ein und zielte unter den Brustpanzer. Der Reiter ging vor ihm, das Gesicht nach oben, zu Boden, und benommen vor Verblüffung blinzelte Gan. Das war der Vater des Jungen, den er nach dem Überfall der Sklavenjäger als einzigen lebendig zurückgebracht hatte.

Er wischte sich die Augen und rannte auf Neela zu, die nun nur noch ein Stück von ihm entfernt war. Sie hob die Hände in dem Moment, da er den Adligen am Ende ihrer Kette bemerkte, der einen Bogen spannte. Und dann war Neela zwischen ihnen, sich der Gefahr hinter ihr nicht bewußt. Gan stieß sie zu Boden und schrie Raggar an.

Der Hund sprang dem Mann an die Kehle.

Der Pfeil schien eine Ewigkeit zu brauchen, bis er sein Ziel erreichte, und dennoch verblüffte Gan seine Wucht. Er taumelte zurück und ruderte mit den Armen, um das Gleichgewicht zu halten. Auch überraschte ihn, wenngleich angenehmer, wie gut seine Sinne weiterhin funktionierten. Diese Tatsache nahm er zum Beweis, daß er nicht tödlich verwundet war. Er beobachtete Raggar, der den Mann zu Boden warf, von ihm fortsprang, sofort herumfuhr und ihn im Genick packte. Knurrend schüttelte er ihn wie eine Ratte; die Wirbelsäule knackte mit einer Endgültigkeit, mit der eine Fackel erlischt.

Dann passierte zu vieles auf einmal. Gan spürte einen Baum, der seine Rückwärtsbewegung bremste, und trotz seiner Erleichterung, nicht mehr zu fallen, konnte er seine Beine nicht mehr rühren. Ein zweiter Pfeil schlug oberhalb seines Kopfes in den Baum ein, und das Surren und Krachen dröhnte donnergleich in seinen Ohren. Er roch den Leim der Federn.

Neela rief nach ihm.

Verschwommen sah er Clas, der noch auf dem Pferd saß und um den herum ein Menschengewühl herrschte. Sylah versuchte angestrengt trotz der Kette, die sie mit dem toten Adligen verband, zu ihm zu gelangen.

Ein Soldat stürmte auf ihn zu, sein Schwert blitzte auf. Gan wollte seinen Murdat heben, aber seinen Beinen ähnlich verweigerte der Arm den Dienst. Ob er sich besser benehmen würde, wenn ich mit ihm spreche? fragte er sich.

Shara flog wie ein brauner Blitz durch die Luft. Schreiend ging der attackierte Soldat zu Boden.

Wieder rief Neela seinen Namen. Und den von Clas. Warum rief sie nach seinem Freund? Sobald sein Körper ihm wieder gehorchte, würde er sie von der Kette befreien. Irgendwie.

Er spürte, wie er in eine sitzende Position rutschte.

Zwei weitere Krieger rannten herbei, und Raggar griff sie beide an, stieß den einen um und schnappte sofort nach dem anderen. Seine glitzernden Zähne rissen ihm durchs Gesicht, und der Kerl taumelte zurück. Raggar warf ihn gerade zu Boden, da erholte sich der Verwundete. Die Klinge traf den Hund in die Seite, und Gan schrie lauter als das Tier. Cho mischte sich ein und packte die Schwerthand. Der Mund des Soldaten klaffte zu einem stillen Schrei auf. Cho ging ihm an die Kehle. Raggar kroch zu Gan herüber, fiel ihm schwer auf die Beine, blickte ihm tief in die Augen, zog sich daraufhin wieder hoch und stellte sich zwischen seinen Herrn und dessen Feinde.

Plötzlich ragte, erschütternd und unglaublich zugleich, ein Pfeil aus der Flanke des Hundes. Das Tier schwankte unter der Wucht des Einschlags, zerrte den Schaft mit den Zähnen heraus, doch schon traf ihn der nächste. Gan wälzte sich halb herum, halb fiel er vorwärts und legte die Arme schützend um die bebende, blutende Brust.

Raggar leckte seine Hand und schob sie mit der Schnauze so, bis sie auf seinem Kopf lag. Er sank nieder und streckte die Vorderläufe vor sich aus.

Der Feind zog sich zurück. Gan bemerkte sein Pferd, das wieder auf die Beine gekommen war. Ein Hoffnungsschimmer regte sich in ihm. »Halte durch. Bitte, halte durch. Wir retten sie. Wir holen sie hier heraus. Bestimmt. *Bestimmt.*«

Der große Leib des Hundes zitterte. Die Vorderläufe gaben schließlich nach und lagen flach auf dem Boden. Raggar seufzte. Nicht vor Schmerz, es handelte sich um jenen Laut, den Gan am meisten liebte, das tiefe, zufriedene Schnurren, das der Hund ausstieß, wenn er sich endlich hinlegen und ausruhen konnte und dabei die feste Berührung seines Herrchens spürte.

Raggar schloß die Augen und schlief.

Tränen strömten über Gans Gesicht, und er schob sich voran und kroch zu Neela hinüber. Sie weinte ebenfalls.

Stimmen. Ein eigentümliches Gewirr.

Das mußte der olanische Offizier sein, der seine verbliebenen Soldaten zum Angriff drängte. Er blickte an Neela vorbei und sah die Feinde, wie sie sich im Wald abseits vom Weg sammelten. Links neben sich hörte er das Klirren von Stahl, wo Clas wohl noch immer kämpfte. Dann kamen die Männer aus dem Wald. Ihre geschrumpfte Anzahl erzeugte tiefe Befriedigung in ihm. So stach er den Murdat in die Erde und zog sich hoch.

Wenn er nur Luft holen könnte, wäre alles gut.

Er stand wieder.

Über den ganzen Lärm hinweg erhob sich ein Kriegshorn. Und Heulen. Nicht das seiner Brüder, sondern das seiner Männer. Er wünschte nur, es wären die Kriegsschreie der Hundemenschen. Gern wäre er in der Gesellschaft seiner Stammesgenossen gestorben.

Ein Pfeil schlug vor ihm in den Boden ein. Er wollte ihn mit dem Fuß fortstoßen und wäre dabei fast umgefallen. Also brach er den Versuch ab.

Einen Augenblick lang glaubte er, Tates Stimme zu hören. Und Emsos.

Er lehnte sich an einen Baum und benutzte beide Hände, um den Murdat hochzunehmen.

Dann traf ihn der Schmerz, durchbrach sein Nara, eroberte ihn mit seiner ganzen Macht. Die Welt explodierte; er wurde von ihm in die Luft gewirbelt und in seinem Sturm hin und her geweht. Das letzte, was er wahrnahm, bevor der rote Todeskampf ihn vereinnahmte, war Neela. Sie sagte: »Danke, Clas! Danke! Geh! Rette dich!«

Fünfzehn

Neela.

Er strengte sich an, den Murdat zu heben.

Der Schmerz. Der drang in sein zurückkehrendes Bewußtsein ein, ergriff ihn und warf ihn flach zu Boden.

Hände gesellten sich zum Schmerz, halfen, seinen Körper festzuhalten. Er schlug nutzlos nach ihnen.

Er rief ihren Namen. Sie durften die Hoffnung nicht aufgeben. Er würde den Schmerz überwinden. Würde sie retten. Er konnte es. Mußte.

Eine Stimme sagte: »Sein Verstand läßt ihn nicht ruhen.«

Das klang nach Clas. Nach einem Freund. Der hielt noch immer die Spitze der Kolonne in Schach. Sie würden Neela retten. Das Kind. Sylah. Sie würden Raggar nach Hause bringen, und seine Wunden würden heilen.

Raggar war dahingegangen.

Neela sagte: »Danke.« Sie sagte: »Rette dich.«

Zu Clas.

Er gab sich Mühe aufzustehen. Er biß sich auf die Lippe und hoffte, dieser Schmerz würde alle anderen vertreiben. Ein Eckzahn durchstieß das Fleisch mit einem leisen Geräusch. Salzigsüßes Blut versuchte ihn zu ersticken.

Die besorgten Stimmen und die Hände waren wieder da.

Er verlor sich in einer alles verzehrenden Dunkelheit.

Tate sah sich nach hinten um, und auf ihrem Gesicht spiegelte sich hilflose Wut. »Wenn wir nur ein wenig schneller geritten wären. Ich glaube, dann –«

Clas ritt vor ihr, beide Arme waren verbunden. Ein roter Punkt zeigte sich auf der Mitte eines großen Baumwollpflasters an seiner rechten Seite. Er drehte sich im Sattel um. »Du hast alles getan, was du konntest. Denk doch nur; Gan wollte überhaupt nicht, daß du uns folgst. Und nachdem sie mein Pferd unter mir erschossen hatten, waren wir so gut wie erledigt. Falls deine Gruppe nur hundert Meter weiter entfernt gewesen wäre, würden wir jetzt nicht mehr leben.« Er deutete auf eine Bahre, die vor ihm von einem Pferd gezogen wurde. Darauf lag Gan und rührte sich nicht, derweil Shara und Cho stoisch neben ihm humpelten. Tate betrachtete die bläulich-weiße Farbe seines Gesichts und wandte sich ab.

»Wird er uns jemals vergeben, Clas?« fragte sie. »Wird er verstehen, warum es diese dreckigen Verräter über den Fluß zu der olanischen Verstärkung geschafft haben? Wir haben zwanzig Mann; sie sind mindestens fünfzig, dazu kommen die Flüchtlinge aus Harbundai. Wir hätten es niemals geschafft.« Sie schlug sich mit der Faust auf den Schenkel. »Wenn nur ihre Nachhut nicht so verbissen gekämpft und ihnen so den Rückzug gedeckt hätte. Wie können Männer dermaßen willig für etwas so Übles ihr Leben geben wie die Entführung eines anderen menschlichen Wesens?«

Clas lachte unheilverkündend, und sie riß den Kopf hoch. Fasziniert von dem nahezu wahnsinnigen Leuchten in seinen Augen, starrte sie ihn an. Die Ruhe in seiner Stimme verlieh seinen Worten Nachdruck. »Wir müssen erst einmal unsere Wunden lecken und Kraft sammeln. Dann wirst du viele – *viele* – Antworten darauf erhalten, wie Altanars Männer ihr Leben geben.«

Die Eskorte um Sylah und Neela verhinderte, daß die beiden Frauen auch nur die kleinste Kleinigkeit der dunklen Stadt Ola sehen konnten. Der Hufschlag ihrer Pferde übertönte jedes Geräusch, anhand dessen sie sich ein wenig hätten orientieren können. So blieb es bei knappen Eindrücken: das abrupte Auftauchen der Stadtmauer, das tunnelartige Tor, das durch sie führte; das Gefühl der Enge, da sich die Pferde in den schmalen Gassen gezwungenermaßen dicht aneinanderdrängten.

Sylah begrüßte die ebenen Straßen von Ola, und sie dachte, Neela würde ein solches Pflaster vielleicht zum ersten Mal kennenlernen. Sie hoffte nur, die junge Frau könne darauf leichter gehen. Ihre Bewacher behandelten sie grob, obwohl die olanischen Soldaten sich immerhin etwas freundlicher gebärdeten als die Mondtänzer. Niemand war angenehmer überrascht, daß sie eines Morgens nicht mehr bei ihnen waren und offensichtlich während der Nacht verschwunden waren. Sie war zu müde, um sich über ihre Beweggründe oder ihr Ziel Gedanken zu machen. Selbst Neela, die so viel stärker war, ging mit vor Erschöpfung bleiernen Beinen vor sich hin, ihr geschwollenes Gesicht wies keinen Ausdruck auf, und ihre ruhelosen Augen stellten nunmehr nur noch kleine Farbflecken dar, die ihr umnebeltes Hirn vor Schlaglöchern in der Straße warnten.

Weiterhin trugen sie die Ketten, mit denen sie an ihre jeweiligen Bewacher gebunden waren. Auch bei der Durchsuchung der Kleidung der Adligen waren keine Schlüssel für die massiven Schlösser zum Vorschein gekommen, und die Olaner hatten zu große Eile, um die Eisenglieder aufzusprengen. Da sie die Ketten schon nicht von den Leichen lösen konnten, zeigten sie den verräterischen Verbündeten ihre Verachtung, indem sie die Leichen von den Ketten trennten. Am Fluß ließen sie den Frauen ein paar Augenblicke Zeit, sich zu waschen.

Nachdem sie die Burg durch ein kleines Seitentor betreten hatten, wurden Neela und Sylah über den Hof und durch eine Tür gestoßen. Rauchende Öllampen erhellten den Anfang eines Steinganges, der sich in einer unheilverkündenden Finsternis verlor. Zwei Männer in makellosem Weiß empfingen sie dort. Sylah sprach sie mit »Beschützer« an. Sie hoffte, dadurch Neela warnen zu können, indem sie das Mädchen an das erinnerte, was sie ihr über diese Kerle erzählt hatte. Einer riß sie von Neela fort und machte so beiden unmißverständlich klar, daß sie kein weiteres Wort mehr sprechen sollten.

Ein paar Minuten später wurden sie in einen anderen Raum

gebracht. Auf dem einzigen Stuhl saß Altanar und lächelte freundlich. In Anbetracht der Ketten runzelte er die Stirn und grunzte mitleidig, woraufhin Sylah ihm erklärte, aus welchem Grund sie die Fesseln noch immer trugen. Trotzdem bot er ihnen weder Erfrischungen noch Stühle an. Neela bemerkte, sie seien ausgesprochen erschöpft, und er entschuldigte sich überschwenglich für das Tempo, das sie hätten erdulden müssen. Geschockt nahm er zur Kenntnis, daß man ihnen keine Pferde zur Verfügung gestellt hatte.

Sylah hätte ihm wegen seiner Verlogenheit am liebsten ins Gesicht gespuckt. Er genoß dieses Spiel und beobachtete Neelas hilflose Anstrengungen, zu begreifen, was vor sich ging. Die Priesterin hatte versucht, Neela die verschlagene Boshaftigkeit Altanars zu verdeutlichen, augenscheinlich jedoch hatte sie nicht verstanden. Hinter dem Rücken vollzog Sylah das Dreizeichen und betete, Neela möge wenigstens geistesgegenwärtig genug sein, so wenig wie möglich über sich und Gan preiszugeben.

Das Erscheinen der Irisäbtissin, die noch benommen war, weil man sie aus dem Schlaf gerissen hatte, raubte Sylah beinahe die Fassung. Die ältere Frau wurde an jedem Arm von einem Auserwählten gestützt. An der Tür befahl sie den zweien, draußen zu warten, und sammelte voller Schmerzen Kraft. Gebeugt bewegte sie sich mit zögerlichen Schritten, bei denen ihre bodenlange Robe seltsam hin und her schwang, und sie benahm sich, als würde etwas tief in ihrem Innern den Kern ihres Seins aushöhlen. Nichtsdestotrotz stellte sie sich zwischen Sylah und Neela und begegnete Altanars höhnischem Grinsen mit ungebrochener Würde.

»Ich habe auf dich gewartet«, begann der König, »um der Priesterin mitzuteilen, daß sie in meinen Kerker kommt.«

»Lächerlich.« Die Äbtissin blinzelte nicht einmal. »Du kannst niemanden aus meiner Abtei einsperren, schon gar nicht eine ausgebildete Heilerin.«

»Doch, das kann ich sehr wohl.« Er schien aus ihrer Sicherheit

Stärke zu ziehen. »Sie ist eine Verbannte. Falls ich sie nicht einkerkere, wird sie fliehen.«

»Wohin, König? Die Kirche wird sie stets zu finden wissen. Und solltest du sie foltern, bevor sie wirklich ausgestoßen wurde, wird die Kirche Vergeltung fordern.« Sie hob die Stimme. »Du riskierst deine Seele.«

Altanars festes, überhebliches Grinsen geriet ins Wanken und verblaßte. »Ich werde sie nicht foltern. Sie soll lediglich nicht frei sein, um gegen mich Ränke zu schmieden. Nein.«

Die Äbtissin ließ das Thema fallen und wandte sich Neela zu. »Bist du das Weib von Gan Moondark?«

Neela brachte das Kinn hoch und sprach die Worte so vorsichtig aus, wie ihre geschwollenen Lippen es gestatteten. »Ich erkenne dich, Irisäbtissin. Die Rosenpriesterin Sylah hat oft und freundlich von dir erzählt. Ja, ich bin Neela, die Frau von Gan Moondark. Kennst du meinen Ehemann?«

Altanar mischte sich aalglatt ein. »Alle haben von deinem werten Gemahl gehört. Aus diesem Grunde bist du schließlich Gast in meiner Burg. Deine Gegenwart hier wird mir helfen, den neuen Kriegshäuptling der Hundemenschen davon zu überzeugen, daß es in seinem ureigensten Interesse liegt, mich bei der Beschränkung der wachsenden Macht deines Mannes zu unterstützen.«

Neela richtete sich auf. Trotz ihrer Schrammen und ihres aufgelösten Haars glühte sie vor Stolz. »Falls du mich durch Drohungen dazu bringen möchtest, meinen Bruder zu beeinflussen, machst du dir meinen Clan und meinen Stamm zum Feind. Das werden sie dir niemals vergeben.«

Er riß überrascht die Augen auf und zog dann eine sanftere, süßlich-mitleidige Miene. »Demnach hast du es noch nicht erfahren, ja? Du weißt es nicht? Und nun mußt du es hier hören, auf diese Weise. Wie traurig!« Er beugte sich vor. Sylah hätte ihn am liebsten angebrüllt. Die Irisäbtissin wollte etwas sagen, doch er fauchte sie an, sie möge schweigen. Mit honigsüßer Stimme fuhr er fort: »Bay Yan wurde getötet. Ein Jagdunfall, so wird berichtet. Ein Bär. Und die drei ältesten Brüder nach ihm sind ebenfalls tot. Das trug sich bei einem Überfall zu. Natürlich waren die Bergmenschen dafür verantwortlich. Welch schreckliche Nachrichten für dich.«

Neela starrte ihn an. »Likat. Dahinter steckt Likat.«

»Likat, meine Teure? Er ist der neue Kriegshäuptling. Er wird bestimmt glücklich sein, dich zu sehen.«

Die junge Frau trat zögerlich einen Schritt zurück, als könnte sie so Abstand von dem brutalen Schock dieser Neuigkeiten gewinnen. Ohne auch nur das geringste Vorzeichen sank sie zu Boden, wobei die Ketten laut auf dem Stein klirrten. Sylah schob sich an der Irisäbtissin vorbei zu ihr hin.

Altanar beobachtete sie mit großem Vergnügen. »Da sagt man immer, die Hundemenschen seien nicht zu brechen. Sie unterscheidet sich aber nicht von anderen Frauen. Nur ein wenig Aufregung, und schon fällt sie in Ohnmacht.« Er klatschte in die Hände. Die Tür öffnete sich, und ein Beschützer kam herein. Neela oder die beiden Frauen, die deren Handgelenke und Hals rieben, beachtete er nicht. Altanar verlangte: »Hol den Schmied.«

Der Beschützer kehrte mit einem kurzen, muskelbepackten Kerl zurück, dessen abgetragene Lederschürze ihn vom Hals bis zu den Knien bedeckte. Doch sein Zittern konnte sie nicht verbergen. Altanar befahl ihm: »Die Priesterin ist für den Kerker bestimmt. Schlag ihr dort die Ketten ab. Die auf dem Boden geht in deine Werkstatt.« Darauf folgte eine detaillierte Schilderung dessen, was dem Schmied widerfahren würde, falls sein Gast in irgendeiner Weise verletzt werden würde.

Die Irisäbtissin ergriff die Gelegenheit und beugte sich näher an Sylah heran. »Weiß er von euer beider Schwangerschaft?«

Sylah schüttelte nur den Kopf.

Die Äbtissin umklammerte Sylahs Handgelenk. »Verschwende nicht deine Zeit, Mädchen. Ich bin die Äbtissin, die

Heilerin aller Heilerinnen. Ich *weiß* es. Diese alten Hände mögen schwach sein, aber diese Augen nicht. Altanar darf um keinen Preis Kenntnis davon erhalten. Denn in dem Fall werdet ihr sterben.«

Nun platzten die Worte fast aus Sylah heraus. »Er hat keine Ahnung. Wie können wir ihr das mitteilen?«

Neelas Lider flatterten, und sie schlug die Augen auf. Eines ging langsam wieder zu. Sie sagte: »Ich habe euch gehört«, und dann waren beide Augen wieder geschlossen.

Die anderen beiden Frauen lächelten einander an, bis Altanar sie anbrüllte, sie sollten sich nicht unterhalten und lieber Platz für die Beschützer machen, die Neela in die Schmiede tragen wollten.

Neela beobachtete den Schmied, der ihre Hände auf dem Amboß plazierte und den Meißel mit äußerster Behutsamkeit ansetzte. Ihr schoß durch den Kopf, welch geringen Unterschied die Ketten eigentlich bedeuteten. Altanar hatte sie nicht als Gefangene bezeichnet. Dennoch hätte sie am liebsten gezittert, als sie daran zurückdachte, wie er das Wort »Gast« ausgesprochen hatte. Die gleiche Wirkung erzielte das Bild seines blutlosen, verschwörerischen Lächelns, das unbestimmbare finstere Vorstellungen in den versteckten Ecken ihres Verstandes wachrüttelte.

Sie dachte an Likat.

Einmal war sie bereits vor ihm geflohen.

Und Gan war den Olanern entkommen. Jeden Morgen, wenn sie sich der Sonne zuwandte, um den Einen In Allem zu begrüßen, bat sie ihn darum, er möge für seine Gesundung sorgen, und erflehte Segen für Clas na Bale, damit der ihn befreien möge. Sie schloß die Augen und rief sich die Szene wieder vor Augen, hörte die wütenden Schreie der Olaner, die sich so sicher waren, ihn überwunden zu haben. Nun betrachtete sie ihre Arme und triumphierte ob der blauen Flecken, die von den Prügeln herrührten, die sie ihr verabreicht hatten, weil sie lachte. Das war nicht gerade klug gewesen – denn sie hatten neun Männer verloren, sämtliche fünf Adlige von Jalail, dazu die Hälfte der Mondtänzer –, und wenn einer der Soldaten die Kerle nicht zurückgehalten hätte, hätten sie Neela getötet. Wie ihr Retter ihr verdeutlichte, war es auch nicht gerade schlau, sich zu wehren. Darüber machte sie sich jedoch keine Gedanken. Sie war eine Hundefrau, und das hätten sie erwarten sollen. Eine Ohnmacht vorzutäuschen, beendete vorläufig Altanars Verhör und verschaffte ihr Zeit, sich zu erholen und auf die bevorstehenden Foltern vorzubereiten. Die wütenden Soldaten hätte eine Ohnmacht keineswegs beeindruckt. Nun ja, wenn sie ihren Widerstand aufgegeben hätte –

Das silbrige Glänzen des Hammers, der sich senkte, ließ sie abrupt in ihren Gedanken innehalten. Das Werkzeug traf den Meißel. Stahlmusik stach ihr ins Fleisch, klang in ihren Ohren. Der metallische Gestank heißen Eisens und glühender Kohle, der ihr bislang nicht aufgefallen war, kitzelte sie plötzlich in der Nase. Die Kette löste sich. Die Vibrationen des Ambosses setzten sich in ihrem Arm fort und hallten in ihrem ganzen Körper wider.

Der Schmied legte den Hammer ab und umfaßte ihr Handgelenk. »Das hat doch nicht weh getan?« Es klang eher nach einer Bitte denn einer Frage. Während sie sich die wundgescheuerte Haut rieb, ehe sie antwortete, nagte er ungeduldig an seiner Unterlippe.

»Nicht im mindesten. Ich werde es auch dem König mitteilen.«

»Danke. Danke.« Er küßte ihr die Hand, und sie zog sie zurück. Sofort kehrte seine Ängstlichkeit zurück. »Ich wollte dir nicht zu nahe treten. Bitte, du sagst ihm doch, ich hätte dir nicht weh getan?«

Lachend erwiderte sie: »Er würde bestimmt nicht das tun, was er dir angedroht hat.«

Der Mann erbleichte. Er blickte sich vorsichtig um, bevor er weitersprach. »Ich habe schon gesehen, wie seine Beschützer schlimmere Dinge angestellt haben. Du –« Hinter sich hörte er ein Geräusch, sein Mund klappte einer Falle gleich zu, und er bückte sich zu ihren Füßen. Mit den Enden der getrennten Kette in den Händen richtete er sich wieder auf, und nun war seine Miene vollkommen ausdruckslos. Dem weißgekleideten Beschützer auf der Türschwelle zeigte er das aufgebrochene Glied und sagte: »Hier ist es. An ihrem Körper wirst du keine Spuren meiner Arbeit finden.«

Der Beschützer zerrte Neela ins Licht an der Tür und untersuchte ihre Handgelenke. Zufrieden wies er sie mit seiner tonlosen Stimme an, nach draußen zu gehen, und teilte ihr jeweils von hinten mit, welche Richtung sie einschlagen sollte. Bereits auf dem Weg zur Schmiede hatte sie gegen diese Behandlung protestiert, war allerdings belehrt worden, daß es stets auf diese Weise gehandhabt wurde. Etwas in seiner monotonen Stimme verriet ihr, weiterer Widerspruch wäre unklug. Durch diese Erkenntnis fühlte sie sich erniedrigt. Noch vor einer Woche hätte sie behauptet, niemand könne sie so leicht zum Verstummen bringen.

Er hatte ihr Schweigen durch Angst herbeigeführt. Sie ballte die Hände zu Fäusten und mußte es sich leider eingestehen.

Von dem Moment an, da man sie Altanar vorgestellt hatte, fühlte sie sich als Gefangene. Die Tatsache, an diesen Abschaum gekettet zu sein, der sie entführte, hatte dies nicht zustande gebracht. Natürlich hatte sie befürchtet, die Männer könnten sie töten oder vergewaltigen. Das hingegen waren eher ganz gewöhnliche Gefahren. Die konnte sie begreifen. Ihre Angst vor den Verrätern und den Mondtänzern war ähnlich wie die Angst vor den Soldaten, die sie geprügelt hatten, mit einer brodelnden Wut verbunden, die in ihr den Wunsch hervorrief, zurückzuschlagen.

Altanar erzeugte Panik in ihr. Während sie mit ihm sprach, glaubte sie, ihr Blut verdünne sich. Daher unterwarf sie sich widerstandslos dem demütigenden weißen Schatten des Beschützers, und an Gegenwehr war nicht mehr zu denken. Sie wollte sich verstecken, fühlte sich angesichts dieser überwältigenden Hilflosigkeit krank. Altanar hatte sie zu einem Ding degradiert. Likat besaß die gleichen Augen wie er. Doch Altanar war trotzdem übler, weil sich in seinem heimlichen Lächeln die Sicherheit ausdrückte, daß er vollständigen Gehorsam erzwingen würde. Nachdem sie nun sein Wesen begriffen hatte, stieg ihr das Entsetzen mit einem säuerlichen Geschmack die Kehle hoch.

Sie blickte sich auf dem Weg von der Schmiede zur Burg um. Die unverhohlene Neugier derjenigen, denen sie begegnete, beunruhigte sie nicht, dagegen ließen ihr die niedergeschlagenen Mienen der Menschen, die ihren Geschäften nachgingen, einen Schauder über den Rücken laufen.

Die Äbtissin kam um eine Ecke, trat vor Neela hin und sah an ihr vorbei auf den Beschützer. Sie hatte nun ihre offizielle Kleidung angelegt, eine grün-blaue Robe, die über den Boden fegte. Inzwischen hatte sie ihr Gesicht wieder unter Kontrolle und Kraft gesammelt. Sie bemerkte Neelas Überraschung und blickte sie mit ihren dunklen Augen fest an. Eine leichte Böe verwehte Strähnen ihres grauen Haars. Neela erschienen sie so fein wie die Fäden einer Spinnwebe, und ebenso anmutig hell. Die Frau hob die Hand, um den Beschützer zum Anhalten zu bewegen, und dabei rutschte ihr Ärmel über ein massives Goldarmband.

»Ich erkenne dich, Irisäbtissin«, sagte Neela.

Die andere senkte die Hand und seufzte. »Ich wollte dich zu deiner Audienz mit König Altanar begleiten, denn ich möchte deine Geschichte aus deinem eigenen Mund hören.«

Unterwegs zur Burg gestand ihr Neela, die Gebäude würden sie beeindrucken. Die Äbtissin antwortete: »Es handelt sich lediglich um ganz gewöhnliche Dinge, die von ganz gewöhnlichen Menschen erbaut wurden, Kind. Bewahr nur die Ruhe.«

Der Beschützer hinter ihnen ließ sich dröhnend vernehmen: »Du kennst die Regeln, Äbtissin. Sprich laut genug, damit ich dich hören kann.«

Die alte Frau drehte sich um und lächelte ihn süßlich an. »Mir ist es gleichgültig, ob du mich hörst, junger Mann. Allerdings würde es mich verwundern, wenn du mich verstehen könntest.« Neelas Schreck bahnte sich als würdeloses Kichern einen Weg nach außen, doch die Äbtissin packte sie am Ellbogen und zeigte ihr einige der schöneren Gebäude, die Abtei, die Burg und die riesige Halle des Königs. Sie verstärkte ihren Griff, als sie Neela in letztere hineinführte.

Neela stockte vor Bewunderung der Atem. Sylah hatte versucht, ihr die Dimensionen zu beschreiben, zum Beispiel die riesigen Feuergruben, die den Weg zum Thron säumten. Sie hatte ihr von der Feindseligkeit berichtet, die jede Frau traf, die ohne männliche Begleitung dort eintrat. Neela hatte zu wissen geglaubt, was sie erwartete. Das allerdings war ein Irrtum. Der schwere Geruch des Ortes benebelte ihre Sinne. Der Raum überwältigte sie. Nichts hätte sie auf die grobe Verachtung vorbereiten können, welche sich auf den Dutzenden Gesichtern abzeichnete, die sie anstarrten.

Eine stille Stimme in ihr rief Gans Namen. Einen kalten Augenblick lang erlaubte sie sich, daran zu denken, wie einsam sie war. Ihr Puls raste.

Sylahs Gesicht tauchte vor ihr auf, ein schattenhaftes Bild, das sich gegen die verwischten Weihrauchwolken erhob, die aus den kalten Feuergruben aufstiegen. Sie erinnerte sich an die Veränderung, die in Sylah vor sich ging, wenn sie von der Behandlung erzählte, die sie durch diese Männer erfuhr. Neela stählte sich innerlich. Sie erwiderte das Starren. Gan wäre durch diese Kerle hindurchgefahren wie durch Weizen. Clas hätte ihnen eine Heidenangst eingejagt. Jeder Hundekrieger war diesen ganzen Raum voll von ihnen wert. Und eine Hundefrau ebenfalls.

Einer hielt ihrem Blick stand. Sein Hals schwoll an, sein Gesicht errötete, doch schließlich sah er zur Seite. Die Menschen bemerkten dies und reagierten beleidigt. Ein leises, lauter werdendes Murmeln, die Warnung eines Tieres, ging durch die

Menge. Die Haut auf Armen und Rücken kribbelte, aber sie widerstand dem Jucken und suchte nach einem weiteren Mann, der die Herausforderung annehmen würde.

Die Äbtissin trieb sie voran. Sie wisperte ihr zu: »Ruhig, Kind. Um meinetwillen.«

Daraufhin brach Neela jeglichen weiteren Blickkontakt ab. Sie richtete ihre Aufmerksamkeit auf den Thronaltar und fiel in den Schritt der alten Frau ein.

Der König war in ein lockeres hellgelbes Hemd und dazu passende weite Hosen gekleidet. Silberne Paspeln verzierten die Vorderseite von Hemd, Kragen und Ärmeln. Die Außennähte der Hose waren ähnlich verziert. Während sie vortraten, ging er ungeduldig auf und ab, und seine hellen Farben vor dem dunklen Hintergrund erinnerten Neela an Flammen. In diesem Augenblick kehrte die Angst zurück.

Ein dünner Goldreif rahmte seinen Kopf. Daraus ragten zwei fünf Zentimeter lange Spitzen aus Silber hervor, und von jeder baumelte an einer Silberkette ein winziges Glöckchen. Da er nun den beiden Frauen zunickte, ertönte ein unglaublich feines und reines Klingeln. An diesem Ort, wo es nun überhaupt nicht hingehörte, erinnerte es Neela an den süßen Gesang der Vögel ihrer Heimat. Schmerz wühlte ihre Brust auf und drohte, Tränen aus ihren Augen strömen zu lassen.

Doch da begann Altanar zu sprechen, und so blieb ihr diese Verlegenheit erspart. »Zeig deine Handgelenke.« Sie mußte sich zwingen, nicht zurückzuweichen, während er sie begutachtete. »Hat dir der Schmied weh getan?« fragte er.

»Nein. Er hat seine Arbeit mit großer Behutsamkeit erledigt.«

Kichernd erwiderte er: »Dessen war ich mir sicher. Geht es dir inzwischen wieder gut, so daß wir uns unterhalten können? Verschwende meine Zeit nicht mit weiteren weibischen Theaterkünsten. Falls du zuerst essen oder schlafen willst, sag es nur.«

Neela biß die Zähne zusammen. »Danke, König. Mir geht es gut.«

Er schnaubte und wandte seine Aufmerksamkeit der Äbtissin zu. Seine Worte klangen wie Peitschenhiebe, als er ihr in einer langen Tirade die Schuld an Neelas »Schwierigkeiten« zuwies. Einige Zeit lang hörte die junge Frau lediglich die mit schriller Stimme vorgebrachten Beleidigungen. Schließlich, nur schwach zu Beginn, spürte sie mit wachsender Wachsamkeit, wie sich die Menge hinter ihnen vorwärtsschob. Sie drehte den Kopf unmerklich und konnte nur einige der Anwesenden aus den Augenwinkeln sehen. Es gefiel ihnen, was an ihre Ohren drang. Dies war Schauspiel, die reinste Unterhaltung. Hier wurde eine Mächtige gedemütigt.

Neelas Gesicht brannte, so sehr schämte sie sich dafür, wie mit der Äbtissin umgesprungen wurde. Gespannt erwartete sie die Entgegnung der alten Frau, und deren Unbesorgtheit erstaunte sie. »Wir wissen leider nicht, weshalb Sylah Neela von ihrem Volk fortgeführt hat.«

Neela mußte ihre Freundin in Schutz nehmen. »Ich habe sie darum gebeten.«

Der König blinzelte und warf daraufhin kurz einen Blick auf die Versammlung. Neela hörte, wie überrascht diese reagierte. Altanar bemühte sich eilig, seinen Fehler zu vertuschen. »Das wirst du mir unter vier Augen erklären. Davon ist unser Bündnis mit deinem Volk betroffen.«

Auf sein Zeichen hin erhoben sich Neela und die Äbtissin. Er stürmte durch seinen Ausgang hinaus.

Sie mußten warten, bis einer der Beschützer Neela ein Paar Hausschuhe brachte, doch der König war noch nicht anwesend, als sie in einen anderen Raum geführt wurden. Die Äbtissin erklärte: »In diesem Zimmer erteilte der König Sylah die Erlaubnis, zu der Mission bei deinem Stamm aufzubrechen. In jener Tür stand er und verlieh ihr den Titel Rosenpriesterin. Wie sehr ich wünschte, das alles sei niemals geschehen!« Sie fuhr herum, sah Neela an und beugte sich zu ihr vor. »Sag nichts!« flüsterte sie. Mit normaler Stimme fuhr sie fort: »Bei mir selbst denke ich manchmal, der Winter, den sie bei den Bergmenschen verbringen mußte, habe ihrem Verstand zugesetzt. Ich fürchte, sie ist nicht mehr ganz richtig im Kopf. Doch darüber wird die Kirche befinden.« Sie bedeutete Neela, sich zu setzen, nahm ihr gegenüber Platz und stellte ihr harmlose Fragen über ihre Kindheit.

Einige Minuten später kam Altanar herein. Nach einem kurzen, finsteren Blick auf die Äbtissin sagte er zu Neela: »Dir ist vieles zugestoßen. Glücklicherweise stehst du nun unter meinem Schutz. Zwar kann ich nicht verkennen, wie sehr du unter den großen Verlusten leidest, die du erlitten hast, doch bei mir bist du in Sicherheit.«

Neela richtete sich auf. »Niemand ist sicher vor jenen, die Verrat zu ihrer liebsten Waffe erklären, König. Mein Ehemann persönlich wird sich darüber mit dir auseinandersetzen.«

Farbe trat auf seine Wangen, dennoch lächelte er. Neela übersah nicht, was unter der Oberfläche dieser Miene vor sich ging, und wünschte, er hätte sie statt dieser Freundlichkeit verflucht. Bei seinen nächsten Worten schnurrte er geradezu. »Habe ich bisher vergessen, dir von seinem Tod zu berichten? Es tut mir sehr leid, daß ich dir ständig solch erschütternde Nachrichten überbringen muß.«

Ihr Bauch schien in sich zusammenzufallen und brannte wie glühende Kohlen. Der Raum verschwamm ihr vor Augen. Beherrscht konzentrierte sie sich auf sein lügenhaftes, verzerrtes Gesicht. Indem sie all ihre Kraft sammelte, sagte sie: »Er lebt. Zwar wurde er verwundet, und der prächtige Hund Raggar starb an seiner Seite, doch er selbst lebt. Er wurde deinen Soldaten von Clas na Bale entrissen. Mein Volk wird ewig Lieder über ihn singen.«

»Er ist gefallen. Soviel Ehrlichkeit schulde ich dir immerhin.«

»Nein.«

Er zuckte mit den Achseln und strahlte eine in den Wahnsinn treibende Sicherheit aus.

Zweifel erfaßte sie. »Beweise es mir«, erwiderte sie und redete sich ein, sie spräche von jemand anderem, einem Fremden, einem Feind. »Zeige mir seinen Kopf. Beschreibe mir seine Wunden.«

Altanar rang um Selbstbeherrschung. Schließlich beruhigte er sich. »Meine Männer waren in ihrem Gehorsam übereifrig. Ich hätte daran denken sollen, von ihnen einen Beweis zu verlangen, wie du ihn dir erbeten hast. Das war sehr klug von dir.«

Abermals erinnerte er sie an Likat.

Nachdem er sie aufgefordert hatte, ihre Geschichte zu erzählen, und sie wiederholte, sie sei freiwillig mit Sylah gegangen, schickte er die Äbtissin hinaus. Daraufhin setzte er sich und hörte ihr zu. Sie gestattete sich einige Lügen, wovon die erste die Rolle betraf, die Likat und Kolee gespielt hatten. Sie behauptete, sie sei aus Liebe zu Gan mitgekommen. Dann vermutete sie, Likat würde sie noch immer wollen oder zumindest danach streben, sein Geheimnis vor dem Stamm zu verbergen. Sie lobte ihn und berichtete Altanar von seiner Verschlagenheit und seiner Klugheit – gerade das benötigten die Hundemenschen. Mit einem gekünstelten Lächeln auf den Lippen deutete sie an, sie habe vielleicht einen Fehler begangen, als sie mit Gan geflohen sei.

Die Lügen ließen ihr die Galle aufsteigen. Dennoch, zu überleben war im Augenblick das Wichtigste. Gan würde sie befreien.

Ihren Bericht beendete sie damit, wie Gan nach Malten aufgebrochen war, und heimlich ergötzte sie sich an dem verbitterten Blick Altanars bei der Erinnerung an diesen Fehlschlag. Er erhob sich und sagte, er würde sie persönlich zu ihrem Quartier begleiten. Sie war gewiß, nichts verraten zu haben, das Gan nicht gutheißen würde. Ihr Vertrauen in die Zukunft stieg.

Der Weg erschien ihr unvorstellbar weit und führte durch lange Gänge, in denen sie die Orientierung verlor. Ihre Lungen sehnten sich nach frischer Luft, ihr Körper verlangte nach Schlaf.

Wesentlich beunruhigender empfand sie jedoch die geheimnisvollen Geräusche um sie her. Eigentlich hätte es in den engen Fluren still sein sollen. Außer sich und Altanar sah sie niemanden, beide trugen sie die weichen Hausschuhe, und trotzdem hörte sie etwas. Doch Altanar schien offensichtlich gar nichts zu bemerken. Ihr dagegen war, als würden die Steine und groben Balken um sie her mit ihr sprechen wollen. Sie spitzte die Ohren und wollte das Flüstern und Seufzen und Murmeln verstehen oder zumindest die Herkunft ausfindig machen, doch weder das eine noch das andere gelang ihr. Dann zeigte ihr der König das Zimmer, und nun konnte sie sich kaum mehr zusammenreißen und stürmte geradezu in diese Freistatt. Sie warf die Tür hinter sich zu und empfand tiefe Dankbarkeit für den lauten Knall, der die anderen Stimmen endlich verstummen ließ.

Sechzehn

Das kaum hörbare Hüsteln hinter ihr veranlaßte Neela, sich verteidigungsbereit zu ducken. Doch den Anblick der kleinen Frau in dem formlosen grauen Kleid hatte sie nun zu allerletzt erwartet, und nur der Überraschung wegen verharrte sie lange genug, um sich ihres pochenden Herzens gewahr zu werden. Sie richtete sich auf und verlangte zu wissen, wie der Eindringling hieß und was er hier wollte.

Der braune Haarschopf blieb weiterhin in Richtung Boden gerichtet. Mit leiser, singender Stimme antwortete die Frau: »Ich bin Tee, Sklavin in der Burg, und wurde dir zugeteilt.«

»Ich will keine Sklaven. Niemand sollte für mich arbeiten.«

Unbeeindruckt erwiderte Tee: »Mir wurde befohlen, mich um deine Mahlzeiten und deine Kleider zu kümmern.«

Neela kämpfte einige Augenblicke lang mit dieser Situation, während sie den Raum betrachtete. Es handelte sich um eine fensterlose Schachtel, die kaum einen besseren Eindruck machte als eine Höhle. Sie sah einen mit Schnitzereien verzierten Schrank und zwei Stühle. Das große Bett mit Brettern an Kopf- und Fußende wies das gleiche Ziermuster wie der Schrank auf. Neela rümpfte die Nase; offensichtlich hatte hier jemand versucht, sich einen Bären oder einen Biber vorzustellen. Sie setzte sich auf die feine Tagesdecke, die über die Federmatratze gezogen war, deren lederne Bänder unter ihrem Gewicht leise knarzten.

Nun blickte sie zu Tee auf, die nicht einmal geatmet zu haben schien, und sagte: »Ich müßte dringend einmal ein Bad nehmen.«

Tee schüttelte den Kopf. »Das nächste Frauenbad befindet sich in der Abtei. Du darfst die Burg jedoch nicht verlassen.«

Neela wollte nicht glauben, daß es in einem so riesigen Gebäude kein Bad gab, welches sie benutzen konnte, und es kostete Tee viel Mühe, bis sie die junge Frau davon überzeugt hatte. Daraufhin trug ihr Neela auf: »Hole mir das größte Gefäß, das du findest und in das man Wasser füllen kann. Und laß mir heißes Wasser bringen. Ich bin schmutzig und wund und möchte baden.«

Sie glaubte, auf Tees Gesicht die Andeutung eines Lächelns zu bemerken, als diese hinausging, doch angesichts der weiterhin gebeugten Haltung der Sklavin war das unmöglich genau feststellbar. Bei ihrer Rückkehr wurde die kleine Frau von einem Mann begleitet, der unter der Last eines großen, runden Holzzubers stöhnte. Drei Männer hinter ihm schleppten jeweils zwei enorme Eimer mit dampfendem Wasser. Auch sie waren in grobe graue Gewänder gekleidet und starrten in Neelas Gegenwart die ganze Zeit auf den Boden. Sie entschied, diese Kleidung sei für die Sklaven des Haushaltes normal; auch andere hatte sie schon darin gesehen. Diese hatten sich gewiß ebenfalls unterwürfig benommen, allerdings nicht so wie Tee oder diese Männer. Der Umgang mit Menschen, die es nicht wagten, ihr in die Augen zu schauen, beunruhigte sie, und nachdem die Männer gegangen waren, fragte Neela die Frau darüber aus. Tee hob das Kinn ein winziges Stück und schien über etwas nachzudenken, dann nahm sie wieder ihre gewohnte Haltung ein. »So wird es uns befohlen. Du wurdest ganz besonders geehrt, und wir müssen dich dementsprechend behandeln.«

Neela lachte. »Geehrt? Die haben mich wie eine Trommel geschlagen. Am ganzen Körper bin ich grün und blau, mein Haar steckt voller Zweige und Blätter, und meine Kleidung sieht aus wie die abgelegten Lumpen eines Händlers.«

Tee lächelte nun sogar, doch die Traurigkeit, die in ihren Augenwinkeln lauerte, machte Neela das Herz schwer. Jedenfalls verschwand diese Geste sofort wieder, und sie sagte nur: »Du solltest jetzt besser baden, bevor das Wasser kalt wird.«

Diesem Argument wußte Neela nichts entgegenzuhalten, daher zog sie sich rasch aus und zwängte sich in den Zuber. Der reichte ihr kaum bis zur Hüfte, und ihr Kinn berührte fast ihre Knie. Sie zuckte erwartungsvoll zusammen, da Tee nun den ersten Eimer hochnahm, und freute sich auf den genüßlichen Schock des heißen, reinigenden Wassers.

Statt des Wohlbehagens folgte jedoch Zerknirschung. Sie hatte sich so selbstbezogen benommen, hatte sich nur um ihre eigene Lage gesorgt. Also drehte sie sich zu Tee um und verlangte Auskunft über Sylah. Wieder setzte die Sklavin eine leere Miene auf; sie habe nichts über Sylah gehört. Neela hakte nach und vergaß ihr Bad. Unter ihrem Drängen gab Tee schließlich zu, sie wisse etwas über den Kerker. Zum erstenmal blickte sie ihr offen in die Augen.

»Je weniger du darüber erfährst, desto besser. Zwar wird man die Priesterin bestimmt nicht der Folter unterziehen, doch die Zellen sind sehr klein und sehr schmutzig. Dort ist es sehr … unangenehm.« Das kurze Zögern verriet Neela mehr als die Worte.

»Wir müssen sie herausholen!«

Tee bewegte sich ruckartig; das mochte ein Achselzucken gewesen sein. »Wenn Altanar so entscheidet.«

»Nein! Ich meine heute noch. Jetzt sofort.« Sie erhob sich umständlich in dem Zuber, aber Tee legte ihr die Hand auf die Schulter.

»Du kannst sie nicht befreien. Das solltest du verstehen. Vielleicht gelingt es mir, sie mit besserem Essen zu versorgen. Ich werde es versuchen. Doch wenn du dich einmischst, verschlimmerst du nur die Situation für dich und für sie.« Plötzlich brachte sie ihr Gesicht dicht an Neelas heran. »Geduld ist alles, was du besitzt und was du brauchst. Allein damit überlebst du an diesem Ort. Ohne Geduld wirst du das nicht schaffen.« So überraschend, wie sie sich selbst entlarvt hatte, verbarg sie sich wieder hinter ihrem unterwürfigen Äußeren.

Nach einer Weile fragte Neela: »Du warst lange Zeit im Kerker, nicht wahr?«

Tee antwortete: »Habe ich dir schon erzählt, welches Gezeter in der Wäscherei ausgebrochen ist, weil ich eine ihrer ach so wertvollen Wannen verlangt habe?« Sie schob die Hand in eine Tasche ihres Kleides und brachte ein Stück Seife und duftendes Öl hervor. Daraufhin drehte sie sich um und sammelte Neelas Kleidung auf. Während sie den Schaden daran begutachtete, schnalzte sie mit der Zunge, dann bewunderte sie offenherzig den Stoff und die Näharbeit. Neela erklärte ihr, das würden die Frauen der Wölfe in Jalail herstellen. Tee versteifte sich bei diesen Worten. Mit ihrer freien Hand machte sie rasch eine Geste, aus der trotz ihrer weiblichen Anmut großer Schrecken sprach. »Von deinem Mann und seinen Wölfen haben wir gehört. Die Soldaten von Ola fürchten sie wie die Pest. Der Offizier, der deinen Gemahl entkommen ließ, als er dich retten wollte, wird gerade bestraft. Falls er überhaupt noch lebt. Der König war bereits verärgert, bevor die Nachricht eintraf; überall erzählt man sich, der Plan, dich und die Priesterin zu entführen, sei nur Teil eines größeren Komplotts, mit dem die Wölfe und der König von Harbundai zur gleichen Zeit vernichtet werden sollten, und beides sei fehlgeschlagen. Kanntest du den Adligen Malten und seinen Bruder, den Baron?«

Neela fiel auf, daß Tee über sie in der Vergangenheit sprach. »Sind sie tot?«

Tee nickte. »Baron Malten starb in der Schlacht. Der Adlige hat zwei Tage lang am Strand der Lieder gesungen. Das hat den König sehr erfreut.«

Neela fragte, was genau sie damit meinte. Tees Antwort ließ sie schaudern, als habe die Sklavin sie statt mit heißem mit eiskaltem Wasser übergossen. Die Frau sagte: »Ich bringe diese Kleider in die Wäscherei und hole etwas anderes für dich. Schlaf, wenn du möchtest. Niemand wird dich stören. Ich werde sehr leise sein.«

Die Erwähnung von Schlaf schien ihr die letzte Kraft zu entziehen. Die blauen Flecken schmerzten heftiger, ihre Augen brannten noch heißer. Tee hatte das Zimmer kaum verlassen, da trocknete sie sich bereits ab. Ihre Finger bewegten sich unbeholfen, während sie sich mit dem beißenden, kribbelnden Öl einrieb und ihre Aufmerksamkeit den wunden Handgelenken und den Stellen zuwandte, wo Fäuste oder Stiefel die Haut aufgerissen hatten. Das Bett nahm sie mit einem lauten Seufzer in sich auf, der ihrem eigenen sehr ähnelte.

Die Reise mit den Mördern des Barons Jalail hatte Neela gelehrt, beim Aufwachen still liegen zu bleiben. So lauschte sie, ob noch jemand anwesend war. Sie hörte nichts. Dennoch war sie sicher, daß sie nicht allein war. Nun öffnete sie die Augen einen schmalen Spalt weit. Tee saß auf einem Stuhl vor der Tür. Neela versuchte, die Miene der Frau zu deuten. Selbst in der Ruhe bemerkte sie die Traurigkeit. Dann drehte sich Tee um, da ein leises Geräusch draußen ihre Aufmerksamkeit auf sich lenkte. Die Bewegung zeigte Neela ihr Profil, und sie stellte fest, daß die andere ihr unwissentlich eine vielsagende Facette ihrer Erscheinung preisgegeben hatte. Sie mußte an einen Vogel denken, der einen gebrochenen Flügel vortäuscht, um den anderen auf jeden Fall von der Wahrheit abzulenken. Auf den ersten Blick war sie einfach nur unterwürfig und hübsch. Daraufhin fiel die Traurigkeit auf. Und darunter lag nur mehr Zähigkeit. Sie wünschte, ihr fiele ein eleganteres Wort dafür ein, denn es war schön anzusehen. Das niedergeschlagene Äußere barg einen stählernen Kern.

Sie gab vor, aufzuwachen, setzte sich langsam auf und lächelte benommen. Tee war vieles, allerdings nicht vertrauenswürdig. Letztere Eigenschaft galt allein für Sylahs Freundin, die Äbtissin.

Tee unterbrach sie in ihren Gedankengängen und bot an, mit ihr zum Essen in die Küche zu gehen. Erneut, wie bei der Erwähnung des Schlafes, hatte Tee damit ein wichtiges Wort ausgesprochen. Sobald Neela ihres Hungers erst einmal gewahr geworden war, konnte sie ihm nicht mehr widerstehen.

Tee hatte ein weites, fließendes Kleid für sie aufgetrieben. Es war aus tiefblauem Stoff genäht und besaß lange Ärmel. Selbst daran, Neelas malträtierte Arme zu verhüllen, hatte sie gedacht. Aber vor allem war es sauber und roch nach Sonne. Schnell kämmten sie ihr das Haar aus und eilten dann in die Küche.

In diesen wenigen Minuten kamen sie einander ein wenig näher, und bald schwatzten sie fröhlich vor sich hin. Dennoch hütete sich Tee, solange jemand in der Nähe war, ihre dienstbare Haltung abzulegen.

Was Neela an der Küche zunächst beeindruckte, war ihre immense Größe. Die Hauptfeuergruben waren schwarz und düster in zwei Ecken angebracht, die von Außenwänden gebildet wurden. Ihre polierten, geriffelten Kupferhauben erinnerten sie an glänzende Zähne. Jede war so riesig, daß man einen ganzen Ochsen darauf braten konnte. Zwischen ihnen waren kleinere Öfen und Feuergruben aufgereiht, und vermutlich führten die Abzüge aller Hauben nach draußen. Ein breiter Arbeitstisch nahm die Mitte des Raums ein. Dort schritt eine hochgewachsene, dünne Frau mit rotem Gesicht zwischen den emsigen Arbeitern hin und her. Sie hielt eine lange, biegsame Rute mit einer fußlangen Spitze aus geflochtenem Leder in der Hand. Damit tippte sie nun einen kleinen Jungen an, um seine Aufmerksamkeit auf einen von ihm begangenen Fehler zu richten. Offensichtlich mit seiner Antwort unzufrieden, schlug sie mit Wucht zu. Ein brennender roter Striemen erschien auf seiner Wange.

Tee lenkte Neela mit einem kleinen Stoß von ihrer Entrüstung ab und schlug vor, sie sollten einen Blick in die Fischbecken werfen, die für die Hundefrau ein weiteres Wunder darstellten. Die Seiten waren aus zwei Zoll starken Zedernbrettern von der Länge eines Mannes gebaut. Jedes Becken hatte seine eigene Wasserversorgung und einen Überlauf. Im ersten schwamm eine Schule Forellen, im zweiten liefen Dutzende von tellergroßen Krabben herum. In einem dritten schließlich befanden sich Klaffmuscheln. Neela schlug sich die Hand vor den Mund. »So viele!« entfuhr es ihr. »Wir handeln mit den Schalen, aber lebend habe ich noch nie eine gesehen. Was ragt denn da heraus?«

Tee grunzte. Neela drehte sich zu ihr um. Die kleine Frau hatte den Blick gesenkt. Sie erklärte: »Das ist der Hals. Wenn sie Angst haben, können sie ihn einziehen.« Sie steckte die Hand ins Wasser, und im Kreis darum verschwanden die Klaffmuscheln in ihren Festungen. Neela lachte ungeniert, was in dieser Umgebung unnatürlich laut klang.

Nun sah sie sich um und erkannte, daß jeder in der Küche auf sie aufmerksam geworden war, und alle hielten die Köpfe gesenkt. Die knochige Köchin eilte auf sie zu. Bei Neela angekommen nickte sie heftig und fragte, was sie gern essen wolle.

Tee schlug Muschelsuppe und Forelle vor. Beide Frauen schoben Neela zu einem Platz an einem kleinen Tisch, und dann ging Tee mit der Köchin davon. Neela erhob sich und wollte sie begleiten, doch die ihr zugeteilte Sklavin schüttelte ablehnend den Kopf. »Ich muß die Zubereitung der Mahlzeit beobachten.«

Neela sah sie verdutzt an. »Ich möchte auch dabei zusehen.«

Die Köchin schüttelte heftig den Kopf, wobei ihr kurzgeschnittenes Haar hin und her flog. »Tut mir leid. Das ist verboten. Bei der Zubereitung des Essens dürfen nur die Sklaven anwesend sein. Tut mir schrecklich leid. Bitte um Vergebung.«

Tee erklärte ihr: »In der Küche des Königs arbeiten ausschließlich Sklaven. Wir überwachen einander gegenseitig, denn falls irgendwer versucht, ihn zu vergiften, werden wir alle dafür bestraft. Bitte, warte hier.«

Grollend blieb Neela allein sitzen und ließ ihre Gereiztheit an einem grünen Salat und einer Scheibe mit frischer Butter bestrichenen Brotes aus.

Sie dachte an Sylah, und mit Macht kehrte das frühere Schuldgefühl zurück. Diesmal fiel ihr jedoch Tees Rat ein, und sie erinnerte sich auch an Sylahs Mut. Um Erfolg zu haben, mußte man in erster Linie überleben. Um etwas zu erreichen, mußte man ausharren. Das würde sie tun. Andere brauchten sie. Ihr Kind. Sylah. Gan.

Der letzte Gedanke überraschte sie selbst, und sie widmete ihm weitere Aufmerksamkeit. Ja, es entsprach der Wahrheit. Mehr, als sie bisher geahnt hatte. Gans dunkle Seite war zu stark, die konnte er allein nicht beherrschen. Bis zu diesem Augenblick hatte sie nie darüber nachgedacht, und die Klarheit dieser Offenbarung erschreckte und besorgte sie.

Ein kleines Mädchen, vielleicht sechs Jahre alt, riß sie aus ihren Überlegungen. Es kam mit einem Krug voll Wein und einem Kelch angelaufen und stellte beides auf dem Tisch ab. Die vor Mißtrauen weit aufgerissenen Augen erinnerten Neela an ein Erdhörnchen. Als sie der Kleinen hinterherrief und sie ein wenig aufmuntern wollte, schrie sie nur erschrocken auf und rannte zur Tür.

Mehr als Tees Distanziertheit, mehr noch als das devote Verhalten der anderen Sklaven, pflanzte die unschuldige Furcht dieses Kindes ein Gefühl der Einsamkeit in Neelas Herz. Dann wurde das Essen aufgetragen, und sie gab sich Mühe, jene Begeisterung an den Tag zu legen, die Tee ganz augenscheinlich erwartete. Zwei Forellen lagen auf einem Bett aus frischen Salatblättern. Die cremige Soße duftete nach Haselnüssen. Neben dem Fisch glänzte ein kleiner Kreis Erbsen und teilte sich diesen Teil des Keramiktellers mit dünnen Karottenstreifen, die köstlich nach Honig und Thymian rochen. Die Schüssel mit der Suppe dampfte einladend. Die Köchin selbst trat an den Tisch und stellte einen Teller mit ofenfrischem, heißem Brot ab. Während sie an Tees Seite stand, zitterte sie besorgt.

Neela befand sich in einem Dilemma. Natürlich verlangte ihr Magen immer noch Essen, und die Mahlzeit war hervorragend. Trotzdem war ihr der Appetit vergangen. Ständig mußte sie an Sylah und dieses kleine Mädchen denken. Lächelnd aß sie und haßte ihr eigenes falsches Getue. Kein Bissen schmeckte ihr wirklich, und beim Schlucken schnürte sich ihr die Kehle zusammen.

Getäuscht zog sich die Köchin schließlich in diesem eigentümlichen Gang, den sie schon zuvor gezeigt hatte, zurück. Voller Überraschung stellte Neela fest, daß ihr Teller leer war. Sie fragte Tee, ob sie ein wenig spazierengehen könnten, und widerwillig stimmte die Sklavin zu. Die innere Mauer der Burg dürften sie jedoch nicht verlassen.

Tee beantwortete alle Fragen langsam, vorsichtig und so knapp wie möglich. Neela erlangte den Eindruck, sie würde sich die Sätze im Kopf mehrmals vorsagen, bevor sie sie letztlich aussprach. Als Neela sich offen danach erkundigte, warum sie sich nicht unterhalten wollte, reagierte Tee verlegen und bat sie, über ihre Dummheit keinen Bericht zu erstatten. Die Lüge verwirrte Neela. Tee war genausowenig dumm wie sie froh war, eine Sklavin zu sein.

So gingen sie bis zur Dämmerung spazieren, und wieder wurde Neela eine Schönheit präsentiert, die sie jedoch nicht aus vollem Herzen genießen konnte. Überall in der Burg gab es kleine Gärten, in denen kunstvoll Sitzecken eingerichtet worden waren. Brunnen plätscherten, ihr Wasser funkelte. Exotische Vögel besetzten die Bäume wie Juwelen. Und trotzdem erschien ihr alles künstlich und fremd. Die Umgebung unterschied sich so sehr von dem, was sie kannte, und erinnerte sie auf diese Weise ständig an ihre Trennung von dem, was sie liebte.

Endlich schlug Tee vor, sie sollten in das Zimmer zurückkehren, und Neela begrüßte diese Idee. Tee wurde plötzlich noch schweigsamer. Dennoch spürte die Hundefrau ihre Anspannung und bemerkte die vielen nervösen Gesten. Nichtsdestotrotz redete sich Neela ein, wie dumm sie sich benahm. Sie erreichten eine vertraute Ecke. Dahinter mußte der Gang zu ihrem Zimmer liegen.

Unvermittelt und ohne Vorwarnung packte Tee sie an den Oberarmen. Mit verblüffender Kraft hielt die kleine Frau sie still, während sie den Weg entlang blickte, den sie gekommen waren. Dann spähte sie um die Ecke, zog sofort ihren Kopf zurück und bedeutete Neela, sie solle selbst sehen. In der Ferne, jenseits ihres Zimmers, entdeckte sie eine Gruppe weißgekleideter Beschützer. Tee zerrte sie nach hinten und wirkte grimmig, als sie ihr in die Augen schaute. »Ich kann dich nicht dorthin gehen lassen, ohne es dir zu sagen«, flüsterte sie, und Kälte kroch Neela durch den ganzen Körper. Tee drückte ihr die Arme, bis es weh tat. »Du hast bemerkt, wie wir uns alle vor dir verneigen. Verstehe nur, du kannst nichts dagegen tun. Er hat dich auserwählt. Die Beschützer sorgen dafür, daß du nicht entfliehen kannst. Sie wollen dich in Versuchung führen, begreifst du? Wenn du dich närrisch genug aufführst und ihn in Wut versetzt, wird er dich ihnen überlassen. *Verstehst du micht?*« Das eindringliche Krächzen ihres Flüstertons riß Neela aus ihrer ungläubigen Benommenheit.

Neela fiel nur ein einziges Wort ein. »Altanar?«

Tee nickte. Mitleid und Grimm stritten auf ihrem Gesicht miteinander. »Manche Frauen behaupten, er habe keine Vorstellung von normaler Liebe, und auch nicht vom körperlichen Akt der Liebe. Er kann uns nur benutzen. Offensichtlich ahnt er nicht einmal, daß es darüber hinaus etwas gibt. Verbanne ihn aus deinem Verstand, und er wird zu nichts – es bleibt nur eine weitere Unannehmlichkeit unter vielen.«

Neela schauderte und schüttelte den Kopf. »Das kann ich nicht.« Und scharf fügte sie hinzu: »Ich werde ihn töten. Oder mich.«

Tee schüttelte sie. »Man wird dir nicht *erlauben* zu sterben. Das, was er heute nacht mit dir vorhat, kannst du überleben. Und er wird es erneut verlangen. Daran stirbst du jedoch nicht.« Abermals blickte sie um die Ecke. »Sie kommen in unsere Richtung.«

Mit einem unguten Gefühl im Magen wich Neela zurück. Sie hörte sich selbst sagen: »Nein. Ich bin schwanger.«

»*Hör mir zu!* Wenn du dein Kind retten willst, tue das, was du mußt. Sollte er von dem Kind erfahren, wird er annehmen, es stamme von ihm, und dann wird er dich in Ruhe lassen. Und dich beschützen.«

»Mich beschützen?«

»Eine schwangere Frau rührt er nicht an, solange er denkt, es handele sich um sein Kind. Falls er allerdings etwas Gegenteiliges erfährt ...« Sie zuckte mit den Schultern und ließ ihr Schweigen wirken. Schließlich fügte sie hinzu: »Solltest du ihm jemals von diesem Gespräch berichten, ist es aus mit mir.«

»Das könnte ich nicht!« Neela befreite sich ruckartig aus dem Griff und umarmte Tee. »Niemals. Aber wie kann ich das tun? Ist er dort? Werden sie mich zwingen, zu ihm zu gehen? Vermagst du mir nicht zu helfen? Oder jemand anders? Ich hasse ihn, Tee! Ich kann es nicht!«

»Du kannst es. Sonst wird Gan Moondark sein Kind niemals zu Gesicht bekommen. Und dich auch nie wieder.«

Neela sank gegen die Wand. Ihre Stimme ließ sich kaum noch vernehmen. »Vielleicht will er mich gar nicht mehr sehen.«

Tee schlug sie hart. Neela taumelte. Tee sagte: »Dann laß ihn doch verrotten und erziehe dein Kind in dem Wissen, daß sein Vater seiner Mutter nicht würdig war. Aber *überlebe*. Schenke das Leben. Laß dir das nicht von irgend jemandem stehlen.«

Erneut schüttelte Neela den Kopf und stöhnte. »Ich kann nicht. Alles, was man mich je gelehrt hat, widerspricht dem. Gib mir ein Messer. Ein Stück Glas. Irgend etwas.« Sie blickte Tee an. »Du machst dir keine Vorstellung davon, was das für mich bedeutet.«

Der Zorn vertrieb die Farbe aus Tees Gesicht und verwandelte sie in ein Wesen der Rache. Sie erzitterte unter der Macht der Gefühle, die in ihr widerstritten, und sie mußte etliche Male tief Luft holen, ehe sie sich wieder gefaßt hatte. »Ich habe eine bessere Vorstellung davon, als du dir denkst. Ich weiß, du kannst das überstehen.«

Langsam leuchtete Neela die Bedeutung dieser Worte ein, und sie legte die Hand vor den Mund. Tee wandte sich brüsk ab. »Komm.«

Die Hälfte der Beschützer hatte sich am Anfang des Gangs versammelt. Die beiden Frauen bogen um die Ecke, und Neela preßte die Arme an die Seiten und umklammerte so Tees stützende Hand, während sie sich an der feixenden Gruppe vorbeidrängten. Neela stärkte ihren Stolz, indem sie ihren Blicken standhielt, genauso wie sie es bei den Adligen in der Halle des Königs getan hatte. Sie erinnerte sich daran, daß Sylah ihr einmal von der Trance erzählt hatte, und so leerte sie ihren Geist von allem anderen denn Haß.

Sie weigerte sich, zusammenzuzucken und schaute den Beschützern in die Augen. Ihre mangelnde Unterwürfigkeit verunsicherte die Männer, und ihr Grinsen verzerrte sich und verwelkte wie abgeworfenes Laub. Sie beobachtete die gedemütigten Seitenblicke, mit denen sie erforschten, ob ihr Versagen bemerkt worden war. Neben ihr gab Tee einen klagenden Ton von sich, so leise und hoch, daß er sanfter als das Licht der Öllampen in der Luft schwebte.

Dann war sie an ihnen vorbei, und ihr blieb nichts mehr, denn dorthin zu gehen, wo Altanar wartete, und sie wünschte nur, ihr Herz würde aufhören zu schlagen.

Tee zog ihre Hand von Neelas Arm zurück. Sie sagte kein Wort. Neela berührte sie kurz an der Schulter und bedankte sich bei ihr. Danach öffnete sie die Tür und betrat das Zimmer.

Altanar saß in einem Stuhl, den man für ihn hergeschafft hatte. Das Möbelstück war groß, und die Lehnen hatte man in der Gestalt von Mörderwalen geschnitzt, die sich leicht zur Seite drehten, wodurch man die Arme darauf ruhen lassen konnte. Gekleidet war der König in eine scharlachrote Robe mit einem schwarzen Muster. Zwar wußte sie nicht, worum es sich bei letzterem handelte, dennoch prägte sich ihr jede Einzelheit ins Gedächtnis ein. Sie roch den Mann vor sich, seinen Schweiß, den Weihrauch, die Blütenöle. Selbst die Barthaare, die dem Barbier entgangen waren, bemerkte sie, und einen Fleck auf seinen Hausschuhen. Fast schien es ihr, als wolle ein perverser Teil ihres Verstandes dafür sorgen, daß sie nichts, was in dieser Nacht stattfinden würde, jemals vergäße.

In der Ecke auf dem Boden saß eine weitere Gestalt, ein kleiner Junge. Leeren Blickes starrte er an ihr vorbei auf eine Stelle, die weit hinter den steinernen Wänden liegen mochte. Er wirkte traurig und verängstigt, doch seine Hände bewegten sich mit fließender Grazie über die Saiten eines kastenähnlichen Instrumentes in seinem Schoß. Die Musik klang wundervoll. Angesichts der Obszönität dieses Arrangements drehte sich ihr der Magen um.

Altanar sprach zu ihr, formte sinnlose Worthülsen über den Bund zwischen den Menschen. Abermals versuchte er ihr einzureden, Gan sei tot, sagte es allerdings nicht offen heraus. Er ließ sich über Gans Mut aus, womit er ihr beinahe das Herz brach, und wollte sie dann mit schwachsinnigen Sätzen über ihrer beider Fähigkeit, ihre Völker zu verbinden, gewinnen. Aus einem Krug bot er ihr Wein an, den er bis zum geeigneten Moment verborgen hatte, sie lehnte ab und erstaunte sich selbst mit einem Lächeln.

Sie dachte an ihr Kind. Es mußte leben. Mein Sohn, ermahnte sie sich. Dieses Kind sollte ein Mann werden, der stark wurde, um den gleichen Haß zu empfinden wie sie, um zu kämpfen wie sein Vater. Ein Mann, der rächen und töten und brandschatzen würde.

Der Zwang, sich jedes Detail merken zu müssen, ließ nach,

während sie an diese Dinge dachte, und derweil sie Altanar halb zuhörte und die passenden Antworten auf seine Fragen lieferte, entging ihr der eigentliche Inhalt des Gesprächs.

Und dann griff er nach ihr und legte ihr die Hand auf die Brust. Seine Bewegung wirkte unbeholfen und lüstern, und damit beleidigte er sie bis auf den Grund ihrer Seele. Sie schlug mit der Faust nach ihm.

Altanars Kopf prallte gegen die Stuhllehne. Blut rann ihm über das Kinn. In die Augen traten ihm Tränen, und er preßte sie mit heftigem Blinzeln heraus. Als er das Blut auf der Hand bemerkte, mit der er sich den Mund abgewischt hatte, lachte er.

Die Saiten schwangen in Disharmonien. Aufgebrachte, wahnsinnige Musik erfüllte den Raum.

Mit unverhohlenem Vergnügen schlug er sie, und er schrie vor Freude, da sie seinen Hieb erwiderte. Dann fiel sie hin, und er zerrte sie an den Haaren hoch und ermutigte sie, abermals zuzuschlagen, und nachdem sie das getan hatte, folgte er wiederum ihrem Beispiel.

Ihre letzte, verschwommene Wahrnehmung bestand darin, wie er der Robe entledigt nackt und triumphierend über ihr stand. Sie spuckte ihn an. Er verfluchte sie, weil sie ihn mit ihrem Blut besudelte, und er hob beide Hände über den Kopf und ballte sie zu einer einzigen, riesigen Faust.

Die Musik raste in einem einzigen eindringlichen, wiederholten, treibenden Akkord.

Sein Hieb traf sie, und vor ihren Augen explodierte ein Blitz, dann taumelte sie in einen kalten Strom, der sie in Freiheit badete und allen Schmerz von ihr abwusch.

Siebzehn

In gekrümmter Haltung umklammerte Gan seine Brust und stützte sich auf Clas, während dieser den Knauf der Tür packte, die in den Versammlungssaal führte. Auf der anderen Seite des mit Schnitzereien verzierten Holzes wurden undeutlich Stimmen laut und verfielen in einen erbitterten Streit.

Hinter den beiden Männern wartete Tate und war der festen Überzeugung, Gan würde dieses Treffen niemals durchstehen.

Mit großer Langsamkeit drehte er sich zu ihr um. Aus dem Mundwinkel brachte er hervor: »Na, bin ich hübsch?«

Seine äußere Erscheinung besorgte sie inzwischen wesentlich weniger als zu dem Zeitpunkt, da sie und ihre Patrouille auf Clas gestoßen waren, der den jungen Hundekrieger wie einen Sack Getreide über sein Pferd geworfen hatte. Die Erinnerung daran, Clas festhalten zu müssen, der sofort allein zurückreiten und die Verfolgung aufnehmen wollte, war ausgesprochen unangenehm. Dennoch ging Clas mit dem Problem besser um als Gan. Das konnte man am besten aus seiner Stimme heraushören. Sie hatte nicht die alte Lebhaftigkeit wiedergewonnen. Statt dessen mußte Tate dabei an schlechten Stahl denken, der über Stein kratzt. »Schön warst du noch nie«, erwiderte sie. »Selbst ohne diesen dummen Hut nicht.« Sie streckte die Hände aus und rückte ihn zurecht. »Zwar verbirgt er die Wunde sehr gut, aber du darfst ihn nicht bewegen, sonst verrutscht er, und dann sehen alle den Verband.« Zufrieden mit ihrem Werk trat sie zurück und deutete mit der Hand auf die Tür. »Warum hörst du nicht auf uns? Wir können diese Leute ein paar Tage warten lassen.«

»Nein.« Sein Tonfall war äußerst streitlustig. Er riß sich von Clas los, schloß die Augen und atmete tief durch. Tate mochte kaum glauben, was sie sah. Er richtete sich auf, während er sich ihr zuwandte, Stück für Stück, wobei er vor Anstrengung erbleichte. Schweißperlen bildeten sich auf seiner Stirn, und unter der Haut spannten sich Sehnen an. Er zitterte heftig. Aber er baute sich zu seiner vollen Größe auf, hob das Kinn und füllte die Lungen mit Luft. Schließlich nahm er die Hand von Clas' Schulter und keuchte erschöpft. Die Gesichtsmuskeln lockerten sich und formten sich zu einem Lächeln, welches zusehends selbstgewisser und natürlicher wirkte.

Er drehte sich zu Clas um. Bei den ersten Worten sprach er noch zögernd, doch bald mit festerer Stimme. »Ich gehe allein hinein. Auf mein Zeichen folgst du mir. Tate, du bleibst hier, bis alles vorbei ist.«

Zwischen Stolz und Nervosität hin- und hergerissen, willigte Clas ein, und Tate wünschte sich plötzlich, sie könne die beiden packen und so lange rütteln, bis sie zu Verstande kämen. Ihr blieb keine Zeit, sich diesen Bedürfnissen hinzugeben, denn schon trat Gan durch die Tür ein. Erwartungsvolles Schweigen begrüßte ihn. Sie drängte sich vor. In ihrer Hast, die Reaktion der drei Barone zu beobachten, hätte sie Clas fast in das Zimmer geschoben. Er murmelte ihr zu, sie solle doch etwas mehr Würde zeigen.

Aber sie ignorierte ihn und schüttelte nur ungläubig den Kopf. Gan schlenderte nahezu unbeschwert zu seinem Stuhl am Kopfende des Tisches. Dahinter blieb er stehen und legte die Hände auf die Lehne.

Nun wandte sie ihre Aufmerksamkeit den sitzenden Männern zu. Sie waren jeweils in der Art ihrer Baronie gekleidet. Gan stellte sich vor, und sie dachte an die Nichtanwesenden, insbesondere an Baron Malten und seinen Bruder. Den Geschichten über ihren Tod war möglicherweise die Besorgnis auf ihren Gesichtern anzurechnen, während sie offen versuchten, Gans Zustand einzuschätzen.

Ein winziges Zögern in seiner Stimme erinnerte sie an die Anstrengung, die er aufbringen mußte. Hoffentlich platzte die genähte Wunde nicht wieder auf. Erneut mischte sich Gereiztheit unter ihre Sorge; hätte er nur zugelassen, daß sie ihn mit Sylahs Faden aus Nion nähte. Aber nein, er hatte das Bewußtsein gerade in diesem Moment wiedererlangt und darauf bestanden, daß sie Sehne benutzen sollte – als gäbe es jemanden in der Baronie, der das gute Material nötiger bräuchte. Sie hatte den Eindruck, sie würde Schnürsenkel durch seine Haut ziehen; es mußte wahnsinnig weh getan haben. Trotzdem wollte er den Nionfaden für jemanden aufgespart wissen, »der ihn wirklich braucht«. Dieser Stolz war närrisch; das hatte sie ihm gleich gesagt. Und nun fühlte sie sich darin bestätigt.

Sie erkannte an der Art, wie er stand, daß die Pfeilwunde in seinen Lungen fürchterlich glühen mußte. Jedesmal, wenn er kurz schwieg, zuckten seine Schultern. Das rührte daher, daß er den Hustendrang zurückhielt. Noch vor kaum vierundzwanzig Stunden hatte er Blut ausgeworfen. Sie schauderte bei dem Gedanken daran, was geschehen würde, falls er die Kontrolle verlor. Sollten diese Barone miterleben, wie er einen dieser keuchenden Anfälle erlitt und zu schwach war, sich auch nur die Lippen abzuwischen, würden sie miteinander um die Wette rennen, damit sie bei Altanar die besten Bedingungen aushandeln könnten.

Zuerst mußte er sie von seiner Gesundheit überzeugen. Danach davon, sich mit ihm zu verbünden. Früher oder später hatte er die Entscheidung zu treffen, inwieweit er ihnen vertrauen durfte.

Da saß der bärenhafte, einäugige Galmontis aus dem hohen Norden, der so finster dreinblickte wie seine Augenklappe schwarz war. Er trug seinen Bart zu einem Viereck geschoren und hatte den Kopf kahlrasiert. Eine zickzackförmige Narbe zog sich von vorn bis hinten über seinen Schädel. Neben ihm hatte das genaue Gegenteil Platz genommen, der schlanke kleine Fin aus der Baronie, die gleich im Norden an Malten grenzte. Tate fand, er sah aus, als würde er sich niemals zu etwas äußern, solange er nicht wußte, welchen Vorteil ihm das einbrachte. Dann folgte Elf West. Die Vorfahren seines Volkes stammten von den Bergmenschen ab, und daher trugen sie die gleichen merkwürdigen Namen. Zwar waren sie zivilisierter, aber ebenso zäh wie ihre Verwandten. Und so behielt Gan ihn aufmerksam im Auge.

Sie sprachen ihn mit Murdat an und gaben sich große Mühe, ihre Überraschung über sein Erscheinen zu verbergen. Clas ließ Tate allein und gesellte sich zu Gan, der ihn kurz vorstellte und daraufhin sofort aufs Thema zu sprechen kam.

»Ihr seid hier erschienen, um zu erkunden, ob ich tot bin.« Er breitete die Arme aus und hüpfte auf und ab. Tate hielt den Atem an. Clas schien dabei mehr Schmerz zu spüren als Gan. Ein Wangenmuskel ließ seine schwarze Tätowierung tanzen.

Galmontis ergriff das Wort, und sein steifer Bart sträubte sich wie die Halskrause eines wütenden Hundes. »Altanars Truppen haben uns übel zugesetzt, Murdat. Dank deiner Warnung hatten wir wenigstens noch Zeit, uns zur Abwehr ihres Angriffs zu formieren und einen einigermaßen geordneten Rückzug anzutreten. Wir stehen alle in deiner Schuld.«

Gan zuckte mit den Schultern. »Ich hätte euch weitere Hilfe geleistet, nur hätte ich damit auch den König unterstützt. Der jedoch wollte mich vernichten.«

Der kleine Fin sprach fast im Flüsterton. »Und nun ist er tot.« Ein rascher Blick auf seine beiden Gefährten verriet, daß sie alle die Bürde der Trauer eher leicht nahmen.

Gans Miene verhärtete sich. »Ich habe gehört, er sei in Burg Malten gestorben, nachdem er sich mit deinen Soldaten zurückgezogen habe.«

»Ein tragischer Unfall«, erklärte Fin. »Traurig, sehr traurig. Er lief zur Mauer, um nach unseren Verfolgern Ausschau zu halten. In der Aufregung lehnte er sich zu weit vor. Schrecklich. Immerhin waren die Olaner mit der Nachricht von seinem Tode zufrieden und begaben sich auf den Heimweg. Man könnte es fast so ausdrücken: Er hat seinem Volk noch in seinem letzten Moment einen Dienst erwiesen.«

Galmontis mischte sich ein, ehe Gan etwas darauf erwidern konnte. »Wir stimmen deinem Anspruch auf die Baronien Jalail und Malten zu. Was wir vorschlagen wollen, ist ein Bündnis zwischen uns vieren. Wir könnten ganz Harbundai beherrschen.«

»Zu welchem Zweck?«

Überrascht verstummten sie. Hinter Gans durchschaubarem Versuch, sich einfältig darzustellen, vermuteten sie eine Falle. Mißtrauisch brachte der Baron Elf West das Offensichtliche zum Ausdruck. »Wenn wir herrschen, bestimmen wir, wer mit wem handelt, wer die besten Handelswege benutzen darf, wer das Land mit dem besten Holz und den besten Minen erhält.«

»Und wir werden uns ständig streiten«, erwiderte Gan. Er mußte sich auf den Stuhl stützen. Tate hoffte nur, niemand bemerkte die geballten Fäuste, mit denen er sich langsam und unter Schmerzen wieder hochdrückte. Er starrte sie an, bis sie unbehaglich auf ihren Stühlen hin- und herrutschten. »Da habe ich einen besseren Plan. Ihr stellt gemeinsam eine Truppe auf, die an Zahl der meiner Wölfe entspricht. Wir – Clas, Emso, Tate und ich – lehren sie unsere Art des Kampfes. Dann schlagen wir die olanischen Armeen zurück und errichten mit unseren Völkern ein Königreich.«

Galmontis erhob sich. »Willst du etwa König werden?«

Gan nickte und grinste ihn herausfordernd an. »Das gehört mit zu meinem Plan.« Er winkte Clas zu, der eiligst die alte Karte des Barons auf dem Tisch ausrollte. »Altanar wird meine Frau benutzen, um die Hundemenschen zu zwingen, sich an seinem Angriff auf Harbundai zu beteiligen. Ich werde ihn aufhalten, aber ich brauche Unterstützung. An jene, die sich mir anschließen, werde ich mich erinnern. Die anderen werden der Zukunft nicht mehr viel Schönes abgewinnen können. Diejenigen, die sich mir entgegenstellen, haben keine Zukunft mehr; sie werden vergessen werden.« Er breitete die Hände über der Karte aus und umfaßte das Land von den Seesterninseln bis zur Prärie seines eigenen Stammes mit einer Geste. »Aus all diesem machen wir einen einzigen Ort des Friedens. Ihr wißt, was ich hier vollbracht habe. Ihr seht den Wohlstand, den Gemeinsinn. Wie mir zugetragen wurde, versuchte eure Königinmutter stets, den König in die gleiche Richtung zu beeinflussen. Schlagt euch auf unsere Seite, und wir werden etwas Neues erschaffen. Ich biete euch meine Hand und mein Schwert. Wir werden siegen. Entscheidet euch jetzt für uns.«

Galmontis setzte sich wieder, und statt der zuvor eher streitlustigen Miene breitete sich nun ein verwirrter und unsicherer Ausdruck auf seinem Gesicht aus. Zwar schien er die Konsequenzen zu fürchten, doch trotzdem war er zu offenherzig, um seine Gefühle zu verhehlen, daher murmelte er: »Du bist kaum älter denn ein Junge, Murdat, auch wenn du hier soviel erreicht hast. Ich habe öfter Kinder gezeugt, als du dich hast rasieren lassen. Wir müssen uns fragen, welcher Anteil an deinem Erfolg von bloßem Glück herrührt.«

Ohne den Blick abzuwenden, streckte Gan die Hand aus und hielt Clas zurück, dann lächelte er fast. Diese Geste war hart und erinnerte eher an ein Raubtier. Es war mit seinem alten Lächeln nicht zu vergleichen, doch diese Männer hatten davon keine Ahnung. »Mein Leben ist an eine Prophezeiung gebunden. Das habt ihr vernommen. Und ihr wißt, daß ich – und mit mir alle, die mich begleiten – dorthin gehe, wohin auch immer es mich verschlägt.« Er machte eine Pause und strich sich über das Kinn. »Was die Rasuren angeht, so erledige ich das selbst. Bist du sicher, was all deine vielen Kinder betrifft?«

Nachdem das Lachen verebbt war und Galmontis nicht länger grollte, brachte Fin das Gespräch wieder auf das Thema. »Sobald du Anspruch auf Malten erhoben hattest, dachte ich, du würdest auch nach dem Rest des Königreiches verlangen. Die Olaner und die Maltens hast du ausgetrickst. Ebenso den König. Das will ich dir gern zugestehen. Aber weshalb sollten wir uns deiner Herrschaft unterwerfen? Wir sind dir zahlenmäßig bei weitem überlegen. Was geschieht, falls wir dich herausfordern?«

Clas antwortete, bevor Gan das Wort ergreifen konnte. »Wir haben fünf olanische Abteilungen am Bärenpfotenfluß aufgerieben, mehr als notwendig waren, um euch und euren früheren König in die Flucht zu schlagen. Solltet ihr uns angreifen, werden wir euch entsprechend begrüßen, doch damit erleichtert ihr höchstens Altanar die Arbeit. Glaubt ihr, er würde euch eure Baronien nicht nehmen? Wir müssen uns vereinigen, um gemeinsam zu herrschen. Ein einzelner Mann muß führen, doch die Vereinigung ist die Vorbedingung.«

Galmontis erkundigte sich: »Wen würdet ihr senden, der unsere jungen Männer ausbildet?«

»Niemanden. Ihr schickt sie mit ihren Waffen her. Laß sie sehen, daß ihr mir vertraut und daß ich keine Angst vor bewaffneten Männern auf meinem Land habe.« Er warf einen Blick in Tates Richtung und fügte hinzu: »Sie mögen auch ihre Frauen mitbringen. Die müssen ihre neuen Rollen ebenfalls lernen.«

Elf West widersprach aufs heftigste. Die Frauen seiner Männer wären deren Eigentum, erklärte er, und ihre Behandlung sei bereits Streitpunkt zwischen seinem Volk und dem letzten König und dessen Mutter gewesen. Er starrte die anderen finster an und beharrte darauf, er würde an diesen Traditionen nichts ändern.

Gan lächelte nur darüber und hob beschwichtigend die Hand. »Wenn ihr erst die ärmste Baronie des Königreichs geworden seid, weil eure Frauen nichts anderes tun, als Kinder zur Welt zu bringen, wem wird man die Schuld zuweisen? Sieh dir Jalail an; sieh den Stolz der Menschen, sieh die Arbeit, die sie leisten. Die Bedürfnisse deiner Untertanen unterscheiden sich nicht von unseren in Jalail. Ich möchte dich zwar auffordern, die Änderungen einzuführen, die für uns so viel Gutes nach sich gezogen haben, aber zwingen werde ich dich nicht. Wir müssen zusammen arbeiten und zusammen voranschreiten.«

Er trat von seinem Stuhl fort, und beinahe wäre Tate zu ihm gerannt. Die zitternden Hände steckte er in die Hosentaschen.

»Clas na Bale und Tate werden euch die Einzelheiten unserer Organisation erklären und euch berichten, wie wir eure Männer ausbilden werden. Ihr könnt euch die neue Einheit aus Malten ansehen, falls ihr möchtet, und auch die Häuser der Wölfe und die Werkstätten ihrer Frauen. Wir haben nichts zu verbergen. Doch bis morgen früh muß ich erfahren, ob ihr euch mir anschließt.«

Tate streckte die Hand aus, um ihm über die Wange zu streichen, während er an ihr vorbeiging, und er brachte ein angestrengtes Lächeln zustande. Erschöpfung und Schmerz verwandelten es in eine Grimasse, und er sagte: »Hilf mir, Tate. Dann geh zurück und überzeuge sie. Wir brauchen jeden Mann, den wir bekommen können.«

Sie fing ihn auf, da er schwankte, und zog ihn aus der Tür. Seine Haut fühlte sich feucht an und glühte vom Fieber. Sie führte ihn, derweil er keuchte und stolperte, zu dem Bettlager, das sie für ihn auf dem Boden bereitet hatten. Er schlief schon – oder war bewußtlos –, bevor sie seine Jacke aufknöpfen konnte. Die pochende Wunde, die der Pfeil hervorgerufen hatte, war nicht aufgebrochen, und auch das Blubbern in seinen Lungen hatte aufgehört. Seine Schädelverletzung verheilte recht gut. Sie deckte ihn mit einer leichten Decke zu und wünschte nur, Sylah wäre hier.

Eine Woche später kam einer der Hausdiener zu ihr gerannt und überbrachte ihr atemlos die Nachricht, der Murdat wolle im Sonnenschein ausreiten. Während sie in sich hineinfluchte, eilte sie zu ihm, um ihm das auszureden. Gewiß, seine Gesichtsfarbe sah gesund aus, und er stand sicher auf den Beinen. Bisher hatte er zwar nicht wieder jene Haltung an den Tag legen können, die er den Baronen präsentiert hatte, aber es ging ihm einigermaßen gut. Als er sie sah, hob er die Hände spöttisch zur Selbstverteidigung und versuchte einen seiner seltenen Scherze. Sie bemerkte die unendlichen Schmerzen, die er mit dieser Geste verbergen wollte, und ihr beabsichtigtes, tadelndes Schnalzen mit der Zunge verwandelte sich in Mitleid. Halbherzig schimpfte sie ihn aus. Daraufhin fragte sie: »Wohin willst du? Aber nicht weit.«

»Auf den Berg, wo die Jungen Drachen steigen lassen.«

Sie trat zur Seite, während ihm ein Diener in den Sattel half. Sein Kriegspferd tänzelte aufgeregt, und sie zuckte zusammen, während er es vor ihr zur Ruhe zwang. Die schwimmenden Augen des Tieres waren voller Vorwurf, weil es sich noch immer nicht austoben durfte, und als es das Bellen der beiden Hunde hörte, die angelaufen kamen, konnte es nicht mehr stillhalten. Es warf den Kopf hin und her und wieherte fröhlich.

»Wir haben dich schon einmal auf einer Bahre dorthin gebracht. Das sollten wir heute genauso handhaben.«

Er berührte die Stelle, an der ihn der Pfeil getroffen hatte. »Ich bin praktisch gesund. Und was könnte tröstlicher sein als die Drachen, die im Himmel fliegen?«

Zusammen mit den ausgelassenen Hunden, die voller Freude bellten, ritt er davon und warf keinen einzigen Blick zurück.

Der Ritt zu dem Berg dauerte höchstens eine Stunde, sogar bei dem langsamen Tempo, das er angeschlagen hatte. Um die Wahrheit zu sagen, jagte ihm jeder schnellere Schritt einen Schmerz durch die Rippen, als würde die Pfeilspitze noch immer zwischen ihnen stecken. Sein Pferd tat ihm leid. Das Tier sehnte sich nach einem Galopp über die Felder, wo die Hunde herumsprangen. Er tätschelte es am Hals und versprach ihm dies für die nächsten Tage.

Die Jungen erwarteten ihn am Fuß des niedrigen Hügels. Sie stritten sich darum, wer ihm seinen Drachen zuerst vorführen durfte. Er lobte alle für ihre handwerkliche Geschicklichkeit, für die Farbe oder für ihre Machart. Die Jungen bemerkten, wie ernst ihm damit war, und ihre Augen leuchteten.

Sie konnten nicht wissen, daß er sich nur unter ihnen wirklich entspannen konnte. Diese Tatsache schmerzte ihn. Selbst Clas –

er berichtigte sich – *besonders* Clas konnte in ihm nicht mehr die Wärme der Freundschaft aufleben lassen.

Er dachte schmerzvoll an Sylah. An sie – oder an Clas – erinnerte er sich ungern, denn dabei hörte er stets, wie Neela nach ihm rief. Das haßte er.

Nicht nach ihrem Ehemann. Nach dem besten Freund ihres Ehemanns.

Ihrer ersten Liebe.

Nach wem sonst?

Diese Gedanken beschämten ihn, verursachten ihm ein ungutes Gefühl im Magen. Er liebte sie beide. Er wollte ihnen beiden vertrauen.

Warum nur mußte ihn dieser abscheuliche Wurm in seinem Hirn weiterhin quälen?

Er würde sie befreien. Danach wäre alles wieder gut. Alles.

Ein Junge am Rand der Gruppe winkte und riß ihn aus seinen Grübeleien. Auf das Zeichen des Hundekriegers hin sprang er vor und drängte sich zum Pferd. »Er ist da, Murdat, und wartet auf dich.« Die anderen Jungen wichen ein Stück zurück, und auf ihren strahlenden Gesichtern spiegelten sich Neid und Vorfreude.

Gan sah an ihm vorbei zur Spitze des Hügels. Er sagte zu den Jungen: »Dann wollen wir mal schauen«, reichte dem einen, mit dem er gesprochen hatte, die Hand und zog ihn hinter sich aufs Pferd. Das Tier drehte sich um und blickte ihn überrascht an, gehorchte jedoch wie gewohnt, als er es vorantrieb.

Der Mann, der oben stand, begrüßte Gan auf die traditionelle Weise von Jalail, und der Hundekrieger erwiderte den Gruß. Er stieg ab, half dem Jungen herunter und fragte dann: »Hast du sie alle fertig?« Shara und Cho liefen an seine Seite und gaben vor, sie bemerkten die vielen kleinen Hände nicht, die sie streichelten. Schuldbewußt sahen sie zu Gan auf und wandten sofort wieder den Blick ab.

Der Mann deutete auf einen Haufen, über dem eine Decke lag. »Dort drunter, Murdat.«

Gan lächelte beifällig. »Alle drei? Beeindruckend. Danke.« Der Junge, der mit ihm geritten war, wurde plötzlich schüchtern und lief zu seinem Vater. Der legte ihm die Hand auf die Schulter.

»Dann wollen wir uns mal anschauen, was wir da haben«, meinte Gan, und die Jungen beeilten sich, dem Vater ihres Freundes zu helfen. Der erste Drachen, den sie zutage förderten, war riesig, ein Rechteck, das sogar Gan an Größe übertraf, und das zwischen zwei Streifen festen Papiers an den Enden eine breite Öffnung aufwies. Die Leine war so dick wie ein Finger, und während einige der Jungen Leisten und Bänder zusammenfügten, befestigten andere einen klobigen Sack an einer besonders dicken Verstrebung am Fußende der Konstruktion. Eine getrennte Leine war damit verbunden. Nachdem der Drachen fertig war, traten sie zur Seite.

Der Apparat zerrte an seiner Leine, die um einen passenden Baum gezogen war. Er brauchte nur einen kleinen Windstoß, um abzuheben, wobei der baumelnde Sack ihm wenig Anmut verlieh und den Jungfernflug zu einem taumelnden Kampf um Höhe werden ließ. Aber er stieg, und bald schwebte er hoch im Himmel, eine gute Viertelmeile von der Gruppe auf dem Hügel entfernt. Der Drachenführer fragte: »Jetzt, Murdat?« und Gan nickte. Der Mann zog zunächst an der zweiten Leine und zerrte gleichzeitig mehrmals rasch hintereinander an der ersten.

Der Drachen reagierte, indem er sich auf die Seite legte und über den Wind sauste. Währenddessen öffnete sich der Sack. Aus dieser Distanz konnten sie die kleinen Steine nicht zählen, die herausfielen und, da sie sich weit verteilten, kaum mehr sichtbar waren. Doch bei ihrer Landung auf dem Feld stoben kleine Staubwölkchen auf. Einige trafen einen kleinen Baum und rissen Zweige ab. Die Jungen jubelten.

Gan war tief in Gedanken versunken und lächelte nicht einmal, während er und die Jungen dem Drachenführer halfen, das Ungeheuer einzuziehen. Sobald es auf dem Boden war, machte der Mann sein zweites Modell startbereit. Wesentlich kleiner als der erste, handelte es sich um eine stabilere Version des karoförmigen Drachens der Kinder. Er stieg mit Leichtigkeit auf. Ungefähr bei hundert Metern Höhe holte der Mann etwas hervor, das wie ein Rohr mit geflanschten Rädern an jedem Ende aussah. Die Räder waren mit Drähten verbunden, die sie ungefähr fünf Zentimeter von dem Rohr auf Abstand hielten. Daran waren winzige Flügel geleimt. Der Mann ließ dieses Gerät los, und es raste förmlich die Leine hinauf. Die Jungen, die mit dieser Technik offenbar vertraut waren, lachten glücklich. Dann erreichte das Rohr den Drachen, und plötzlich ließ ein lautes Kreischen die Kinder verstummen. Nun vollführte der Mann mit dem Drachen ein paar wilde Flugmanöver, und das durchdringende Pfeifen schwoll mit der Geschwindigkeit und der Richtung des Fluges an und ab.

Der Drachenführer lächelte über Gans Miene. »Wir benutzen diesen Signalgeber andauernd«, erläuterte er. Er trug seinem Sohn auf, er sollte Gan ein anderes dieser Geräte zeigen. »Wenn es den Drachen trifft, löst es einen kleinen Stift vorn. Normalerweise bringen wir ein Stück Papier oder ein Blatt an, damit wir es fallen sehen können. Deine Idee hat uns keine Umstände gemacht. Der Stift öffnete die Kappe auf der Pfeife. Du hast gehört, was dann passiert.«

»Ausgezeichnet«, lobte Gan. »Und der letzte?«

Der Mann holte den dritten Drachen unter dem Tuch hervor. Er war ein wenig kleiner als der zweite, besaß jedoch die gleiche Form. Was ihn jedoch unterschied, war die zwei Fuß lange Klinge, die an seinem Boden angebracht war. Der Mann hielt ihn auf Armeslänge von sich. Er zitterte im Wind, verdrehte sich und ließ die Klinge glänzen und blitzen. Der Drachenführer runzelte die Stirn. »Dieser ist um einiges schwieriger zu handhaben«, sagte er und deutete auf die beiden Lenkleinen. »Doch wenn man erst einmal weiß wie, kann man ihn viel genauer steuern.« Er verscheuchte die neugierigen Jungen und gab dem Drachen Leine, und sofort sauste er in die Luft. Wie beim ersten behagte auch diesem das zusätzliche Gewicht nicht, dennoch flog er sehr gut. Der Drachenführer probierte mit den doppelten Leinen herum, um ein Gefühl dafür zu entwickeln. Nachdem er weit genug entfernt war, wagte er kompliziertere Flugmuster. Der Drachen zischte unheimlich, während er an Geschwindigkeit zulegte. Er glitt kreuz und quer durch den Himmel und stieß wie ein Falke herab. Knapp über dem Boden bremste der Mann ihn ab und ließ ihn über die Felder schnellen. Die glitzernde Klinge schien nach einem Ziel zu suchen. Am Ende der Leine zog er ihn zurück und ließ ihn dreißig oder mehr Meter in die Luft aufsteigen.

Während er an den Leinen zerrte und auf ihn einsprach, hielt er ihn dort oben, und in seiner strahlenden Schönheit wirkte der Drachen zerbrechlich wie ein Schmetterling. Dann zuckte der Mann mit den Händen, und im gleichen Augenblick streifte er wieder mit der Bedrohlichkeit eines besessenen Gegenstandes herum. In einiger Entfernung ließ sein Sohn noch immer den Drachen mit der Pfeife fliegen, dessen Kreischen angesichts des Messerträgers vergessen war. Der Mann blickte kurz hinüber, und mit unglaublichem Tempo schoß sein Drachen quer über den Himmel und durchtrennte mit der Klinge die Leine des Pfeifers. Während dieser nun zu Boden segelte, schwoll das Schrillen ab.

Stumm beobachteten Gan und die Jungen seinen Aufprall. Zu der Zeit hatte der Drachenführer sein tödliches Spielzeug fast perfekt unter Kontrolle. Gan rief die Jungen zu sich. »Was ihr heute mit angesehen habt, dürft ihr niemandem verraten. Dieses Geheimnis bleibt unter uns, bis wir es gegen unsere Feinde einsetzen. Habe ich euer Wort darauf?«

Feierlich und ein bißchen verängstigt nickten sie. Er dankte ihnen und wandte sich daraufhin dem Mann zu, der die Drachen gebaut hatte. »Ich möchte zwanzig von den Großen, zehn mit Pfeifen – möglichst mit verschiedenen Tönen – und zwanzig von diesen Teufeln mit den Klingen. Sag Clas na Bale, welchen Preis du dafür verlangst.«

Auf dem Ritt zur Burg schätzte Gan den Wert dessen ab, was er gerade beobachtet hatte. Gute Soldaten würden sie als die äußerst ärgerliche Plage betrachten, die sie in Wirklichkeit auch darstellten. Schlechte Soldaten würden ihnen ein Übermaß an Respekt entgegenbringen.

Er blickte über die Schulter zurück. Die Jungen hatten ihre eigenen Drachen steigen lassen, bunte Flecken, die vor den aufragenden Wolkengebirgen tanzten. Das sollten sie eigentlich sein, harmlose Spielzeuge, die allein Vergnügen bereiteten. Unter seinem Einfluß hatten sie sich in Waffen verwandelt. Die Kinder, die sich an ihnen erfreuten, hatte er zu Verschwörern gemacht.

Spielzeuge. Angeekelt spuckte er aus.

Was er wirklich brauchte, war eine Möglichkeit, Neela zu befreien.

All dem – die wuterregende Langsamkeit, mit der sein Genesungsprozeß voranschritt; das Schmieden eines Einverständnisses mit den Baronen; die Ausbildung der Rekruten aus den anderen Baronien – widmete er keinesfalls seine ganze Leistungskraft. Und ohne diese Leistungskraft mußte er sein Ziel verfehlen. Clas und die anderen arbeiteten bis zur Erschöpfung, und sie erzielten hervorragende Ergebnisse.

Warum konnte er nicht endlich aus diesem Nebel auftauchen?

Fin, Elf West und Galmontis hatten seiner Führerschaft zugestimmt: Warum fühlte er sich dann nicht mehr wie ein Anführer?

Neela.

Sein Kopf fuhr herum. Er hielt sein Pferd an. Die Zügel fielen schlaff herunter, er schwankte und umklammerte den Sattelknauf. Er wußte, was ihn jetzt erwartete, doch war er nicht in der Lage, es zu verhindern. Zuvor hatte es ihn immer in der Nacht überkommen, nie am hellichten Tage. Seine Augen brannten, wollten sich schließen.

Die Vision traf, wie immer, in einer pulsierenden, grellen Scheibe aus reinem Licht ein. Darin war ihr Bild gefangen. Mit ausgestreckten Armen flehte sie um Hilfe. Sie schrie, doch vernahm er nichts. Der Kreis wurde enger. Neelas Bild schrumpfte und verschwamm.

Bei jeder folgenden Vision wurde der Kreis kleiner.

Seine Mutter hatte ihm ein Leben voller großer Erfolge oder den Fluch der Vergessenheit versprochen.

Er wußte – er *wußte* –, daß in dem Augenblick, in dem dieser Kreis aus Licht verschwunden wäre, der Verstand, der ihn wahrnahm, die Vergessenheit willkommen heißen würde.

Achtzehn

Beim Quietschen der massiven Zellentür wandte sich Sylah von der flackernden Flamme der Fackel ab. Das Licht drang in den hinteren Teil des Kerkers und beleuchtete ekelhafte Insekten, die eilig nach einem Versteck suchten. Sie krabbelte ihnen hinterher und zertrat so viele sie nur erwischen konnte, bevor sie in den Rissen und Spalten der Steinmauern verschwanden. Ohne denjenigen, der die Fackel trug, zu beachten, hielt sie eifrig nach weiteren Opfern Ausschau, während sie sich die Tränen der Niedergeschlagenheit und des Abscheus aus dem Gesicht wischte. Wer immer an der Tür stand: Im Vergleich mit der Aussicht, die Bevölkerung ihrer Zelle zu verkleinern, war er von minderer Wichtigkeit. Erst als das Licht nicht wieder verlosch, begriff sie, daß diesmal nicht nur eine Mahlzeit hereingeschoben wurde. Sie hob eine Hand zur Stirn, schirmte die Augen ab und blinzelte in die grelle Helligkeit. Die Gestalten dort erkannte sie nur undeutlich. Eine trug das blendende Weiß eines Beschützers. Die andere war schwarz gekleidet. Ihre Augen gewöhnten sich ein wenig ans Licht; die Kleidung des Mannes war grün. Dunkelgrün.

Erinnerungen an grüne Dinge betäubten ihren Verstand. Sie erblickte sprießende Krokusse im Schnee. Ein lachendes Meer. Den Wald. Eine Wiese in der Sonne.

Dann sprach Altanar, und er klang ausgesprochen amüsiert. Sofort krümmte sie sich mit dem Instinkt eines verängstigten Tieres zusammen und beschützte die wachsende Wölbung ihres Bauches, in dem sie ihr Kind trug. Ihre Angst rief sein Lachen hervor. »Das sieht deinesgleichen ganz ähnlich«, spottete er. »Wegen deiner Einmischung werden Männer zu Dutzenden sterben, die sonst ein friedliches Leben hätten führen können. Doch wenn du deinen König hörst – wenn du der Gerechtigkeit ins Antlitz blickst –, gilt dein erster Gedanke deiner eigenen Brut.« Er murmelte etwas, und die Fackel wurde höher gehoben. Nun lieferte sie mehr Licht. Altanar fuhr fort: »Ich bin nicht hier, um dir Schmerzen zuzufügen. Ja, ich habe der Äbtissin sogar versprochen, ich würde überprüfen, ob man dich auch wirklich nicht foltert.«

Er zögerte, und sie spürte, wie er darauf wartete, daß sie ihn anflehte. Doch das wäre falsch, eine Schande für die Kirche, eine Demütigung für sie selbst.

Sie wollte es so gern.

In der Trance war sie stark. Wurden ihr hingegen der verkrustete Schmutz auf ihrer Haut und die Spuren der Insektenbisse bewußt, löste sich ihr Stolz auf. Ihr eigener Gestank drohte sie zu ersticken.

Möglicherweise wollte er sie tatsächlich nur betteln hören. Daran hatte sie noch nie gedacht. Wenn sie sich vielleicht nur selbst demütigte; schließlich hatte sie ihn betrogen. Eine Bestrafung war nur gerecht. Das konnte sie durchaus eingestehen.

Sie stellte sich vor, wie sie vor ihm auf den Knien lag und die Arme um seine Beine schloß. Ja, das mußte sie tun. Irgend etwas. Sag ihm, es sei recht, wenn er dich bestraft. Danke ihm, weil er dich zur Einsicht geführt hat. Überzeuge ihn davon. Sag ihm, es sei angemessen, dich weitaus härter zu bestrafen.

Trotzdem, nicht so. Nicht der Kerker. Er ahnte doch überhaupt nicht, was das wirklich bedeutete. Niemand ahnte das. Nicht einmal er würde jemanden so hart bestrafen, wenn er begriffen hätte, wie das war. Sie mußte ihn über das Essen in Kenntnis setzen. Nein, nicht das Essen; das wußte er schon. Der Dreck und all die Tiere, die in der Dunkelheit auf ihr herumkrabbelten. Es war eine Sünde für sie, sich nicht waschen zu können. Auch das wußte er.

»Ein Bad.« Die Worte platzten aus ihr heraus und waren sogar für sie kaum verständlich. Sie wiederholte sie und brachte sie etwas deutlicher hervor.

Wie lange hatte sie nicht mehr gesprochen? Einen Monat? Länger. Welchen Unterschied machte das? Im Kerker gab es keinen Tag, keine Nacht, keine Jahreszeit; hier kannte man nur eine Zeit – jene, die in einem Grab herrschte.

Sein Gesicht glänzte verschwommen. In seiner Stimme ließ sich kein Hinweis auf ein Lächeln vernehmen, als er sagte: »Ich habe dich kaum verstanden. Eigentümlich. Früher warst du so flinkzüngig. Gleichgültig. Ich fürchte, ein Bad steht außer Frage. Nicht ehe die Kirche mir befiehlt, dich zu entlassen.«

»Wann? Bitte – *wann*?«

Wieder wartete er lange mit seiner Antwort.

»Die Händler berichten, im Süden herrsche schlechtes Wetter. Fluten hätten Brücken und Fähren zerstört. Die Abordnung der Irisabtei wird nicht vor dem Sommer zurück sein. Vielleicht erst im Frühherbst.«

Sie würde ihn anflehen. Ja, betteln.

Doch beim Versuch zu sprechen fühlte sich ihre Zunge wie Holz an, die Muskeln ihres Halses waren ledern und steif. Ihre Laute besaßen keine Ähnlichkeit mit Wörtern.

Altanar lachte. »Nein, danke mir nicht«, spottete er. Die Tür schlug zu und sperrte das Licht aus. Sie schrie und warf sich dagegen. Heisere, kehlige Laute entflohen ihrem Mund, bittende Nichtwörter. Sie schlug gegen die Tür, rief, er möge sie anhören, möge begreifen, möge Mitleid empfinden. Plötzlich erkannte sie, daß er wieder sprach. Sie drückte sich die Faust in den Mund und brachte sich so selbst zum Verstummen, damit sie seine Worte verstehen könne.

»Deine alten Freunde Likat und seine Krieger kommen bald zu Besuch. Sie werden mir helfen, Harbundai und diesen Kindkönig Gan Moondark zu besiegen. Du solltest froh sein, daß du hier bist. So wirst du deinen Mann nicht sterben sehen. Gan Moondark lasse ich unter Umständen am Leben. Damit er sich ansehen kann, wie sein Weib mein Kind gebiert. Die Welt soll erfahren, was mit jenen geschieht, die sich gegen mich stellen.«

Die Hausschuhe ihrer Peiniger erzeugten kein Geräusch, während sie sich entfernten, und sie konnte die beiden Männer nur verfolgen, indem sie den Widerschein der Fackel auf dem Boden unter dem Türschlitz beobachtete. Sie ließ sich auf alle viere nieder und strich mit den Fingern über die Verbindung von Holz und Stein. Ein paar Augenblicke starrte sie in das schwarze Nichts, wo das Licht gewesen war. Wellen zogen sich auch so zurück und nahmen das Funkeln der Sonne mit sich in die Finsternis der See. Manchmal beugte sich der Weizen auf den Feldern dem Wind in einem ähnlichen Wechsel von hell und dunkel.

Sie warf sich gegen die Wand und kaute auf einem Fingerknöchel herum, bis sie sich an die schmutzigen Tiere an diesem Ort erinnerte. Die Disziplin, mit der sie sich versagte, die juckenden Stiche der Insekten zu kratzen, wäre vergebliche Mühe, wenn sie sich nur eine wunde Stelle in die Haut knabberte. Ihre aufgewühlten Gefühle würden sich trotzdem nicht ohne irgendeine Erleichterung besänftigen lassen. Sie stürzte sich in Körperübungen, mit denen sie ihre Kraft erhielt. Dabei würde sie schwitzen. Die Luft in der Zelle würde noch stickiger werden. Hysterie drohte ihre Gedanken zu überwältigen – welchen Unterschied machte es schon, wenn es noch mehr stank?

Sie lachte würgend, begann, auf der Stelle zu gehen und zählte die Schritte, die sie brauchte, um die Meilen zu laufen, die sie sich vorgenommen hatte. Sie schwebte über den Burghof und durch die Tore in die Stadt. Clas kam von Norden her. Irgendwo würden sie sich treffen.

Ihre nackten Füße küßten die sonnengewärmte Erde. Sie rannte auf ihn zu.

Altanar stand unten an der Treppe, die aus dem Kerkerbereich hinausführte. Er hielt sich einen kleinen Stoffbeutel unter die Nase. Dann fuchtelte er damit herum und wandte sich an den Protektor. »Diese faulige Luft hat meine Blütenpäckchen verdorben. Jetzt stinkt es wie im Kerker. Wie ertragen deine Männer das nur?«

Trocken antwortete der Beschützer: »Wir müssen.«

»Ja.« Mit der Antwort zufrieden, nickte Altanar. Er rieb sich die Hände. »So, und was ist an diesem Gerücht, demzufolge eine der Kerkerwachen etwas mit diesem Mondtanz zu tun hat?«

In seiner Nervosität gestattete der Beschützer sich, etwas von seiner Sorge in seine Stimme zu legen. Einer seiner Männer wäre dafür bekannt, daß er den Mondtanzzeremonien beiwohne. Seine Frau trug die Scheibe, der Wächter selbst jedoch nicht.

Altanar ließ den Beschützer ein wenig schwitzen. Sicherlich, er hatte den Sünder gemeldet, dennoch war er für alle Taten seiner Männer verantwortlich. Dafür sollte er ruhig ein bißchen leiden. Altanar seufzte; es gab so viel zu tun. »Befördere ihn.« Vor Überraschung zog der Beschützer die Augenbrauen hoch. Altanar fuhr fort: »Er soll die Zuständigkeit für die Zelle der Priesterin bekommen. Ihre Essensration wird halbiert.« Die Überraschung verwandelte sich in Begreifen. Altanar war darauf vorbereitet. Niemand verstand ohne ausschweifende Erklärungen überhaupt irgend etwas. »Sie soll sterben. Und kein Gift; diese Hexen der Kirche kennen sich damit zu gut aus. Wenn sie vor Kummer und Reue dahinsiecht, kann sich niemand beschweren.

Und falls sich herausstellt, daß die Kirche sie nicht verbannt, wirst du behaupten, der Mondtänzer habe sie verhungern lassen, weil er die Kirche haßt. Klar?«

»Ja, König.«

»Das hoffe ich doch. Wie lange wird es dauern?«

Der Beschützer studierte einen Fleck an der gegenüberliegenden Wand. Er drückte sich mit dem Zeigefinger die Nase krumm. »Einen Monat. Höchstens aber fünf Wochen. »Einen Monat.« Altanar war empört. »Lächerlich. Sobald Harbundai fällt und die Hunde unter meiner Kontrolle stehen, werde ich mir die Kirche vom Hals schaffen. Ich weiß zwar noch nicht wie, aber ich werde mir etwas einfallen lassen. Ihre Einmischungen habe ich satt. Ein Monat. Für eine einzige Unruhestifterin.«

Gan fand allein Trost, wenn er das Innere Meer betrachtete. Nur dann gelang es ihm, ein paar Minuten nicht an Neela und den kalten Stein zu denken, der einst sein Herz gewesen war. Noch einen Monat, nachdem er mit den Wölfen in Malten angekommen war und die Burg übernommen hatte, verbrachte er jeden verfügbaren Augenblick damit, das Wasser zu beobachten und sich von seiner steten Bewegung faszinieren zu lassen. Das Geheimnis seiner sich verändernden Farbe und Perspektive schlug ihn in seinen Bann. Im richtigen Licht erschienen die fernen Berge der Walküste so nahe, daß er glaubte, er könne den Schnee im Westen riechen. Zu anderen Zeiten verdunkelte sich der Himmel mit tiefhängenden Wolken vom Großen Meer jenseits davon. Er stand nur da und verfolgte die graue Masse, die unerbittlich das gesamte Gebirge vereinnahmte und schließlich auf ihrem Weg nach Osten das Meer selbst verhüllte.

Boote begeisterten ihn ebenfalls. Er sah ihnen zu, wie sie durch das Wasser schnitten, und er hatte sogar gelernt, wie man eines der kleinen Boote mit den sogenannten Gleichgewichtsbalken führte. Bei ihrer Geschwindigkeit und ihrer Manövrierfähigkeit mußte er an die langbeinigen Wasserläufer denken, die er als Junge mit Steinen beworfen hatte.

Zwei Sommer zuvor. Da war er noch ein Junge gewesen, der sich lediglich mit den Träumen eines Jungen beschäftigte und darüber hinaus mit kaum mehr. Jetzt bildete er eine Armee aus, die einen König vernichten und ein neues Königreich errichten sollte.

Er war in einem Traum gefangen, der nicht sein eigener war.

Vatertöter. Königstöter. König.

Gefangener.

Wie Neela.

Von der Burg aus konnte er weit die Küste hinunter bis nach Ola schauen. Dort hielt sie sich auf. Seine Boten an Altanar kehrten ohne Antwort auf seine Forderung zurück, er solle sie freigeben. Zwei hatten den Ort erfahren, an dem sie untergebracht war: ein abgeschiedener Teil von Altanars Burg. Sylah befand sich in etwas, das sie Kerker nannten. Weitere Informationen über sie hatte er nicht erhalten.

Man teilte ihnen mit, Likat sei erfreut, Neela in Altanars Händen zu wissen. Er wurde sehr bald in Ola erwartet, und er hatte bereits seinen Anspruch auf sie angekündigt.

Die Nachricht traf Gan wie ein Dolch in die Seite. Altanar konnte viel gewinnen, wenn er sie an Likat überstellte.

Und Gan hatte keine Idee, mit der er dies verhindern könnte.

Täglich – gelegentlich stündlich – redete Clas eindringlich auf ihn ein, irgendeinen Überfall zu planen, mit dem sie die Frauen befreien würden. Er wollte es. Er versuchte es. Er konnte es nicht.

Jones spukte dauernd in seinen Gedanken herum. Er erinnerte sich daran, wie ein Treffer am Kopf den Mann vollkommen verändert hatte.

Der Schwerthieb, den er am eigenen Kopf hatte einstecken müssen, war inzwischen gänzlich verheilt, und es war nichts weiter zurückgeblieben als ein rotes Mal der Niederlage und des

Verlustes. Dennoch gab er sich immer noch der Lethargie hin. Er schlief so wenig wie stets, aß das gleiche und trainierte sogar die Hunde und sein Pferd. Der einzige Unterschied bestand darin, daß er unfähig war, irgend etwas Wesentliches in Angriff zu nehmen.

Der kurze Schlaf wurde von Träumen heimgesucht, in denen er sie befreite. Der Gedanke an die Gefahr für sie betäubte sein Hirn.

In den dunklen, leeren Nächten hörte er eine andere Stimme. Er hielt sie für die seiner Mutter. Sie sprach von Sieg oder Vergessenheit, Ruhm oder Schande.

Falls er einen Rettungsversuch wagte und dabei versagte, wäre die Schande vollkommen. Sie würde genau der Prophezeiung entsprechen. Seine Frau und sein Kind wären tot oder versklavt. Er selbst vernichtet. Alles, was er berührt oder geliebt hätte, würde verspottet und verhöhnt werden. Neelas Liebe für ihn würde nichts mehr sein. Die Liebe seines Vaters – und sein Tod – würden als närrisch und nutzlos verlacht werden. Clas. Sylah. Raggar. Baron Jalail.

Falls er versagte.

Es mußte schließlich nicht so enden. Die Angst davor kroch wie eine Schlange durch seine Gedanken. Sie verhinderte jede Bewegung. Er haßte sich dafür.

Er blickte nicht auf, obwohl er Tate durchaus bemerkt hatte, die sich neben ihn setzte. Eine Weile sprach keiner von den beiden, und sie beobachteten nur das Meer und die Wolken. Dann sagte Tate: »Die Soldaten aus den verbündeten Baronien kommen gut mit ihrer Ausbildung voran. Noch besser würde es laufen, wenn du ihnen ein wenig Aufmerksamkeit zollen würdest.« Sie wartete lange genug, bis er ihr das Gesicht zuwandte, blickte ihm offen in die Augen und fuhr fort: »Unter ihnen macht sich Unmut breit, weil du nicht die Aufsicht übernimmst.«

»Ich habe andere Dinge im Kopf«, erwiderte er. Nun zog er

eine gehässige Miene. »Hast du eigentlich irgend etwas von deinem Freund, dem Mondtänzer, gehört? Dem, der davonrannte, als Neela entführt wurde?«

»Gan, ich habe dir doch schon gesagt, daß ich ihn fortgeschickt habe. Mit Neelas Entführung hatte er nichts zu tun.«

Er blickte stumpf wieder nach Süden. Nach einer Weile ließ er sich vernehmen: »Entschuldige. Warum gebt ihr euch überhaupt noch mit mir ab? Ich habe mein Ziel aus den Augen verloren.«

»Daran ist die Hilflosigkeit schuld«, sagte sie, und auf sein finsteres Starren hin nickte sie lediglich langsam. »Natürlich ist es das. Du hättest sie längst befreit, wenn du nur einen Weg kennen würdest. Bisher hatte sich bloß keiner gezeigt, aber das wird schon noch kommen. Darin besteht der Unterschied zwischen Hilflosigkeit und Hoffnungslosigkeit. Den Rat kannst du ruhig von einem Fachmann annehmen.« Sie sah hinunter auf ihre Hände, die gedankenlos über die Steinmauer strichen, und zog sie unwillkürlich zurück. Gerade hatte sie ein Stück Granit gefühlt. Jetzt sah sie, daß darin irgendwann römische Zahlen eingraviert worden waren, die inzwischen abgesplittert und verwittert waren. Ein Ende dieses Steins war verfärbt, als wäre er großer Hitze ausgesetzt gewesen. Die Zahlen konnte man kaum mehr erkennen; sie identifizierte zwei Ms und ein paar Xe.

Plötzlich brach eine unterdrückte Wut aus ihr hervor. Am liebsten hätte sie Gans Kopf mit beiden Händen gepackt und seine Nase auf den beschlagenen Stein gedrückt, hätte ihn so gern angeschrien, er wisse überhaupt nicht das geringste über Hilflosigkeit, Hoffnungslosigkeit oder was auch immer. Was wollte er schon von Einsamkeit verstehen? Ihre *Rasse* war verschwunden. Nicht nur ihre Freunde aus ihrer eigenen Welt, die aus Ola geflohen waren – nur, wohin? Niemand hatte eine Ahnung.

Seine Einsamkeit war *nichts*.

Nun starrte er sie an. Erst in diesem Augenblick wurde er gewahr, wie sie die Hand umklammerte, mit der sie über die Inschrift gestrichen hatte, als hätte sie sich daran verbrannt. »Alles in Ordnung mit dir? Ich wollte dich nicht beleidigen.«

»Nein, ich habe an etwas anderes gedacht. Schon gut. Kommst du mit?«

Er begleitete sie ohne weiteren Widerspruch und erkannte, wie recht sie hatte. Die Männer legten sich bei seiner Ankunft deutlich mehr ins Zeug. Das beschämte ihn. Wenn sie erführen, was für eine leere Hülse er war, würden sie meutern. Und er könnte ihnen daraus keinen Vorwurf machen.

Sie reagierten auf das, was er gewesen war. Nun, das war nicht wichtig. Viel entscheidender war, daß sie lernten. Während der nächsten Stunde beobachtete er sie, und dann war ihm danach, sich zurückzuziehen.

Er sagte nichts, war jedoch dankbar, da Tate sich ihm anschloß. Sie sprach über die Ausbildung und die Zeitpläne, während sie sich wieder zu dem Aussichtspunkt auf der Mauer begaben. Ein besonders großes Boot fiel ihm auf. Es schnitt durch das Meer wie ein Messer, wobei der linke Gleichgewichtsbalken sich aus dem Wasser erhob. Der Kapitän holte aus dem frischen Wind an Fahrt heraus, was nur zu bewerkstelligen war. Das Boot näherte sich dem Hafen, und die kleinen Gestalten an Bord huschten umher und stellten sich bereit, um die Zwillingssegel einzuholen. Erst im allerletzten Moment nahmen sie es herunter. Sie sprangen auf das flatternde Tuch, während der Kapitän, ein großer Mann mit schwarzem Vollbart, das Gefährt geradewegs auf einen Anleger zusteuerte. Er drehte es breitseits, als es gerade gegen den Kai stoßen wollte, und die Männer mit den Leinen hüpften leichten Fußes an Land.

Gan wandte sich an Tate. »Das sind keine Fischer. Ich wette, das ist ein Händler, wenn er etwas anzubieten hat, oder ein Pirat, wenn nicht.«

Tate schüttelte den Kopf. »Nein, ich wette nicht. Ich würde nicht –« Sie hielt inne und legte ihm haltsuchend die Hand auf die Schulter. Fast sofort riß sie die Hand zurück, und auf seine

Frage hin, was denn los sei, lachte sie nur nervös. »Ich dachte, ich hätte etwas gesehen, aber ich habe mich wohl geirrt. Es war nur –« Erneut zögerte sie, und diesmal löste sich ein Laut wie die Kreuzung eines Stöhnens und eines Schreis aus ihrer Kehle. Sie bedeckte den Mund. Gan folgte ihrem Blick. »Was gibt es denn? Kennst du den Mann dort?«

Sie zeigte auf einen, wobei sie aufgeregt auf und ab sprang. »Nicht den, den Bärtigen! Den, der neben ihm sitzt! Das ist Conway, einer der Leute, mit denen ich in der – Einer meiner Leute! Er ist es!« Tränen rannen ihr ungehindert über die Wangen. Sie machte einen Satz auf die Mauer und hielt sich an Gans Schulter fest. »Matt!« Ihre Stimme krächzte, und sie rief abermals: »Matt! Matt Conway!«

Die Gestalt in dem Boot bewegte sich und sah sich um. Sie rief wieder und winkte. Der Mann trat auf den Anleger und versuchte, die Herkunft des Rufs herauszufinden.

Tate zog ihre Pistole aus dem Holster und feuerte eine Salve in die Luft. Hunderte Möwen stiegen kreischend von den Gebäuden und Anlegern der Umgebung auf. Große blaue Reiher schrien verärgert, und ganze Schwärme von Enten und Krähen flatterten wild auf und wirbelten in lautem Quaken und Krächzen umeinander herum. Menschen stießen alarmierte Rufe aus. Ein Schwarm orientierungsloser Tauben hüllte Tate und Gan ein, und inmitten dieses Gewühls von Tieren konnten sie für volle fünf Sekunden den Anleger nicht mehr erkennen. Nachdem die Vögel verschwunden waren, sah der Mann zu ihnen hoch. Er warf den Kopf zurück und stieß einen Schrei aus, der schriller und schriller wurde und in einem widerhallenden *Haaa!* endete.

Nun war es Gan, der sich überrascht zeigte. »Mit diesem Schrei setzen wir immer unsere Herden in Bewegung. Hat er ihn von meinem Volk gelernt?«

»Andersherum, mein kuhtreibender Freund – einfach andersherum!« Diese Bemerkung hielt Gan für dummes Geschwätz, aber sie rannte schon wie ein Hirsch davon.

Er konnte sich nicht mehr erinnern, wann er das letzte Mal solche Aufregung verspürt hatte. Und auch nicht mehr, warum. Jedenfalls lief er hinter ihr her, damit er ja nichts verpaßte.

Neunzehn

Gan beobachtete das Wiedersehen auf dem Anleger mit einem unwirklichen Gefühl. Er kannte Tate als eine Frau von starker Verläßlichkeit und gutem Humor; noch nie zuvor hatte er beobachtet, wie sie sich so kindisch benahm. Selbst ihren Freund, den Mann, den sie abwechselnd »Matt«, »Conway« oder »Darling« nannte, schien diese überschwengliche Begrüßung zu verblüffen. Dauernd blickte er sich um, als würde er auf jemanden warten, der sie beruhigte. Doch das versuchte niemand, und es dauerte eine ganze Weile, bis sie aufhörte, ihn zu küssen und ihm zu erzählen, wie glücklich sie sei, ihn zu sehen. Schließlich stellte sie ihn Gan vor. Conway ergriff seine rechte Hand und schüttelte sie auf und ab. Einen Moment lang war Gan verwirrt, dann erinnerte er sich, daß Tate und Jones bei ihrer ersten Begegnung das gleiche mit ihm getan hatten. Offensichtlich verkündete das eine gewisse Verbundenheit. Und möglicherweise hatte es eine religiöse Bedeutung.

Inzwischen machte Conway den Kapitän bekannt. Sein Name lautete Wal, und er gestand nicht nur ein, Pirat zu sein, sondern war auch noch stolz darauf. Wal zeigte auf Gan und sagte: »Ich erkenne dich, Gan. Wir sind sofort aufgebrochen, nachdem wir vom Fall des Barons Malten hörten. Jetzt bist du Baron Jalail-Malten, stimmt das?«

»Ich erkenne dich, Wal«, erwiderte der Hundekrieger. »Ich bin Gan Moondark. Die Baronien sind mein. Ich beanspruche keinen Titel.«

Tate unterbrach sie und trat neben den Hundekrieger. »Er ist zu bescheiden. Bald wird er der König von Harbundai sein. Wir bilden bereits Soldaten aus den anderen Baronien aus. Sobald wir fertig sind, kümmern wir uns um diesen Clown Altanar.«

»Clown?« Gan runzelte die Stirn. »Dieses Wort hast du noch nie verwendet.«

Tate stotterte: »Es stammt aus unserer Sprache. Er versteht es.« Sie grinste spitzbübisch. »Dabei handelt es sich nicht gerade um ein respektvolles Wort.«

Nüchtern erwiderte Gan: »Dann paßt es sehr gut auf Altanar. Clown.« Der Klang gefiel ihm. »Clown Altanar.« Zu Wal sagte er: »Du bist sicherlich nicht ohne Grund hier erschienen. Es ist nicht höflich, mit dir über so wichtige Dinge auf der nackten Erde zu sprechen. Laß uns in die Burg gehen. Falls du meine Gastfreundschaft annimmst.« Er brachte die Formalitäten leichthin hinter sich und fragte sich, ob die anderen wohl die Aufregung spüren konnten, die sich in ihm aufbaute. Er schrieb sie Tate zu und redete sich ein, er reagiere schlicht auf ihre Freude über das Wiedersehen mit ihrem Freund. Natürlich stimmte das zum Teil. Doch war es auch nicht alles. Er *fühlte* die Dinge anders. Die Welt drang wieder zu seinen Sinnen vor. Zaghaft und unsicher erkundete er sie. Während er über den hölzernen Anleger ging, war er sich des Klatschens der Wellen und der von Boot zu Boot wechselnden Gerüche bewußt. Der Himmel erschien ihm wärmer, intensiver. Er war überrascht, festzustellen, wie lange seine Gedanken sich lediglich um Düsternis und Verlust gedreht hatten.

Burg Malten war fast direkt am Wasser erbaut worden, und so war der Weg bis zu den Toren, welche die kahlen Wände durchbrachen, nicht weit. Es gab zwei, wobei jeweils ein Eisengitter aus zollstarken runden Stäben vor einem eisenbeschlagenen Holztor, das Spuren von Dechseln zeigte, angebracht war. Riesige Winden hoben beide Barrieren senkrecht nach oben. Massive Ketten baumelten von den Rollen. Gan deutete auf das System, während er mit Wal hindurchging. »Die Dienstboten behaupten, die Burg sei noch nie erobert worden. Diese Tore seien sogar noch nicht einmal richtig getestet worden.«

Wal lächelte und rieb sich den dichten Bart. »Das ist eine der Angelegenheiten, über die wir uns unterhalten müssen, Murdat«, sagte er. Er beobachtete Gans Reaktion und amüsierte sich über seine Überraschung. Er fuhr fort: »Ja, ich kenne deinen Titel. Und ich weiß auch über einiges andere Bescheid. Piraten brauchen die besten Spione.«

Nachdem sie die Burg betreten hatten, schickte Gan einen Mann los, der Clas und Emso holen sollte. Sein erfrischtes Blut verlangte nach ihrer Gegenwart. Mit langen Schritten hielt er auf den Eßsaal zu.

Tate verlangsamte im Gegensatz zu ihm ihr Tempo. Sie wollte mehr Zeit haben, um sich allein mit Conway zu unterhalten. Hastig sprachen sie miteinander, unterbrachen sich, schrien auf, redeten wieder und brachen gemeinsam in Gelächter aus. Rasch faßten sie ihre Lage zusammen. Erst als Conway von Falconer und Tate über Jones' Experimente berichtete, stockte ihr Gespräch ein wenig. Eine Weile flüsterten sie fast und ließen die Schultern hängen, wo sie zuvor noch fast getanzt hatten. Trotzdem konnte die Tragödie ihrer Freunde die Freude über das Wiedersehen nicht lange dämpfen. Statt des Überschwangs machte sich in ihnen ein tieferes Bewußtsein des Glücks breit. Was Tate betraf, kamen ihr die Tränen, nachdem sie gehört hatte, daß es Leclerc, Carter, Anspach und Bernhardt gut ging. Conway wartete, bis sie die Fassung wiedererlangt hatte, und dann schwatzten sie erneut aufgeregt.

Bei ihrer Beschreibung der Schlacht am Bärenpfotenfluß beglückwünschte er sie für die in den Helm gekratzte Botschaft, doch das Gerede über Kampf ließ seine Augen aufleuchten, und als sie sich deswegen erkundigte, zwinkerte er nur und bat sie um Geduld. Dann wurde er ohne Vorwarnung ernst. »Ich denke oft an Madge Mazzoli«, sagte er. »Vermutlich zu oft. Erinnern

Sie sich noch, wie überzeugt sie war, wir würden auf eine friedliche, ländliche Gesellschaft stoßen? Glücklicherweise hat sie nie erfahren, welches Erbe wir tatsächlich hinterlassen haben.« Er deutete mit dem Kinn auf Gan und Clas. »Sie sind ländlich genug. Nur nicht gerade friedlich.«

Tate überraschte der Groll, der aus seiner Bemerkung sprach. Offensichtlich hatte er noch nicht richtig begriffen, entschied sie. »Er tut, was er tun muß. Jedenfalls haben Sie mir erzählt, wie dieser Altanar ist. Sollte nicht irgendwer etwas gegen ihn unternehmen?«

Conway seufzte. »Das werden wir. Deshalb sind wir hier. Wir werden darüber sprechen. Aber wie ist es in Ihrem neuen Zuhause? Sie sind erst vor einem Monat eingezogen, ja?«

Sie setzten ihre angeregte Unterhaltung fort, nun wieder mit leichterem Herzen.

Die Dienstboten in der Küche deckten bereits Speis und Trank auf, als Clas und Emso eintraten, die keuchten, weil sie so eilig herbeigehetzt waren. In den nächsten Minuten widmete man sich dem Protokoll, gegenseitigem Bekanntmachen und Höflichkeiten. Clas war es schließlich, der das Gespräch auf den Punkt brachte. »Ich glaube, du bist uns ähnlicher denn die meisten Menschen hier um uns herum, Wal, daher frage ich dich ganz offen: Was willst du?«

»Ich fasse dies als freundschaftliche Bemerkung auf, Clas na Bale, denn ich glaube, wir können Freunde werden, und die brauche ich, vor allem solche, die König Altanar zu ihren Feinden rechnen.«

»Vermutlich weißt du, daß er unsere Frauen in Gefangenschaft hält«, erwiderte Gan. »Du bist zu seinen ärgsten Widersachern gekommen.«

Wal trank die Hälfte des Bieres aus einem langen Wildrindhorn, wischte sich mit dem Handrücken über den Mund und bat Gan in aller Ruhe, seine Piraten zu unterstützen. Sein Plan war die Einfachheit selbst. Gan sollte ihm nur gelegentlich einen sicheren Hafen bieten, und dafür würde er ihn an dem beteiligen, was er von olanischen Schiffen erbeuten konnte. Damit würden sie reich werden, während es Altanar schwächte.

»Nur einen sicheren Hafen?« hakte Gan nach, und Wal errötete. Dann sagte er: »Nun, da sind noch diese gelegentlichen Überfälle. Altanar wird wissen, daß es die Menschen von der Walküste sind, die seine Schiffe aufbringen. Deshalb wird er über uns herfallen. Insofern erwarten wir von dir Hilfe, wenn wir dich darum bitten, nun ja, ein wenig knabbern an seinen Hacken.« Er hüstelte. »Nicht besonders oft, verstehst du. Wir verlangen von niemandem, er solle unsere Schlachten schlagen.«

Erneut spürte Gan, wie seine Kraft zurückkehrte. Dieser Wal appellierte an seinen Stolz. »Ich befehlige zweitausend Männer, davon fünfhundert Wölfe. Wir knabbern nicht. Ich kann dir folgendes anbieten: Du verbündest dich mit uns. Ich zerschmettere Altanar und befreie meinen Stamm von dem Mann, der ihn zerstört. Komm zu mir. Komm ins neue Harbundai, das eine geeinte Nation sein wird. Keine trügerischen Bündnisse mehr. Keine Sklavenjäger. Das Meer wird für alle offenstehen, das Land wird sicher sein.«

Wal verhehlte seine Skepsis nicht. »Du? Altanar stürzen? Er ist dir an Soldaten wenigstens fünf zu eins überlegen. Seit Jahren hat er Harbundai geschwächt. Jetzt ist er bereit, die Würfel ein letztes Mal zu werfen. Und die Hundekrieger werden auf seiner Seite stehen.«

Gans wachsende Erregung grenzte nun langsam an Ungeduld. Er sprang auf. »Warum muß ich ständig streiten? Hör mir zu! Wenn wir ihn nicht vernichten, vernichtet er uns! Mein Stamm wird wie Kienspäne verfeuert, die man in die Feuergrube wirft.« Er fuhr herum und zeigte zuerst auf Clas, dann Emso und schließlich Tate. »Ich war ein Narr. Weil Altanar mein Herz in die Hand bekommen hat, habe ich ihm auch meine Seele überlassen. Seit Monaten habe ich geschlafen. Der Sommer ist fast vorüber. Überbringt den Baronen die Nachricht, daß ich in Ola überwintern werde. Sagt ihnen, die Wölfe würden hungern, und ich beabsichtige, sie zu füttern.« Er wandte sich wieder Wal zu und bezog auch Conway mit einem kurzen Blick ein. »Ich brauche euch. Dennoch werde ich ohne euch losmarschieren, wenn es sein muß. Die Zeit zum Reden ist genau jetzt. Entweder geht ihr meinen Weg oder nicht. Keine Streitereien mehr.«

Wal begegnete seinem Blick ruhig und unbeirrt. Sie maßen sich so lange ab, bis die anderen nervös wurden, auf dem Tisch trommelten, die Füße hin und her schoben und an ihrer Kleidung herumzupften, die auf unerklärliche Weise plötzlich zu eng geworden war. Wal kicherte. Es klang wie ein tiefes Grollen, und offensichtlich hielt Tate es zunächst für ein Knurren, da ihre Hand zu ihrer Pistole fuhr. »Du hast recht. Wir haben stets gegen Altanar gekämpft, indem wir ihm den Schwächsten als Opfer überlassen haben.« Er zuckte mit den Achseln, hob jedoch warnend eine Hand. »Wir werden euch unterstützen. Über deine Erwartungen hinaus. Aber Streitereien wird es ebenfalls geben. Die Walküste läßt sich nicht von Festlandbewohnern und Flußfischern befehligen.«

Am liebsten hätte Gan vor Erleichterung aufgeschrien und ihnen die Erwartung und das neue Leben, die in ihm aufflammten, enthüllt. Statt dessen zeigte er ihnen, was getan werden konnte. Grund zum Schreien bestand keiner. Er würde sie sehen lassen, was er selbst gesehen hatte.

Die Stärke der Hundekrieger erwuchs aus einer Kombination von Geschwindigkeit und Wucht. Die Pferde, die ihre Reiter in den Kampf trugen, gehörten zu den Besten. Die Hunde schlugen stets fürchterlich zu und zogen sich zurück, ehe der Feind zu reagieren vermochte. Sie prahlten damit, daß sie keine Flanken hatten und der Gegner nie wußte, wo die Front eigentlich lag.

Wals Boote eröffneten Gan die gleiche Möglichkeit. Sie würden irgendwo an der Küste angreifen. Altanar würde nicht ahnen, wo er sie zu erwarten hatte. Falls man sorgfältig vorging, würde er nicht einmal mit ihnen rechnen.

Gan legte Wal eine Hand auf die breite Schulter. »Wir haben keine Schwierigkeiten, mit euch zusammenzuarbeiten. Wir brauchen einander. Ehe die Barone eintreffen, möchte ich jedoch noch einiges mit dir besprechen.«

Er blickte in die Runde. Seine Freunde. Sie vertrauten ihm, harrten auf sein Aufleben. Sie grinsten und entdeckten den neuen, alten Gan, und er fragte sich, womit jemand solche Kameraden verdient hatte. Die Worte fehlten ihm, und so eilte er hinaus und ließ den Lärm hinter sich. Er rannte die Treppe hinauf zum Wehrgang auf der Burgmauer und jubelte über den heißen Schmerz, der bei dieser plötzlichen Anstrengung durch Gelenke und Muskeln schoß. In der Sonne holte er tief, tief Luft und stand dort, wo er sich mit Tate unterhalten hatte.

Ola war noch immer da. Es lockte. Es spottete.

Er beugte sich vor, packte den warmen Stein und drückte zu, bis seine Finger knackten. »Seid tapfer. Ich komme.«

An jenem Abend ging Tate nach der letzten Mahlzeit mit Conway und dem schwarzbärtigen Kapitän hinunter zu dessen Boot. Conway half ihr an Bord, und sofort lenkte er ihre Aufmerksamkeit auf das Segel. »Das müssen Sie sich ansehen«, sagte er und reichte ihr eine Ecke des matten, blaugrauen Stoffes.

Von dessen Gewicht überrascht, zog sie die Augenbrauen hoch. Als sie ihn darauf ansprach, sagte er: »Ob Sie es glauben oder nicht, es handelt sich um eine Art Papier. Versuchen Sie mal, es zu zerreißen.« Sie sah Wal an, der nur lächelte und nickte. Das war eigentlich nicht Conways Art, sie einer Kraftprüfung zu unterziehen, und daher war sie sicher, es müsse einen Trick geben. Nichtsdestotrotz zog sie an einer Ecke. Der Stoff schien sich ein wenig zu dehnen. Mit aufgesetztem finsterem Blick tauchte sie ihn ins Wasser, um ihn zu schwächen. Noch immer widerstand er ihr. Nun herausgefordert, untersuchte sie den Stoff auf abgenutzte Stellen, insbesondere an den Versteifungsringen. Dort fand sie heraus, daß er aus mehreren Schichten bestand; eine faserige Masse, die auf einen gewöhnlichen Stoff geklebt war. Dieses Fasergewebe durchdrang den Stoff und fügte beide zu einem Ganzen zusammen. Sie deutete mit dem Zeigefinger auf den Beweis und warf Conway vor, er habe sie angelogen.

»Nun«, erwiderte der mit schiefem Lächeln, »zwei Drittel sind aus Papier. Jedenfalls fallen doch wohl das leichte Gewicht und die Stärke auf.«

»So etwas habe ich noch nie gesehen. Er ist ein bißchen schwerer als unser reißfestes Nylon, aber nicht viel. Wie wird er hergestellt?«

Wal lachte laut. »Niemand kennt den gesamten Vorgang. Der Stoff wird normal gewoben, aber die Herstellung des Papiers und die Verbindung mit dem Stoff erfordern verschiedene Arbeitsabläufe. Wenn man den Geschichtenerzählern unseres Stammes Glauben schenken darf, hatte ein Schmied, der von der mangelnden Kraft seines Sohnes enttäuscht war, diesen aufgefordert, etwas zu tun, das an seine Fähigkeiten heranreichen würde. Er verstieß den Jungen und behauptete, er sei zu weich für einen Mann. Der jedoch erfand unser Segeltuch und bewies dem Vater damit, daß Weichheit nicht zwangsläufig Schwäche bedeutet. Heute kennen manche Leute einen bestimmten Schritt der Herstellung, andere einen zweiten und so weiter. Man braucht Tang und Krabben und Muscheln dafür.« Er verzog das Gesicht. »Wenn du jemals erlebst, wie ein neues Segel zum erstenmal in den Regen gerät, weißt du, daß tote Seetiere dabei verwendet werden. Das verspreche ich dir.«

Sie lachten mit ihm darüber, und daraufhin ließ er sie allein, weil er sich weiter mit Gan unterhalten wollte.

Die beiden sahen ihm hinterher, bis er außer Hörweite war, dann wandte sich Conway Tate zu. Er blickte sie fragend an. »Nicht alles in dieser Welt wurde für den Krieg entwickelt. Wir müssen eine Möglichkeit finden, wie wir sie in die richtige Richtung lenken. Wir – die Fremden – wissen, wohin das alles führt.«

Sie begriff. Ohne lange darüber nachzudenken, erzählte sie

ihm von der Inschrift in dem Granit. Ihr traten die Tränen in die Augen, und er legte den Arm um sie und setzte sich mit ihr auf die Ruderbank. Dort berichtete er ihr von einer ähnlichen Erfahrung, die er beim Anblick eines großen Diamanten gemacht hatte, den man das Abzeichen des Königs nannte, und von den Gefühlen, die ihn erfüllten, als er begriff, daß er irgendwo ausgegraben worden sein mußte. Eine Weile sprachen sie über ähnliche Beispiele, die sie an ihre eigene Welt erinnerten.

Tate seufzte. »Das hilft auch nicht, oder? Ich meine, während wir uns diese Dinge erzählt haben, fühlte ich mich ein wenig besser, aber das ist schnell wieder vergangen. Die Leere wird niemals verschwinden. Für uns ändert sich das Leben nicht. Wochenlang habe ich nichts gesehen, das mich an Zuhause erinnert, und dann – bums! – entdecke ich einen Murdat, in dessen Griff ein Stück von einer Colaflasche eingearbeitet ist wie ein Edelstein, oder das Burgtor, das aus Moniereisen geschmiedet wurde, und es trifft mich wie ein Schlag, Matt. Es tut richtig weh.«

Er drückte ihre Schulter. »So ergeht es uns allen. Und ich glaube, für die anderen Frauen war es noch schwerer als für Sie.« Nun berichtete er über die Irisäbtissin, die sie zum Strand der Lieder geführt hatte, damit sie begriffen, an was für einem Ort sie gelandet waren. »Sie konnten sich in der Abtei zurückziehen, wo sie nicht so viele Dinge sahen wie wir, aber ihr Leben verlief in solch geordneten Bahnen, daß sie jeder Gegenstand aus der Vergangenheit nur noch härter traf. Ich habe Ihnen doch erzählt, Janet Carter hätte uns beinahe verraten; das lag nur daran, weil sie sich von allem Vertrauten abgeschnitten fühlte und sich am Ende mit unseren Bewachern identifizierte.«

Sie nickte knapp. »Vielleicht tue ich im Grunde das gleiche. Ich habe hart gearbeitet, um diesen Menschen zu helfen. Vor allem Gan und den Frauen der Wölfe.« Sie blickte ihn an, als würde sie fürchten, er könne darüber lachen. »Ich werde es tun. Irgendwie werde ich ein Zeichen setzen. Zwar weiß ich noch nicht wie, aber ich denke, es gibt einen Grund, warum ich überlebt habe und hier gestrandet bin.« Sie zögerte und wagte sich schließlich widerwillig weiter voran. »Bislang habe ich für Gan gearbeitet, und darüber bin ich froh, weil ich glaube, er ist auf dem richtigen Weg. Vielleicht bleibe ich bei ihm, vielleicht auch nicht. Aber ich werde dieses *Zeichen setzen.*«

»Hü«, sagte er und zog es teils des Scherzes, teils der Ermahnung willen in die Länge. »Die anderen wollen ebenfalls helfen, Donnacee. Was denken Sie, wie sich Carter und Bernhardt und Anspach fühlen? Sie haben Kinder erzogen. Hätten sie ihnen allerdings nur das kleinste bißchen Mathematik oder Schreiben beigebracht, wäre ihnen der Strand der Lieder gewiß gewesen.« Er lachte leise, und sie warf ihm einen scharfen Blick zu. Daraufhin erzählte er ihr von Leclerc und seiner »Entdeckung« des Schwarzpulvers. »Damit hat er uns das Leben gerettet. Die Geschichte dieser Welt wird ihn wie einen Sir Francis Bacon feiern, falls es ihm gelingt, mehr von dem Zeug herzustellen. Er persönlich ist allerdings erschüttert. Und da wir schon über Selbstverachtung reden, was denken Sie, wie wir uns fühlten, während wir Altanars Männer im Gebrauch unserer Waffen unterrichteten.«

»Haben Sie alle mitgenommen?«

»Ganz sicher.«

Sie erhob sich langsam und schloß die Arme um ihre Schultern, da es in der untergehenden Sonne kälter wurde. Conway bot ihr seine Jacke an, und sie lächelte dankbar. »Mir ist eigentlich nicht kalt«, sagte sie und nahm die Hand, mit der er ihr vom Boot auf den Anleger half. Dabei beschlich sie das Gefühl, er würde sie nur widerwillig wieder loslassen. Doch ging der Moment so rasch vorüber, daß sie es sich nur eingebildet haben konnte.

»Ich habe Ihnen gar nicht gesagt, wie leid es mir für Sie tut – ich meine, was mit dem Pastor passiert ist«, sagte er. »Das muß Sie wirklich sehr geschmerzt haben.«

»Das ist gar nicht mal das Schlimmste. Diese Mondtänzer sind

Verrückte. Fanatiker. Sie würden nicht glauben, auf welche Weise er sich verändert hat. Noch nie habe ich mit jemandem gesprochen, der so abgrundtief gemein ist. Er ist tatsächlich davon überzeugt, er könne alle dazu bringen, den Weg des Bösen einzuschlagen, um das Gute zu erlangen. Einfach unheimlich.«

»Wenn sie mit der Kirche aneinandergeraten, wird es Ärger geben«, sagte Conway. »Sogar Altanar fürchtet sich ein bißchen vor der Kirche. Die Äbtissin in Ola hat sich auf einem schmalen Grat bewegt, aber jeder andere, der ihn dermaßen herausgefordert hat, wurde vor langer Zeit beseitigt.«

Sie blieb stehen. »Wir müssen Jones helfen, wenn wir ihn finden. Man kann einen guten Mann wie ihn nicht einfach im Stich lassen. Er braucht Hilfe.«

Er nickte nur. In der Burg gingen die Lichter an, orangefarbene Vierecke, die wie eine Antwort auf das Glühen im Westen erschienen, das sich über dem Walküstengebirge erstreckte. Büschelartig schwebten Wolken über ihnen und leuchteten rosa und lachsfarben. Neben den beiden plätscherte das Wasser verspielt um die Pfähle der Anleger. Conway sagte: »Nicht alles hier ist schlecht.« Er blickte gen Süden. Ein paar Sterne glitzerten dort schon. »Hier könnte man es wohl aushalten. Es hat Momente gegeben ...«

Da er offensichtlich nicht weitersprechen wollte, übernahm sie das. »Wer war sie, Matt?«

Erschrocken sah er sie an und verzog das Gesicht. »Mußte eine Frau sein, was? Sie hat mich Wal vorgestellt, und auch bei unserer Flucht hatte sie die Hand im Spiel. Ich weiß nicht einmal, ob sie noch lebt.«

»Haben Sie sich in sie verliebt?« Sie ergriff seinen Arm und zog ihn auf die Burg zu.

»Ich bin mir nicht sicher. Das ist das Schlimme an uns, nicht wahr? Wir sind immer nur verwirrt. Aber doch, ich glaube.« Er ging ein paar Schritte, dann fügte er mit Entschlossenheit hinzu: »Ich bin verliebt. Nicht verwirrt. Ich habe Angst. Denn ich möchte mir nicht eingestehen, daß ich jemanden liebe, der möglicherweise gar nicht mehr existiert.«

Inzwischen hatten sie das Tor erreicht, und die Wache ließ es herunter, sobald sie eingetreten waren. Die Ketten rasselten laut, und die riesigen Rollen quietschten und ächzten. Tate hätte sich am liebsten bei diesen Männern bedankt. Denn ohne den Lärm hätte sie angefangen, über ihre eigene Einsamkeit zu reden. Er sehnte sich nach einer einzigen Frau. Sie trauerte um ihre Rasse.

Und es verlangte sie nach jemandem.

Hatte er seine Hand auf ihrer verweilen lassen? Und falls, wie konnte er ihr dann so leichthin erzählen, er liebe eine andere?

Sie schüttelte den Kopf, hielt jedoch abrupt inne, damit es ihm nicht auffiele. So eine Art Kerl war er nicht. Es war schon falsch, das überhaupt von ihm zu denken.

Aber es war ebenfalls nicht richtig, so unter der Einsamkeit zu leiden. Ein Leben vor Augen zu haben, das einem nur wenig anderes zu bieten hatte.

Zwanzig

Der Sommer hatte für Gan mit einem Verlust begonnen, nach dem ein dumpfer Tag auf den anderen folgte. Jetzt, wo sein Lebensmut wieder erwacht war, hatte sich das Jahr offensichtlich entschlossen, ihm davonzurennen. Bei jedem Sonnenaufgang erhielt er Berichte von der wachsenden Stärke der Olaner. Voller Stolz und Hoffnung beobachtete er die zunehmenden Fähigkeiten der Wölfe an einem Tag, um am nächsten erneut der Depression zu verfallen. Drei der Fünfhundert-Mann-Rudel – der eigentliche Ausdruck dafür war »Abteilung«, doch ignorierten seine Männer den standhaft – waren ordentlich mit Waffen und sonstigem Zubehör ausgerüstet, aber obwohl die Schmiede Tag und Nacht arbeiteten, begannen die Rekruten der letzten beiden Barone erst langsam, sich zu entwickeln. Nichtsdestotrotz hatte zur Zeit der Brombeerreife jedes Rudel zumindest ein Gefecht mit den olanischen Grenztruppen oder Sklavenjägern hinter sich gebracht.

Doch nicht nur die unfertigen Rekruten und die heranreifenden Früchte erinnerten ihn an das Verstreichen der Zeit. Jede schwangere Frau, jedes Kind unterstrichen es bildlich. Ihr Anblick war für ihn wunderlich und beängstigend. Und so begann er, ihnen aus dem Weg zu gehen.

Wenigstens hatte er jetzt wieder Clas an seiner Seite. In seiner Mutlosigkeit war Gan das tiefe Leid seines Freundes entgangen. Clas gestattete sich keinesfalls diese selbst herbeigerufenen Schwächen wie Gan. Er bemerkte die Hilflosigkeit und wartete ab. Seine Hoffnung sank nie, und er verbarg seinen Schmerz. Er drängte Gan zum Handeln, doch kritisierte er ihn nicht. Dadurch fühlte sich Gan beschämt. Er war entschlossen, sich Clas' Selbstbeherrschung zu eigen zu machen.

Jetzt hat sich sein Freund in einen Sturm verwandelt, der antrieb, anspornte, erklärte – was immer notwendig war, um die Wölfe zu höchster Leistungsfähigkeit zu führen. Sogar während Gans großer Niedergeschlagenheit hatte er jeden notwendigen Schritt unternommen, damit die Männer, die als olanische Spione entlarvt wurden, die Ausbildung der Wölfe beobachten und alle Einzelheiten ihrer Unterbringung und der Werkstätten der Frauen ausspähen konnten. Die Widerstandsbewegung lieferte Gan weitere Möglichkeiten, beim Gegner Unzufriedenheit zu säen. Nummer Zwei berichtete, die Spirale von Unruhe und Unterdrückung drehe sich beim Feind immer weiter in die Höhe.

Verärgerte junge Männer aus Ola kamen nach Norden und traten den Wölfen bei. Auch Wal hatte großen Zulauf. Seine Schiffe fanden viele Freiwillige, wann immer er auf seinen Reisen in eine stille Bucht einlief. Es war durchaus nicht ungewöhnlich, daß ein Mann, der auf einem der heimlichen Marktplätze einen Ballen Felle, Muschelperlen oder Federn verkaufen wollte, am Ende als Matrose den Platz verließ.

Die Beschützer waren dafür verantwortlich, von den Stämmen jenen Nachschub an Menschen einzutreiben, den Altanar verlangte. Die Berichte über ihre Erfolge beunruhigten Gan. Einheiten unter dem Befehl der Beschützer patrouillierten von der Grenze, die nur wenige Meilen entfernt war, bis weit in den Süden, an den Ufern des Mutterflusses und von den feindseligen Bergen im Osten bis zu den Stränden der Walküste. Altanars Stärke war immens, und sie wuchs Tag um Tag.

Das alles vereinnahmte Gans Sinn, während er mit Shara und Cho auf dem Anleger stand und beobachtete, wie Wal ein großes Boot mit Gleichgewichtsbalken in Position brachte. Es war eines der beiden, mit denen er das meiste Geld in seinen Schmuggelgeschäften verdiente. Zusätzlich zu diesen zweien besaß er zehn kleinere Boote, die weiter oben an der Küste, dort, wo das Volk der Skan lebte, Handel betrieben oder gelegentlich auch auf Beutefang gingen.

Wal kletterte über eine der Streben, die den Gleichgewichtsbalken hielten, auf den Landesteg. Sie war erstaunlich stabil, obwohl das gebogene Holz höchstens fünf Zentimeter stark war, dabei aber mindestens drei Meter lang.

Nachdem er auf dem Anleger stand und auf Gan zukam, verlor der Hundekrieger das Interesse an seiner Behendigkeit und bemerkte kaum Conways flüchtigen Gruß, als der Mann an ihm vorbeieilte. Wal wirkte ausgesprochen beunruhigt; nicht einmal der buschige Bart konnte das verbergen. Vor Besorgnis versteiften sich Gans Rückenmuskeln.

Wal näherte sich Gan. »Die Lage sieht genauso aus, wie ich erwartet habe, Murdat. Fast jedes olanische Boot liegt nördlich von uns und lauert auf die Fischer und Händler von Harbundai, die vor ihrer Armee aufs Wasser fliehen. Nach unserem letzten Treffen mußte ich sie alle umfahren. Wir sind in Windeseile mit diesem Ungeheuer zur Hauptstadt gefahren, um Walfleisch zu verkaufen – und um mit unseren Freunden zu sprechen. Altanar begann zwei Tage nach unserer Landung damit, seine Truppen in Richtung Grenze zu verlagern. Wie man hört, hatte ihn deine Prahlerei, du würdest den Winter in Ola verbringen, erreicht. Ich glaube, das hat ihn ein wenig verängstigt. Daß es ihn verärgert hat, weiß ich genau.«

»Gut, zählen wir also auf beides. Alles, was seine Gedanken trübt, arbeitet für uns. Was gibt es sonst für Neuigkeiten?«

Wals Haltung wurde ein bißchen lockerer. »Deine Frau geht sehr gut mit der Situation um. Wir haben jemanden in der Burg, daher darf man dem Bericht vertrauen. Außerdem konnten wir ihr mitteilen, du würdest sie holen kommen.«

Gan streckte die Hand aus und hätte den anderen Mann beinahe berührt. »Diese Person, hat sie mit ihr gesprochen, sie gesehen? Geht es ihr gut? Hat sie es bequem?«

Wal lächelte mitfühlend und hob die Hand. »Unser Spion hat lediglich das gesagt, was ich dir mitgeteilt habe. Es scheint stets mehr Augen und Ohren denn Menschen in der Burg zu geben. Ich trage die Verantwortung für diese Person.«

»Natürlich. Tut mir leid.« Gan schenkte ihm ein schiefes Grinsen, das sofort hinter einem verlegenen Stirnrunzeln verschwand. »Und Sylah? Was weißt du über sie?«

Die schweren Augenbrauen zogen sich zusammen. »Nichts Gutes. Sie befindet sich noch immer im Kerker. Von der Mutter Kirche ist noch keine Entscheidung getroffen worden. Mehr haben wir nicht erfahren. Allerdings hat Altanar aufgehört, sie in der Öffentlichkeit zu schelten …« Der Satz endete in Schweigen.

Sie gingen geradewegs zu Clas. Der dankte Wal ruhig. Die Worte wirkten so flach und gefühlsleer wie sein kristallharter, starrender Blick. Wal, der sich durch diese kalte Grobheit beleidigt sah, trat zurück. Seine Hand fuhr zu seinem Schwert. Die Hunde spannten die Muskeln an, und Shara schlich näher zu Gan. Erst in diesem Moment bemerkten die beiden Männer, daß

Clas gar niemanden in seiner Umgebung wahrnahm. Seine Augen waren auf einen Ort gerichtet, der in weiter Ferne lag. Plötzlich jedoch blinzelte er. Wals veränderter Standpunkt schien ihn zu verwirren, doch sprach er dies nicht an. Er wandte sich an Gan und bewegte sich mit eigenartiger Steifheit. »Ein Rudel ist auf dem Rückweg von einem Übungslauf. Ich sollte sie begrüßen. Zum Abendessen komme ich zu dir.«

Gan stimmte rasch zu und sagte mit einer Herzlichkeit, die er überhaupt nicht empfand, zu Wal: »Ich würde mir gern dein Boot anschauen. Außerdem sind da noch einige Angelegenheiten, über die ich mich mit dir unterhalten muß.«

An Bord stellte Wal seine Mannschaft vor. Die Gruppe beeindruckte Gan, der Seefahrer hatte sie offensichtlich aus fast jedem Stamm am Inneren Meer zusammengestellt. Einige hatten noch die traditionelle Kleidung ihres Volkes an, andere hatten diese wohl schon abgetragen. Der Ersatz erinnerte an eine Art Uniform. Hosen und Hemden, die aus derbem blauem Stoff genäht waren. Bis auf einen Mann schmückten Bärte ihre Gesichter, ihre Haare waren lang und bei manchen geflochten, während andere sie nur mit einem Band zusammenhielten. Keiner trug sie offen, denn, wie Wal erklärte, hätten sie sich dann in den Leinen verfangen können. Er zeigte auf einen Mann, der lachend einen nackten, vernarbten Schädel zur Schau stellte. »Eines Morgens war er plötzlich kahl«, sagte Wal und klopfte ihm auf die Schulter. »Wenn seine Haut zäher gewesen wäre, hätte er oben am Mast wie ein Wimpel im Wind geflattert. Da hätten sich die Landratten zu Tode gefürchtet.« Der Rest der Mannschaft lachte ebenfalls über diesen Scherz, der ihr sicherlich nicht neu war, und Gan staunte über ihren Zusammenhalt und ihre Härte.

Nun erläuterte ihm Wal, wie die großen Doppelsegel gehandhabt wurden und wie man sie im Notfall um ihre eigene Achse drehen konnte, so daß der Bug des Bootes augenblicklich zum Heck wurde. »Allerdings kann man nicht mehr steuern, solange man das Ruder nicht zum schnellen Pfosten, wie wir ihn nennen, gebracht hat«, fuhr Wal fort, »aber wenn man irgendwo eilig verschwinden will, ist es sehr brauchbar. Manchmal bleiben wir ein wenig zu lange an einem Ort. Was mich an etwas erinnert: Dieser Conway und sein Freund Leclerc haben mich gebeten, dir ein Päckchen zu übergeben. Es stammt von Leclerc.« Er verschwand eine Leiter hinunter in den Frachtraum und kehrte kurz darauf mit einem in Papier geschlagenen Paket zurück. Eine Schnur, die wie ein Rattenschwanz aussah, baumelte von einer Ecke herab. Gan blickte Wal an, der freundlich lächelte. »Häßlicher Klumpen, was?« Der Hundekrieger wollte an der Schnur ziehen, doch Wal hielt ihn zurück. »Laß es so, wie du es bekommen hast, bis sich heute abend alle zum Essen versammelt haben. Conway möchte mit dir darüber sprechen.«

Gan verzog das Gesicht. »Geschenke mit Anweisungen sind nicht gerade höflich. Sie stammen aus einer rückständigen Kultur, diese Fremden. Warum hat dich der mit Namen Leclerc nicht begleitet?«

»Die Frauen wollten ihn nicht fortlassen.« Wal zupfte an seinem Bart. »Wenn dir das seltsam erscheint, solltest du sie erst einmal kennenlernen. Wie die Waschbären – sie stecken ihre spitzen Nasen einfach überall rein. Machen mehr Unfug als der Tag lang ist. Aber trotzdem muß man sie einfach mögen. Sie tun alles für dich, und doppelt soviel für die Frauen. Und sie können auch ihren Kopf gebrauchen. Lustig – dabei ist keine von ihnen eine Kriegerin. Deine Tate hier, die ist dagegen ein richtiger Tiger.«

Bei Gans hartem Lachen horchte die Mannschaft auf. »Du hast ihr den richtigen Namen verpaßt, aber laß sie nicht hören, wie du sie ›meine‹ Tate nennest. Nicht, solange du nicht auf Bekanntschaft mit dem Vorderende ihrer Blitzwaffe aus bist. Eine sehr unabhängige Frau.«

Wal nickte verdrießlich. »Das haben sie alle gemeinsam.«

Einen Moment lang sah Gan vor seinem inneren Auge Tate zusammen mit Neela. Blond und dunkel, wie sie miteinander lachten. Er wischte sich die Augen, um das Bild aus seinem Kopf zu verscheuchen.

Eher aus Höflichkeit fragte er nach dem Frachtgewicht des Bootes, und sobald er die Worte ausgesprochen hatte, formte sich eine Idee aus, die schon seit Tagen in seinem Hinterkopf lauerte. Und so erkundigte er sich, ob es in Ola einen Ort gebe – irgendwo zwischen der Hauptstadt und der Grenze –, an dem man ein Signalfeuer entzünden könnte, das man auf See sah. Was nun, fügte er hinzu, wenn ein Schiff auf dem Meer dieses Signal nach Burg Malten weiterleitete? Wäre das möglich?

Wal erkannte die Zielrichtung der Frage sofort. Er schlug mit Begeisterung auf den groben Mast. »Die Stelle für dein Signal kenne ich genau, und auch den schnellsten Weg, es hierher weiterzugeben. Jedes kleine Boot kann das Zeichen übermitteln. Deine Idee funktioniert. Und zwar besser, als du dir träumen läßt.«

Auf diese geheimnisvolle Bemerkung hin spähte Gan neugierig zu seinem neuen Freund hinüber und entdeckte pure Unschuld. Also entschied er, ihn die Bedeutung des letzten Satzes dann aufklären zu lassen, wenn er den Zeitpunkt für gekommen hielt. Er blinzelte in die untergehende Sonne. »Der Tag ist uns wieder einmal davongelaufen. Bring deine Leute mit. Meine Freunde und ich essen jeden Abend mit einer anderen Gruppe der Offiziere. Deine Männer sollten zu diesem Anlaß dabeisein.«

Wal schickte jemanden los, der seinen Seeleuten die Einladung verkündete. Daraufhin wühlte er einen Augenblick lang in einer großen Truhe herum und holte eine weitere Überraschung hervor. »Zeichnungen von der Burg und den Höfen«, erklärte er und fuchtelte mit den Papierrollen. »Dachte, die könnten dich interessieren.«

Gan bedankte sich mit einem Murmeln und begutachtete gespannt die Bilder. Er fuhr mit den Fingern über die Tintenstriche und spürte praktisch Neelas Gegenwart. Dann erinnerte er sich an den Gan, der noch wenige Wochen zuvor untröstlich gewesen war, und verachtete ihn.

Bei ihrer Ankunft im Eßsaal sagte Gan: »Wir haben dich seit deinem letzten Besuch vermißt. Jeder hier amüsiert sich über deine Lügengeschichten. Oder findet sich vielleicht doch ein Körnchen Wahrheit in ihnen?«

Ohne eine Spur von Verlegenheit erwiderte Wal: »Sie sind wahr, doch gebietet die Erzählkunst stets einige kleine Veränderungen; mehr nicht.«

Gan schnaubte. »Also doch Lügen. Nun, kannst du zwei Tage hierbleiben?« Wal überlegte einen Moment und blickte Gan seltsam an, ehe er nickte. Gan nahm seine Antwort ohne Kommentar zur Kenntnis. Er faßte seinen Gast am Arm und stellte ihn den anderen vor.

Wegen der großen Anzahl Anwesender, die bedient werden mußten, dauerte dies etwas länger. Bier wurde aufgetischt und getrunken. Binnen kurzem verbreitete sich eine festliche Stimmung, und das Essen wurde vom Gelächter der Anführer der Wölfe und der Offiziere Wals begleitet. Bald jedoch stellte sich eine erwartungsvolle Stille ein.

Shara und Cho ließen sich an beiden Seiten des leeren Kamins hinter Gan nieder, legten die Schnauze auf die Pfoten und beobachteten die Gesellschaft.

Schließlich konnte sich auch Gan dem Druck nicht mehr entziehen. Er erhob sich. Diener eilten mit großen Tonkrügen voller Bier herein. Die Wachen an der Tür gaben ihnen Zeit, ihre Arbeit zu tun, danach schlossen sie die Türen. Mit einem Blick in die Runde brachte Gan alle Gespräche zum Verstummen. Als man nur noch das Atmen der Versammelten hören konnte, trank er einen Becher Bier leer und sagte: »In achtundvierzig Stunden ziehen wir gen Ola. Alle Rudel werden übermorgen früh zu einem Feldmanöver aufbrechen. Von dem bevorstehenden Angriff sollen sie nichts erfahren. In der Nacht des darauffolgenden Tages marschieren wir nach Ola. Die Überraschung ist das Wichtigste. Jeder Verantwortliche, der gegen die Geheimhaltungspflicht verstößt, wird auf der Stelle hingerichtet. Seine Leiche wird nicht verbrannt. Sein Name wird von der Liste der Wölfe gestrichen, als sei er niemals geboren worden.« Gan zeigte auf Tate. »Du bleibst mit fünfzig Wölfen aus dem Jalail-Rudel und Wals Boot hier. Clas und ich werden mit dem Rest des Rudels die Olaner, die sich an der Grenze versammelt haben, im Osten umgehen. Alle anderen, außer den beiden, die erst jüngst zur Ausbildung hier eingetroffen sind, werden die olanische Armee angreifen. Die Neuankömmlinge bilden die Reserve. Emso, du übernimmst den Befehl, nachdem Clas und ich aufgebrochen sind. Gewinne Zeit für uns; Rückzug, Angriff, Stellung halten – alles, womit du die olanische Hauptmacht beschäftigen kannst. Wenn Clas und ich hinter ihre Reihen gelangt sind, werden wir ein Signalfeuer anzünden. Wal wird ein Boot vor der Küste postieren, das die Nachricht zur Burg weiterleitet. Tate, sobald du dies siehst, stichst du auf Wals großem Gleichgewichtsbalkenboot in See, mit Ziel Ola. Dort werdet ihr euch so weit wie möglich vom Meer aus der Burg nähern. Ihr schlagt vom Wasser aus zu, wir von Land. So sieht der Plan im groben aus. Morgen werden wir uns den Einzelheiten zuwenden.«

Er wandte sich um und ging zum Kamin, wobei er dem aufgeregten Gemurmel hinter sich keine Beachtung schenkte. In der kalten Feuerstelle hatte er Conways Geschenk verborgen. Es wog kaum mehr als ein Pfund, dachte er. Was für ein Geschichtenerzähler Wal sein mußte, wenn er behauptete, mit diesem häßlichen Ding würde die Frage beantwortet, wie sie in Altanars Burg gelangten. Und Conway hatte zu den Lügen nur zustimmend genickt.

Er lehnte Magie ab, eher aus Skepsis denn weil die Kirche dies verlangte, aber er hatte nichts dagegen, ihrer Bitte um eine Vorführung zu entsprechen. Er entzündete einen Wachsstock an der Kohle im Feuertopf und kam sich närrisch vor.

Vermutlich handelte es sich um irgendwelche Pilze, die mit ihrem Rauch bei den Feinden Visionen herbeiführten, redete er sich verdrießlich ein. Das wäre gut, wenn Pfeile und Steine durch die Luft sausten.

Nun drehte er sich wieder zu den Befehlshabern um. Alle taten sich an ihrem Bier gütlich. Tate saß am gegenüberliegenden Ende des Tisches mit Wal und Conway zusammen. Die drei wirkten selbstgefällig. Natürlich warteten sie nur darauf, daß er übertölpelt werden würde, dachte er.

Wal rief ihm zu, er möge die Hunde zur Seite bringen. Die Idee war nicht schlecht. Wer wußte schon, was die anstellten, wenn sie an diesem Bilder-Rauch schnüffelten. Er schickte sie auf die andere Seite des Zimmers.

Er stellte sich vor, wie er da mit dem rauchenden Wachsstock stand. Der Anblick mußte ungeheuer komisch wirken. Im Raum war es entschieden wärmer geworden. Er nahm einen weiteren Schluck Bier und hielt dann das Geschenk in die Höhe. »Wir haben eine Möglichkeit, in Altanars Burg zu gelangen. Dieses häßliche Ding enthält etwas, das uns Conways Freund geschickt hat. Wal behauptet, wenn ich diese Schnur anzünde, geschieht etwas, das uns große Freude und Überraschung bereitet. Also.«

Einige Sekunden lang passierte überhaupt nichts. Nur ein paar hübsche Funken sprühten zischend von der Schnur, aber das war auch alles. Dann nahm der Funkenflug enorm zu.

Ganz hübsch, dachte er.

»Wirf es in die Feuerstelle!« rief Wal. »Und zieh dich zurück!«

Seine Warnung beleidigte Gan. Hundekrieger fürchteten sich nicht vor Funken. Er reagierte mit einem finsteren Blick auf diese Unverschämtheit und legte das Paket in aller Würde, um Wal seine schlechten Manieren zu bedeuten, vor dem Kamin ab. Daraufhin geruhte er, ein paar Schritte zurückzutreten, um den Halluzinationen hervorrufenden Rauch zu beobachten.

Später, da sie Gan von dem Tisch hochzogen, auf dem er lang hingestreckt zwischen den Resten des gebratenen Fleisches und dem gekochten Gemüse lag, schrien sich alle zu, wie eindrucksvoll diese Vorführung gewesen sei. Sie bewunderten, daß das plötzliche Licht nicht nur Gan mehrere Meter durch die Luft geworfen hatte und daß der Lärm in den Ohren Glocken zum Läuten gebracht hatte, die nicht mehr verstummen wollten. Manche schrieben die Wirkung den Rußwolken zu, die noch immer aus dem Kamin aufstoben. Andere glaubten, das Bier sei nicht vom besten gewesen. Der Mann aus Elf Wests Baronie behauptete wiederholt, es rieche genauso wie beim letzten Ausbruch des Zerstörerberges. Niemand schenkte ihm Aufmerksamkeit; da er die Nudeln seiner Suppe auf dem Kopf trug, wirkte er nicht gerade ernstzunehmend.

Gans erster Gedanke galt den Hunden, und er setzte sich auf und sah Shara und Cho, beide kohlschwarz, die ihn vorwurfsvoll und traurig anblickten. Er kratzte sich Fleischbrocken von der Kleidung und warf sie ihnen zu. Sie schnüffelten mißtrauisch daran und ließen sie dann außer acht. Cho schaute sich dauernd um, als versuche sie, etwas ausfindig zu machen. Vermutlich klingelte es ihr ebenso wie allen anderen in den Ohren.

Wal half ihm vom Tisch und riß eine halbverspeiste Scheibe Schweinefleisch zwischen zwei Knöpfen los, während er ihn stützte. »Von diesem Zeug habe ich noch vierzig Pfund in meinem Boot. Stell dir vor, was das anrichten kann.« Er schlug den Braten auf den Tisch, um die Asche zu entfernen, und biß herzhaft hinein.

Gan war zu sehr damit beschäftigt, wieder auf die Beine zu kommen, um sich vierzig Pfund von irgend etwas vorzustellen. Derweil er sich auf seinen Stuhl setzte, wurde sein Kopf ein wenig klarer, was sehr angenehm war, abgesehen von der Tatsache, daß ihm nun der Bratensaft bewußt wurde, der auf seiner Hose verteilt war. Es war entsetzlich kalt im Raum geworden.

Nun traten Tate und Conway heran, und er brauchte zwei Anläufe, bis er schließlich seine Frage heraus hatte. »Ich denke doch, dabei handelt es sich ebenfalls um eine eurer Blitzwaffen, nicht wahr? Laut. Staubig.«

Statt einer Antwort wechselten die beiden einen Blick. Conway erwiderte: »Jetzt verstehe ich, was Sie mit unerschütterlich meinten. Er würde wahrscheinlich auch ohne dieses Zeug durch die Burgtore gelangen. Nur so geht es schneller.«

Offensichtlich sprach Conway lobend von ihm, aber es klang trotzdem dumm. Erneut erhob er sich. »Alle warten hier, bis ich wieder da bin.«

Der Weg zu seinem Zimmer war länger, als er ihn in Erinnerung hatte. Beim zweitenmal, da er an die Wand stieß, wurde ihm seine Betrunkenheit bewußt. Das war ihm noch nie passiert. Kindisches Kichern ließ ihn über die Schulter blicken; wenn er auch betrunken sein mochte, so hieß er noch immer Gan Moondark. Über ihn zu lachen war nicht gerade klug.

Einen Moment später wurde er gewahr, daß er selbst gekichert hatte.

Verlegenheit erfüllte ihn. Er senkte den Kopf und eilte zu seinem Zimmer, wo er einen Wandschrank öffnete und so lange suchte, bis er den Dolch fand. Wenngleich das Bier seinen Blick trübte, stellte die Waffe trotzdem eine unglaubliche Schönheit dar. Zu schön, um im Verborgenen zu weilen.

Zu schön, um für immer die Waffe eines Verräters zu sein.

Sie verdiente etwas Besseres. Sie sollte betrachtet werden wie der Schatz eines Mannes von Ehre, von Kampfkraft, eines Kriegers, der ihr jenen Ruhm verlieh, den sie verdiente.

Er schob die Klinge in die Scheide zurück und verstaute sie unter seinem Hemd. Bei seiner Ankunft im Eßsaal waren seine Schritte viel fester geworden, und er hatte großen Durst. Er trank ein wenig Bier und klopfte auf den Tisch. Nachdem die Anwesenden ihm ihre Aufmerksamkeit zugewandt hatten, erzählte er ihnen, auf welche Weise die Klinge in seinen Besitz gelangt war. Er fuhr damit fort, wie er sie zunächst für sich hatte behalten und niemandem zeigen wollen. Endlich zog er sie heraus, damit alle sie bewundern konnten. »Ich werde sie verschenken«, sagte er und fuchtelte damit herum. »Und zwar an jenen Mann, der im Vergleich mit anderen Männern das ist, was diese Klinge im Vergleich mit gewöhnlichem Stahl darstellt. Clas – du und der Dolch, ihr werdet einander Ruhm bringen.«

Jubel erfüllte den Saal. Gan lächelte. Zum erstenmal genoß er die Schönheit der Waffe, ohne ihren Besitz zu beanspruchen. Indem er sie abgab, befreite er sich von ihr. Das Gefühl war überwältigend.

Die Männer verlangten eine Rede, und der arme Clas gab sich alle Mühe. Es gelang ihm, seinem Dank Ausdruck zu verleihen. Anschließend gesellte sich Wals Stellvertreter, ein Kerl namens Talmarin, zu ihnen, während Gan ein letztes Bier mit dem Kapitän trank. Clas beobachtete sie halb lächelnd. Talmarin entschuldigte sich für seinen frühen Aufbruch und erklärte, er fühle sich nicht wohl. Er wirkte nüchterner als jeder andere, wenn man Clas nicht zählte, und ihm war offensichtlich unbehaglich zumute. Wal entließ ihn mit einem Wink und riet ihm, er solle sich einmal richtig ausschlafen.

Während Talmarin hinausging, packte Gan Wal am Arm und führte ihn in die gleiche Richtung. »Gehen wir auch ein bißchen hinaus«, sagte er. »Schnappen wir etwas frische Luft und sehen aufs Meer hinaus.«

Dieses Verlangen konnte Wal nur zu gut verstehen. Clas kam mit ihnen, und zu dritt gingen sie Arm in Arm hinaus. Klugerweise stellte sich Clas in die Mitte, wo er die beiden anderen stützen konnte.

Sie hatten fast den Anleger erreicht, da blieb Wal abrupt stehen. »Seltsam«, entfuhr es ihm, derweil er vorwärts torkelte. »Die Segel werden gehißt. Was tut er?« Er trabte auf unsicheren Füßen los. Während er lief, gewann er an Gleichgewicht, aber anmutig mochte man seine Bewegungen nicht nennen. Gan und Clas rannten neben ihm her. Die Hunde folgten ihnen. Unten am Boot fielen ihnen zunächst die Männer mit Schwertern und

Fackeln auf, welche die anderen Mitglieder der Mannschaft offensichtlich zwangen, alles vorzubereiten, damit das Boot in See stechen konnte. Wal stellte sich breitbeinig auf, stemmte die Hände in die Hüften und befahl, die Segel wieder einzuholen. Außerdem sollte jemand Talmarin an Deck bringen.

Sein Stellvertreter erschien und grinste ihn von der Strebe aus an, die den Gleichgewichtsbalken hielt. Auf seinen Befehl hin sprangen zwei der bewaffneten Männer zu den durchhängenden Leinen und hielten sich bereit, sie zu kappen. Talmarin lachte. »Morgen werde ich in Ola sein, Wal«, höhnte er. »Meine Entschuldigung, weil ich dir dies antun muß, aber Altanars Großzügigkeit übertrifft die deine bei weitem.« Er wandte seine Aufmerksamkeit Gan zu. »Deine Pläne sind sehr viel Gold wert.«

Er hob die Hand, um den Männern an den Leinen das Zeichen zu geben, und dann plötzlich nahm er auch den zweiten Arm hoch. »Dein Leben ist sogar noch mehr wert.« Er hielt eine kleine Axt mit Stahlgriff. Und dann traf ihn etwas im Bauch, etwas, das sich zu schnell bewegte, um mehr als ein glänzendes Aufblitzen wahrnehmen zu können. Er krümmte sich zusammen und taumelte zurück, bis er gegen den Mastbaum stieß. Mit der freien Hand hielt er sich daran aufrecht. Die Axt polterte klingend auf das Holzdeck.

Während er sich abmühte, auf den Beinen zu bleiben, umklammerte seine Hand den Griff des Dolches. Die Mannschaft warf sich auf die Meuterer. Wal sprang kopflos über den Ausleger an Bord und stürzte sich ins Getümmel. Gan und Clas folgten ihm auf dem Fuße. Sekunden später war alles vorbei, da die Verräter aufgaben, nachdem sie mit ansehen mußten, wie ihr Anführer auf so dramatische Weise das Leben verlor. Außerdem war der treue Teil der Mannschaft ihnen an Anzahl weit überlegen.

In Gans Kopf tobte ein Aufruhr. Er bewegte sich wie in einem Nebel.

Talmarin ging gerade in die Knie, als sie ihn erreichten. Es gelang ihm, die Axt zu ergreifen. Mit letzter Kraft versuchte er, sie zu heben, wobei er Gan nicht aus den Augen ließ, bis er schließlich zusammenbrach. Clas holte sich seinen Dolch zurück, trat zur Bootskante und wusch ihn im Wasser.

Wal beobachtete ihn dabei. »Du hast gesagt, er und die Klinge würden einander Ehre bereiten. Diese Tat hätte dies für jeden Mann und jede Waffe eingelöst.« Er stieß Talmarin mit dem Fuß an.

Clas hatte seine Worte gehört. Er drehte sich an der Reling zu ihnen um. »Gan hat ein Schicksal, einen Auftrag zu erfüllen. Und darüber hinaus ist er der einzige, der seine Frau retten kann. Oder meine.«

Gans Puls raste. Da war es! Neelas Name an erster Stelle. Und der »Auftrag«. Dieser verfluchte, unausweichliche Auftrag.

In dem Traum hatte der Mann die gleiche Axt benutzt, doch der Vorfall hatte sich in einem Raum und nicht auf einem Boot zugetragen. Die Dunkelheit hatte er ebenfalls in dem Traum gesehen – und auch das lauernde Meer.

Nichts verhielt sich genau so wie in seiner Vision, dennoch war alles so geschehen, wie es ihm der Traum versprochen hatte.

Einschließlich des unbegreiflichen Hasses.

Einmal mehr hatte Clas ihm das Leben gerettet. Einmal mehr hatte sich Clas als der bessere Mann erwiesen.

Einundzwanzig

Der Anblick von fünf Rudeln Wölfe, die in den Krieg marschierten, stellte ein Schauspiel wilder Pracht dar. Jedes besaß seinen eigenen Signalwimpel, dessen stolze Farben an langen Stangen leuchteten. Das Rudel aus Jalail hatte die Farben von Gans Familie für sich beansprucht, rot und gelb. Der von Elf West zeigte einen weißen Keil auf grünem Hintergrund. Die

Maltens bevorzugten reines Rot, die Galmontis blankes Blau, und Fins Männer trugen einen schwarz-gelb gestreiften Wimpel vor sich her. Sie alle flatterten im Wind, und ihr eifriges Knattern begleitete den meilenfressenden Schritt der Wölfe. Die Soldaten marschierten in einer Kolonne, solange sie eine gute Straße vor sich hatten, und das Trampeln ihrer Füße klang wie das Donnergrollen eines fernen Gewitters. Vorn führte Clas, dessen Kriegsroß vor Aufregung tänzelte, die Fußsoldaten an. An ihrem zweiten Tag unterwegs sollten sie bald mit den olanischen Truppen in Berührung kommen.

Clas gab mit den Armen ein Zeichen. Die Trommeln des Jalail-Rudels schlugen einen Marschrhythmus an.

Die Hunde trotteten neben Gans Pferd her und achteten überhaupt nicht auf die Trommeln oder Wimpel. Ihre Zungen hingen ihnen naß aus dem Maul. Es war ein leichtes, ihren entspannten, fast schlaffen Schritt mit Müdigkeit zu verwechseln. Tatsächlich jedoch trödelten sie nur. Seit langem wußten sie, während die Männer marschierten, gab es für sie nichts zu tun. So sparten sie ihre Kraft und warteten ab. Hin und wieder vergewisserte sich vor allem Shara, ob tatsächlich keine Notwendigkeit bestand, die Aufmerksamkeit zu erhöhen. Cho beschäftigte sich dagegen ausschließlich mit sich selbst.

Gan suchte den Himmel ab. Morgen nacht würden sie den Wind brauchen, der diese Wimpel aufblähte. Denn ohne eine frische Brise würden Tates fünfzig Männer nicht schnell genug die Küste hinunterfahren können, und damit wäre der Angriff auf Altanars Burg ernsthaft gefährdet.

Das war kein schöner Gedanke. Er versuchte, ihn durch sein Nara zu vertreiben, was ihm jedoch nicht gelang. Am Morgen nach dem Vorfall auf Wals Boot hatte er unter fürchterlichen Kopfschmerzen und einem schlechten Gewissen gelitten. Erstere rührten vom Bier her. Das zweite galt den Gefühlen, die er Clas gegenüber gehegt hatte. Noch am zweiten Tag lag ihm die Reue bei der Erinnerung an den juwelenbesetzten Dolch, der durch die Luft schoß, schwer im Magen. Er wußte, er sollte lieber Dankbarkeit verspüren. Und darüber hinaus verwirrte ihn, daß er tatsächlich dankbar war.

Ein Teil von ihm liebte seinen Freund.

Der andere haßte ihn.

Das ergab doch keinen Sinn.

Die Trommeln des Jalail-Rudels verstummten. Das Malten-Rudel geradewegs dahinter begann mit einem eigenen Rhythmus. Dieser riß Gan aus seinen Gedanken. Die Trommeln gefielen ihm. Sie hatten verschiedene Größen, weshalb die Musiker richtige Melodien spielen konnten, die das Ohr erfreuten und den schwerbepackten Soldaten den Marsch erleichterten. Außerdem verstärkten die Trommeln das Gemeinschaftsgefühl. Jedes Rudel war stolz auf seine Musiker und brüstete sich mit ihnen, wenngleich alle innerhalb eines vorgegebenen Rahmens geschlagen werden mußten. Trotzdem tauschten die Trommler untereinander Ideen und Technik aus, wovon man im alten Harbundai bislang nie zuvor gehört hatte.

Abermals betrachtete er die Männer und erblickte eine geschlossene Einheit von Soldaten aus Baronien, die einander traditionell niemals vertraut hatten, jetzt jedoch bereit waren, miteinander und füreinander zu kämpfen.

Zumindest sah es in der Theorie so aus. Ob die sich bewahrheitete, würden sie morgen um diese Zeit wissen.

Insbesondere Conway wies gern darauf hin, daß es besser wäre, wenn sie friedlich zusammenarbeiteten. Er schien diese Idee für sehr originell zu halten. Noch so ein seltsamer Mann. Launisch.

Col war manchmal genauso gewesen. Gewöhnlich dann, wenn ihn etwas an Murmillanh erinnerte. Vielleicht dachte auch Conway an eine Frau. Er hoffte, Col und Murmillanh beobachteten ihn und lasen seine Gedanken.

Die Prophezeiung. Er wollte sie erfüllen. Er wünschte, er wäre sie endlich los.

Sie war ebenso verräterisch wie seine Gefühle Clas gegenüber.

Möglicherweise war er verrückt. Würde er aus dem Sattel fallen und Staub essen? Würde er in diese Schlacht reiten und nach dem Tod rufen? Würde er zitternd und weinend davonrennen und seine Männlichkeit verlieren?

Eigentümlicherweise beruhigten ihn diese Gedanken. Von solchen Dingen war er nicht besessen. Die Schlacht war der einzige Ort, an den ihm seine Zweifel und seine Verwirrung nicht folgten.

Ein kleiner Aufruhr an der Spitze erregte seine Aufmerksamkeit. Eine Gruppe Reiter von Elf West kehrte von der Kundschaft zurück, und sie führten einen Mann auf einem Pferd in ihrer Mitte. Einen Augenblick verwirrte Gan ihre langsame Geschwindigkeit, bis er erkannte, daß der Kerl zwischen ihnen auf einem Esel saß. »Bilsten!«

Kurze Zeit später stand ihm der Händler gegenüber.

Bilsten stellte sich in seinen Steigbügeln auf und salutierte in der Art von Jalail, sobald er Gan erblickte. Einer der Kundschafter wollte mit der Rückhand nach ihm schlagen, um dies zu verhindern, und Bilsten duckte sich mit der Geschicklichkeit jahrelanger Übung. Ehe der junge Mann sein Vorhaben wiederholen konnte, hatten sie Gan erreicht, der ihn anschrie, es zu unterlassen. Ohne den überraschten Soldaten zu beachten, ritt Bilsten zuversichtlich aus dem Viereck.

Während der Esel seinen Schritt beschleunigte, hüpfte der Händler bei jedem Schritt im Sattel auf und ab, wobei sein backenbärtiges Gesicht zu verschwimmen begann. »Ich erkenne dich, Gan Moondark.«

Gan antwortete und grüßte ebenso formell. Er unterdrückte ein Lächeln, während der Mann seinen Esel voller Selbstvertrauen neben ihn lenkte. Indem Gan auf seinen neuen Begleiter hinabblickte, sagte er: »Was treibt dich hierher? Du mußt doch gehört haben, daß wir gegen Altanar in den Kampf ziehen. Zu jenen menschlichen Kojoten, welche die Leichen auf dem

Schlachtfeld fleddern, gehörst du nicht, und Handel wird hier weit und breit nicht getrieben. Was also könnte dich interessieren?«

Die hellen, grasgrünen Augen funkelten. »Händler finden stets eine Möglichkeit, Gewinn zu machen, junger Murdat. Auch im Krieg werden Waren ge- und verkauft, wußtest du das nicht?«

Gans Gesicht erstarrte. »Sklaven?«

»Niemals. Kein wahrer Händler gibt sich mit so etwas ab. Und er beraubt keineswegs die Toten. Nur weil ein Mann Handel treibt und von der Hand in den Mund lebt, gehört er nicht zwangsläufig zu uns. Wir haben unsere Gesetze.«

Erneut wandte sich Gan ab und verbarg so ein Grinsen. Diesmal jedoch nicht rasch genug. Bilsten fuhr fort: »Unterschätze nicht jene, die dir ihre Freundschaft anbieten. Ich vermag dir ein Beispiel zu liefern, was ich jemandem verkaufen könnte, der König wäre.« Er kicherte über Gans verblüfftes Gesicht und setzte hinzu: »Wenn deine Kavallerie nur ein mottenzerfressenes Kaninchenfell wert ist, wird sie in vielleicht einer Stunde von Süden her zurückkehren, weil sie auf ein großes olanisches Lager gestoßen ist, das gerade in ihrem Weg liegt.«

»Du hast sie gesehen? Wissen sie über unseren Anmarsch Bescheid?«

»Ja und nochmals ja. Inzwischen wird ihre Reiterei auf die deine getroffen sein. Wenn du sie erreicht hast, wirst du den Vorteil der Überraschung verloren haben.« Ernst zupfte er an seinem Bart. »Sie sind dir wenigstens drei zu eins überlegen. Und Likat wird gegen Sonnenuntergang mit weiteren fünfhundert Mann dazustoßen.«

»So viele? Er hat zu wenig Krieger im Hauptlager zurückgelassen. Das ist gefährlich. Ich habe von den Schwierigkeiten gehört.« Er bezog sich auf die Geschichte des Boten über das Kriegspferd.

»Die Lage stellt sich noch schlimmer dar, als du annimmst«,

erwiderte Bilsten. »Likat nutzt die besten Eigenschaften der Krieger aus. Jeden, der sich weigert, für ihn zu kämpfen, bezichtigt er der Feigheit. Seine Gefolgsleute fordern alle heraus, die ihm widersprechen. Die Kämpfe sind niemals fair, aber du weißt, wie stolz deine Männer sind. Ein Clan mißtraut dem anderen; seine Männer brechen Streit unter ihnen vom Zaun, und er präsentiert sich daraufhin als der große Friedensstifter. Die meisten im Stamm wären ihn am liebsten los, doch dann packt er sie sofort an der Kehle. Er ist der *Anführer*. Die Teufel haben riesige Schäden angerichtet, und die guten Männer wollen die Hundemenschen nicht noch weiter spalten, indem sie ihm offen gegenübertreten. Falls einer sich erheben wollte, müßte er sich der Unterstützung von außen sicher sein.« Die letzten Worte betonte Bilsten bedeutungsvoll, und danach verstummte er.

Gan wandte sich ihm zu, und die hellgrünen Augen des Händlers funkelten herausfordernd. Er glaubte, noch etwas in diesem Blick gesehen zu haben. Zunächst hielt er es für Hoffnung, aber wieso sollte Bilsten darauf hoffen, Gan würde den Hundemenschen helfen? Trotzdem fühlte er sich verpflichtet, den bärtigen Mann zu trösten. Darüber hinaus wollte er sich ihm zu gern anvertrauen. Und so erklärte er ihm seinen Schlachtplan und enthüllte ihm seine Absichten, die beiden Königreiche und die Hundemenschen zu vereinigen. Bilsten erkundigte sich, was er mit den Bergmenschen vorhabe, und Gan antwortete mit einer wegwerfenden Geste. »Entweder gesellen sie sich zu uns und benehmen sich wie Männer, oder ich werde sie vertreiben. Stell dir nur vor, Bilsten: Die Völker könnten von der Walküste bis zum Land der Büffelesser, von den Seesternen bis zum Mutterfluß ohne Angst leben.«

Sekunden dehnten sich zu Minuten, bevor einer der beiden wieder das Wort ergriff. Und erneut, so wie sich Gan verpflichtet gefühlt hatte, Bilsten alles zu erzählen, verspürte er nun den Drang, die Antwort abzuwarten. Doch statt dessen stellte der andere Mann eine weitere Frage: »Gibt es etwas, das dir noch wichtiger ist als dieses Streben, junger Murdat? Denke sorgsam darüber nach. Und vergewissere dich deiner sehr wohl.«

Ihm wurde heiß im Nacken, bemerkte Gan. Er versuchte, die Wut nicht in seiner Stimme mitschwingen zu lassen. »Meine Frau. Falls ich bei ihrer Befreiung versage, sollen die Stämme ihr Schicksal selbst in die Hand nehmen.«

»Aha.« Wegen der Trommeln war dieser Laut kaum zu hören, obwohl Gan die Befriedigung nicht entging. Ohne den Hundekrieger anzuschauen, fragte Bilsten: »Noch einmal bitte ich dich, in deinem Innersten nach der Antwort zu suchen. Nur die völlige Wahrheit kann uns weiterhelfen. Gibt es etwas, das dir wertvoller erscheint?«

»Nichts.« Gan brüllte das Wort fast. Er starrte auf die knatternden Wimpel. In der lastenden Stille brüteten unausgesprochene Gedanken. Er hüstelte. »Ich habe zu voreilig geantwortet«, entschuldigte er sich. »Die Ehre ist mir wichtiger. Nicht nur mir; ihr ebenfalls. Wir könnten nicht in Unehre leben.«

»Ich glaube dir.« Bilsten nickte. »Vielleicht hatte deine Mutter recht.« Er lachte, und seine Heiterkeit überraschte sein Gegenüber nach all der Ernsthaftigkeit. »Ach, muß man dabei nicht wirklich aus der Haut fahren?«

Gan verlangte eine Erklärung dieser Äußerung, und Bilsten griff in seine Satteltasche. Beide Hände so aneinandergelegt, daß niemand außer dem Murdat etwas erkennen konnte, hielt er ihm den Gegenstand hin.

Sylah hatte ihm einmal eine kleinere Version der Kette der Irisäbtissin gezeigt, und daher erkannte Gan diese sofort. Das waren die Libelle und die Amethyste. Ehe er noch eine Frage stellen konnte, sprach Bilsten weiter. »Hör dir eine Geschichte an, Murdat. Vergiß deinen kleinen Krieg für einige Minuten und erfahre, warum du inmitten dieses Sturms stehst, der uns alle wild durcheinanderwirft. In der Zeit, da noch Menschen lebten, die sich daran erinnerten, wo sich die heiligen Städte befunden hatten, als der Nuktod den Unachtsamen übermannte und die

Gottestode ein qualvolles Sterben verhießen, wurde die Kirche aus den Frauen geboren. Zunächst sorgte sie für Heilerinnen, später für Kriegsheilerinnen. Sie stellte die Regeln für das Leben auf und die Zeremonien für die Begräbnisse. Und zum Schluß brachte sie die Lehrer hervor. Alle wissen, was danach passierte, doch eines der Geheimnisse der Kirche war die Existenz der Überlebenden. Die Kirche hatte mit angesehen, wie die Lehrer verbannt wurden. Einige von ihnen waren Männer.«

Gan wich ein Stück von Bilsten ab, der jedoch ungestört weiterritt. »Lehrer, denen man das Lehren verbietet, gleichen Hundekriegern, die ihre Ehre verloren haben, nicht wahr? Aber sie entschlossen sich, eine andere Aufgabe zu finden. Wir, die wir von ihrem Blut abstammen, haben all die Jahrhunderte mit der Kirche zusammengearbeitet, haben gekundschaftet, organisiert, haben den Weg für die Missionarinnen bereitet und alle Dienste geleistet, zu denen wir in der Lage waren.« Er wandte die funkelnden Augen Gan zu, und aus diesem Blick sprach solcher Stolz, daß der Hundekrieger gerührt war, und dies trotz der Überraschung über das, was er gerade vernommen hatte.

Und so fiel ihm dummerweise nur ein einziges Wort ein: »Händler?«

»Genau die. Verschmäht, verbannt, vereinsamt. Wie sonst hätten wir der Kirche weiter dienen können? Und das waren nicht alle. Eine kleinere Anzahl verließ die Häuser der Lehrer als Schmiede. Viele starben, wurden vom Nuktod verbrannt, von Krankheiten hingerafft, oder erschlagen, bevor ihre Mörder von ihren Fähigkeiten Kenntnis erhielten. Genug überlebten jedoch, um ihre verschiedenen Künste zu verbreiten. Manche wurden Sias genannt. Natürlich stammen nicht alle Schmiede von ihnen ab, aber es gibt einige, die ihre Vorfahren bis zu den Lehrern zurückverfolgen können. Einer von ihnen ist Saband Guyd.«

»Ha!« Gan richtete den Zeigefinger auf ihn. »Jetzt lügst du. Saband? Kirche? Er begrüßt kaum den Einen In Allem bei Sonnenaufgang.«

Trocken fragte Bilsten: »Wäre es dir lieber, wenn er Hymnen singen und ein Kreuz tragen würde?«

Gan fiel fast aus dem Sattel, drehte sich rasch um und überprüfte, ob jemand Bilstens letzte Worte gehört hatte. Shara winselte, konnte aber den Grund für die plötzliche Sorge seines Herrchens nicht erkennen. Heiser flüsterte Gan: »Verrate mir solche Dinge nicht! Wenn ich das jemandem weitersage!«

Bilsten zuckte mit den Schultern. »Mein Leben liegt ohnehin schon in deinen Händen.«

»Ich will es nicht.«

»Aber ich will deins. Man hat über dich beraten, Gan Moondark, und dich auserwählt.« Er zögerte und fuhr schließlich fort: »Ein Mann, der von den Launen einer Prophezeiung getrieben wird, beunruhigt viele. Dennoch wurde mir aufgetragen, dir ein bestimmtes Wissen zu überbringen – wie ich das getan habe – und dir bestimmte Dienste zu leisten. Zum Dank dafür wirst du bei deiner Ehre schwören, daß du unser Geheimnis für dich behältst.«

Gan hämmerte es im Kopf. »Die Rosen an Sylahs Tür. Das warst du.«

Er nickte. »Ich mußte sie verängstigen. Alles war schiefgelaufen. Und ich habe dich auch in deinem Lager aufgesucht, um dir über die Berge zu helfen. Glücklicherweise ist mir das gelungen.«

»Was verlangst du von mir?«

»Im Augenblick? Nichts. Ich kam im Gegenteil, damit ich dich abermals unterstützen kann. Saband Guyd befindet sich bei Likat. Falls du mir versprichst, der Kirche in der Zukunft zu helfen, wann immer sie dessen bedarf, werde ich mit deinem Versprechen, geradewegs ins Hundelager zu marschieren, nachdem du Altanars Armee geschlagen hast, zu ihm reiten. Ich kann dir garantieren, daß er den größten Teil der Hundekrieger aus der Schlacht heraushalten wird.«

Ein verkniffenes Lächeln zeigte sich um Gans Mund, erreichte jedoch seine Augen nicht. »Mein vorderstes Anliegen besteht darin, Neela und Sylah zu befreien. Das mag mir mißlingen. Vielleicht habe ich jedoch dabei Glück, scheitere jedoch an Altanar. Und ich habe keine Ahnung, worum die Kirche mich bitten sollte.«

»Wir glauben an deinen Erfolg. Was die Forderungen der Kirche angeht, so mußt du ihr schlicht vertrauen. Wie ich dir vertraut habe.«

Sie befanden sich in einem Gebiet, welches erheblich weniger Regen genossen hatte als andere. Die Felder waren ausgedörrt, und über der Straße lag ein feiner, flaumiger Staubnebel. Dem konnte man nicht entrinnen. Die Trommeln waren verstummt, schienen zu schmollen. Die trockene Wolke setzte sich auf allem ab, auch auf Gans Lippen. Er schmeckte den heißen Staub, der in seiner Trockenheit fast knusprig wirkte, schmeckte die Reichhaltigkeit der Erde, die viele gute Dinge hervorbringen könnte.

»Mein Schicksal ist es, den Menschen den Ruhm zu bringen«, erwiderte er. »So haben es mir meine Eltern gesagt. Teile Saband mit, sollte ich überleben, würde ich kommen. Zusammen werden wir Likat zermalmen.«

»Und jetzt verrate ich dir«, antwortete Bilsten, »was ich zurückhalten mußte, bis ich deine Zustimmung erhalten hatte. Die Teufel versammeln sich zu einem letzten Überfall auf das Hundelager. Saband und seine Männer werden sie überraschen. Dein Volk wird gerettet. Likat wird zu gegebener Zeit fallen.«

Bleich und zitternd entgegnete Gan: »Hättest du die Teufel mein Volk massakrieren lassen?«

Kalt gab Bilsten zurück: »Deine Prophezeiung bietet zwei Wege. Stets mußt du wählen. Wir haben uns entschieden, dich zu begleiten, solange wir voneinander Nutzen haben.«

»Du führst mich in Versuchung, Händler. Niemand – nicht einmal die Kirche – darf mit mir spielen. In einem anderen Augenblick hätte ich dich in zwei Stücke geschlagen. Jetzt ...« Er holte tief Luft. »Warne Saband.« Gan rief einen Kundschafter zu sich und trug ihm auf, Bilsten zu den Reservepferden zu bringen, und fügte mürrisch hinzu, er wünsche, der Händler möge sich etwas schneller denn mit Eselsgeschwindigkeit bewegen.

In der Ferne galoppierten zwei Reiter auf Clas zu und zogen eine Staubfahne hinter sich her. Gan beurteilte den Stand der Sonne. Sein Gespräch mit Bilsten hatte fast genau eine Stunde gedauert.

Er schloß die Augen und verbannte die Gedanken an das Gesagte aus seinem Kopf. Schließlich galt es, eine Schlacht zu schlagen.

Ich komme. Er hielt den Atem an und stellte sich vor, daß die Worte zu ihr flogen. In seiner Phantasie sah er sie in der Luft schweben wie Kolibris, winzig, präzise und schillernd. Sie schwebten an ihr Ohr. Sie hörte das heisere Summen der nahezu unsichtbaren Flügel und verstand. Lächelte.

Clas signalisierte: »Feind vier Meilen vor uns.«

Gan warf den Kopf in den Nacken und heulte. Die Männer starrten ihn an. Einer jubelte. Die anderen fielen mit ein. Der Gesang fegte über die ganze Kolonne hinweg, von einem Ende zum anderen, und wiederholte sich. Er schwoll an und ab und ritt voll herausfordernden Selbstvertrauens auf dem dröhnenden Beifall der Trommeln.

Zweiundzwanzig

Gan lehnte, nur von Shara und Cho begleitet, an einem Baum und beobachtete die fünfzig handverlesenen Männer des Rudels aus Jalail, die ein letztes Mal ihre Ausrüstung überprüften. Dafür bot die dünne Mondsichel kaum ausreichend Licht. Sie murrten darüber, aber schließlich beschwerten sich Soldaten stets über alles, und gleichzeitig wußten sie, daß sie nur aufgrund dieser Dunkelheit darauf hoffen durften, in einer Stunde unentdeckt zu bleiben.

Falls man überhaupt irgend etwas hoffen durfte.

Das Eintreffen der Hundekrieger gefährdete den gesamten Plan.

Die gegnerischen Armeen waren auf zwei Seiten eines großen, ebenen Gemüsefeldes aufmarschiert. Im letzten Tageslicht hatten sie noch zusammen Übungen absolviert. Kavallerieeinheiten krachten zwischen den bereitstehenden Truppen aufeinander. Ihre Schlachtrufe hallten leidenschaftlich und wild über die Felder. Die Fußsoldaten, welche die Stellung halten sollten, benahmen sich wie Tiere an der Leine. Angst und Blutdurst vermischten sich, obwohl man sich gegenseitig vor den Gefahren von beidem warnte.

Gelegentlich sprang einer von ihnen heldenhaft vor, schlug auf seinen Schild, sang ein Schlachtlied oder brüllte Herausforderungen. Manchmal ging einer der gegnerischen Männer darauf ein. Dann wälzten sich die Armeen fieberhaft voran. Die Formationen strebten aufeinander zu. Nun galoppierten die Offiziere herbei und stellten die Ordnung wieder her. Pferde neigten die Köpfe und tänzelten aufgeregt und voller Eifer herum. Die überreizten Helden trabten zu ihren Einheiten zurück. Ihre Freunde lobten sie und jauchzten.

Bei Anbruch der Dunkelheit loderte eine Reihe Feuer vor jeder Abteilung auf. Schemenhaft und in ihrer flatterhaften Eile an Fledermäuse erinnernd, duckten sich Männer an den Flammen vorbei und machten sich zu den vorgeschobenen Posten auf. Meist versteckten sie sich achtsam wie Mäuse und beobachteten und lauschten lediglich. Die besten von ihnen streiften wagemutig umher. Sie waren die Pirscher, denen andere Männer – selbst ihre Kameraden – den Respekt entgegenbrachten, der jenen gebührt, die Menschen jagen.

Noch im Tageslicht hatten die Kommandanten der Wölfe sich

betrübt die Felder angeschaut. Gelegentlich lockerte ein Haus oder ein Wäldchen die Eintönigkeit der Ebene auf. In dieser Landschaft ohne Deckung war die größere Armee im Vorteil, und die Wölfe waren der Anzahl nach deutlich unterlegen. Der olanische Kommandant hatte den Ort mit Umsicht ausgesucht. Da er sich der Beweglichkeit der Wölfe in der Schlacht bewußt war, hatte er seine Frontreihen zwischen einem Dickicht zu seiner Linken und einem alten Waldstück zu seiner Rechten aufgebaut. Emsos Kundschafter berichteten, daß es sich bei dem Dickicht um eine Gruppe junger Bäume handelte, die nach einem Brand neu gesprossen waren. Dazwischen wuchsen Bambus und wilde Rosen. So war dieses Gebüsch so gut wie undurchdringlich, sah man einmal von den schmalen, nutzlosen Wildwechseln ab.

Anfangs hatten sich Gan und Clas zu dem alten Waldstück gratuliert. Mochte dies zwar die Truppenbewegungen in der Schlacht einschränken, so bot es doch einen hervorragenden Weg für den nächtlichen Marsch um die Olaner herum.

Dann kamen die Hundekrieger. Sie nahmen an dieser Flanke Position ein. Wieder leisteten Emsos Kundschafter sehr gute Arbeit und fanden heraus, daß die Hunde in dem Wald Nachtwachen aufgestellt hatten.

Zwar war es immer noch möglich, sie zu umgehen, doch mußte man wesentlich weiter nach Osten ausweichen, bevor man sich nach Süden wenden konnte. Und den Wert, den Zeit in dieser Situation besaß, konnte man kaum mit Gold aufwiegen.

Diese Tatsache beanspruchte Gans ganzes Denken, während er nun die Pferde inspizierte, die hinter ihm angepflockt waren. Selbst die Tiere schienen zu begreifen, daß etwas Einzigartiges vor sich ging. Sie zermalmten Getreide zwischen ihren Zähnen und warfen dabei ständig die Köpfe hin und her. In ihren Augen glänzte das Mondlicht.

Die Truppe für den Überfall würde ihre Pferde nicht vor der Morgendämmerung besteigen, und dann hätten Gan und seine

Männer die olanischen Linien bereits weit hinter sich gebracht. In zwei Reihen würden sie die Pferde einen Weg entlangführen, den im Augenblick Emsos beste Kundschafter markierten.

Dunkelheit und Geschwindigkeit zählte er zu seinen Verbündeten. Und Gan hoffte, noch einen weiteren zu gewinnen – Schrecken.

Er ging hinüber zu den Drachenführern, die auf seine Befehle warteten. Die Männer strotzten nur so von Eifer. Der Wind stand nahezu perfekt, und sie vertrauten ihrer Ausrüstung ganz und gar. Gan wünschte nur, er selbst könnte so optimistisch in die Zukunft blicken.

Er hatte sie in Fünf-Mann-Gruppen eingeteilt, wobei je ein Starthelfer vier Drachenführer bediente. Auf seine Aufforderung hin verteilten sie sich und deckten den größten Teil der Front ab. Gan trat neben einen von ihnen und beobachtete, wie der Starthelfer auf die olanischen Reihen zulief, bis er in der Finsternis verschwand. Nachdem er lange ungeduldig gewartet hatte, zeigte der Drachenführer nun plötzlich große Aktivität. Er lehnte sich nach hinten, wobei er unbewußt das Kinn hochzog, als würde er sich ansehen, wie der Drachen in einen blauen Himmel aufstieg. Kurz darauf wandte er sich Gan zu, und in seinem dunklen Gesicht blitzten weiße Zähne auf. »Er ist oben, Murdat. Du kannst ihn erkennen, wenn du genau hinschaust – er hebt sich schwarz gegen die Sterne ab.«

Gan verdrehte den Kopf und spähte in die Höhe. Eigentlich entdeckte er den Drachen nicht wirklich, sondern bemerkte nur ein unsichtbares Etwas, das die Sterne verdeckte. Es rief ein unangenehmes Gefühl im Magen hervor.

Bei seiner Rückkehr hatte Clas die Truppe für den Überfall zusammengestellt. In einer Stunde würden die Pfeifen an den Drachenleinen in den Himmel schießen. Ohne ein Wort streckte Clas die Hand aus und ergriff Gans Schulter. Gan tat das gleiche. Eine Sekunde lang verharrten die Männer in dieser Berührung, dann brachen sie zur Spitze der Kolonne auf.

Gan behielt die Hunde dicht bei sich, während sie losgingen. Emsos Männer hatten mit weißen Stoffstreifen einen Weg markiert, der ein rasches Vorankommen erlaubte. Der gleichmäßige Wind, der zuvor die Drachen so leicht in die Lüfte getragen hatte, ließ nun die Baumwipfel rascheln. Die Geräusche der Kolonne, wenngleich niemals laut, wurden so überdeckt. Hoffentlich würden die Nachtwachen und ihre Hunde nichts mitbekommen. Und wenn, so würden sie vielleicht glauben, da sie diesen Ort nicht kannten, es handele sich lediglich um den Wind.

Bis zu dem Zeitpunkt, an dem sie sich nach Süden wandten, glaubte Gan, sie würden auf keinerlei Schwierigkeiten stoßen.

Dann hörte er ein warnendes Bellen aus der Windrichtung.

Seine Nackenhaare stellten sich auf. Er blieb stehen, lauschte und zog den Murdat. Die Hunde zitterten, bewegten die Köpfe hin und her und zuckten mit den Ohren. Sie vernahmen die Pfeife der Nachtwache.

Langsam ließ Gan die Männer zweihundert Meter weiterziehen, bis er eine Gestalt entdeckte. Als diese sich bewegte, rührte sich noch etwas in ihrer Nähe, ja, die Finsternis selbst schien zu schwanken.

Gan stockte der Atem. Er betrachtete eine Nachtwache und ihre Hunde. Er griff nach Clas' Hand und signalisierte ihm, er würde allein weitergehen. Clas wollte ihn zurückhalten. Gan entwischte ihm.

Shara und Cho drückten sich an seine Beine und knurrten tief und schwer, ein Laut, den er eher in seinen Gliedern spürte denn wirklich vernahm. Er berührte sie und brachte sie zum Verstummen.

Der Schemen regte sich nicht. Plötzlich duckte er sich, und Gan stellte sich auf einen Angriff ein.

Die Stimme eines jungen Mannes, die so angestrengt klang, als würde sie im nächsten Augenblick brechen, sagte: »Nenne deinen Namen!«

»Ich bin Gan Moondark.« Er sprach leise, und dennoch donnerte sie in seinen Ohren wie eine Kriegstrommel. »Ich erkenne dich nicht.«

»Ich erkenne dich, Gan. Ich bin Darbannen Vayar, Sohn des Gonmall. Saband Guyd hat mich geschickt.«

»Ich erkenne dich, Darbannen.« Angesichts der höflichen Floskeln unter diesen Umständen hätte Gan beinahe laut gelacht. Er unterdrückte diese Gefühlsregung. Inzwischen waren sie nahe genug beieinander, um zu sprechen. Hinter jedem von beiden begehrten die Hunde gegen die eingeimpfte Disziplin auf. Clas trat neben Gan, und erneut wurden Höflichkeitsformeln gewechselt. Die Nachtwache sagte: »Saband Guyd trug mir auf, ich solle nach Kundschaftern Ausschau halten, die einen Weg markieren. Ich beobachtete, wie sie nach Süden zogen. Als ich rief, hoffte ich, du würdest es sein.«

»Welche Nachricht schickt Saband?« erkundigte sich Gan.

»Alle Nachtwachen und fast alle Hundekrieger werden heute nacht mit ihm aufbrechen. Er dankt dir für die Warnung vor den Teufeln. Wir werden ihnen ein herzliches Willkommen bereiten.«

In dem Augenblick, da er den Satz zu Ende brachte, zerriß ein Heulen den dunklen Himmel, das einem das Blut erstarren ließ. Vor Schreck wurde Darbannens Stimme schrill, und sein Murdat scharrte leise, als der Mann ihn aus der Scheide zog. »Was ist das?«

»Eine Überraschung für Altanars Armee«, erklärte Gan. Zu dem Heulen gesellte sich ein zweites. Aus der Ferne hörten sie Rufe. »Geh zurück zu Saband. Teile ihm mit, Darbannen Vayar sei so tapfer wie jeder andere Hundekrieger, der je geboren wurde, und ich würde bald zu meinem Volk stoßen.«

Darbannen stotterte: »Das kann ich ihm nicht sagen, Murdat. Du machst mich verlegen.«

»Willst du mich deshalb beschämen? Oder mir den Gehorsam verweigern? Geh!«

Die Hunde der Nachtwache knurrten wegen des scharfen Tons des Befehls, aber der junge Mann brachte sie sofort zur Ruhe und verschmolz dann mit dem dunklen Wald.

»Das Glück steht dir bei. Beten wir, daß es so bleibt«, merkte Clas an.

Mit beschleunigtem Schritt führten sie die Kolonne weiter.

Im silbernen Licht der Morgendämmerung erhielt der General der olanischen Truppen die schockierende Mitteilung, an seiner rechten Flanke stünden nur mehr achtundfünfzig Hundekrieger. Als er sich schlafen gelegt hatte, waren es noch Hunderte gewesen. Darüber hinaus berichteten seine Offiziere, die von jeder Einheit in sein Zelt schlichen, große Zahlen seiner Männer würden vermißt und seien vor dem schrecklichen, geisterhaften Heulen im Himmel geflohen. Übereifrige Beschützer brüllten, während sie beschrieben, wie viele gefangene Deserteure ihren Einheiten überstellt worden seien. Der General spielte mit dem Gedanken, sie darauf hinzuweisen, daß sie, während sie nach den Flüchtigen suchten, diesem fürchterlichen Lärm ebenfalls entkamen, unterließ es jedoch. Wenn man sich mit Beschützern stritt, wurde man nicht so alt, wie er inzwischen geworden war. Und sei's drum, selbst mit diesen Verlusten waren sie den Wölfen zahlenmäßig noch immer weit überlegen.

Er nahm seinen Posten auf dem Beobachtungsturm ein, den er für sich hatte bauen lassen. Was er sah, bestätigte ihn in seinem Schlachtplan.

Die Wölfe waren in einer sehr gewöhnlichen Formation aufmarschiert und bereiteten sich zur Verteidigung vor. Genau das hatte er erwartet, denn auch er wäre so vorgegangen.

Zunächst würde er die schwere Kavallerie vorschicken, um die Stellungen aufzubrechen, daraufhin die leichtere Reiterei, zu der die Reste dieser Hundewilden gehörten – Altanar hatte sich in dieser Hinsicht sehr deutlich geäußert: Sie sollten große Verluste hinnehmen müssen. Sie würden vorstoßen, dann um den Feind herumreiten und von hinten angreifen. Schließlich würde er die Infanterie in die Schlacht werfen, um die Sache zu beenden.

Wenn dieser Plan auch nicht vor Einfallsreichtum strotzen

mochte, war er doch gewiß sehr sicher. In der Vergangenheit hatte er stets zum Erfolg geführt. Und dennoch beunruhigte ihn die Position, welche die Einheiten der Wölfe eingenommen hatten. Er massierte seine Kavallerie; wenn der Gegner nun seine Front zu einem Halbkreis zurückzog, würde es für seine Männer ein rechtes Spießrutenlaufen geben. Daher mußte er die Bogenschützen weiter vorn plazieren, damit sie diese Formation störten; zogen die Wölfe daraufhin vor und griffen an, zwangen sie diese wiederum zur Selbstverteidigung, was die Wirkung seiner Kavallerie stark einschränkte.

Diese verdammten Signalflaggen schienen ständig zu flattern und lenkten ihn ab. Sie ärgerten ihn. Wie auch immer, die Reiterei stand nahezu in Position, hatte sich offensichtlich von der Furcht der vergangenen Nacht erholt und wartete erpicht auf den Angriff. Er gab das Zeichen zum Vormarsch.

Dann geschah etwas höchst Seltsames. Männer, die große, bunte Kisten trugen, rannten aus den Stellungen der Wölfe hervor. Zu seiner größten Überraschung kehrten sie seinen Linien den Rücken zu, standen da und drückten ihre dummen Kisten auf den Boden. Als sie diese hochhoben, fluchte er verbittert.

Das Heulen in der Nacht! Natürlich, Drachen. Wut brannte auf seinem Gesicht. Sie hatten ihn einmal zum Narren gehalten, und jetzt glaubten sie, das könnten sie wiederholen. Er beobachtete, wie seine Kavallerie an Geschwindigkeit gewann, und lächelte grimmig und voller Befriedigung. In einigen Minuten würde das Spielchen richtig anfangen.

Die Bogenschützen feuerten ihre Salven ab und ließen sich zurückfallen. Die langen, glänzenden Lanzen der Reiter reckten sich vor.

Inzwischen schenkte der General den stillen, lauernden Drachen keine Beachtung mehr. Als einer der Sklaven am Fuß seines Turms in die Luft zeigte und schrie: »Seht nur!« dachte er, der Mann müsse verrückt geworden sein. Dann bemerkte er die Steine, die vom Himmel regneten. Sie erschienen ihm so langsam. Einen Moment lang hoffte er, sie würden hinter seiner Kavallerie auftreffen.

Doch so kam es nicht. Pferde und Reiter landeten mit verwirrten Schreien auf dem Boden, da die Geschosse Rüstungen, Knochen und Fleisch zermalmten. Aus den Reihen der Wölfe erhoben sich Salven von Pfeilen und streckten weitere Reiter nieder. Die Verwirrung wuchs. Neue Drachen flogen durch den Himmel und warfen ihre Last über seinen zum Stillstand gebrachten Truppen ab.

Die Männer blickten nach oben, ließen die Lanzen fallen und wichen zurück.

Der Angriff war gescheitert. In den Schreien der Verwundeten und Sterbenden hörte der General die Zukunft, die ihm durch Altanars Hände blühen würde. Er befahl alle Soldaten zum sofortigen Vormarsch. Die Beschützer, die hinter den Einheiten standen, knallten mit den Peitschen und wiederholten seinen Befehl. Die Armee wälzte sich träge voran. Auf halbem Wege zu den Wölfen nahm sie ihre Ladung von den Drachen entgegen. Wie Gan es sich vorgestellt hatte, drängten sie trotz der Verluste weiter voran. Jene, die ihre Freunde sterben sahen, erfaßte nun eine andere Stimmung. Die Schilde wurden höher gehalten. Die Schwerter waren gezogen.

Dic kleineren Drachen stiegen auf und schossen auf sie zu. Ihre Klingen hingen herab wie Wespenstachel. Unterdessen hatten sich die Olaner darauf eingestellt. Die neue Bedrohung richtete wenig Schaden an, da die marschierenden Soldaten sie aufmerksam beobachteten wie Füchse, die Hühnern auflauern. Jedesmal, wenn ein Drachen herabstieß, schlugen sie zurück. Binnen weniger Minuten war keiner der Drachen mehr am Himmel. Nachdem der letzte abgestürzt war, bliesen die großen Kriegshörner zum Angriff. Pfeile von beiden Armeen schwirrten durch die Luft und erinnerten an Schwärme mörderischer Vögel. Jubelnd begannen die Olaner zu rennen. Heulend erhoben sich die Wölfe und stellten sich ihnen.

Die Signalwimpel der Wölfe tanzten in der Luft. Schrille Pfeiftöne erreichten den General wie ferne Schreie. Der Trommelschlag veränderte sich. Triumphierend packte der Kommandant das Geländer seines Turms. Die gesamte Front der Wölfe fiel zurück. Dann bemerkte er, daß ihre Kavallerie die Flanken sehr gut deckte und sogar gelegentlich seine eigene Reiterei angriff. Und die großen Drachen wurden eingeholt. Manche befanden sich bereits wieder am Boden, weit hinter den Linien. Offenbar wurden sie aufs neue startbereit gemacht.

Einige der Hundekrieger rissen ihre Pferde tollkühn herum und verließen das Schlachtfeld. Sie riefen etwas und zeigten auf ihn. Er konnte ihre Worte nicht verstehen, doch als eine Gruppe Beschützer, die Peitschen in der einen, die Schwerter in der anderen Hand auf sie zulief, bedachten sie diese in aller Ruhe mit Pfeilen, bevor seine Männer umkehren und fliehen konnten. Weitere Hunde verabschiedeten sich aus dem Kampfgewühl.

Dem General schoß durch den Sinn, daß, falls Altanar diese Schlacht verlor, auch sein Königreich zugrunde gehen würde. Diese Möglichkeit hatte er noch nie in Betracht gezogen.

Gan Moondark hatte den Ruf, sich den von ihm Besiegten gegenüber zuvorkommend zu verhalten.

Der General schob die Finger in seinen Maskenhelm und rieb sich die plötzlich schmerzenden Schläfen.

Dreiundzwanzig

Gan blickte hinaus auf die See zu Wals Boot. Wie eine weiße Feder zeichnete das Kielwasser dessen Weg nach, doch war es zart geworden und ähnelte in nichts mehr dem brodelnden Wirbel, der dem Boot folgte, als es am Horizont aufgetaucht war. Da hatte das Wasser vor seinem Bug geschäumt. Jetzt rief es nur noch kleine Wellen hervor, die im Meer verschwanden, sobald sie geboren waren. Gan sagte zu Clas: »Sie werden weiterhin langsamer.«

»Ich weiß.« Seine Stimme war von Groll gefärbt. »Ohne Tates fünfzig Mann und Conways Waffen wird der Kampf um so härter. Hier weht ein kräftiger Wind. Warum nicht dort?«

Gan ging auf diese Frage, die er sowieso nicht beantworten konnte, nicht ein. »Zumindest sind bislang keine Verfolger zu erkennen. Wir geben einfach unser Bestes und hoffen, daß sie rechtzeitig zu uns stoßen.«

Ihr Plan sah die Eroberung olanischer Boote vor, auf denen sie am Ende fliehen wollten. Ohne Wals Männer, die auf diesen die Aufsicht übernähmen, würde den Wölfen in dieser Hinsicht kein Erfolg beschieden sein. Ansonsten müßten sie zumindest die Pferde wechseln, die nach dem Gewaltritt hierher nicht mehr die Kraft besaßen, möglichen Verfolgern zu entkommen. Es würde nicht genügen, die Frauen nur zu befreien.

Als Gan bemerkte, wie ihm abermals die Zeit davonlief, beschleunigte er das Tempo. Während die Meilen unter dem steten Hufschlag zurückblieben, erinnerte er sich an die Nacht vor so langer Zeit, in der sie den Fremden geholfen hatten, die von den Teufeln belagert wurden. Damals hatte er sich als ein Teil der Dunkelheit gefühlt, unsichtbar und unbesiegbar. Heute war das anders. Er lenkte seine Aufmerksamkeit auf die Straße, doch gesichtlose, gestaltlose Ungeheuer der Niederlage wüteten durch seine Phantasie und bedrohten ihn, bedrohten Neela. Er gestand sich die Angst ein und überwand sie.

Nun dachte er an Neela, daran, daß ihr Leben ein zweites hervorbringen sollte. Eine Stimme in ihm sagte: Ihre Gedanken und ihr Glaube gleichen dem deinen; nichts ist schlimmer denn ein Dasein ohne Ehre. Und trotzdem flüsterte eine andere Stimme drängend auf ihn ein. Sie war leiser und gefaßter. Deine Ehre kannst du niemals mit ihrer vergleichen, sagte sie. Neela muß ihr Kind beschützen. Du träumst von Königreichen, während deine

Frau an die Sonne und die Sterne und alles unter dem Himmelszelt denkt. Würdest du dir ein Königreich um den Preis deines Kindes erkaufen? Oder für das Kind deines Freundes Clas? Wenn nicht um diese Kinder, um welche dann? In diesem Augenblick sterben Männer für deine Ideen. Und weitere werden ihnen folgen. Um des Friedens willen? Für dein Volk? *Für Gan*?

Die Stimme nagte an ihm und bedrängte ihn. Die prophezeienden Worte seiner Mutter loderten wie helle Feuer in seinen Gedanken auf.

Neela wollte er. Und sein Kind.

Er betrachtete den Fremden, der seinen Arm schüttelte, fuhr zurück und wollte sich verteidigen. Diese Bewegung dauerte nur einen Augenblick, und in dieser Zeit erkannte er Clas und die Sorge, die sich auf seinem Gesicht widerspiegelte. Er riß sich los. »Mir geht es gut. Ich habe nur nachgedacht.«

Der andere Hundekrieger zog die Augenbrauen hoch, erwiderte jedoch nichts. Statt dessen zeigte er auf den Waldrand. »Die Stadt«, fragte er, »ziehen wir hindurch oder umreiten wir sie?«

»Hindurch.« Gan zögerte nicht. »Wals Skizzen zufolge bietet uns die Stadt Deckung, bis wir uns nur noch zweihundert Meter vor den Burgmauern befinden.« Er ließ die Kolonne anhalten, solange sie noch im Wald war, und ritt sie der Länge nach ab, wobei er sich bei jedem einzeln bedankte. Neela war seine Frau und nicht mit ihnen verwandt, sagte er. Er begrüßte, was sie zu tun bereit waren. »Die Männer, die die Burg bewachen, sind Altanars Tiere«, erklärte er. »Sie sind Folterknechte, Zellenmeister, Beschützer. Und sie wissen genau, was ihnen blüht, wenn sie dem Volk in die Finger geraten. Daher liegt ein harter Kampf vor uns. Aber wir werden ihn gewinnen.«

Im Galopp brachen sie aus dem Wald hervor, flogen aufs Nordtor zu und stürmten hindurch, während die Wachen noch an den Winden herumfummelten, um es zu schließen. Einmal im Inneren der Stadt, schlugen sie einfach jeden nieder, der ihnen

Widerstand leistete, und dann donnerten sie die Straßen hinunter. Zunächst fluchten und schrien die auseinanderströmenden Bewohner, doch nachdem sie erkannten, daß die Burg Ziel des Angriffs war, kehrten viele zurück und riefen ihnen Ermunterungen zu. Der Lärm alarmierte die Burgwachen. Ihnen blieb kaum genug Zeit, die Tore herunterzulassen, bevor die Wölfe sich in zwei Reihen teilten, von denen jede an den Mauern entlangritt und ihre Pfeile auf die wachsende Zahl der Männer auf den Verteidigungsanlagen abschoß.

Auf Clas' Befehl hin eilten drei Männer geradewegs zum mächtigen Holztor. Andere Wölfe konzentrierten ihre Pfeile auf die kleineren Türmchen an seinen Flanken. Sekunden später war das Schwarzpulver plaziert, die Zündschnur in Brand gesetzt, und die drei wichen zurück.

Die Baumeister der Burg hatten mit einberechnet, daß man versuchen würde, das Tor niederzubrennen. In der Stille, die auf das Anbringen des Sprengstoffes folgte, hörte Gan plötzlich ein schrilles, gleichmäßiges Kreischen. Mit einem Mal floß aus jeweils einer Schießscharte der Zwillingstürme ein Wasserstrom und spritzte über das Holz. Die Zündschnur erlosch augenblicklich.

Dieser Fehlschlag ermutigte die Verteidiger. Laut jubelten sie.

Mit hochrotem Gesicht riß Clas den Wachsstock dem Mann, der ihn hielt, aus der Hand und sprengte vorwärts, ohne Gans Rufe zu beachten. Da sich Clas offensichtlich nicht zurückhalten ließ, eilte die Einheit vor und schoß einen Pfeilhagel ab, um ihm Deckung zu geben. Clas sprang vom Pferd, schützte den Wachsstock mit dem Körper gegen das Wasser und zerrte ein wasserdichtes Tuch aus der Satteltasche. Die letzten Meter lief er, dann bückte er sich zu den Gläsern und entzündete die Schnur unter dem Schutz des Stoffs erneut.

Abermals jubelten und lachten die Olaner, da sie den Feind davonrennen sahen. Weiterhin regnete es aus den Türmen Wasser und Pfeile, und einer der letzteren traf Clas' Tier. Es machte vor Schmerz einen Satz, der den Hundekrieger fast aus dem Sattel geworfen hätte, dann jedoch hatten beide einen sicheren Standort erreicht.

Die Wölfe hefteten ihre Blicke auf das Paket vor dem Tor. Rauch war keiner zu erkennen. Clas knetete seine Tätowierung und formte mit den Lippen stumme Beschwörungen.

Beim Knall der Explosion schien das Tor sich in seinen Halterungen rückwärts zu bewegen, als würde es in der Luft hängen und nur mehr von dem Lärm und grellen orangegelben Licht gestützt werden. Im nächsten Moment, so als hätte es alle Kraft des Pulvers in sich aufgesogen und könne sie nicht mehr bewältigen, flog es auseinander. Zerborstene Balken wirbelten wie die Wurfstöcke von Jägern durch die Luft. Rauch und Staub wälzten sich unter dem erschütterten Portal hervor und vermischten sich zu einer weiß-braunen Woge. Einer der Türme kippte in den Burghof. Der andere wankte wie betrunken. Die heulenden Wölfe drängten schon durch die Bresche, während noch Trümmerteile von oben herabfielen. Im Inneren der Burg schwangen sich die Krieger aus dem Sattel, um zu Fuß weiterzukämpfen.

Die meisten der Verteidiger hatten noch die Zeit gefunden und ihre weißen Rüstungen angelegt. Und bald erkannte Gan, daß er ihre Verzweiflung bei weitem unterschätzt hatte. Sie schlugen sie mit der Entschlossenheit von Männern zurück, die wissen, daß es um Tod oder Leben geht. Überall in der Burg entbrannten Kämpfe, innerhalb und außerhalb der Gebäude. Was als Überfall begonnen hatte, entwickelte sich nun zu einem Mahlstrom einzelner Duelle.

Vom Balkon seines Sommerquartiers auf der Westseite der Burg aus bewunderten Altanar und Likat die Aussicht auf die Walküste, als ein Kurier mit der Nachricht eintraf, an der Grenze zu Harbundai habe eine Schlacht begonnen. Diese Neuigkeit gefiel Altanar. Er gestand zwar eine gewisse Überraschung angesichts von Gans verwegenem Manöver ein, tat es jedoch mit einer

Handbewegung ab. »Sie haben keine größeren strategischen Vorteile errungen«, sagte er, »und der Anzahl nach sind wir ihnen bei weitem überlegen. Meine Männer tragen viel bessere Rüstungen. Hoffentlich kämpfen die Wölfe tapfer. Je mehr heute sterben, mit desto weniger haben wir später zu schaffen.«

An dieser Stelle zögerte er. Die wachsende Boshaftigkeit seiner Miene ließ Likat berechnend die Stirn runzeln. Altanar, der sich des erhöhten Interesses seines Gastes nicht bewußt war, setzte seine Ausführungen fort und starrte hinaus aufs Meer. Er sprach leise und richtete die Worte vor allem an sich selbst. »Die Fremden will ich lebend. Alle, auch die schwarze Hexe und den religiösen Mann. Besonders aber jene, die mich betrogen haben. Ich habe ihnen soviel geschenkt und sie als Ehrengäste behandelt. Dafür habe ich nichts zurückbekommen. Sie nahmen, gaben jedoch nichts. Beschämten mich. O ja – ich will sie lebend. Für mich. Damit ich erfahre, was sie an Wissen besitzen. Sie werden es mir erzählen, während ich ihnen meine kleinen Geheimnisse enthülle. Langsam. Und voller Liebe.«

Unsicherheit umwölkte Likats Gesicht, und Altanar lächelte ihn kameradschaftlich an, um seinen Verbündeten zu beruhigen. »Und natürlich sind die anderen für dich bestimmt, mein tapferer Freund. Neela. Gan, Clas – sollten sie überleben. Und ein großzügiger Teil der Beute.«

Er gab den Versuch auf, Likat in das Gespräch mit einzubeziehen, und schickte nach seiner Rüstung und seinen Kammersklaven, ehe er das Frühstück bestellte. Likat wollte keins. Seine mürrische Art verdroß Altanar. Bis zu Likats Ankunft mit seiner Eskorte in der vergangenen Nacht hatte er diese Neela einfach nur als eine Geisel betrachtet. Es hatte ihn bitterlich erschreckt, daß dieser buntgekleidete Wilde sie für sich beanspruchte. Solcher Selbsttäuschung konnte man auch eine heitere Seite abgewinnen. Welche Frau würde sich von diesem stolzen Narren angezogen fühlen? Der halb rasierte, halb mit Zöpfen bewachsene Kopf allein würde sie schon zum Lachen bringen.

Beinahe hätte er gelächelt, da er sich an das Temperament dieser Hundefrau erinnerte. (Wie hieß sie doch gleich? Ach ja, Neela. Leicht zu vergessen.)

Unglücklicherweise hatte sie so schnell ein Kind empfangen. Sie war recht anregend gewesen.

Nun war es notwendig, Likat eine Weile lang von ihr fernzuhalten. Er war stolz auf die Überredungskünste, mit denen ihm das bisher gelungen war. Es bedurfte schon erheblicher Fähigkeiten, wenn man sich mit einem Tier unterhalten wollte.

Der Beginn der Schlacht stellte einen Segen dar; er bot die perfekte Gelegenheit, den Mann aus der Burg zu schaffen.

Eine Zeitlang. Er würde seine Braut schon zu Gesicht bekommen. Unter den rechten Umständen. Bei einem Vergnügen, mit welchem die Vernichtung von Gan Moondark und allen Hundemenschen vollendet werden würde.

Er redete noch immer, derweil die Sklaven ihm die Rüstung anlegten, und amüsierte sich über Likats steigende Gereiztheit. Narren beschäftigen sich stets so sehr mit sich selbst, dachte er; sie haben kein Gespür für die Gefühle anderer.

Der König spürte die Verpflichtung, zu jeder Zeit eine stattliche Erscheinung darzustellen, damit er bewundert und gefürchtet wurde. Er begutachtete sich in verschiedenen Spiegeln, welche die Sklaven hielten, und bürstete ein wenig Staub von der gold- und silberverzierten Stahlrüstung. Der Helm war wunderschön, geformt wie das Maul eines Hais. Er spähte durch die stählernen Zähne, die einen schützenden Käfig vor seinem Gesicht bildeten. Eine rasiermesserscharfe Rückenflosse ragte aus der hinteren Platte hervor. Kleinere Flossen auf den Schultern sollten Hiebe auf den Hals abwehren. Außerdem konnte man damit einen Mann aufschlitzen, indem man sich einfach auf ihn stürzte. Er nahm die Keule, die man ihm reichte. Bei ihr setzte sich das Haimotiv am oberen Ende des Griffs und dem Kopf fort. Der König schwang die Waffe, wobei sie durch die Luft pfiff und die Sklaven auseinandertrieb. Kurz spielte er mit dem

Gedanken, sie einzusetzen. Sie fühlte sich so kalt und gefährlich an.

Verstohlen warf er einen Blick auf Likat. Der Mann tat ihm fast leid. Er war so primitiv. Sein Maskenhelm war so ungeschickt gefertigt, fast mochte man es plump nennen, und dazu noch mit Bärenkrallen verziert. Wenn die beiden Hälften geschlossen wurden, stellte er einen Bärenkopf dar. Er seufzte. Nein, wie primitiv.

Der König griff sich gerade einen Becher mit Traubensaft von einem Tablett, das ihm ein Sklave reichte, da drang der Lärm von Gans Angriff zu ihnen vor. Likat runzelte unbehaglich die Stirn. Altanar gab vor, diese Geste entgehe ihm, und sagte: »Einige Trottel aus der Stadt müssen von der Schlacht gehört haben und wollen jetzt die Wachen auf der Mauer ärgern. In ein paar Minuten wird man sie in Gewahrsam gebracht haben.«

Doch Likats Miene hellte sich nicht auf. »Ich möchte erst Neela sehen, dann reiten wir nach Norden. Mir gefällt es nicht, meine Männer in einem Kampf zu wissen, ohne daß ich zugegen bin.«

Der Lärm nahm zu. Und auch innerhalb der Mauern wurde es lauter, während die Beschützer ihre Leute versammelten.

Altanar lächelte über seinen Gast. Er schob die Keule in seinen Gürtel und schlug mit der Hand auf das Heft seines Schwertes. »Zunächst wollen wir unsere Waffen an diesen Kerlen erproben, die da solchen Krach machen.« Sicherlich vergaß der Wilde alles andere, wenn er erst einmal Blut geleckt hatte.

Die Erschütterungen der Explosion erreichten sie einen Sekundenbruchteil vor dem Knall. Sie schwankten, im ersten Augenblick benommen, und betrachteten sich gegenseitig mit glotzenden, leeren Fischaugen. Likat erholte sich zuerst von dem Schock. »Blitzwaffen!« brüllte er, schob Altanar aus dem Weg und lief zur Tür. Dort rief er nach seinen Männern.

Gan und Clas fochten Seite an Seite und erarbeiteten sich mit Entschlossenheit den Weg zu Altanars Teil der Burg. Shara und

Cho befanden sich, wahnsinnig vor Aufregung, in ständigen Angriffs- und Rückzugsbewegungen. Als Clas einem Speer auswich und stolperte, sprang Cho über ihn hinweg und stellte sich den drei Soldaten, die herbeirannten und ihm den Garaus machen wollten. Zu dem Zeitpunkt, da Clas auf die Beine kam, hatte sie einen von ihnen bereits am Schwertarm gepackt und zerrte ihn von seinen Gefährten fort. Sekunden später waren alle drei erledigt, und Cho kehrte zu Shara zurück, die Gan unterstützte.

Sie betraten die eigentliche Burg durch die Haupttür der Halle des Königs, was ihnen gerade noch gelang, bevor drinnen ein Riegel vorgelegt werden konnte. Drinnen sahen sie die Beschützer durch eine Tür am anderen Ende des Saals verschwinden. Gan rief sofort nach Hilfe. Alle Wölfe, die sich von ihren Gegnern lösen konnten, rannten herbei.

Der Kampf nahm alptraumhafte Ausmaße an. Die weißen Beschützer lauerten im Dämmerlicht, und jeder Laut hallte gespenstisch wider. Verwundete Männer brüllten; die Wände hörten nicht auf, die Schreie zu wiederholen. Geräusche verwandelten sich zu Waffen, die ohne Unterschied nach dem Herzen der Angreifer und der Verteidiger trachteten. Bald jedoch drängten die Wölfe die Beschützer zurück.

Altanar, Likat und sechs Hundekrieger betraten den Raum durch die Tür, die zum Quartier des Königs führte. Bei ihrem Anblick stießen Gan und Clas dröhnende Schlachtrufe aus. Zwei der Hundekrieger erstarrten alarmiert. Sie blickten kurz zu Likat hinüber, schoben ihre Murdats in die Scheide und verschwanden auf dem Weg, den sie gekommen waren. Altanar brüllte nach seinen Beschützern. Die Worte wurden von dem Tumult geschluckt, doch vier seiner Männer verließen das Gefecht und eilten zu ihm. Gemeinsam verließen sie den Raum durch die Tür.

Gan schob sich an den letzten Männern zwischen sich und der flüchtenden Gruppe vorbei. Clas folgte ihm dicht auf den Fersen. Sie rannten den Gang hinunter und stießen im Laufen zu beiden Seiten Türen auf. Hinter einer entdeckten sie einige Sklaven, die erwarteten, sie würden jetzt niedergemetzelt werden, doch nirgends ein Zeichen von Neela. In einem der leeren Räume begann Cho zu winseln und zu bellen. Gan griff nach ihrem Halsband und blieb stehen. Shara sprang bellend in das Zimmer. Da der Rüde niemanden vorfand, drehte er sich mehrmals im Kreis und blieb vor einem hölzernen Schrank stehen. Gan riß die Tür auf. In dem Möbelstück hingen Neelas Bluse und Rock und schienen ihn zu verhöhnen.

Fast noch ehe Gan den Hunden befehlen konnte, sie zu suchen, sprangen die Tiere an ihm vorbei und rutschten und scharrten mit den Krallen über den Stein, als sie um die Ecke hasteten. Gan und Clas rannten ihnen hinterher. Clas rief: »Ich habe keine von Sylahs Sachen gefunden.«

Gan nickte. Er wollte nicht darüber nachdenken, was das bedeutete. Die Hunde kratzten vor ihnen an einer Tür. Die Männer warfen sich dagegen, ohne merkliche Wirkung zu erzielen. Wieder und wieder traten sie mit den Füßen vor den Pfosten, der schließlich nachgab. Sie stürzten in den Raum dahinter und entdeckten eine alte Frau, die sich abmühte, auf die Beine zu kommen. Ihr Gesicht war verschwollen, und ihre blütenblattzarte Haut färbte sich gerade grün und blau. Das Haar war völlig aufgelöst. Sie griff nach etwas, an dem sie sich hochziehen könnte, und Gan fiel auf, daß ihre Hände beinahe zu Fäusten gekrümmt waren. Eilig half er ihr auf einen Stuhl. Daraufhin sagte sie: »Sie hatten Neela dabei. Und haben Sylah geholt. Haben Sylah geholt. Ich habe es herausgefunden, versteht ihr. Sie haben mich gezwungen, sie zu versorgen. Mich. Sie ist diejenige. Ich weiß es. Wußte es stets.«

»Sie redet nur leeres Geschwätz«, murmelte Gan und schüttelte sie an der Schulter. Der Blick der alten Frau ließ ihn erstarren. Plötzlich wirkte sie verschlagen und beugte sich vertrauensselig vor. Gan trat zurück. Sie zeigte mit der verkrüppelten Hand auf die gegenüberliegende Wand. »Dort drüben. Ein Geheimgang. Der führt zu einem Lagerhaus. Sie versuchen, sich mit euren Frauen freizukaufen. Beeilt euch! Schnappt sie euch!«

Die Wand bestand aus massivem Stein. Gan und Clas warfen sich einen bedeutungsvollen Blick zu. Die Hunde sprangen jedoch genauso dagegen wie zuvor gegen die verschlossene Tür, stellten sich auf die Hinterbeine, kratzten und bellten. Einer der Männer drückte auf die richtige Stelle. Ein Teil der Wand öffnete sich. Beide stürzten sie in die Lücke. Gan hielt Shara am Halsband. Es gab kein Licht, und außer ihren eigenen Schritten war kein Geräusch zu hören. Der Fels stank nach alter Feuchtigkeit und Fäulnis. Doch die Hunde führten sie winselnd weiter.

Nachdem sie scheinbar eine Ewigkeit lang durch den abscheulichen Gang gelaufen waren, bemerkten sie frischere Luft. Dann glaubten sie, Stimmen zu hören, blieben stehen, lauschten und hielten den Atem an. Ein paar Meter vor ihnen wiederholten sich die Stimmen, und nun wußten sie, die Jagd näherte sich ihrem Ende. In der Finsternis konnte keiner der zwei den anderen sehen, wie er den Murdat zog, den lockeren Sitz des Messers prüfte und rasch das Dreizeichen vollführte.

Der Ausgang des Tunnels stand offen und brachte sie in ein Lagerhaus, welches größer war als jedes, das Gan je zuvor gesehen hatte. Handelswaren türmten sich über Mannshöhe in einer Länge von fünfzig Metern und der halben Entfernung zu beiden Seiten. Kleine Gassen trennten die einzelnen Stapel voneinander. Am anderen Ende des Raums hatten Altanar und Likat schon fast die Tür nach draußen erreicht.

»Halt!« rief Gan und sprang aus dem Gang. Die Gruppe drehte sich um. Die Frauen, die in Decken gewickelt waren, wurden von jeweils zwei Beschützern an Hand- und Fußgelenken getragen. Beim Anblick ihrer Verfolger ließen die Männer sie fallen und zogen die Waffen.

Altanar stellte sich neben Neela und setzte ihr das Schwert an die Kehle. »Ein falscher Schritt«, sagte er. Die Selbstgefälligkeit seiner Worte wurde durch seine hallende Maske verstärkt. Gan hörte Clas etwas murmeln, das wie ein Gebet klang. Altanar fügte hinzu: »Ein Schritt, und sie stirbt.«

Neela warf sich hin und her, stöhnte und streckte die Hand aus. Die Erleichterung hätte Gan fast überwältigt. Sie lebte. Er senkte die Waffe und holte tief Luft. »Gebt uns die Frauen, dann dürft ihr frei abziehen. Verletzt unsere Frauen, und ihr sterbt allesamt.«

»Unsere?« Likat schob sich an Altanar vorbei. »Du hast ›unsere‹ Frauen gesagt.« Er klang vorwurfsvoll.

Neela lag auf der Seite. Gan zeigte mit dem Murdat auf sie. »Das ist mein Kind, das sie trägt, Likat.«

Nun beugte sich Likat vor und betrachtete die bewußtlose Gestalt. Nachdem er sich wieder aufgerichtet hatte, wandte er sich mit einer Wut, als hätte er alles andere vergessen, Altanar zu. »Von einer Schwangerschaft hast du mir nichts erzählt. Und du hast sie so zusammengeschnürt, damit ich es nicht erkennen kann.«

»Er lügt«, entgegnete der König. »Mir ist es verboten, eine schwangere Frau zu berühren. Mein Clan – das ist eine Abmachung mit der Kirche.« Er wirkte betroffen. »Das ist mein Kind. Es muß meins sein.«

Gan zuckte, doch Clas packte ihn mit der Hand am Arm. Er wußte, jetzt mußte er ruhig bleiben und die Fassung bewahren. Sein Herz raste, und die Kehle schnürte sich ihm zusammen. Nichtsdestotrotz hörte er, wie er das Kind trocken und ohne Gefühle für sich beanspruchte. Er verspottete Altanar, sagte ihm, seine Burgwache sei vernichtet, und fügte hinzu, Verstärkung sei unterwegs. Und er schloß mit der Bemerkung, daß, gleichgültig, wie die Schlacht ihrer Armeen ausgehen würde, Altanar diesen Ort nicht ohne Gans Erlaubnis verlassen könne.

Likat begann plötzlich, wild und wütend herumzuschreien. Er zog seinen Murdat und hob ihn über Neelas Körper.

»Nein!« brüllte Gan und rannte voran. »Tu es nicht, Likat!«

Einer der Beschützer eilte dazu, um mit Neelas Leben sein eigenes zu retten. Er rang mit Likat und riß ihn herum, wobei der Hundekrieger seinen Murdat verlor, der harmlos an der Frau vorbeiflog und funkensprühend auf dem Steinboden landete. Die anderen Männer waren verwirrt und rannten unsicher durcheinander, bevor sie sich Gan und Clas entgegenstellten. Likat wehrte sich weiterhin, doch der Beschützer hatte ihn von hinten mit einem Würgegriff gepackt. Der Kriegshäuptling verlor sichtlich an Kraft.

Altanar erfaßte die Situation mit einem raschen Blick, sprang mit gleicher Geschwindigkeit zu Likat vor und setzte ihm die Schwertspitze an die Kehle. Likats Augen quollen hervor, und sein Körper erschlaffte. Die Hundekrieger standen unentschlossen da und sahen von ihm zu Gan und Clas, dann wieder zu Altanars ähnlich verblüfften Beschützern.

Der König nahm seinen Helm ab und enthüllte ein steifes Grinsen in seinem wachsfarbenen Gesicht. Schweiß rann ihm über die Stirn. Seine Hände zitterten. Seine Stimme klang wie Gewinsel, als er sprach, und erinnerte Gan an einen Hund, der zur Begrüßung mit dem Schwanz wedelt und einem anschließend an die Kehle springt. Altanar sagte: »Du hast mir ein Angebot gemacht. Ich akzeptiere. Habe ich dein Wort, daß du mich nicht umbringen wirst, wenn ich dir die Frauen überlasse?«

Clas knurrte. Gan nickte. »Ja, du hast mein Wort.«

»Und ein Boot für mich und meine Männer?«

»Mehr aber nicht.« Gans Beine wollten sich verkrampfen. Seine Augen brannten. Er konnte den Blick nicht von Neela lösen.

»Das genügt mir.« Ohne auch nur in Likats Richtung zu schauen, lehnte er sich gegen das Schwert. Likat keuchte, ein bemitleidenswerter Laut für eine so verräterische Wunde. Altanar wich zurück, während der Beschützer den Hundehäuptling losließ. Likat umklammerte ungläubig und schwankend seinen Hals. Er trat einen Schritt aufs Licht zu, ehe er nach hinten auf den Rücken fiel.

Altanar wischte seine Klinge an einem Sack ab und schob sie in die Scheide. »Den kannst du haben«, sagte er und deutete mit dem Kinn auf die Leiche, »als Zeichen meines guten Willens. Er wäre genauso mein Feind wie deiner gewesen, also habe ich uns beiden einen Gefallen getan. Jetzt würde ich dich bitten, deine Männer von uns fernzuhalten, wenn wir euch verlassen.«

Gan bemerkte Clas kaum, der an ihm vorbei zu Sylah schlich. Er konzentrierte sich allein auf Altanars feste, flüssige Schritte, mit denen der König sich zur Tür bewegte. Nur einer der Beschützer begleitete ihn. Der Mann starrte unentwegt auf Sylah. Irgend etwas mußte da ganz und gar nicht stimmen, fuhr es Gan durch den Kopf. »Warte!« rief er. »Nicht weiter.« Er legte Clas die Hand auf die Schulter. »Ist sie –« Den Satz brachte er nicht zu Ende.

Clas zitterte. »Sie lebt«, antwortete er. »Doch sie hat das Kind verloren.« Langsam erhob er sich, wie eine Urgewalt, die aus der Erde wächst. Er trat einen halben Schritt auf Altanar zu. »Mein Kind. Du hast mein Kind getötet. Ich habe niemandem etwas versprochen, König.«

Altanar nahm die Hände hoch. »Ich habe versucht, ihr zu helfen. Du hast es selbst gesehen – sie war bei der Irisäbtissin. Ich habe sie dorthin bringen lassen.« Der Beschützer vor ihm drehte sich um und starrte Clas ungläubig an. Auf seinem Gesicht machte sich jetzt blanker Schrecken breit. Er langte nach seinem Schwert und öffnete den Mund zum Sprechen. Aber die mit Haizähnen besetzte Keule wisperte grausam, bevor er dazu kam. Ein metallisches Knirschen war zu hören, und der Beschützer taumelte vorwärts.

Erstaunlicherweise blieb er auf den Beinen. Sein Gesicht fiel in sich zusammen und verzerrte sich anschließend vor Schmerz. Dann ging er zu Boden. Altanar ließ die Keule auf den Stein sinken. Sie klingelte hallend wie eine Glocke. »Da«, sagte er. Er schüttelte die Hand, als wolle er etwas loswerden, bevor er fortfuhr: »Dieser Mann hat dein Weib nicht anständig mit Essen versorgt. Ich stelle mich der Schuld, aber nicht der Verantwortung. Er ist ein Mondtänzer, ein ungläubiger Fanatiker. Ich habe ihm Einhalt geboten, nachdem ich von seinem Verbrechen erfahren habe, und ich habe ihn dafür hingerichtet. Und dein König hat mir sein Wort auf meine Sicherheit gegeben.«

Gan blickte Clas an, und das Dilemma seines Freundes wollte ihn zerreißen. Hilflos hob er die Arme. »Ich wußte es nicht, Clas. Ich wollte die beiden nur retten. Vergib mir, bitte.«

Ohne eine Antwort kniete sich Clas neben Sylah hin. Er strich ihr durchs Haar, bevor er sie in seine Arme zog. Gan hob Neela auf die gleiche Weise hoch, und gemeinsam folgten sie dem wachsamen Altanar hinaus in den Sonnenschein.

Die Krieger Likats und die Beschützer kamen ebenfalls heraus und bildeten einen verängstigten Puffer zwischen dem König und den beiden Hundemenschen. Ganz erpicht darauf, ihre neugewonnene Neutralität unter Beweis zu stellen, schoben sie ihre Waffen in die Scheiden. Vor der Tür versammelten sich Likats Männer. Der erste ließ sich in eine sitzende Position nieder, und die anderen eiferten ihm rasch nach. Da saßen sie, die Unterarme auf die Knie gelegt, die Köpfe gesenkt, die Gesichter verborgen.

Die Beschützer beobachteten sie genau und wechselten Blicke. Wie einstudiert gesellten sie sich zu den Hundekriegern. Altanar stand allein da. Sein Gesicht wurde rot, und seine Augen wirkten, als würden sie im nächsten Moment aus ihren Höhlen platzen. Er sagte jedoch nichts, sondern drehte sich um und rannte auf ein kleines Gleichgewichtsbalkenboot zu, das an einem der Landungsstege im Wasser schaukelte.

Vom Inneren Meer her näherte sich nun auch endlich Wals Boot.

Altanar kletterte an Bord des Bootes, mit dem er fliehen wollte. Während er sich bückte, um die Segelleinen zu bedienen, rührten sich beide Frauen. Gan und Clas legten sie auf den Boden. Gan befahl den Hundekriegern brüllend, sie sollten ein weißes Tuch zum Zeichen der Aufgabe tragen und eine Heilerin suchen. Sofort setzten sie sich in Bewegung und beeilten sich noch mehr, da Shara ihnen enttäuscht hinterherknurrte.

Neela schlug die Augen auf. Einen Moment lang spiegelte sich dort Verwirrung, im nächsten lächelte sie. Gan küßte sie sanft, und als er sich zurückzog, lächelte sie wieder, weil ihr Vertrauen in ihn bestärkt und weil sie glücklich war. Er murmelte dumme, sinnlose Dinge. Dann wollte er ihr sagen, wie sehr er sie liebte, doch während er die Worte formte, wurde sie erneut bewußtlos.

Kaum hörte er Chos warnendes Bellen, und Clas' plötzliche Bewegung entging ihm gänzlich. Er spürte nur, wie sich etwas rückwärts über ihn warf. Augenblicklich war er auf den Beinen und hatte den Murdat gezogen.

Gerade noch konnte er die goldene Chingscheibe fliegen sehen, ehe sie Clas' Rüstung durchbrach. Die Wucht ließ Clas zurücktaumeln und in die Knie gehen. Im Boot erlangte Altanar das Gleichgewicht nach dem Wurf wieder. Die Segel waren gehißt und zerrten an der Leine. Der König hackte sie durch. Das Boot kam frei. Gan konnte nur noch hilflos beobachten, wie es davonschoß. Altanars Lachen trieb zu ihm herüber wie ein Fluch.

Clas umklammerte seine Brust und hustete heftig. Blut strömte unter der Rüstung hervor und befleckte den Anleger. Der Atem des Hundekriegers rasselte.

Gan rannte zu ihm, um den Ching zu entfernen. Er packte ihn an seinem stumpfen Griff und zog. Clas grunzte einmal laut und wälzte sich auf die Seite, ehe Gan ihn halten konnte.

Während er seinen Freund der Rüstung und Kleidung entledigte und die Brustwunde freilegte, gingen ihm Bilder durch den Kopf: wie er Clas na Bale haßte, wie er seiner eigenen Frau mißtraute. Einen Augenblick später, als die Hundekrieger mit zwei Heilerinnen erschienen, schien er mit dem Kopf seiner Geliebten auf dem Schoß dazusitzen und vor Erleichterung, weil seine Frau und seine Freunde lebten, hemmungslos zu weinen. Niemandem von ihnen kam es in den Sinn, daß sich Gan Moondark schämte.

Vierundzwanzig

Sylah wachte in einem grünen und goldenen Nebel auf, durch den silberne Punkte und Strahlen schossen, die in ihren Augen einen gleichermaßen wunderbaren wie aufregenden Schmerz auslösten. Ihre Gedanken waren seltsam bruchstückhaft; einerseits betrauerte sie den Verlust von etwas Wertvollem, andererseits verspürte sie eine unvorstellbare Freude.

Nein. Unvorstellbar war sie nicht.

Sie taumelte in einem Gewühl von verkrampften Armen und Beinen mit den anderen Kindern aus dem Korb. Von den rauhen Stäben hatte sie wunde Stellen, ihre Augen brannten wegen der Erschöpfung, wegen der ausgeriebenen Tränen, wegen des Schlafmangels. Sie stand auf, und das harte weiße Gesicht unter der nachtschwarzen Kapuze sagte: »Du bist auserwählt.«

Damals wie heute hatte sie nicht begriffen, was mit ihr geschah. Sie wußte jedoch, daß sie leben sollte, wenngleich ein vorheriges Leben, eines, das sie geliebt hatte, beendet war.

Abermals. Es passierte abermals.

Geräusche drangen in ihr erwachendes Bewußtsein vor. Ein trällerndes Lied über ihr. Das war ein kleiner brauner Vogel mit purpurroter Zeichnung, den man Fink nannte. Sie konnte sich daran erinnern. Welch kleine Leistung, und doch fühlte sie deren große Bedeutung. Sie konzentrierte sich darauf, ob es noch weitere Geräusche gab. Da – eine Biene. Und wieder irgendwo über ihr. Sie bewegte sich langsam von rechts nach links. Wenn es kalt war, flogen sie immer so bedächtig. Also Schatten. Ja, sie befand sich im Freien, unter Bäumen. Sie roch feuchte Erde und den säuerlich-grünen Duft von zertretenen Kirschblättern.

Und dann hörte sie Clas.

Sie würde sehen. Sie mußte.

Es tat weh. Oh, wie es weh tat. Ihr Kopf pochte. Sie gab einen scharfen, rasselnden Laut von sich.

Er berührte ihre Wange. Eine harte Hand, deren Finger vom Murdat und von den Bogensehnen Schwielen trugen. War sie verletzt? Kopfschmerzen. Überall tat es ihr weh, ein dumpfer, nicht zu ortender Schmerz. Sie war nicht krank, sonst hätten sie ihn nicht in ihre Nähe gelassen.

Warum konnte sie sich an nichts erinnern?

Sie zwang sich, zu erkennen, was ihre Augen sahen. Langsam nahmen die Bilder Gestalt an. Er war es. Sie erblickte die Linie, wo sein dunkles Haar endete, die hellere Farbe seines Gesichts. Die schwarze Tätowierung, die Rundungen seines Kinns, seiner Nase, seiner Lippen.

Sie sagte: »Clas«, und er schenkte ihr einen Kuß von der Leichtigkeit eines Seufzers.

Irgendwo – einen Meter entfernt? Hundert Meilen entfernt? – sprach die Irisäbtissin. »Als das Fieber sank, habe ich Hoffnung gefaßt. Jetzt bin ich gewiß. Sie wird sich erholen. Ja, sie wurde uns zurückgegeben.«

In diesen Worten lag Kraft. Sie schloß die Augen und redete sich ein, daß, selbst wenn sie sich nicht mehr an die Einzelheiten erinnern konnte, sie das Ende dieser grausamen, geistbetäubenden Reise akzeptieren sollte. Nun konnte sie in Sicherheit schlafen.

Auserwählt.

Eine Woche später saß sie im Bett ihres Zimmers im Heilungshaus, kämmte sich die Haare und hielt ein Auge auf die Tür, durch die er eintreten würde. Als er es tat, machte es ihr das Herz schwer, zu sehen, wie er seine linke Seite schonte. Die Irisäbtissin hatte ihr Neelas und ihre eigene Rettung beschrieben, und erst da hatte sie von dieser Wunde erfahren. Inzwischen hatte er ihr alles berichtet, was während der zehn Tage geschehen war, in denen sie in dem Niemandsland zwischen dieser und der nächsten Welt geschwebt hatte.

Und das war nicht wenig! Sie schien Jahre, nicht Tage fort gewesen zu sein. Vor allem genoß sie Tates Erzählung darüber, wie sie Wals Boot gewendet hatten und nach Norden gesegelt waren, wo sie hinter den olanischen Linien an Land gingen. Bei ihrer Beschreibung der fünfzig heulenden Wölfe, mit denen sie und Conway eine Armee von über tausend Soldaten angriffen, wurde Tate ganz aufgeregt. Selbst die Wölfe trauten ihren Augen nicht. Doch der olanische General hatte beim ersten Feuer der Blitzwaffen nur allzu willig kapituliert.

Und Neela. Nach dem, was sie durchgemacht hatte, sprach sie ganz nüchtern darüber, wie sie Gan vorgehalten habe, er schulde es ihr und allen Hundemenschen, Saband Guyd zu Hilfe zu eilen. An einem Tag wurde sie von ihrem Mann vor Altanar gerettet, am nächsten schickte sie ihn wieder in die Schlacht. Aber die Kavallerie der Wölfe hatte die überraschten Teufel überwältigt. Der ganze Stamm floh Hals über Kopf und ließ hinter sich zurück, was er nicht tragen konnte. Gan meinte im Scherz, Neela sei sein bester General. Sie war mehr. Sie war eine Königin.

Eine Woge von Selbstmitleid erfaßte Sylah beim Gedanken an Neela. Wenn sie daran dachte, was Altanar ihr angetan hatte, drehte sich ihr der Magen um, und dennoch hatte sie wenigstens ihr Kind noch.

Clas hatte stoisch zugehört, während sie ihm erzählte, wie tapfer sie um ihres gekämpft hatte. Sie unterschlug die Betteleien um Essen und die Tränen der Hoffnungslosigkeit, der Wut und der Todesfurcht. Er hatte den Kerker selbst besichtigt, und daher sprach sie nie über die Dunkelheit, die nur dann unterbrochen wurde, wenn ein Beschützer mit Fackel die Tür öffnete und ihr etwas Eßbares zuwarf. Bestimmt hatte er die kleinen blutsaugenden Insekten gesehen. Diese Viecher, die aus den Fugen krochen, um ihr Essen zu teilen, die waren ihm möglicherweise entgangen, denn die huschten beim ersten Lichtstrahl davon. Ein verwundeter Soldat schaute in ihr Zimmer hinein und teilte ihr mit, Clas habe befohlen, den Kerker für immer zuzumauern. Darauf war sie stolz. Gerüchten zufolge hatte er jedoch zuvor drei Beschützer, die sie bewacht hatten, dort eingesperrt, und dieser Gedanke beunruhigte sie. Ihn danach zu fragen hatte sich als sinnlos erwiesen. Mit diesem Blick, der ihr noch immer ein wenig Angst einflößte, antwortete er: »Irgendwer behauptet immer irgendwas. Wer genau hat dir das erzählt?« Sie entschied, es sei das Beste, wenn sie die Sache einfach vergaß.

Trotzdem mußte sie mit jemandem reden, der verstand, was man in dieser unendlichen Dunkelheit fühlte, wie es war, wenn ein Leben, für das man zu sterben bereit war, einem zarten Blatt im Herbst gleich verwelkte. Und er hörte zu. Er hielt sie in den Armen, wiegte sie und beschützte sie vor diesen Dingen, die immer wieder in ihren Kopf vordrangen. Dann trocknete er ihre Tränen, lobte ihren Mut und sagte ihr, er liebe sie. Nur mit seiner Hilfe verstand sie, daß sie das Leben verdiente. Er tröstete sie.

Nachdem sie sich von ihm den häßlichen Schnitt hatte zeigen lassen, den Altanars Ching verursacht hatte, begriff sie, welche Tortur es für ihn bedeutet haben mußte, sie so fest in den Armen zu halten. Sie schimpfte mit ihm. Er grinste nur.

Noch immer brachte er sie ständig zur Weißglut.

Gerade jetzt füllte er den Türrahmen fast so vollständig aus wie ihr Leben. »Die Äbtissin sagte, ich dürfte dich heute zu einem längeren Spaziergang mitnehmen, damit du das Meer sehen kannst. Darum hast du doch gebeten, nicht?«

»Hast du sie dazu gedrängt?«

Beleidigt richtete er sich auf. »Keinesfalls. Die Idee stammt von ihr.«

»Das höre ich gern. Ich bin schon wieder viel kräftiger, weißt du?«

Sie drehte den Kopf und blickte ihn aus den Augenwinkeln an. »Was denkst du, mein Gemahl? Wann sollte ich wieder versuchen, zuviel zu tun?«

Er wußte genau, worauf sie hinauswollte. Es war gemein, ihn so zu ärgern, aber es bereitete ihr solchen Spaß. Seine Gedanken spielten über sein Gesicht wie der Wind durch ein Weizenfeld. Und, obwohl sie ihn beschämten, genoß er diese Neckereien.

Sie entschloß sich, mehr zu essen und mehr zu trainieren. Ihre Kraft konnte sie nicht schnell genug wiedererlangen.

Überrascht fanden sie auf der Klippe Gan vor, der ganz allein war, nur die Hunde lagen neben ihm. Er bemerkte sie nicht, während er Steine über den Rand warf und ihnen zuschaute, wie sie in hohem Bogen auf das Treibholz unten am Strand fielen. Sharas Anblick verblüffte Sylah; der Rüde schien noch gewachsen zu sein, und sein Fell glänzte dicht. Cho begrüßte sie mit einem Schwanzwedeln, schob sich näher an Shara heran und schnurrte dabei zufrieden.

Gan entdeckte sie, als er sich bückte, um einen neuen Stein aufzulesen. Er lächelte Sylah an, und eine Weile unterhielten sie sich über ihre Genesung und ihre ständigen Fortschritte. Sein Kummer war jedoch nicht zu übersehen. Sylah bedeutete Clas, daß sie sich setzen wollte, und fragte den jüngeren Hundekrieger offen heraus, was ihm auf der Seele liege.

Kurze Zeit stotterte er herum, leugnete zwar sein Problem nicht gerade, wollte aber gleichzeitig nichts darüber preisgeben. Endlich warf er die Hände in die Luft. »Wenn ich es euch nicht anvertrauen kann, wem dann überhaupt? Es geht um den Stamm. Diese Geschichte mit Likat hat bei meinem Volk größeren Schaden angerichtet, als ihr euch vorzustellen vermögt. Sie sind nicht mehr die gleichen, Clas. Du weißt, wie es ist, wenn man einen jungen Hund auf einen Bär losgehen läßt, bevor er eigentlich versteht, was ein Bär ist, oder wenn du ihn in den Kampf schickst, ehe er ordentlich ausgebildet wurde. Du verstörst ihn durch so etwas und nimmst ihm das Herz.«

Clas antwortete aufgebracht: »Willst du etwa behaupten, unsere Männer hätten den Mut verloren?«

»Nein. Mir erscheint es eher, als wäre der ganze Stamm verlegen, als hätte er das Vertrauen in seine Fähigkeit verloren, sich selbst zu führen. Daß das dermaßen schnell geschehen kann, hätte ich niemals geglaubt. Heute morgen teilte mir ein Krieger mit, zur Zeit spalte ein Streit darüber den Stamm, wem die Schuld an Kolees Flucht anzulasten sei. Jeder weiß, sie war die treibende Kraft hinter Likat, doch wen interessiert sie jetzt noch? Es gibt andere Dinge, die wichtiger sind.«

»Hast du da etwas Bestimmtes im Sinn?«

Gan runzelte die Stirn. »Hoffentlich durchschaut mich nicht jeder so leicht. Saband Guyd sagt, die Büffelesser würden von Osten her in unsere Jagdgründe eindringen. Und sowohl die Pferde- wie auch die Rinderherden sind viel kleiner, als sie seiner Meinung nach sein sollten.«

»Sie stehlen unsere Tiere?«

»Möglicherweise.« Gan zuckte mit den Schultern. »Wenn du dich richtig erholt hast, würde ich dich bitten, hinzureiten und es dir anzusehen.«

Daraufhin wechselte er das Thema, worüber Sylah froh war. Der Gedanke, Clas würde über die Berge gehen, rief einen plötzlichen Schauder bei ihr hervor. Zwar spürte sie keine konkrete Gefahr für ihn, dennoch stellte sich vor ihrem inneren Auge das Bild der Zelte und des gewölbten Erdherzes ein und erinnerte sie an das allgegenwärtige Gefühl, daß in seinem Herzen vielleicht auch eine Rivalin einen Platz haben mochte.

Bislang hatte sie immer den Kampf für die größte Gefahr gehalten, nun schockierte sie die Einsicht, wie oberflächlich dieses Denken war. Der Kampf bestärkte ihn nur in seinen eigenen Augen und in denen seines Volkes. Jetzt sah sie im Stamm die Mutter und den Vater dieser Einstellung.

In gewisser Weise beeinflußte seine Liebe für Gan auch ihr Leben. Wenn er für ihn kämpfte, dann focht er gleichzeitig für Gans Vision. Solange Clas an Gans Seite stand, mußte sie ihn mit einem einzigen Mann, einem einzigen Ziel teilen. Zwar war diese Situation nicht perfekt, aber Sylah konnte sich damit abfinden.

Und wenn er nun zu seinem Stamm zurückginge und Kriegshäuptling wurde? Dann würde jeder etwas von ihm verlangen. Er würde sein Leben für alle riskieren müssen.

Clas vermutete hinter ihrem Schweigen Erschöpfung und beharrte darauf, sie in ihr Zimmer zu bringen. Auf dem Weg dorthin fragte sie ihn – so unbekümmert ihr möglich war –, wie er dem Stamm helfen könne. Mit angehaltenem Atem wartete sie auf seine Antwort.

Er wies den Gedanken zurück. Saband Guyd mochte kein Kriegshäuptling sein, doch handelte es sich bei ihm um einen guten Mann. Er würde den Stamm ordentlich führen, bis ein neuer Kriegshäuptling erschiene. So war es stets gewesen, so würde es immer sein.

Inzwischen lagen Gans Sorgen auf der Hand. Er hatte die Angriffslust der Büffelesser erwähnt, über ein mögliches Bündnis der geschlagenen und vertriebenen Teufel mit den Menschen vom Lachsfluß weiter im Norden hatte er dagegen geschwiegen. Gan brauchte Zeit und Hilfe, um sein Königreich aufzubauen, und die Hundemenschen mußten ihn dabei unterstützen und nicht hindern. Unaufhörlich knetete Clas seine Tätowierung, während er über dieses Thema sprach.

Glücklich und überaus müde legte sie sich ins Bett.

Clas na Bales Leben würde niemals ein friedliches werden, wenigstens jedoch war er kein Kriegshäuptling, von dem ständig erwartet wurde, daß er seine Tapferkeit und seinen Mut bewies.

Ihre schweren Lider schlossen sich, doch nicht bevor sie noch bemerkte, wie er sich abermals über die Tätowierung strich.

Das ist nur eine Gewohnheit, redete sie sich ein; sie sollte besser nicht in jede nervöse Geste etwas hineinlesen.

Conway stand inmitten einer Marktgasse und bemerkte das Schieben und Drängen der vorbeiziehenden Menschen überhaupt nicht. Auf seinem Gesicht spiegelte sich Enttäuschung. »Sie ist nicht mehr hier, Donnacee; das war unsere letzte Chance.«

»Sie muß hier sein.« Mit ihrer ausladenden Armbewegung hätte sie beinahe einem Mann ein Tablett voller Bohnen aus der Hand geschlagen, und sie entschuldigte sich eilig, bevor sie fortfuhr: »Sieh dir diesen Ort an. Da treiben sich Hunderte von Menschen herum. Sie könnte bei einem von ihnen wohnen. Die anderen befreiten Sklaven haben nichts darüber gesagt, daß sie zu ihrem Stamm zurückwollte.«

»Und du weißt auch, wieso. Aus genau diesem Grund will ich sie unbedingt finden. Ich liebe sie. Das glaubt sie mir nicht. Sie glaubt, überhaupt niemand könne sie nach allem, was sie durchgemacht hat, lieben. Sie denkt, sie sei ›unannehmbar‹.« Er spuckte das Wort richtiggehend aus. »Jetzt hat sie sich in ihrem Versteck verkrochen.«

Tate unterdrückte ein mitleidiges Lächeln und wünschte, sie könnte Conway auf die Widersprüche hinweisen, mit denen er einerseits behauptete, die Frau habe die Stadt verlassen, und andererseits davon ausging, sie verstecke sich in unmittelbarer Nähe. Offensichtlich besaß die Liebe ihre eigene Logik.

Ihr selbst war so etwas nie passiert. Klar, Verliebtheit. Und ja, Beziehungen. Liebe? Irgendwann einmal. Vielleicht.

Conway sagte: »Versuchen wir es in dem Gang. Dort waren wir noch nicht, oder?«

Kopfschüttelnd folgte ihm Tate und rückte ihr Gewehr in eine bequemere Position zurecht. Auch jetzt noch, grübelte sie, wo das Land unter einem Herrscher vereinigt war, stellte das Leben in dieser Welt eine haarige Sache dar. Die Menschen beglichen ihre offenen Rechnungen, und sogar die Unterstützung für Altanar war mit seinem Verschwinden nicht erloschen. Viele der alten Adligen verheimlichten nicht, daß es ihnen früher besser gefallen hatte. Und sie drückten sich in ihrer Gegenwart besonders deutlich aus. Schwarz und weiblich bedeutete ein doppeltes Stigma, welches die Jahrhunderte überlebt hatte. Soviel zu dem Spruch: »Das braucht halt seine Zeit.«

Sie reckte das Kinn in die Höhe und verscheuchte diese Gedanken. Im Augenblick war nur diese Frau namens Tee von Belang. Sie hatte lediglich Conways romantische Beschreibung zur Verfügung, und daher musterte sie jedes weibliche Wesen, das kleiner war als sie. Jede, die honigfarbenes Haar hatte, wurde zweimal überprüft; bei blauen Augen tippte sie Conway auf die Schulter und zeigte ihm die entsprechende Dame diskret. Die beste Antwort, auf die sie dabei hoffen durfte, war ein enttäuschtes Grunzen.

Sie verließen den Lebensmittelbereich und kamen zu den Lederhandwerkern. Der Duft von Ölen, Wachsen und Häuten hüllte sie ein, und sie genoß ihn in vollen Zügen. Um sich eine Weste anzusehen, die offensichtlich ihrer Größe entsprach, ein Stück aus feinstem cremefarbenem Antilopenfell, verlangsamte sie den Schritt. An den Schultern glänzten smaragdgrüne Fransen. Bei näherer Betrachtung handelte es sich um winzige Stoffstücke, die geschickt auf Lederstreifen geklebt waren. Der Verkäufer erzählte ihr fröhlich, jeder davon stelle eine kleine Biene dar, die Wespentöter hieß. Tate hielt das Stück auf Armeslänge von sich, um es genauer zu begutachten, und in diesem Moment entdeckte sie auf der anderen Seite der nächsten Marktgasse eine Frau, bei der es sich nur um Tee handeln konnte.

Die blauen Augen bohrten sich durch Ständer mit Handelswaren und Stoffen. Nur der Kopf bewegte sich und folgte Conway.

Tate hatte Angst, auch nur einen Schritt zu tun. Dann wurde ihr klar, daß sie das mußte, denn die Gesuchte konnte jeden Augenblick verschwinden. Sie ließ die Weste fallen und rannte zu Conway, wobei sie die Leute, die ihr im Weg standen, nicht beachtete. Sobald er sie hören konnte, rief sie ihm Anweisungen zu. Er wandte sich verwirrt um und blickte in die angegebene Richtung. Dann sah er Tee, sprang über die Tische und verstreute Gürtel, Ledertaschen und Geldbeutel. Sie konnte ihm nur nachlaufen. Die Verkäufer brüllten ihm Flüche hinterher, die ganze Sippen hätten auslöschen können.

Tee floh.

Nachdem er sie einmal aufgespürt hatte, würde Conway sie nicht mehr aus den Augen verlieren. Sie war schnell und geschickt und schlüpfte durch die Menge wie ein Kaninchen durch ein Gebüsch. Conway dagegen ähnelte eher einem Felsen, der einen Berghang hinunterpoltert. Konnte er etwas nicht umgehen, setzte er einfach darüber weg. Falls notwendig, auch mitten hindurch. Er erwischte sie, nachdem sie am Ende des Marktes eine relativ leere Straße erreichten.

Tate wurde langsamer und blieb stehen. Conway hatte seine schwarze Freundin ganz offensichtlich vollkommen vergessen. Um die zwei Liebenden herum brüllten Standbesitzer und beleidigte Bürger Tee und ihm Flüche zu. Manche klangen so häßlich, daß sie sich durchaus Sorgen machen konnte, wenngleich die beiden die Drohungen überhaupt nicht wahrnahmen.

Also wandte sich Tate der Menge zu und war froh, ihr Gewehr in der Hand zu halten. Mit einer friedlichen Geste hob sie es in die Luft und erklärte, wessen sie gerade Zeuge wurden. Die Menschen blickten an ihr vorbei zu Conway und Tee, die nun davonschlenderten und immer noch zu sehr mit sich selbst beschäftigt waren, um irgend etwas anderes zu bemerken. Tate munterte die Versammlung auf, bot sogar an, für beschädigte Waren aufzukommen, und entschuldigte sich für alle Schrammen, die Körper oder Ego davongetragen haben mochten.

Sie brauchte sich nicht lange zu bemühen. Einer nach dem anderen beruhigten sich die Leute. Die meisten wiesen sogar das Geld zurück, weil diese Romanze sie in der Seele anrührte. Bald war Tate allein. Als sie aufblickte, waren Conway und Tee verschwunden.

Die anderen – Janet Carter, Sue Anspach und Kate Bernhardt – hielten sich mit Louis Leclerc in der Abtei auf. Die alte Äbtissin arbeitete an einem Plan, der sie mit einbezog, doch Tate hatte die Reste der olanischen Armee in die Wölfe integriert und aus diesem Grund keine Zeit gehabt, an diesem Vorhaben teilzunehmen. Deshalb waren alle sehr erpicht darauf, sie in das einzuweihen, was immer sie vorhatten. Und so kehrte sie nun zur Burg zurück. Vielleicht würde Gan hinausreiten wollen und den Drill überwachen. Oder sonst etwas. Wenn nur Falconer noch leben würde.

Conway war nicht aufgefallen, daß Tate gegangen war. Er wollte einzig Tee, und jetzt hatte er sie. Dann war er nahe genug bei ihr und ergriff sie am Arm, woraufhin sie stehenblieb und keinen Widerstand leistete. Eigentlich glaubte er, ihr Gesicht zeige Erleichterung. Es erschien ihm, als würde sie Äonen lang da stehen und kein Wort sprechen, und schließlich fragte er einfach: »Warum?«

Natürlich wußte sie genau, worauf er mit dieser Frage abzielte. Zunächst antwortete sie nicht, drehte sich jedoch halb zu ihm um und machte noch immer keine Anstalten, sich aus seinem Griff zu befreien. Sie ging los, er folgte ihr und hielt sie ein wenig zärtlicher fest. »Ich wollte dich nicht wiedersehen.«

Er gab einen unartikulierten Laut von sich, und sie blickte ihn an, ehe sie fortfuhr. Sie reckte das Kinn in die Höhe, und ihre Stimme klang tapfer. »Ich liebe dich nicht. Warum befaßt du dich mit mir? Ich weiß nicht einmal, wer ich bin. Es gibt genug andere Frauen; hübschere, reichere, klügere. Such dir eine, die dich liebt.«

»Ich will keine andere Frau«, entgegnete er. »Ich will dich. Ich liebe dich.«

Sie schüttelte den Kopf, antwortete jedoch nicht. Er wollte weitersprechen, aber sie hob die Hand. »Nicht jetzt. Ich muß nachdenken.«

»Du hattest Monate zum Nachdenken.«

»Aus dem Grund wollte ich auch, daß du mich nicht findest.

Ich wollte es dir nicht erklären müssen. Und nun muß ich es trotzdem, also laß mich wenigstens die Worte zurechtlegen.«

Sie betraten einen der Dachgärten. Da Markttag war, fanden sie den platzähnlichen Bereich fast verlassen vor, nur ein paar Kinder spielten dort, und ein alter Mann saß auf einer der Bänke und genoß die Sonne. Sie führte ihn zu einer, von der aus man die Stadt vor der Burg überblicken konnte. Er ließ sich auf den Ziegeln vor ihr nieder. Sie starrte an ihm vorbei und richtete den Blick auf die Zickzacklinie der fernen Mauer, ihre Türme und die Umrisse der Gebäude dahinter. Währenddessen erzählte sie ihm, ihr Stamm überließe dem König jedes Jahr ein Mädchen als Braut. Der König schickte es dann mit seinem Kind zurück. Dieser Bund war schon Generationen alt und rührte aus einer Zeit her, da Kinder das wichtigste Bedürfnis des Stammes gewesen waren und ein starker König notwendig war, um die Stämme zusammenzuführen.

Er unterbrach sie. »Das weiß ich. Aber das gehört in die Vergangenheit, und mit uns hat das nichts zu tun. Gan hatte alle Tributgesetze außer Kraft gesetzt.«

Sie sah ihn durchdringend an. »Dennoch betrifft uns das sehr wohl. Ich habe das alles durchgemacht.« Plötzlich kam sie ihm so nahe, daß er zurückfuhr. Sie erzählte weiter: »Für mich hat niemand gekämpft, für keine von uns. Von der Zeit an, da ich alt genug war, zu begreifen, was vor sich ging, bis hin zu meinem fünfzehnten Sommer habe ich mit angesehen, wie sie unsere Frauen einem Stück Vieh gleich untersuchten. Ich sah die ›glückliche Erwählte‹, die die Beschützer aussuchten und mitnahmen. Falls der junge Mann, der sie liebte, Widerspruch erhob, brachte ihn der Stamm zum Schweigen.«

Sie beruhigte sich ein wenig, lehnte sich zurück und betrachtete wieder die Burg. Nun berichtete sie ihm, daß sie vor den Frauen ihres Stammes geprahlt habe, wenn man sie dem König zur Braut erwähle, würde sie sein Kind nicht empfangen. Die anderen Frauen, die jedoch fest an ihre Pflicht glaubten, waren von solchem Trotz verängstigt und erwähnten es niemandem gegenüber. Diejenigen, die dagegen Widerstand als Pflicht betrachteten, boten ihr Ermutigungen und zum Trost Tränen. Mehr konnten sie Tee nicht unterstützen.

Inzwischen zitterte sie wie im tiefsten Winter und nicht, als würde sie in der Sommersonne sitzen. Er wollte sie in die Arme nehmen, aber sie wich ruckartig vor ihm zurück.

Unbeholfen setzte er sich wieder. Sie fuhr fort und berichtete von der Tortur der Reise von der Walküste nach Ola. Die Beschützer brachten ihr – auf äußerst anschauliche Weise – bei, wie sie dem König zu Gefallen sein mußte.

Sie lächelte Conway an, und der wandte sich von ihr ab. Ohne Gnade setzte sie hinzu: »Ich wußte, was vor sich ging. Doch von solchen Variationen hatte ich nie zuvor gehört. Und auch nicht von solcher Grausamkeit. Sie genossen den Unterricht. Manche der Dinge –«

Sie biß sich auf die Unterlippe. Schließlich sprach sie sehr viel leiser weiter. »Es tut mir leid«, sagte sie, »du hast die Person kennengelernt, zu der ich geworden bin. Weil ich sein Kind nicht empfangen habe, hat er mich den Beschützern überlassen. Nach einiger Zeit läßt sich selbst der Entschlossenste davon überzeugen, lieber eine Rolle zu spielen denn in Schmerz zu leben. Ich konnte niemals meinen Haß verbergen, daher haben sie sich meist freundlichere Gesellschaft gesucht. Trotzdem ist dies mein fünfundzwanzigster Sommer. Ich habe zehn Jahre hinter mir, in denen ich ständig auf der Hut sein und mit allem rechnen mußte. Verstehst du jetzt, warum ich denke, du solltest dir besser eine andere Frau suchen?«

Er starrte auf die Ziegelsteine zwischen seinen Füßen und schien zu erwarten, auf magische Weise dort eine Antwort zu finden. Schließlich erwiderte er: »Ich wußte das nicht. Ich habe es lediglich erwartet. Natürlich muß es … schwer für dich gewesen sein. Aber wovon ich spreche, ist die Welt, die wir für uns erschaffen können.«

Sie beugte sich anmutig zu ihm vor und strich ihm das Haar hinter die Ohren. Mit einem Finger fuhr sie den Schwung seiner Lippen nach, und als er dessen Spitze küßte, erschauderte sie, machte jedoch keine Anstalten, ihn zurückzuziehen. »Ich kann niemanden lieben, Matt Conway. Das mußt du begreifen. Ich möchte dich gern lieben. Ich wünschte, ich liebte dich. Aber ich kann nicht. Dort, wo sich einst mein Herz befand, ist nichts Gutes geblieben. Nur die Vergangenheit existiert an diesem Ort, und die würde dich zerstören. Das wiederum würde mich vernichten.« Er wollte sie unterbrechen, und sie legte ihm die Hand vor den Mund. »Nein. Hör mir zu. Lebe dein Leben. Laß mich versuchen, das meine zu entdecken. Falls es sein soll, werden wir uns erneut begegnen. Vielleicht liegen die Dinge dann anders. Vielleicht bin ich dann anders.«

Als sie sich erhob, hielt er sie nicht zurück. Er stand ebenfalls auf, und sie streckte ihm beide Hände entgegen und sah zu ihm auf. Dann legte sie die Arme um seine Taille. »Küß mich, Matt Conway. Küß mich ein einziges Mal, um des Mädchens willen, das ich hätte sein sollen. Ich werde dich küssen, um des Mannes willen, der diesem Mädchen hätte gehören sollen.«

Er öffnete die Augen nicht, als sie sich von ihm löste. Die Hände ließ er an die Seite fallen, all seine anderen Sinne dagegen richtete er auf sie aus. Er hörte ihre Schritte; das dauerte nur Sekunden. Und er spürte die Wärme, mit der sie sich an ihn gedrückt hatte, spürte ihre Arme, die sie um ihn gelegt hatte – das verweilte ein wenig länger, vielleicht beinahe eine Minute. Ihr Geruch blieb am längsten, die Mischung aus Blumen und des von der Sonne berührten Haars. Er genoß ihn fast verzweifelt, bis er vergangen war.

Schließlich schlug er die Augen auf. Ein kleiner Junge beobachtete ihn neugierig. Conway nickte und versuchte, aufmunternd zu lächeln. Dann setzte er sich auf die Bank und blickte dorthin, wohin Tee geschaut hatte: auf die dunkler werdenden Umrisse der Burg.

Fünfundzwanzig

Für Gan brachten die Herbst- und Wintermonate eine unendliche Reihe an Gerichtsverfahren. Zwar hatte er Auseinandersetzungen zwischen seinen Baronen und Häuptlingen erwartet und sich darauf vorbereitet, aber die Kleinlichkeit und die Aggressivität der gesamten Bevölkerung trafen ihn wie ein Schock. Die Barone von Harbundai verlangten, man möge ihnen die olanischen Sklavenjäger überstellen. Die olanischen Clans behaupteten einmütig, sie seien verschwunden. Die Olaner auf der anderen Seite waren erbost, weil sie sowohl an der Walküste als auch in Harbundai zusätzliche Gebühren zahlen mußten, wenn sie mit Schiffen anlegten. Wie es schien, war nicht eine einzige Familie, ein einziger Clan, ein einziger Stamm oder eine einzige Baronie mit den Grenzziehungen, Weiderechten, Holzrechten, Wasserrechten oder sonst irgend etwas zufrieden. Gan ernannte zu Dutzenden Richter an neugeschaffenen Gerichtshöfen. Die wenigen schriftlichen Aufzeichnungen, die existierten, waren sehr grob; und dazu in den meisten Fällen unlesbar. In einer Welt, in der man der Bildung mißtraute und das Lehren verbot, ließ man sich bereits mit dunklen Mächten ein, wenn man ein paar Buchstaben auf Papier kritzelte. Jene, die gut lesen konnten, entzifferten die Aufzeichnungen anständig; andere, die dieser Kunst nicht so mächtig waren, nahmen sie beim Wort. Doch diese Angelegenheiten, all die damit verbundenen Tumulte und das Geschrei verblaßten im Vergleich zu der Gewalttätigkeit jener, die sich plötzlich von ihren Ketten befreit sahen und nun in der Lage waren, gegen ihre Unterdrücker zurückzuschlagen. Aus Harbundai berichteten die dortigen Barone wenige solcher Vorfälle, doch in Ola kamen sie häufig vor. Insbesondere die Beschützer wurden wie Tiere gejagt und zur Strecke gebracht. Viele der olanischen Stammesführer, die Altanar unterstützt hatten, waren in der Schlacht gefallen, die ihren König gestürzt hatte. Viele der anderen tauchten unter und warteten auf bessere Zeiten für sich. Der Großteil der Adligen jedoch, jene Privilegierten, welche die Befehle ihrer Herrscher ausgeführt hatten, waren plötzlich nicht länger unverletzlich. Eine Zeit der Rache brach an, eine blutige Zeit. Abteilungen der Wölfe marschierten kreuz und quer durch das Land und stellten die Ordnung wieder her. Gan war überrascht, mit welcher Inbrunst Conway in dieser Aufgabe aufging. Er meldete sich freiwillig für eine Mission, für die er die Stadt verlassen mußte, und er erwies sich als erstaunlich geeignet dafür, Streitigkeiten zu schlichten. Zunächst nahm Gan an, die Blitzwaffen hätten ihm dabei geholfen, aus der Zwietracht Eintracht zu schmieden, doch bald erfuhr er, wie rücksichtsvoll und geschickt Conway verhandeln konnte. Der Mann brachte die schwierigsten Kompromisse zustande.

Eines der größten Probleme stellte die Lage der Hundemenschen dar. Gan organisierte Packzüge, um ihnen mit getrocknetem Lachs und anderen Nahrungsmitteln über den Winter zu helfen. Clas überwachte die langen Kolonnen und informierte Gan verläßlich über die Situation im Stamm. Sie war schlecht, insbesondere, nachdem der Schnee die Pässe versperrt hatte. Ein einziger Zug kam in dieser Jahreszeit durch, und die Männer mußten auf Schneeschuhen die beladenen Schlitten ziehen. Dieses Unternehmen war durchaus gefährlich, und Gans Feinde schürten eifrig Gerüchte im Volk, denen zufolge der Hundekrieger seinen eigenen Stamm bevorzugte. Vor allem die Mondtänzer taten das ihrige, um in dieser Wunde zu stochern. Nicht jeder in Gans Land hatte die Kraft oder die Ausdauer, sein Leben zu verbessern. Die Mondtänzer erzeugten Funken von Neid und Haß, die sie vorsichtig zu Flammen anfachten und dazu jenen, die sich bereitwillig zeigten, sich das zu nehmen, was ihnen rechtmäßig zustünde, bessere Zeiten verhießen.

Was Gan an dieser Bewegung weitaus mehr beunruhigte als ihre Heimlichtuerei und ihre Vorliebe, die Verhältnisse zu destabilisieren, war die schemenhafte Gestalt von John Jones. Er wanderte durch das Land, jagte nach Seelen und führte Zeremonien durch, die die Menschen zu sehr erschütterten, um darüber sprechen zu können. Geradeheraus gesagt predigte er Rebellion. Nicht das unmittelbare Stürmen der Festungen, in denen die Macht saß, sondern eine leise, verdeckte Unterwanderung, die von innen heraus zerstörte. Nie konnte sich Gan die Berichte von Jones' unerwartetem Erscheinen bei einer Versammlung der Mondtänzer anhören, ohne sich dabei daran zu erinnern, mit welch fester Überzeugung er Jones als zentrale Figur für sein Leben betrachtet hatte, während sie von den Teufeln mit dem Tod bedroht wurden. Ohne Leclercs Erfindung, die das Tor zu Altanars Burg aufgesprengt hatte, hätte er nicht hoffen dürfen, Neela und Sylah zu retten. Ohne Tates und Conways entschlossenen Angriff auf den Rücken der olanischen Armee hätte die Schlacht zu einer katastrophalen Niederlage führen können.

Aus diesem Grund beschlichen ihn üble Vorahnungen, was Jones betraf. Die Anstrengungen der Fremden hatten sich stark auf alles ausgewirkt, was er zustande gebracht hatte. Er mußte sich fragen, ob der eine, der sich ihm entgegenstellte, nicht eine ebenso große Wirkung haben würde, nur umgekehrt.

Diese Probleme waren für einen der kurzen Tage im Mittwinter vergessen. Clas schaffte es gerade noch über den Paß, erreichte die Hundemenschen, übergab ihnen die Schlitten und kehrte vor dem nächsten Sturm zurück. An dem Tage, an dem Neela ihren schreienden, rotgesichtigen Sohn gebar, traf er wieder in Ola ein.

Gan erklärte den ersten Tag des Frühlings zum Namenstag seines Sohnes. In Ola würde ein Jahrmarkt stattfinden, ein großes Fest, eine Versammlung von Angehörigen aller Völker. Er versprach neue Gesetzte und schlug vor, jede Baronie und jeder Stamm solle Abgeordnete nach Ola schicken, um ein Bündnis zu schließen, welches für alle annehmbar sei. Der Namenstag seines Sohnes sei die rechte Gelegenheit, eine Regierung zu berufen, die als zusammenführende und nicht als beherrschende Macht handeln sollte.

In diesem Herbst, in dem Gan seinen Kampf um die Einheit seiner Völker aufnahm, festigten Sue Anspach, Kate Bernhardt und Janet Carter ihre Beziehungen zur Irisabtei und kümmerten sich verstärkt um die Auserwählten. Keine der Frauen würde es offen eingestehen, dennoch hatten die Kinder einen wichtigen Platz in ihrem Leben eingenommen. Sie vermißten die Kleinen und wollten ihnen helfen. Tatsächlich waren es die Kinder, weshalb Anspach und Bernhardt die verräterische Carter wieder in ihrem Kreis aufnahmen. Das Verzeihen fiel ihnen leicht; noch immer lebten sie an einem Ort, der voller Täuschungen war und dem sie verletzlich ausgeliefert waren. Nach einer kurzen Phase, in der steifes Unbehagen vorherrschte, verblaßte die Erinnerung an ihren Zusammenbruch angesichts der erneuerten gemeinsamen Anstrengungen. Anspach und Bernhardt fanden in den Kindern ihre Aufgabe. Auf Janet Carter traf dies ebenfalls zu.

Ein Gefühl der Veränderung erfaßte sie alle, während sie von einem der Auslegerboote Wals an Land gingen. Das Wiedersehen mit der Äbtissin in deren Gemächern wurde zu einem freudigen Ereignis. Zunächst fühlten sich die drei Fremden ein wenig unbehaglich, als sie erfuhren, daß es sich bei der anderen anwesenden Frau um die berühmte Rosenpriesterin Sylah handelte. Sie selbst war dagegen verblüfft, berühmt genannt zu werden. Jedenfalls kam man sich rasch näher, und es entspann sich ein freundliches Gespräch. Wegen des Herbstes, der mit Schärfe Einzug hielt, war das knisternde Feuer im Empfangszimmer der Äbtissin doppelt angenehm. Der Kaminsims war in herbstlichen Farben geschmückt; purpurrotes und goldenes Laub, dunkle grüne Stechpalmzweige und saftig grüne Fichten. Blaue Äste der Hemlocktanne lockerten das stille Grau des Steins auf. Prachtvolle Teppiche bedeckten die eine Wand, und wunderschöne

Decken schmückten die anderen. Sie waren nicht nur bunt, sondern hielten auch die Kälte der Mauern zurück.

Die Äbtissin blieb in ihrem Stuhl sitzen. Sie war in die schwere, pechschwarze Robe einer Kriegsheilerin gehüllt. Auf der linken Brust war diese mit dem Iriszeichen verziert. Die Kapuze, die Ärmel und die untere Kante waren am Saum mit einem fortlaufenden Muster der gleichen Blumen in Gold, Grün und Blau bestickt. Niemand machte eine Bemerkung über die allgegenwärtige Libelle.

Die Äbtissin hörte ihren Plänen für die Auserwählten geduldig zu, während sie einem Dienstmädchen genaue Anweisungen erteilte, wie es den Osh zuzubereiten habe. Oft wünschte sie sich, sie würde einen höflichen Weg finden, wie sie die Fremden danach fragen konnte, woher sie Osh kannten, obwohl sie jeden Kontakt mit der Kultur der Nions konsequent verneinten. Jeder wußte, daß diese Kräuter nur von den Nions hergestellt wurden. Aber jetzt war weder die Zeit noch der Ort, sich damit zu beschäftigen, ermahnte sie sich und zollte den Worten ihrer Gäste größere Aufmerksamkeit. Als diese ihr endlich eine Möglichkeit boten, etwas anzumerken, erklärte sie ihnen offen, sie sei nicht bereit, sich kopfüber in ihre Programme zu stürzen. Diese Antwort löste große Enttäuschung aus, woraufhin sie eiligst hinzufügte, daß die einfachen Menschen sehr stark an ihre Lebensart gewöhnt seien. Veränderungen, wie wohltätig sie auch gemeint wären, mußten in annehmbaren Schritten vollzogen werden.

Dem stimmte Carter nicht zu. »Diese Veränderungen sind notwendig. Erinnere dich, Äbtissin, du hast uns selbst gezeigt, wie diese arme Frau für das Erlernen der Mathematik bestraft wurde. Diese Qualen hat sie freiwillig riskiert, um zu *lernen.* Dieser Wunsch ist noch immer lebendig, nur heute wird niemand mehr die Lernenden foltern.«

Die Äbtissin nahm dem Dienstmädchen den Kessel aus der Hand und goß persönlich das heiße Wasser über den Osh. Diese Tätigkeit erlaubte es ihr, sich von dem Streit zurückzuziehen und die aufwallenden Wölkchen des aromatischen Dampfes zu genießen. Er linderte den Schmerz in ihren Gelenken und erfreute gleichzeitig die Sinne. Widerwillig wandte sie sich erneut dem Gespräch zu. »Ihr habt die Zuschauer vergessen. Die waren nicht nur deshalb da, um sich am Schmerz von jemand anderem zu weiden, Janet. Sie glaubten, daß die Frau ihre Strafe verdiente. Sie haßten sie, weil sie ihren Mann zu dem Verbrechen verführt hatte, und sie verachteten seine Schwäche, da er dies erlaubt hatte. Du wirst diese Gewohnheiten nicht auslöschen, indem du sie einfach für nicht länger zeitgemäß erklärst. Deine Ziele sind sicherlich richtig, doch solltest du ihr Erreichen mit Vorsicht angehen.«

Kate Bernhardt platzte offen wie immer heraus: »Irgend etwas müssen wir schließlich unternehmen, Äbtissin. Uns wurde gesagt, Gans Macht erstrecke sich über das größte vereinte Gebiet, welches der Kirche bekannt ist. Daher müssen wir die Gelegenheit beim Schopf ergreifen und mit ihm zusammenarbeiten und für ihn arbeiten. Dies bietet genau jene Chance, die du immer gewollt hast: die Möglichkeit, Gleichheit für uns einzuführen. Deshalb darfst du uns nicht auffordern, weiterhin zu warten.«

»Das tue ich doch auch gar nicht!« Wenn sie ihnen nur die Pläne enthüllen könnte, die sie einst geschmiedet hatten, die Träume, die alle vorstellbaren Grenzen überschritten hatten. Jetzt war es zu spät. Dennoch hatte Gan eine Atmosphäre geschaffen, aus der man Vorteil schlagen konnte, und wie Bernhardt aufgewiesen hatte, mußte man dies nutzen. »Ich habe einen Plan.« Sie lenkte die Aufmerksamkeit des Dienstmädchens auf sich und deutete mit den Augen auf die Tür. Das Mädchen eilte hinaus. Die Äbtissin betrachtete die vier Frauen vor sich. »Neela wird in diesem Winter ihr Kind zur Welt bringen. Gan wird die Zeremonie der Namensgebung vermutlich bis zum Frühjahr aufschieben, aber wir haben in beiden Fällen noch genug Zeit. Jedenfalls müssen wir uns zunächst seiner Unterstützung versichern. Ihr werdet den jüngsten Auserwählten beibringen – und zwar allen –, wie man liest und schreibt, bevor sein Kind geboren wird.«

Sylah erbleichte. »So viele? Und so junge? Nur Heilerinnen wird erlaubt – bist du dir da sicher, Äbtissin?« Sie blickte sich im Zimmer um und konnte nicht weitersprechen, ohne zuvor nach ungebetenen Ohren zu suchen. »Das klingt wie das, was ich über die Lehrer gehört habe.«

Das Wort traf die Äbtissin härter, als sie selbst erwartet hatte. Eine gewisse Wirkung hatte sie vorausgesehen, doch eine so heftige nicht. Vielleicht, wenn jemand anders es gesagt hätte, dachte die Äbtissin und schalt sich dann, weil sie dem Thema ausweichen wollte, was sie durchaus besorgte. Sie rührte ihren Osh um, während sie sprach, und beobachtete die zarten Wirbel, die miteinander verschmolzen und sich voneinander trennten und schließlich verschwanden. »Die Lehrer sind etwas aus unserer Vergangenheit, eher eine Legende denn die Wahrheit. Ihr wißt das. Solche Geschichten müssen wir vergessen und in die Zukunft sehen. Was immer früher geschehen sein mag, ist vorbei.«

Die anderen Frauen nippten an ihrem Osh und nickten weise. Eine Sekunde lang haßte Sylah sie. Entging ihnen denn ganz der Verlust auf diesen ehrlichen, alten Gesichtszügen? Was stimmte mit ihren Ohren nicht, daß sie die Niedergeschlagenheit aus den Worten nicht herauszuhören vermochten? Besaßen sie kein Verständnis für die Niederlage?

Andererseits waren sie nicht unter der liebevollen Führung der Äbtissin aufgewachsen. Nun lächelte sie in sich hinein; die Äbtissin hatte schon Menschen ausgetrickst, die weitaus mißtrauischer und verschlagener als diese drei gewesen waren. Nichtsdestotrotz entging einem Menschen mit der Ausbildung einer Heilerin nicht, daß die alte Frau insbesondere wegen eines Verlustes besorgt war – einen, den sie auf keinen Fall zugeben wollte –, als wegen dieser großen Möglichkeit, die sich Kirche und Frauen bot.

Sylah fragte sich, was so mächtig sein konnte. Noch als sie auf ihrer Mission bei den Kriegerstämmen gen Osten geritten war, hatte sie sich die Freiheit, den Menschen Lesen und Schreiben beizubringen, nicht vorzustellen vermocht. Jetzt hatten sie diese erlangt, und die Äbtissin ging in ihrer Sorge fast wortlos darüber hinweg. Was setzte ihr zu Zeiten eines solchen Erfolges so schrecklich zu?

Sechsundzwanzig

Südöstlich von Ola überragte ein Berg ein schmales Tal. Was ihn in einem Land, das für seine Gebirge bekannt war, hervorhob, war ein seltsamer Vorfall an seinem Fuße, wo ein schweres Erdbeben einen Granitkeil freigelegt hatte, der über siebzig Meter lang und mindestens zwanzig Meter hoch war. Durch die Kerbe, die den Berg durchzog, wirkte das Ganze nun so, als hätte eine riesige Axt einen Brocken aus dem Gestein geschlagen. Während die Erde weiter bebte, war der Keil in Stücke gebrochen und einen langen Abhang hinuntergerutscht, wo er einem Bach den Weg versperrte und so einen kleinen See und einen Wasserfall hervorrief.

In dem Hohlraum stand nun ein gedrungenes Fort. Aus der Ferne hätte man es für einen Teil der Landschaft halten mögen. Seine rauhen Steine lagen unter dem Schutz des winterlichen Schnees und besaßen dieselbe graue Farbe wie der Berg. Im Licht der untergehenden Sonne bot es einen unheilverkündenden Anblick. Mächtig und bedrohlich wirkte die Kerbe, wie ein schwarzer Rachen im täuschend freundlichen Weiß des Tales.

Ein einziger Weg führte dorthin, eine dunkle Spur im tiefen Schnee, wenngleich kleinere Pfade, die von diesem zu höhergelegenen Stellen abgingen, vor den verborgenen Beobachtern warnten, welche die Hauptstraße nie aus den Augen ließen.

Altanar, der diesen Weg nun hinaufritt, erschien es wie ein Geflecht aus Arterien und Adern, wobei das Gebäude selbst das Herz bildete, das Leben in sie hineinpumpte. Er genoß dieses Bild und sah sich als das Hirn, welches das Herz steuerte. Sollte Gan Moondark doch in Ola seinen Träumen nachhängen, dachte er. Der Frühling wird neues Leben bringen. Eines Tages wird dieser häßliche Steinhaufen ein Wallfahrtsort sein. Die Menschen werden hierherkommen, um zu sehen, wo ihr rechtmäßiger König seine Rückkehr ausgeheckt hat.

Solcherlei Gedanken gingen ihm durch den Kopf, während er dem Schnaufen seines Pferdes lauschte und die Atemwölkchen beobachtete, die aus seinen Nüstern hervorschossen. »Ausgeheckt« war vielleicht nicht das richtige Wort; »geplant« klang irgendwie würdiger. »... wo ihr rechtmäßiger König seine Rückkehr geplant hat ...« Wesentlich besser.

Weit entfernt donnerten Tonnen von Schnee in ein benachbartes Tal. Das Pferd zuckte bei dem Geräusch mit den Ohren, trottete jedoch weiter, als es keinen Grund zur Besorgnis entdeckte. Altanar blickte hoch zu den Bergen, die ihn wie eine Mauer umgaben. Jetzt unter einer Lawine begraben zu werden, wäre eine tragische Ironie des Schicksals. Wo doch gerade alles so wunderbar zueinander paßte. Ein Anstoß hier, ein Vorschlag dort – sie glaubten, er sei geschlagen, aber sie würden schon noch herausfinden, daß sie sich darin täuschten.

Der gedämpfte Hufschlag seines Tieres lullte ihn auf den letzten hundert Metern bis zum Tor ein. Der Schnee war plattgetrampelt und mit Pferdeäpfeln, Schlamm, Asche und anderen, schlechter zu identifizierenden Dingen verschmutzt. Hühner scharrten darin mit leeren Augen herum und schienen sich nicht nur der Aussichtslosigkeit bewußt zu sein, im Schnee Insekten zu erbeuten, sondern sich auch noch dafür zu schämen, dabei erwischt worden zu sein. Altanar dachte an seinen wohlgepflegten Burghof und die stolzen Pfauen dort. Er spuckte aus und verfluchte murmelnd Gans Namen. Ein junger Soldat kam aus dem

Fort geeilt und nahm ihm die Zügel ab, während der frühere König abstieg, und weil der Kerl nicht draußen auf ihn gewartet hatte, versetzte er ihm einen Knuff. Anschließend fühlte er sich ein wenig besser.

Die übrigen Verteidiger des Forts hielten sich auf Abstand von ihm und beobachteten, wie er eintrat und geradewegs auf das Feuer zuging. Sobald er in einem der klobigen Lederstühle vor dem Kamin Platz genommen hatte, rannten Sklaven herbei, um ihm den schweren Mantel und die Stiefel auszuziehen. Letztere ersetzten sie durch weiche Hausschuhe. Der Fußboden hier war zwar fürchterlich derb und verkratzte die Hausschuhe, dennoch weigerte er sich, im Inneren eines Gebäudes gewöhnliche Stiefel zu tragen.

Nicht, daß irgend jemand an diesem Ort einen Sinn für Harmonie gehabt hätte. Der Baron, der ihm das Fort als Versteck anbot, machte zugleich klar, er würde jedes Wissen darüber leugnen, daß Altanar sich bei ihm verbarg. Er war ein Mondtänzer, haßte Gan Moondark und stand treu zu seinem König, doch trug er sich nicht mit der Absicht, für diesen König zu sterben, sollte Gan ihn hier auftreiben. Diese Haltung war durchaus besonnen. Man mußte sich schließlich selbst schützen. Altanar lächelte und fragte sich, ob der Baron genauso verständnisvoll sein würde, wenn er erfuhr, was es kostete, seinem Gebieter Bedingungen zu stellen. Kein Mann durfte dem König irgend etwas vorenthalten. Warum wollten sie das eigentlich nicht endlich einmal begreifen?

Er erhob sich aus dem bequemen Stuhl, stocherte im Feuer herum, und die Funken sprühten und stiegen in den Abzug auf. Ihren wahnsinnigen Flug genoß er, und er verglich sich mit ihnen. Ein Hauch Wildheit, Unvorhersagbarkeit, genau das war in dieser Situation vonnöten. Solch kluges Denken führte ihn stets zur Antwort. Nicht kalte Logik. Oh, nein. Wahnsinn und flammender Haß. *So* ging das. Er hatte immer gewußt, daß er die Grenze dazu überschreiten mußte, doch erst heute hatte er die Technik und die Möglichkeiten begriffen.

Abermals stocherte er mit dem Schürhaken, stieß einen Scheit von dem Haufen und löste so einen ansehnlichen Funkenflug aus. In dem Holzklotz platzte etwas und setzte zischend heißes Gas frei, das bläulich brannte. Die Flamme flackerte wie die Zunge einer Schlange, und wo sie das tote, schwarze Holz beleckte, erwachte rote Glut zu neuem Leben.

Das hatte er also zu tun. Er würde seinen Untertanen neues Leben einhauchen. Der Schmerz würde sie wieder tanzen lassen wie früher. Es gab so viele Rechnungen zu begleichen. In gewisser Weise hatte der Verlust des Königreichs an Gan seine Vorteile. Jetzt, da die Rückkehr auf den Thron nicht mehr nur ein bloßer Traum war, bot ihm die Aussicht auf Rache ausreichenden Trost. Sie wurde zur Waffe, die geschliffen und spiegelblank poliert werden mußte. Die Menschen reagierten stets auf Angst. Und Angst würden sie in nie gekanntem Ausmaß erfahren. Bei seiner Rückkehr würde er allen eine Lektion erteilen, und daraufhin würden sie alles tun, um ihm eine solche Schande ein zweites Mal zu ersparen. Sein Stolz und seine Zufriedenheit mußten um jeden Preis gepflegt werden, ja, und das würde er ihnen beibringen.

Bis dahin jedoch hatte er sich in Geduld zu üben.

Das war das Schwierigste, das Warten. Insbesondere hier, wo er sich nur mit drei Menschen unterhalten konnte. Bei einem davon handelte es sich um den Kommandanten der Verteidiger. Dessen intellektueller Horizont und körperliches Bewußtsein war offenbar auf den Bereich zwischen seinem Nabel und seinen Knien beschränkt. Wenn er sich nicht gerade in einem der Lagerräume lautstark mit einem der Dienstmädchen vergnügte, saß er an dem Tisch in der Messe der Soldaten und erzählte zwischen Rülpsern von ähnlichen Erlebnissen. Nicht gerade jemand, mit dem man ein anständiges Gespräch führen konnte.

Die anderen beiden waren klüger und wesentlich redegewandter, dabei jedoch, soweit es Altanar betraf, entschieden zu fanatisch. Dennoch würden sie ihn auf seinen Thron zurückbringen.

Dieser Jones beeinflußte Hunderte, wenn nicht gar Tausende solcher einfältiger Fanatiker – so wie diesen Baron, der ihm Obdach geboten hatte und dabei sein eigenes Leben aufs Spiel setzte – und entflammte einen wunderbaren Haß gegen Gan Moondark. Dennoch stellten Jones' gefühlsmäßige Gipfel nur kleine Hügel dar, verglich man sie mit dem Haß ihrer anderen Gefährtin. Allein die bloße Erwähnung von Gans Namen verwandelte Kolee in ein Gift und Galle sprühendes Ungeheuer des Abscheus.

Diese Zusammensetzung konnte seinen Zwecken nur dienlich sein. In dieser Nacht, in der Altanar sich, benommen von ungezählten Stunden des schlaflosen Ritts, halbverhungert und zitternd in das Fort schlich, begriff er diesen Umstand. Jetzt erst, als der Kommandant der Wache ihm berichtete, wer sich außer ihm hier aufhielt, verstand er in einem Geistesblitz, wie wichtig diese beiden Wahnsinnigen für die Vernichtung Gan Moondarks werden würden. Niemand sonst haßte ihn so leidenschaftlich. Und niemals hätten sie sich kennengelernt, geschweige denn hätte Jones sie unter seine Fittiche genommen und hierhergebracht, wenn nicht das Schicksal beschlossen hätte, daß Altanar sie für seine Ziele einsetzen sollte. Einwände dagegen ließ er nicht zu. Zwar mochte Jones denken, er wolle in seinem Leben etwas anderes erreichen, doch das war nur eine weitere von dessen Wahnvorstellungen. Kolee dagegen hatte nur eins im Sinn: ihren Sohn zu rächen.

Likat. Altanar stieß wieder und wieder den Schürhaken in die Glut. Was für eine Verschwendung dieser Wilde gewesen war! So umsichtig rekrutiert, so großzügig belohnt – und wofür? Verrat.

Er warf den Schürhaken auf den Boden, ließ sich auf seinen Stuhl sinken und genoß die schmerzhafte Hitze des heißen Stoffes, der sich an seine Haut drückte. In diesem Moment bemerkte er aus den Augenwinkeln eine Bewegung und sah Jones eintreten. Der Fremde kam allein herein, was Altanar als Omen wertete. Jones trug diesen Kopfputz, mit dem er die häßliche Narbe an seinem Kopf verbarg, und auch das gefiel Altanar. Diese Narbe erinnerte ihn stets an eine leere Augenhöhle. Diese Kopfbedeckung wirkte so lächerlich, wie die Wunde erschreckend war. Er nannte sie seinen Turban. Sie sah aus wie ein Pilz aus Tuch.

Altanar täuschte Herzlichkeit vor, winkte ihn zu einem Stuhl und lud ihn ein, sich zu setzen. Unverschämterweise stellte sich Jones an den Kamin, wärmte seinen Rücken und hielt so die Hitze von seinem König fern. Altanar schluckte den Ärger hinunter.

»Ich habe schon mit dir über meine Absichten gesprochen, den Thron von Ola zurückzuerobern«, begann er.

Ehe er fortfahren konnte, erwiderte Jones: »Viel zu oft. Für Throne oder andere Insignien habe ich keine Verwendung.«

Altanar knirschte mit den Zähnen. »Ich bin mir deiner Ziele sehr wohl bewußt. Stets habe ich gedacht, wir könnten einander unterstützen. Heute ist mir klargeworden, wie das vonstatten gehen mag.«

Jones lächelte wenig erfreut. »Ich verschmähe alle Könige und alle Königreiche außer einem. Während meiner Reise durch das Land habe ich gesehen, daß sich jeder Führer mit dieser abtrünnigen Schande verbündet hat, die sie Kirche nennen. Mein Weg liegt deutlich vor mir. Man muß die Menschen auf die Knie zwingen und erniedrigen, sie dazu drängen, die wahre Erlösung zu suchen. Welchen Nutzen bringt mir deine Macht?«

Genau diese Antwort hatte Altanar erwartet. Er hätte sie auswendig aufsagen können. Aber sollte der Narr doch denken, was er wollte.

Ruhig und bedächtig gestand er die Enttäuschung ein, welche er über die Kirche empfand. Ohne sie hätte er das Volk fester im Griff gehabt, und so hätte er nicht gestürzt werden können. Die Kirche hatte seine Freundschaft ausgenutzt und dann hinter seinem Rücken die Menschen gegen ihn aufgebracht.

Auf diesem Thema ritt er eine Weile lang herum und wechselte daraufhin zum nächsten. Ohne Angst, ohne das sichere Wissen, jemand, der stärker sei, achte auf jede Handlung, durfte kein Herrscher hoffen, die Menschenmassen kontrollieren zu können.

Liebe kam nicht hinter der Angst. Liebe kam durch Angst.

Und das verstand Jones. Denn aus diesem Grund hatte er überall im Land die geheimen Mondtanzgruppen gegründet, die er »Chöre« nannte.

An dieser Stelle setzte Altanar seine verschlagenste Miene auf. »Ich könnte dein bedeutendster Unterstützer werden«, sagte er. »Denn ich verstehe mich auf Führerschaft und Organisation. Ich begreife die Tiefe deiner Weisheit, und weil ich diesem Begreifen so nahe gekommen bin, scheiterte ich. Doch dies geschieht niemals wieder. Insbesondere nicht, wenn ich mir der Wohltat deiner Führung gewiß sein darf, und wenn die Menschen von der Erfahrung profitieren dürfen.«

Jones gab vor, er beobachte das Feuer, aber Altanar entging das leicht verunsicherte Zucken in seinem Gesicht nicht. Ohne sich umzuwenden, antwortete der Mann: »Du bist ein besiegter König. Meine Mondtänzer werden jeden Tag stärker. Sobald wir bereit sind, schlagen wir still und endgültig aus der Dunkelheit zu. Warum sollten wir unsere Errungenschaften mit dir teilen?«

Vor Freude hätte Altanar am liebsten laut gebrüllt. Diese Frage bedeutete ein Eingeständnis. Jones wußte, er konnte nicht herrschen. Tief in seinem Herzen ahnte er, daß er lediglich zur bloßen Zerstörung fähig war. Dennoch begriff er eins: Zunächst mußte er die Kontrolle erlangen, bevor er seine Pläne in die Wirklichkeit umsetzen konnte. Er wollte sich versichern, daß es möglich war.

Altanar erhob sich und stellte sich zu Jones. »Es genügt nicht, Gan Moondark einfach nur loszuwerden, oder seine mächtigsten Anhänger. Du willst das gesamte Gebäude einreißen, und wenn wir dies tun, brauchst du jemanden, der dir die Freiheit gewährt, die von dir erstrebte Gesellschaft zu errichten. Die Kirche wird zurückschlagen. Andere Herrscher wird es nach deinem Volk begehren, einfach nur, weil es reich sein wird, und Reichtum heißt Macht. Solange du mich nicht aus deinen Gläubigen ein Königreich mit einer Armee schmieden läßt, wird die Kirche Verbündete finden, die uns zermalmen.«

Jones richtete sich auf. »Dann werde ich zum Märtyrer werden.«

»Und die Kirche hat dich nichtsdestotrotz besiegt.« Er legte Jones die Hand auf die Schulter, hielt sich jedoch bereit, diese sofort zurückzuziehen, falls sein Gegenüber nur irgendein Zeichen von Beleidigung zeigte. Es gab keins. »Du brauchst mich, und ich brauche dich. In der Kirche haben wir unseren gemeinsamen Feind. Und Gan Moondark stärkt die Kirche jeden Tag.«

»Dieser Wilde.« Jones löste sich aus Altanars Berührung und schritt hin und her, während der König sich freudig die Hände rieb.

Leise, fast im Flüsterton, beschrieb er, wie sehr Gan von Sylah, der Rosenpriesterin, abhängig war. Er äußerte sein Mitleid für die entsetzlich schlechte Arbeit, die sie bei Jones' Kopfwunde geleistet habe, und behauptete, Hunderte andere gesehen zu haben, von der keine so dermaßen verpfuscht worden sei. Nachdem er geendet hatte, schritt Jones weiter auf und ab, berührte jedoch mit einer Hand die besagte Schläfe.

Nun holte Altanar tief Luft, um die Abmachung ins trockene zu bringen. »Verstehst du«, erklärte er, »selbst ohne deine Lehren wußte ich, wie ich die Menschen auf die Knie zwingen und ihnen einbläuen kann, daß ihre Stärke im Vergleich zu meiner ein Nichts darstellt. Unter deiner Führung vermögen wir die Verschlechterung, die du planst, zu erschaffen.« Er trat vor Jones und zwang ihn so, ihm in die Augen zu blicken. »Wir reißen ihnen die Seelen aus und werden Elend über sie bringen, bis sie begreifen, daß ihre einzige Hoffnung im wahren Glauben liegt, in dem Glauben, den du sie lehrst. Nachdem wir sie gebrochen haben, richtest du sie in deinem Namen wieder auf, damit sie ihre

Religion so ausüben, wie du es verlangst. Ich werde das Königreich für dich verwalten. Doch zunächst müssen wir die Macht erlangen. Und solange Gan Moondark lebt, werden wir dieses Ziel nicht erreichen.«

Erneut wandte sich Jones dem Feuer zu, und Altanar kehrte zu seinem Stuhl zurück, um dem Mann die Illusion zu lassen, er sei allein. Die Art, wie das rötliche Licht seine Silhouette herausstellte, erinnerte den König daran, daß manche seiner Jünger schworen, er könne Feuer spucken. Jones sagte: »Du sollst nicht töten.«

Altanar zuckte mit den Schultern. »Das behauptet die Kirche. Wenn du mit diesem Gebot übereinstimmst, gilt ein zweites: Du sollst keinen Erfolg haben.«

Plötzlich kicherte Jones schnarrend. Altanars Nackenhaare stellten sich auf. Der schlaksige Mann setzte sich ihm gegenüber und ließ die knochigen Arme, die aus seiner Robe herausragten, auf den Knien ruhen. Die Hände faltete er wie im Gebet unter dem Kinn. »Auf welche Weise werden wir es anfangen?« fragte er.

Siebenundzwanzig

Gan stieß die Tür auf und ließ die dünnen Dampfschwaden ins Zimmer ziehen. Beim Zusammentreffen mit der kälteren Luft wichen sie zurück und stiegen zur Decke auf, wo sie die Zedernbalken mit feuchtem Glanz überzogen. Er beugte sich zu Neela vor, die den aufgeregten Coldar an der Brust ihrer bodenlangen, braun-gelben Robe hielt. Der Säugling war in eine scharlachrot-goldene Decke gehüllt, ein Geschenk von den Frauen der Wölfe aus Jalail. Gan trug lediglich ein großes blaues Handtuch, das er um die Hüfte gewickelt und mit einem schwarzen Durchziehband befestigt hatte. »Mein erster Beitrag zur Burg Ola – unsere eigene Badewanne. Komm, sieh sie dir an.«

Coldar krähte glücklich, als würde ihm die Idee gefallen, während Neela vortrat. Die plötzliche Hitze, die ihn beim Betreten des Raums umfing, mochte er jedoch nicht so gern. Seine Stirn runzelte sich, doch Neela sprach tröstend auf ihn ein und strich ihm sanft über das feine goldene Haar, und so beschloß er, die Tränen zurückzuhalten. Das Stirnrunzeln ließ er jedoch aufgesetzt, damit sie nicht vergaßen, welche Vorbehalte er hegte.

»Sie ist größer als diejenigen im Lager«, erklärte Gan und trat hinter ihr ein, »und es gibt eine Dusche, so daß man sich waschen und dann gleich in die Wanne steigen kann.« Er zeigte auf die gegenüberliegende Wand. »Diese Türen führen auf einen Balkon. Wenn es wärmer ist, können wir sie aufmachen und die Sonne hereinlassen. Von hier aus hat man einen wunderbaren Blick aufs Meer hinaus; du siehst alle Berge der Walküste und die Boote und die Adler. Wunderschön. In den Wandschränken dort befinden sich weitere Roben, Handtücher und Badeöle. Habe ich noch etwas vergessen?«

Sie lachte über seine Begeisterung, doch sofort machte die Freude leichtem Kummer Platz, und sie strich mit den Fingerspitzen über sein Gesicht. »Sie ist wunderbar, Gan; perfekt. Versprich mir, sie häufig zu benutzen – mindestens einmal am Tag. Du arbeitest in letzter Zeit so hart. Das besorgt mich.«

Er nickte, lächelte aber nicht. »Ich bin erschöpft. Und was immer ich tue, die Probleme vervielfältigen sich andauernd.« Er streckte die Arme aus, nahm ihr Coldar ab und blickte in das kleine Gesicht. »Selbst wenn ich gerade etwas für einen der Stämme von Ola oder Harbundai tue, muß ich ständig an unser eigenes Volk denken. Es leidet immer noch.«

»Sollte der Frühling so schön bleiben, wird sich die Lage bald bessern. Die Möglichkeit, Handel zu treiben, hat ihnen schon sehr viel geholfen. Alle verlangen nach den Decken und Stoffen der Hunde.«

»Trotzdem gibt es Schwierigkeiten. Manche sagen bereits, unter Likat wäre es ihnen besser ergangen. Er sei ein starker Anführer gewesen. Die unangenehmen Dinge haben sie schlicht verdrängt.«

Sie errötete vor Wut. »Der war kein Anführer, sondern ein Verbrecher, ein Mörder. Saband Guyd sollte –«

Er unterbrach sie lächelnd. »Leise, du erschreckst Coldar. Saband ist ein guter Mann. Allerdings vielleicht nicht der richtige, um ihre Zuversicht zu stärken. Unsere Anführer müssen die Fähigkeit besitzen, das Gute aus allen Meinungen herauszuziehen und danach eine Entscheidung zu schmieden. Und – das ist das Wichtigste – sie müssen *führen*. Saband will, daß ihn jeder mag.«

»Schick doch Clas hin.« Trotzig reckte sie das Kinn in die Höhe und bereitete sich auf eine ablehnende Entgegnung vor.

Seine ernsthafte Antwort überraschte sie. »Es gibt einen wichtigen Grund, der dagegen spricht: Er selbst will hier bei mir bleiben. Ich schulde ihm mehr, als ich ihm jemals zurückzahlen könnte, Neela; warum, habe ich dir schon erklärt. Ich befürchte, etwas zu tun, das seinen Stolz verletzen würde.«

Sie setzte sich auf den Rand der Wanne und streckte eine Hand ins Wasser. Während sie seinen Blick mied, begann sie: »Dies wollte ich dir schon seit langer Zeit mitteilen. Mir ist die Prophezeiung deiner Mutter gleichgültig. Wirklich. Zuerst habe ich mich dafür interessiert, aber dann ist zuviel geschehen, und schließlich mußtest du dich mit all den Problemen auseinandersetzen und nicht sie. Du triffst die Entscheidungen. Du inspirierst andere. Du führst. Clas hat einmal zu Col gesagt: ›Prophezeiungen werfen keine Speere.‹ Damals habe ich angefangen, darüber nachzudenken, denn ich wußte, du würdest dir die Schuld am Tod deines Vater zuweisen. Und noch etwas – Murmillanh hat gesagt: ›Führe dein Volk zum Ruhm‹ oder so ähnlich, nicht wahr? Also, die Menschen hier gehören ebenfalls zu deinem Volk. Nicht bloß die Hunde. Du solltest über deinen

Vater hinauswachsen. Das hast du erreicht. Falls du jetzt aus dieser Tür gehen und zu unserem Stamm zurückkehren willst, werde ich dich begleiten. Was immer du tun wirst, ich werde bei dir sein. Aber ich möchte nichts mehr über Prophezeiungen oder Schicksal oder so etwas hören. Gan Moondark genügt mir, und wenn die Welt behauptet, du würdest ihr nicht genügen, muß sie gegen uns beide antreten.« Er streckte die Arme nach ihr aus, doch sie wandte sich ab, und er bemerkte die Tränen in ihren Augen. Ihre Stimme klang zwar angekratzt, aber dennoch entschlossen, obwohl sie seinen Blick mied. »Jetzt setz dich in die Wanne«, ordnete sie an, »damit ich deine Verspannungen massieren kann. Du machst mich wütend, wenn du wie ein alter Mann aussiehst. Gib mir Coldar; ich werde ihn hinlegen. Und du brauchst dich nicht vorher zu waschen. Steig einfach ins Wasser.«

Unsicher, ob er lächeln oder streiten sollte, entschied sich Gan umsichtig und tat keins von beidem, sondern löste das Badetuch, ging in die Wanne und nahm auf dem eingelassenen Sitz Platz. Als er aufsah, hatte Neela bereits für Coldar aus Handtüchern ein Bettchen zusammengelegt und war mit einem Tablett voller Gefäße und einem Riegel Seife zu ihm unterwegs. Sofort begann sie, seine Schultern zu kneten. Er versuchte, etwas zu sagen, doch daraufhin tauchte sie ihn einfach unter Wasser.

Langsam wie das fast unmerkliche Leerlaufen einer Wasseruhr lösten sich die Spannungen auf. Die Augen fielen ihm zu, und er lehnte sich an ihre schlanken, kräftigen Unterarme und ergab sich einer wunderbaren Trägheit. In Gedanken hing er Myriaden von Dingen nach, die sich seit dem Morgen auf der windigen Prärie zugetragen hatten, als die Hunde ihn vor Sylah gewarnt hatten. Im Kräuterduft des Wassers entdeckte er Salbei- und Minzduft. Er erinnerte sich an das Duell im Erdherz, und ein seltsam saurer Duft ließ ihn an den Tiergestank der Krieger denken, die Blut sehen wollten. Außerdem roch er die Pinien des Waldes, und etwas, das ihm in der Nase juckte, rief Bilder von dem einzigartigen Knistern in der Luft hervor, welches der Lawine gefolgt war, die Tate zu ihrer Rettung ausgelöst hatte.

Und dann nahm er Stein und Holz wahr, den Geruch von Altanars Burg.

Ein Zucken durchfuhr seinen Körper, so heftig, daß er mit dem Kopf gegen Neelas Kinn stieß. Keiner der beiden tat sich dabei weh, und er behauptete, es handele sich um jenes Zucken, welches dem Schlaf vorausgeht. Sie ließ sich davon nicht überzeugen und wollte wissen, was ihn so sehr beschäftigte. Er erzählte es ihr. »Deine Gefangennahme. Von allem, was passiert ist, werde ich mir diesen Fehler niemals verzeihen. Wenn ich daran denke, daß du für mich leiden mußtest –« Er schüttelte den Kopf und wollte gar nicht daran denken.

»Das war nicht deine Schuld«, erwiderte sie. »Männer wie Altanar gleichen einer Krankheit. Sie können gar nicht genug Menschen zu Opfern machen, und sie töten ohne Grund.«

Seine Muskeln verspannten sich abermals wegen der zurückkehrenden Sorgen. Neela bemerkte das ebenfalls, knetete mit neuer Kraft und löste die Verspannungen von neuem. Gan sagte: »Er ist geflohen. Ich habe ihn ziehen lassen. Das nagt jeden Tag, jede Stunde an mir. Ich träume davon, ihn zu finden.«

»Du brauchst dich dafür nicht verantwortlich zu fühlen.« Sie hielt darin inne, seinen Bizeps zu lockern, und wollte wissen: »Warum hast du mich nie gefragt, wie es war?«

Erstaunt verdrehte er den Kopf in ihre Richtung. »Ich wußte schon genug. Du hast mir erzählt, was geschah.«

Sie schob seinen Kopf mit einem Finger wieder nach vorn. »Was geschah, nicht, wie es war.« Ihre Hände setzten die Arbeit fort. »Was er getan hat –« Er spürte einen Schauder, der durch ihren Körper lief, doch als er sich umwandte, hatte sie die Fassung bereits wiedergewonnen. Nach einem tiefen Seufzer setzte sie erneut an. »Was er getan hat, war grausam. Schrecklich. Zuerst versuchte ich mir einzureden, es sei meine Pflicht, den Tod zu suchen. Doch beim Gedanken an Coldar – und an dich – war mir dies unmöglich. Ich sagte mir, du brauchst mich. Also habe ich es zugelassen. Als ich ihn sah, wollte ich fortlaufen. Was er mir angetan hat, was er von sich gab –« Ihr Atem stockte in einem kaum wahrnehmbaren Zögern. Gan wollte darauf reagieren, aber ein Instinkt warnte ihn, er möge schweigen, da es für sie wichtiger sei, sich auszusprechen denn sein Mitleid zu hören. Schließlich fuhr sie fort: »Die Frau, die danach zurückblieb, kannte keine Gefühle mehr, keine Sinne. Sie hatte keine Vorstellungen von Zeit und Raum. Aber ich. Ich floh, Gan. Ich ging in die Berge, zu den Wolken. Ich versteckte mich, bis er mich in Ruhe ließ. Trotzdem wußte ich nie, wie ich zurückkehren sollte. Ich spürte nur, es tat mir weh, und manchmal war mir danach tagelang übel. Dennoch mußte ich es durchstehen, denn ich war mir gewiß, eines Tages würde ich aus meiner geheimen Zuflucht zurückkehren, und mein Mann wäre da und würde mich retten und aller Schmerz wäre vergessen. Ich müßte nicht mehr davonfliegen und mich verstecken. Die andere Frau konnte ebenfalls gehen. Jetzt bete ich für sie, damit sie einen Ort wie den meinen findet, wo sie so glücklich wie ich sein kann.«

Er packte ihre Hände, damit sie nicht verhindern konnte, daß er sich umdrehte, aber sie zeigte gar keine Anstrengungen in diese Richtung. Gan stand auf und nahm sie in die Arme, wobei sich beide bemühten, die Wannenwand zu ignorieren, bis diese ihm zu lästig wurde. Nun legte er seine Hände auf ihre Taille, sie lächelte erwartungsvoll, packte seine Schultern und half ihm, sie auf den Rand der Wanne zu stellen. Sachte löste er die Kordel ihrer Robe und die Knöpfe, die bis zur Taille hinabreichten. Noch immer lächelnd blickte sie ihn an und ließ das Kleidungsstück von ihren Schultern rutschen. Davon befreit, hob sie die Hand und nahm den Kamm heraus, der ihr Haar hielt, so daß ihre sonnenhelle Pracht wie eine Kaskade über Rücken, Schultern und Brüste fiel. Er hob sie abermals hoch und zog sie zu sich in die Wanne, strich das feine Haar beiseite und küßte sie auf jede Brustwarze, wobei sie leise wie ein sanfter Wind stöhnte. Gemeinsam genossen sie die Berührung ihrer Körper und ließen sich langsam ins Wasser nieder. Sie setzte sich rittlings auf seine Schenkel, lehnte sich zurück und reckte die Brüste in die Luft, während er ihre Üppigkeit mit zartem Eifer verwöhnte. Sie langte unter Wasser nach ihm, und aus seiner Brust löste sich ein tiefes, behagliches Knurren. Nun öffnete sie die Augen und betrachtete ihn mit brennendem Interesse, als würde sie ihn zum letzten Mal sehen. Dann, zufrieden mit dem, was sie vor sich erblickte, schloß sie die Augen wieder und streichelte ihn, bis er sie mit einem Verlangen zu sich heranzog, das zu gleicher Zeit in ihr aufbegehrte.

Eine Weile später lagen sie Seite an Seite auf seinem Badetuch. Er schlief und benutzte einen Arm als Kissen. Sie beobachtete, wie sich seine Brust hob und senkte, und fühlte mit einer Fingerspitze den schwachen Puls an seinem Hals. Coldar rührte sich, und sie sah zu ihm, dann wieder zu Gan.

»Wir halten die Welt bereits in Händen«, sagte sie. »Wenn du noch mehr verlangst, werden wir auch das erlangen, aber nur für dich selbst, und nicht, um den Traum von jemand anderem zu erfüllen. Und auch nicht für mich. Du wirst nie erfahren, was ich alles schaffen will, selbst wenn du möglicherweise das Warum verstehen wirst. Falls die Sache schiefläuft, kann ich ohne das alles leben. Ich habe, was ich brauche.«

Sie legte sich zwischen ihren beiden Männern zum Schlafen nieder.

Die Felder vor der Nordstadt hatten sich in einen Jahrmarktsplatz verwandelt. Helle Buden und Planen in allen Farben bildeten Gassen auf einem Stück Grund, das speziell für dieses Ereignis begradigt worden war, und am Morgen von Coldar Moondarks Namenstag hatte sich die Bevölkerung von Ola wenigstens verdreifacht. Sogar das Schiff aus Nion, welches mit seinem hohen Bug und seinen eigentümlichen Segeln im Hafen lag, war zu diesem Anlaß geblieben. Die Mannschaft mit ihren kurzgeschorenen Haaren und ihrer exotischen Erscheinung mischte sich unter Hundekrieger, falkengesichtiges Bergvolk aus Elf West und die Waljäger von der Walküste in ihren kurzen Ärmeln; letzteren schien die kühle Luft nichts auszumachen. In den ersten beiden Tagen des Festes waren Wölfe in Vierergruppen durch die Zeltstadt patrouilliert, da man Prügeleien zwischen den Stammesangehörigen erwartete, die zum erstenmal aufeinandertrafen, und tatsächlich hatten sie viel zu tun gehabt. Die Ordnungsmacht trug offensichtlich den Sieg davon, denn in seinem heutigen Morgenbericht hatte Emso keine größeren Vorkommnisse während der vergangenen vierundzwanzig Stunden mitgeteilt.

Gan, der in Altanars altem Arbeitszimmer saß, gönnte sich den Luxus eines zweiten winzigen Bechers Osh und lächelte in sich hinein, weil ihm die kleinen Vorzüge seiner Stellung so rasch zur Gewohnheit geworden waren. Vielleicht verwöhnte er sich ein wenig zu sehr, dachte er, tröstete sich jedoch mit der Tatsache, daß er nach wie vor täglich seine Übungen mit den Kriegern absolvierte. Clas hatte für die Überbleibsel der olanischen Armee gute Offiziere gefunden; wenn sie erst richtig ausgebildet wären, würden sie hervorragende Wolfeinheiten abgeben.

Ein größeres Problem stellte die Abordnung des Hundevolkes dar. Nach außen hin zeigten sie sich unerschütterlich und unzertrennlich, doch in seinem Zimmer tauchten Unsicherheit und Zerstrittenheit wie eine übelriechende Blase aus einem Teich auf. Zu stolz, um um Hilfe zu bitten, bemerkte er die Anspannung auf ihren Gesichtern, während er sie zu einem mit Speisen überladenen Tisch führte. Sie aßen mit würdiger Zurückhaltung, und nur, indem er das Gespräch auf Stunden ausdehnte, war es ihm möglich, sie satt zu bekommen. Am Ende ließen sie außer abgenagten Knochen und Haufen von Kernen getrockneter Pflaumen und Kirschen nichts zurück.

In dieser Hinsicht mußte er etwas unternehmen.

Clas trat ein, und Shara und Cho erhoben sich und wedelten

zum Gruß mit dem Schwanz. Er kraulte ihnen die Ohren und war neugierig darauf, aus welchem Grund Gan ihn hatte holen lassen.

»Ich brauche deine Hilfe«, begann Gan. »Und mehr noch brauche ich dein Verständnis.«

Clas grinste und zog sich einen Stuhl heran. »Das klingt nach einer recht beängstigenden Kombination. Was haben wir denn wieder für Schwierigkeiten?«

»Nicht wir. Unser Volk.« Ihm war nicht nach Scherzen zumute, und so stand er ernst auf und schritt zum offenen Fenster. »Wenn ich auch nicht den Titel trage, so bin ich eigentlich der König hier. Mein Herz schlägt wie das eines Hundekriegers, einer Nachtwache. Du hast die Männer gesehen, die zu Coldars Namensgebung hierhergekommen sind.« Er trat von einem Fuß auf den anderen, bewegte die Schultern und versuchte mit dem Körper jene Worte zu erzwingen, die sein Verstand sagen wollte und doch nicht finden konnte. Nun ließ er allen Feinsinn mit einem angewiderten Grunzen fahren und wandte sich zu Clas um. »Gehe zu ihnen zurück. Sei ihr Anführer. Sie bedürfen deiner.«

»Aber sie wollen dich. Das haben sie mir erzählt.«

Gan schüttelte den Kopf. »Sie haben vergessen, wer mich ausgebildet hat, wer mir mit Rat und Tat zur Seite stand, wer mir das Leben gerettet hat, wenn ich versagt habe. Ich habe darüber nachgedacht, bis mir der Kopf dröhnte, und du bist der einzige Mann, der sie wieder zu dem führen kann, was sie einmal waren, und noch darüber hinaus. Wir beide wissen, daß ich hierbleiben muß. Erinnerst du dich noch, ich sollte zu einer Ehrenreise aufbrechen, was ich nie getan habe. Meine Rückkehr würde die Spannungen zwischen dem Nord- und Südclan erneut aufbrechen lassen. Du gehörst zum Südclan, und dennoch wird dir jeder Nordmann treu ergeben sein. Der Stamm braucht dich. Ich brauche dich hier ebenfalls, dort allerdings noch dringender. Einmal mehr möchte ich dich deshalb um Hilfe bitten.«

Clas sprach zu den Hunden, als verlange ihn nach ihrer ruhigen Aufmerksamkeit. »Es wäre eine Beleidigung, wenn ich sagte, du hättest mich an deiner Seite nötig, trotzdem ist es der Ort, den ich für mich wählen möchte. Und doch vermisse ich unser Volk, das Land, die Freiheit.« Er blickte zu Gan auf, und auf seinem Gesicht spiegelten sich offen seine Gefühle wider. »Diese Mauern, dieser Stein, all diese flachen, häßlichen Ziegel bringen mich um. Ich würde darüber nie ein Wort fallenlassen, nur sind wir sowieso schon beim Thema. Wirklich, ich sehne mich nach zu Hause. Ja, ich werde gehen. Allein, weil du mich gebeten hast, aber trotzdem zufrieden.«

Leise fragte Gan: »Und Sylah?«

»Ich habe eine Pflicht zu erfüllen. So etwas versteht sie.«

Die Irisäbtissin saß auf einem Stuhl in der Sonne und beobachtete die Vielzahl von Gänsen, die in V-Formation über den wolkenlosen Himmel streiften, und fragte sich, wie sie wohl hierhergekommen sei.

Eigentlich handelte es sich lediglich um eine leichte Verwirrung, mehr nicht, und ihr Blick ging von dem schreienden, schwatzenden Schwarm zu der ordentlichen Geometrie des Hafens und der dortigen hektischen Betriebsamkeit, die einen Kontrapunkt zu den Vögeln bildete. Ganz wie die Gänse, dachte sie, alle rennen, um als erster den Frühling zu begrüßen.

Aber wo war sie?

Mit der wachsenden Erkenntnis, daß sie keine Ahnung hatte, packte die Furcht sie mit scharfen Krallen. Ihr Herz klopfte und schmerzte unter den Rippen, und sie kämpfte mit der Decke, die über ihren Armen lag. Plötzlich erschrak sie, da sich Hände auf ihre Schultern legten und sie in den Stuhl drückten. Sie wich zurück und wäre beinahe umgekippt.

Eine beherrschte, geduldige Stimme sagte: »Äbtissin? Geht es dir gut?« Sie kannte die Stimme, und trotzdem vermochte sie diese nicht einzuordnen. Mit großer Anstrengung wandte sie den Kopf nach hinten, so weit es ihre knirschenden Knochen im Hals zuließen, und sofort verscheuchte Verlegenheit die Angst.

Sylah ließ die Schultern der Äbtissin los und trat vor. Die Sorge stand ihr ins Gesicht geschrieben. Die ältere Frau murmelte, sie habe ein wenig gedöst, und verdarb der Lüge dann jede Chance, geglaubt zu werden, indem sie durch die schwere Decke nach Sylahs Hand griff und fragte: »Wie lange sind wir schon hier? Weshalb sind wir gekommen?« Und, schlimmer noch, sie spürte das heftige, allzu vertraute Flattern ihres linken Augenlides. Dieses Mal wurde es von einem Tic in der Wange jener Seite begleitet. Glücklicherweise befand sich Sylah rechts von ihr. Sie hielt das Gesicht starr geradeaus gerichtet, während die jüngere Frau neben ihr kniete.

»Versuch nicht, mir auszuweichen«, sagte Sylah. »Ich habe das Zucken auf deinem Gesicht bemerkt. Wir sind vor dem Sommergoldtor, damit du etwas Sonne bekommst. Seit fast einer Stunde sind wir hier und haben darüber gesprochen, die olanischen Frauen genauso zu organisieren wie die in Jalail und Malten. Weißt du es jetzt wieder?«

»Ja.« Langsam kehrte die Erinnerung zurück. Indes sie die Wärme auf ihrem Gesicht spürte, erkundigte sie sich: »Wie lange war ich –«

»Nur einen Augenblick. Einige Sekunden, nicht länger.«

»Das ist beängstigend. An den Schmerz in den Gelenken habe ich mich gewöhnt. Zwar fühle ich mich deswegen alt, aber ich habe mich mit ihm angefreundet. Diese neue Sache verrät mir, daß mein Weg zu Ende geht. Zu einer Freundschaft wird es nicht reichen.« Sie kicherte überraschend vergnügt.

»Vielleicht bin ich auch ungerecht. Bestimmt werden meine Gelenke dann nicht mehr schmerzen, oder?«

»Laß die schlechten Scherze«, beschwerte sich Sylah. »Diese Anfälle – die hattest du nicht, bevor Likat dich geschlagen hat.«

Die Äbtissin schüttelte den Kopf. »Das stimmt. Darüber habe ich auch schon nachgedacht.« Sie holte eine Hand hervor und berührte die Schläfe. »Manchmal spüre ich etwas hier drinnen. Keinen Schmerz, sondern eher einen Druck.« Sie strengte sich an, sich an Fälle zu erinnern, die sie behandelt hatte, und versuchte der Rosenpriesterin anhand dessen zu erklären, was in ihrem eigenen Kopf vor sich ging.

Eigentlich war es fast zum Lachen. So viele Menschen waren unter ihren Händen gestorben, und jeder Tod hatte sie etwas Neues über die wundersame Komplexität des menschlichen Körpers gelehrt. Und jetzt fehlten ihr für ihre eigene Krankheit die Antworten. Oh, doch, sie hatte schon eine Ahnung; vermutlich wurden die Anfälle durch ein Blutgefäß verursacht, welches von einem Knochenstück zugedrückt wurde oder durch den Hieb verletzt worden war. Vielleicht ein kleines Gerinnsel, das die Ader verstopfen wollte. In ihrem Alter machte das kaum einen Unterschied.

Sie ergriff Sylahs Hand und lehnte sich zurück. Ihr Herz schlug noch immer zu schnell, und sie schloß die Augen und gab vor, sich in der Trance zu entspannen. Statt dessen dachte sie über die junge Frau neben sich nach.

Es gab so viele Dinge, die Sylah nicht wußte. Sie würde niemals ihre Familie kennenlernen, nie erfahren, ob noch jemand von ihr lebte oder wo sie überhaupt herstammte. Was würde die Priesterin sagen, wenn sie herausfände, wieviel von ihrem Leben auf ihren eigenen Ideen beruhte und wie vieles man ihr eingeimpft hatte, als sie sich noch nicht dagegen wehren konnte? Ob sie gelegentlich an die Tür dachte? An die alte Äbtissin, die in ihrem Bett gelegen und Geheimnisse ausgeplappert hatte, während sie in einem Land zwischen dieser Welt und der nächsten umherwanderte? Falls sie die Wahrheit erführe, daß die Äbtissin dieses Geplapper vorgetäuscht hatte, würde sie ihr verzeihen? Wäre es klüger gewesen, das Kind offen diesem Druck auszusetzen?

Aus den Winkeln ihrer zu Schlitzen zusammengekniffenen Augen betrachtete sie Sylah. Das junge hübsche Gesicht hatte sich den Gänsen zugewandt. Es wirkte so schwermütig, daß es der Äbtissin einen Stich im Herzen versetzte.

Und wenn sie sich nun tatsächlich zur Suche nach der Tür entschlossen hatte? Hatte sie das Mädchen zu etwas verführt, was sie selbst sich ihr Leben lang vorgenommen hatte? Was für eine Ironie! Dazu mochte es sehr wohl kommen. Zu Anfang wollte sie es gern glauben. Schließlich war das Kind deshalb ausgesucht worden, weil es den Mut, die Beharrlichkeit und die Zähigkeit besaß. Sylah schreckte nicht vor einfacher harter Arbeit zurück. Auch in Jalail hatte sie das bewiesen, zusammen mit ihren beiden Freundinnen. Um das, was sie erreicht hatten, beneideten sie alle anderen Frauen.

Dieses Leben war gewiß das Beste für sie. Jetzt hatte sie einen Ehemann, und für eine gefährliche Reise von unabschätzbarer Dauer, um etwas zu entdecken, das wahrscheinlich gar nicht existierte, gab es keinen Platz mehr. Trotzdem war es falsch, sie mit dem Glauben allein zu lassen, sie hätte sich all die Dinge über die Tür, die ihr im Kopf herumspukten, selbst angeeignet.

Je länger die Äbtissin darüber nachdachte, desto stärker erfüllte sie die Gewißheit. Sylah hatte ein Recht darauf zu erfahren, was es über sie zu wissen gab, um sich besser kennenzulernen. Lügen, mögen sie noch so gut gemeint sein, bleiben nichtsdestotrotz Lügen, schalt sie sich. Die Zeit für die Wahrheit ist gekommen, und sollte die Frau doch entscheiden, ob ihre Erziehung gelungen war oder nicht.

Sofort befielen sie Zweifel. Es bestand eine gute Chance, daß Sylah zu wütend darüber wäre, ausgenutzt worden zu sein, um ihr jemals zu vergeben. Dann mag es so sein, dachte sie. Falls darin meine Strafe bestehen mag, werde ich sie tapfer auf mich nehmen. Niemand soll behaupten, sie sei nicht verdient.

Die trockene, zaghafte Stimme geißelte Sylah. Bei jeder neuen Enthüllung einer Täuschung fühlte sie sich, als ziehe man ihr bei lebendigem Leib die Haut ab. Schließlich, da sich die Geschichte der Zeit näherte, in der sie dem König ihre Petition unterbreitet hatte, erfaßte sie die gleiche Aufregung wie damals.

Noch immer bewegte es sie. Und darüber hinaus fand sie

Sympathien für die müde, schmerzgeplagte alte Frau, die so sehr versucht hatte, aus ihr einen einzigartigen Menschen zu formen. Welchen ihrer Träume hatte die Äbtissin denn nicht für sie erzeugt? Ihre Lügen waren der Angst entsprungen, nicht dem Mangel an Liebe. Woher sollte sie wissen, daß Sylah selbst gegen Tiger kämpfen würde, wenn sie dafür nur Gelegenheit erhielte, nach der Tür zu suchen? Und falls daraus nichts geworden war, wem sollte man das anlasten. Nicht alles endete so, wie man es plante.

Ein ungewohntes Geräusch riß sie aus ihren Gedanken, und sie blickte die Äbtissin an und sah die Tränen, die ungehindert über ihr Gesicht rannen. Sylah wischte sie rasch mit einem Taschentuch aus der Robe der alten Frau fort. »Ich weiß, was du im Sinne hattest, meine Äbtissin, und dafür liebe ich dich. Du hast dich eines verängstigten kleinen Mädchens angenommen und ihm einen Traum geschenkt. Der ist mir geblieben. Und das wird ewig so sein. Ob man sich alle Träume auch erfüllen kann, spielt keine so große Rolle, viel wichtiger ist es, sie überhaupt zu besitzen und sie niemals zu verlieren. Mein ganzes Leben lang habe ich mich als jemanden betrachtet, der auf der Suche nach diesem mysteriösen Ding ist, welches wir die Tür nennen. Was ist es? Und wo ist es? Warum ist es von solchem Belang? Das habe ich mich stets gefragt. Und davon geträumt, es herauszufinden.« Sie blickte die Äbtissin an und stellte fest, daß diese sie ansah. »Möchtest du mein Geheimnis hören? Mein eigenes Geheimnis der Tür?«

Ein wenig ängstlich nickte die alte Frau nur. Ihre Augen schossen wild umher, ehe sie Sylah wieder anschaute.

»Mich verlangte nach der Macht«, erklärte sie. »Ich wollte die Tür entdecken und die Macht, die sich dahinter verbirgt, für mich beanspruchen. Dann hätte ich Altanar vernichtet und alle anderen, die so sind wie er. Ich redete mir ein, wenn die Kirche sich so davor fürchtete, wäre die Tür wie für mich geschaffen.« Sie lachte befreit, beugte sich vor und küßte die Äbtissin auf die

Wange, deren zarte Haut fast durchsichtig erschien. »Verstehst du, nicht einmal du konntest die Richtung festlegen, die ein Traum wählt.«

Die alte Frau seufzte und nickte zustimmend. Das entsprach wohl der Wahrheit. Doch welche Freude hätte es ihr bereitet, einen solch starken, unerschütterlichen Schritt auf ein dermaßen wichtiges Ziel hin zu verfolgen.

Ein zweiter, tieferer Seufzer löste sich aus ihrer Brust. Zumindest hatte sie keinen Schaden angerichtet.

Oder etwa doch?

Wie lange dauert es, grübelte sie, bis sich ein unerfüllter Traum in verbittertes Brüten darüber verwandelt, was hätte werden können.

Achtundzwanzig

Die Menschenmenge drängte sich so dicht an das erhöhte Podest heran, wie die schwitzende Doppelreihe der Wölfe ihr erlaubte. Die Krieger hatten die Waffen nicht gezogen und lehnten sich mit dem Rücken gegen die jubelnde Masse. Wenn sie nicht gerade ihre Mitbürger anschrien, sie sollten zurückbleiben, warfen sie rasch einen Blick auf die Versammlung auf der Plattform und brüllten sich vor Begeisterung heiser. Prächtig anzusehen, gehüllt in ein Gewand aus seinen Clanfarben, beachtete Coldar die Vorgänge überhaupt nicht und betrachtete das Gesicht seiner Mutter.

Als Zugeständnis an die Festlichkeit des Ereignisses trugen Gan und Clas ihr bestes Tuch und hatten sich mit Schärpen in den Clanfarben geschmückt. Neela war in eine weiße, wollene Robe gekleidet, die an Saum, Ärmeln und Kapuze mit Blumen bestickt war. Hier fand sich jeder Ton des Regenbogens, in der

Hoffnung, wie sie Gan erzählt hatte, daß jeder, der nach den Farben seines Clans oder seines Stammes suchte, zufriedengestellt wäre. Clas trug den juwelenbesetzten Dolch, welchen Gan ihm geschenkt hatte, und seinen stählernen Trophäenkragen. Die kleinen Knochen leuchteten sanft in der hellen Sonne. Sylah, die neben ihm in ihrer feinsten schwarzen Robe stand, vermied es tunlichst, diesen auch nur eines Blickes zu würdigen. Während sie nun auf die Ankunft der Irisäbtissin und somit auf den Beginn der Zeremonie warteten, flüsterte Gan Neela zu, die Rosenpriesterin wirke etwas gedankenverloren. Neela fauchte ihn förmlich an, sie habe schließlich ihr Kind verloren. Er errötete; in seiner Freude hatte er das vergessen.

Die eigentliche Namensgebung war kurz; Gan und Neela hielten den Kleinen zwischen sich, und die Äbtissin besprenkelte das Kind mit dem Wasser der Heiligkeit. Jene Zuschauer, die nahe genug am Geschehen waren, lachten darüber, wie Coldar das Gesicht verzog und sich wehrte, dann verstummte die Menge, während die gebrechliche alte Äbtissin ihm seinen Namen verlieh und die Worte formell betonte und in die Länge zog. »Coldar na Bale Moondark«, sagte sie, und der Gesichtsausdruck verblüffter Überraschung auf Clas na Bales Gesicht rief ebenso viel Freude hervor wie die Gegenwart des Kindes selbst. Erneut wurde Jubel laut, und die Wölfe – sowohl die diensttuenden als auch die freien in der Menge – heulten voller Begeisterung.

Nachdem die Äbtissin zurückgetreten war und so den religiösen Teil der Zeremonie beendet hatte, breitete sich erwartungsvolles Murmeln unter den Menschen aus, das an einen Sturmwind in Baumkronen erinnerte. Niemand wußte, was nun folgen würde. Der Murdat war für die meisten ein unbeschriebenes Blatt, und der Namenstag des ersten Sohnes des jeweiligen Königs hatte zu Zeiten von Altanars Dynastie unheilvollen Bekanntmachungen gedient. So kursierten Gerüchte über neue Steuern und die Rekrutierung zusätzlicher Wölfe. Manche Gesichter in der Menge wirkten regelrecht ängstlich.

Gan und Neela traten an den Rand der Plattform. Einen Augenblick lang sagte keiner von beiden etwas. Schließlich nahm Gan den Jungen und hob ihn auf Kopfhöhe. Seine Stimme trug über die gesamte Versammlung hinweg: »Dies ist mein Kind, und wie alle anderen Eltern auch hoffen seine Mutter und sein Vater, ihn zu einem Mann aufwachsen zu sehen, der – gleich, ob im Frieden oder im Krieg – beweisen muß, seiner Nachbarn würdig zu sein. Neela und ich segnen euch und eure Kinder. Und wir erbitten euren Segen für unseren Sohn.« Nun hielt er ihn so hoch er konnte und zeigte ihn herum. »Coldar na Bale Moondark.«

Angesichts des Gebrülls, welches darauf zur Antwort erscholl, zuckte der kleine Coldar na Bale Moondark wie ein Fisch an der Angel. Er reckte das Kinn vor und ballte die Fäustchen. Und dann, ohne Vorwarnung, schlug er in die Luft und lachte. Er drehte den Kopf von einer Seite zur anderen, als wollte er alle seine Freunde willkommen heißen, und er jauchzte ihnen zur Antwort auf ihren Jubel herzlich zu.

Gan nahm ihn herunter und überreichte ihn Neela. Sie war vor Aufregung ganz rot geworden. Aus dem Mundwinkel flüsterte Gan ihr zu: »Hast du gesehen, was er gemacht hat? Er wird schon glauben, er sei König, bevor er noch laufen kann.«

Sie schnaubte, während sie weiter konzentriert lächelte. »Das muß er von irgendwem geerbt haben. Was tun wir jetzt?«

»Wir schauen uns den Jahrmarkt an und treffen ein paar Leute.« Am Fuß der Treppe trabten zwei Gruppen der Jalail-Wölfe hinter der Tribüne hervor und bildeten eine Schutzmauer um die Gruppe. Clas und Sylah stützten die Irisäbtissin auf dem Weg nach unten, und zwei Soldaten erschienen mit einem Stuhl, der mit Tragestangen versehen war. Die Menge teilte sich widerwillig, und die Gesellschaft im Inneren der menschlichen Schachtel bewegte sich durch einen Wald winkender Hände.

Im hinteren Teil des Menschengewühls stand eine Frau auf einem überfüllten Wagen, den man als Tribüne für die Zuschauer zum Jahrmarkt gebracht hatte, und murmelte vor sich hin, während sie die Prozession, die nun auf sie zukam, beobachtete. Sie hatte sich ihren Platz sorgsam gewählt. Die hellen Zelte und Stände direkt vor ihr waren von den besten Handwerkern des Landes besetzt. Diesen Teil des Jahrmarktes würde die Gesellschaft mit Gewißheit besuchen, und vermutlich würden sie nur hier ein wenig verweilen. Sie stand am Rand des Wagens, und niemand konnte sich vor sie drängeln.

Sie lehnte sich an einen Stab, der mit mehreren Querstreben versehen war, von denen Blumengirlanden herabhingen – Veilchen, Stiefmütterchen, Fuchsien und Azaleen. Deren Anzahl ließ darauf schließen, daß sie beim Verkauf der Blumen wenig Erfolg gehabt hatte, und ein Blick in ihr rotes, wutverzerrtes Gesicht verriet auch den Grund. Selbst in diesem Gewühl hielten die Menschen soviel Abstand wie möglich von ihr.

Allerdings arbeitete ihr Verstand rege. Sie mußte sich an die Anweisungen erinnern. Jones hatte ihr erklärt – und der Mann hatte ja fast immer recht –, ihre Gedanken würden klarer werden, wenn sie sich stets bewußt machte, warum sie dies alles tun mußte. »Haß macht uns stark«, hatte er gesagt. Sie brauchte sie ja nur anzusehen, so stolz und eitel wie sie daherkamen. So *lebendig.*

Likat war tot. Sie hatten ihn getötet. Altanar war dabeigewesen und hatte es beobachtet. Jeder behauptete, der frühere König habe ihn getötet, doch dies war eine Lüge, die die Günstlinge von Gan verbreiteten. Sie wollten Kolee von ihm fernhalten, da sie wußten, sie würde Likat rächen. Ja, sie hatten Angst vor ihr.

Mit gutem Grund, wie sie fand.

Altanar meinte, die Menschen würden Gan fürchten und hassen. Eigentlich wirkte es überhaupt nicht so, und falls er in dieser Hinsicht log –

Sie drehte sich um und zischte jemandem, der sie gestoßen hatte, eine Warnung zu. Die Aufregung in der Menge wuchs an. Die Gruppe um das Herrscherpaar näherte sich ihr. In ihrer Vorfreude hätte sie fast gelächelt. Sie hatte es gewußt. Jones hatte es versprochen.

Altanar. Dauernd dachte sie über Altanar nach. Warum? Wie war der arme Likat ermordet worden? Es mußte so gewesen sein. Alles andere war unwichtig.

Gan Moondark hatte ihn von hinten erstochen. Dieser Feigling. Rannte vor einer Ehrenreise davon. Meuchler. Ohne Warnung. Ohne Grund.

Nun, dies stimmte eigentlich auch nicht recht. Er hatte einen Grund. So hatte Jones gesagt. Es war so schwierig, sich an alles zu erinnern. Hatte er nicht gemeint, es gäbe einen Grund? Als könne man damit eine solch schreckliche Tat rechtfertigen.

Wahrscheinlich hatte es einen gegeben. Die Kappen mußten gelöst werden.

Und was hatte Altanar ihr über die Querstangen eingeschärft? Die Gruppe näherte sich weiter. Ja. Kappen. So hatte er sie genannt.

Sie fummelte an dem ihr zugewandten Ende einer der Streben herum und mühte sich damit ab, den Holzdeckel abzunehmen. Wenn sie den vertikalen Stab auf den Boden des Wagens stellte, befand sich die Querstrebe gerade auf Mundhöhe. Sie drehte das Blumengestell um. Auf der anderen Seite gab es eine weitere Holzkappe. Sie zerrte daran, bis sie sich mit einem Plopp löste. Die Querstange war hohl. Vor Konzentration runzelte sie die Stirn, tastete ihre Taschen ab und fand schließlich, was sie suchte.

Dies war der gefährliche Teil ihrer Aufgabe. Jones und Altanar hatten sich darüber gestritten, ob sie den Pfeil bereits in der Röhre verstecken sollte, aber sie hatten keine Ahnung, wovon sie sprachen. Jede Minute, in der das Gift der Luft ausgesetzt war, verlor es an Wirkung. Die Sache mußte mit großer Umsicht erledigt werden.

Ihre Hände zitterten so sehr, daß sie fürchtete, sie könnte den langen Gegenstand, der am Ende mit einem Baumwollbausch versehen war, fallen lassen. Vorsichtig wickelte sie das andere

Ende aus und enthüllte die Nadelspitze, die mit einer schwarzen, gummiartigen Masse eingeschmiert war. Sie spähte in die Runde und tat so, als würde sie die Blumen zurechtstecken, schob den Pfeil in das Rohr und drückte die Baumwolle hinein. Nachdem sie die Kappe locker wieder aufgesetzt hatte, war nichts Ungewöhnliches mehr zu sehen.

Erneut blickte sie sich in der Menge um. Die schien sie überhaupt nicht wahrzunehmen.

Die Menschen, die sie haßte, waren nur noch fünfzig Meter entfernt.

Sie mußten sehr nahe sein.

Jones sagte, der Haß würde sie beim Zielen unterstützen. Er kannte sich mit solchen Dingen aus. Warum hatte er gesagt, habe Gan Likat getötet? Sicherlich war der Junge ein bißchen wild, aber ein so liebenswertes Kind. Ein Sohn. Es war eine Sünde, den Sohn eines anderen zu töten.

Natürlich! Genau das hatte Jones ihr erklärt. Er und Altanar kannten die Kirche ebenso gut wie sie. Das war es. Jones und Altanar haßten die Kirche, und Likat auch, weil sie ihn so schlecht behandelt hatte. Und Gan stand unter dem Einfluß dieser Hexe, die sich selbst eine Priesterin nannte. Sylah, so hieß sie. Falls sie nicht einen solchen Narren aus Gan gemacht hätte, wäre dieser niemals auf die Idee gekommen, Likat zu töten. Er hätte Likat gedient, wie die anderen Hundemenschen ebenfalls, und seinen Reichtum und seine Macht gemehrt. Wäre Gan nicht gewesen, würde man ihr Respekt und Liebe entgegenbringen. Und heute hätte man Likats Sohn seinen Namen gegeben, und sie hätte die Zeremonie durchgeführt.

Trotzdem war es nicht nur Gans Schuld. Nichts war je so einfach, wie es aussah, gleichgültig, was Jones und Altanar behaupteten. Was immer Likat an dieser frechen kleinen Neela gefunden hatte, das Weibsstück hatte ihn fürchterlich verletzt. Hatte ihn unglücklich gemacht. Damit hatte sie auch die Auseinandersetzungen mit Bay Yan heraufbeschworen; denn nachdem sie mit

Gan und Sylah fortgelaufen war, hatte die alte Freundschaft zwischen den beiden Jungen einen nicht wieder zu kittenden Bruch erlitten.

Abermals diese Sylah.

Gan hatte Likat getötet; Altanar hatte es gesehen. Nur eine Sache begriff der ehemalige König nicht: Die beiden waren Krieger, und man erwartete von ihnen, daß sie töteten. Sie lächelte in sich hinein. Was wußten die schon über Jungen? Voller Feuer waren sie. Vor allem die der Hundemenschen. Wichtig allein war, wer sie beeinflußte, denn es handelte sich um Kinder, die so gern gefallen wollten. Jemand mußte sie führen.

Und jedesmal, wenn sie glaubte, eine Person hinter Gan zu sehen, war es *sie*.

Deswegen war Gan nicht gleich ein schlechter Mensch. Mit seinem Vater hatte alles angefangen. Das wußte doch jeder. Ein Schwindler. Ein Narr.

Die ersten Soldaten, welche die Gruppe bewachten, waren nur noch einige Meter entfernt. Sie konnte den Schweiß auf ihren Gesichtern erkennen und beobachtete, wie ihre Augen die Menge absuchten.

Nun zog sie den Stöpsel von dem Rohr und wurde sich plötzlich gewahr, daß sie *unter* ihr vorbeigehen würden. Jones. Altanar. Für wie schlau die sich doch hielten. *Tu es genau so, wie wir es dir erklären, Kolee. Widersprich nicht, Kolee. Töte Gan, denjenigen, der Likat ermordet hat, und zerstöre sein nichtswürdiges Königreich, welches die Kirche unterstützt, die dir so viel Leid zugefügt hat. Du wirst die vollkommene Genugtuung erlangen. Wir haben alles für dich geplant.* Und jetzt war die Waffe, mit der sie ihre ersehnte Rache nehmen wollte, nutzlos. Wenn sie das Rohr weit genug kippte, um sie auf ihr Ziel auszurichten, erreichte Kolee die andere Öffnung nicht mehr mit dem Mund. Sie waren schon zu nahe gekommen.

Ihre Waffe. *Ihr* Plan.

Panik erfaßte sie. Sie ließ das Ende des Stabes über den Rand des Wagens gleiten. Durch die Blumengirlanden beobachtete sie die Gruppe.

Nur noch ein kleines Stück.

Clas na Bale. Ein hirnloser Dummkopf.

Neela, die Likat verschmäht und sein ganzes Leben verändert hatte. Sie hatte kein Recht auf Glück.

Sylah. Die Drahtzieherin. Spionin. Zerstörerin vieler Leben. Sie hatte Gan verdreht und ihn zur Waffe der Kirche geschmiedet. Arrogant.

Gan. Mörder. Ehrgeizig. Feigling. Lächelte Sylah an und die Hexenäbtissin. Selbstgefällig. Geheimniskrämerisch.

Das Kind. Das Kind. Natürlich. Warum sollten Gan und Neela nicht ebenso leiden wie sie? Sollten sie die Trauer tief in ihren Eingeweiden spüren, sollten sie den unendlichen Verlust kennenlernen.

Sie setzte die Lippen an das Rohr und atmete tief durch. Um einen Pfeil abzuschießen, brauchte man viel Luft aus den Lungen.

Die Girlanden rutschten von den Stangen und rissen sie aus ihrer Konzentration. Sie blickte erneut zur Gruppe.

Der Gedankenblitz entlockte ihr ein Blinzeln. Bilder schossen ihr durch den Kopf und wechselten einander so rasch ab, daß sie das eine kaum erkennen konnte, bevor das nächste auftauchte. Murmillanh, die über die Alte Kirche schwatzte und vom ›Schicksal‹ ihres Sohnes redete. Col Moondark, so edel und gut, der seinen Stamm zwingen wollte, seinen Erben zu akzeptieren. Sylah, die sowohl Gan als auch Neela mit falscher Fürsorge und durchtriebenen Lügen den Verstand geraubt hatte. Sie alle hatten Gan doch nur benutzt und ihn zu dem Mann verdreht, der Likat getötet hatte.

Und sie alle wurden doch von etwas beherrscht, ohne jemals zu durchschauen, daß das Böse sie führte.

Ein einziger Mensch begriff das. Kolee.

Ein Luftstoß trieb den Pfeil auf den Hals der Irisäbtissin zu, wo er die Frau über dem Kragen ihrer zeremoniellen Robe traf. Sie schrie bei dem Stich auf und hob die von Arthritis verkrüppelte Hand, um ihn zu entfernen. Sylah war augenblicklich an ihrer Seite, zog ihn heraus und saugte an der Wunde. Gan und Clas brüllten die Soldaten an, die Menge auseinanderzutreiben, und Neela beugte sich vor und beschützte Coldar mit ihrem Körper. Gan duckte sich vor ihr und suchte das Menschengewühl ab, während Clas mit einer Hand Sylah hinter sich schob und mit der anderen den Dolch aus der Scheide riß. Shara und Cho fauchten jeden an, der es wagte, sich der Gruppe zu nähern.

Zum ersten Mal seit Likats Tod spürte Kolee die Wärme des Glücks. Unter den Schreien der auseinanderstrebenden Menschen und den Flüchen der Wölfe, die die Neugierigen verscheuchten, hörte sie das Lachen der Heilerinnenschülerinnen, die Kolee so komisch fanden, und die aufgesetzte Geduld der gelangweilten Priesterinnen der Abtei. Dort lag die Quelle der Beeinflussung, die Wurzel der Verschwörung, die nach Macht über alle strebte.

Jones und Altanar würden zunächst enttäuscht sein. Sie würde ihnen die Weisheit ihrer Entscheidung erklären. Der Mondtanz zeigte den Weg. »Durch die Dunkelheit zu einem neuen Licht«, hatte Jones gesagt.

Das alte Licht war nun erloschen.

Ein Junge unter dem noch immer ausgerichteten Blasrohr hob eine der Girlanden auf. Er schien zu erstarren, riß fragend die Augen auf und hielt ihr die Blumen halb entgegen. Sie starrte ihn böse an und wünschte, er würde die Blüten einfach nehmen und sie selbst mit ihren Gedanken in Ruhe lassen. Diese nutzlosen Blumen hatten ihren Zweck erfüllt, und es war an der Zeit, zu dem langen Ritt zurück zum Fort aufzubrechen.

Ein Wolf stieß den Jungen zur Seite. Der leistete Widerstand, und der Mann blickte ihn verärgert an. Der Junge sagte nun etwas, hielt die Blumen hoch und deutete auf Kolee. Der Mann beugte sich über ihn, und der Junge blähte die Wangen auf. Er zeigte zu ihr hoch, dann zur Irisäbtissin, die auf einem Stapel Decken lag, die man eilig von einem Jahrmarktstand herbeigeholt hatte.

Kolee wandte sich um und wollte davonlaufen. Andere hatten den Jungen ebenfalls bemerkt und seine Äußerungen verstanden. Ein Mann riß ihr das Blumengestell aus der Hand. Nachdem er durch das Rohr geschaut hatte, schlug er ihr mit solcher Wucht ins Gesicht, daß sie buchstäblich von der Kante des Wagens flog. Ihr blieb kaum noch Zeit für den Gedanken, bei diesem Kerl müsse es sich um einen weiteren Lakaien der Kirche handeln, da landete sie schon auf dem Boden. Die Menge um sie herum brodelte zu einem Mahlstrom von Fäusten und Messern auf. Sekunden später war es vorüber. Die Menschen wichen zurück und umringten den blutigen Haufen, der von der Frau geblieben war, welche die Irisäbtissin ermordet hatte.

Von dem Lärm ließ sich Sylah nicht ablenken. Weiterhin bemühte sie sich um die Wunde. Die Äbtissin wollte sie fortschieben. »Ich fühle es, mein Kind. Du hast es doch nicht geschluckt, oder? Warst du auch vorsichtig?« Auf Sylahs Nicken hin bat sie: »Clas, kannst du ihr bitte etwas Wasser holen. Sie muß den Mund ausspülen. Wer weiß, was sich an diesem gräßlichen Ding befunden hat.« Er lief los, während die Wölfe gerade von dem Wagen zurückkehrten und Gan Bericht erstatteten. Die Äbtissin schüttelte den Kopf. »Wie närrisch. Ich hätte sowieso kaum noch einige Wochen überlebt.«

Sylah schrie auf und nahm die alte Frau in die Arme. Die Äbtissin tätschelte ihr den Rücken. »Reiß dich zusammen«, verlangte sie, »und hör mir zu.« Eine Zuckung erschütterte ihren Körper, und sie öffnete Mund und Augen zu einem stummen Schrei. Nach diesem Anfall rasselte ihr Atem in den Lungen. »Du hast mich etwas sehr Wichtiges gelehrt. Weißt du noch? Du hast gesagt: ›Ob man sich alle Träume auch erfüllen kann, spielt keine so große Rolle, viel wichtiger ist es, sie überhaupt zu besitzen und sie niemals zu verlieren.‹« Abermals ging ein Zucken durch ihren Körper, kürzer, dafür jedoch heftiger als das letzte, und sie bäumte sich auf ihrem behelfsmäßigen Bett auf. Während sie Sylahs Hand umklammerte, verzerrte sich ihr Gesicht vor Verzweiflung. »Du hast mir geholfen, mich selbst zu akzeptieren. Ich liebe dich, meine Sylah – aus vielerlei Gründen. Ich liebe dich.«

»Und ich liebe dich auch.« Sie brachte die Worte kaum heraus, bevor sie die Fassung verlor. Clas kam gerade mit dem Wasser zurück und nahm sie in die Arme.

Die Äbtissin schloß die Augen, und winzige Falten formten ein Stirnrunzeln. Rasch legte Neela eine weitere Decke über sie. Das Gesicht entspannte sich. Die Äbtissin seufzte.

Neunundzwanzig

»Ich gehe«, verkündete Sylah und betonte jede Silbe mit Entschlossenheit.

»Seit Tagen streiten wir darüber, und du nennst mir nie auch nur einen einzigen vernünftigen Grund.« Blitzartig fuhr sie verärgert herum, und er hob beschwichtigend die Hand. »Du sagst, das hättest du dein ganzes Leben lang gewollt, und auch die Äbtissin hätte es gewünscht. Das sind doch keine Gründe, Sylah. Du weißt nicht einmal, wonach du suchst, ob es gut oder böse ist, wo es sich befindet und ob es überhaupt existiert. Wäre das alles nicht so weit hergeholt, würde ich dich begleiten, ohne –«

»Ich habe es dir schon einmal gesagt: Du brauchst nicht mitzukommen.«

»Und ich habe geantwortet: doch. Ich bin dein Ehemann.«

Wie sollte sie ihm erklären, daß sie sich danach sehnte, diesen persönlichen Kampf auf ihre eigene Weise, mit ihren eigenen Mitteln auszutragen? Warum konnte sie ihm den Schmerz, ihn zu verlassen, und die Furcht, die mit dieser Entscheidung verbunden war, nicht klarmachen? Sie erhob sich, ging davon und hoffte nur, er würde ihr folgen. Das tat er denn auch.

Sie befanden sich am Strand der Lieder, nur wenige Meter südlich von dem Ort, an dem Altanars Gestelle gestanden hatten, bevor Gan sie niederbrannte. Der Himmel zeigte eine unförmige Wolkenmasse, verschmolzene Grautöne, die leblos über dem mürrischen Meer hingen. Sylah fragte sich, ob sie den Schwierigkeiten der Menschen aus dem Weg gingen.

Unter ihren Füßen knirschten Sand und Kies, und ein kräftiger Geruch aus den Tiefen der See stieg von dem weiten Strand auf, der nun bei Ebbe leergelaufen war und hier oben an der Flutlinie von Seegras begrenzt wurde. Möwen und Krähen wanderten aufgeblasen herum und suchten kreischend nach Futter.

Sylah brach das Schweigen. »Ich weiß nicht, warum du mich begleiten möchtest, und ich wünschte, das wäre möglich. Aber du hast eine Pflicht deinem Volk gegenüber. Und das verstehe ich. Bitte, ein letztes Mal, versuch doch zu begreifen, daß ich ebenfalls eine Pflicht habe. Meine Suche ist keine Laune, Clas. Mein Bedürfnis keine Einbildung.«

»Kannst du eines von beiden anfassen, gleich, ob Suche oder Bedürfnis? Mein Volk ist Fleisch und Blut. Deine Tür ist ein Gerücht, das sich über Hunderte von Jahren gehalten hat. Diese beiden Sachen kannst du nicht miteinander vergleichen.«

»Doch. Bloß du nicht.« Sie blieb stehen, sah ihm in die Augen und legte eine Hand auf seinen Arm. Er erwiderte den Blick und wandte ihn dann hinaus aufs Meer. »Du hast deinen Stamm verlassen«, sagte sie, »weil du an Gans Auftrag geglaubt hast, an Murmillanhs Prophezeiung. Unterscheidet sich das so sehr von meinem Anliegen? Nicht alles hat sich so entwickelt, wie du dachtest. Denn du, nicht Gan, kehrst zurück zum Stamm, um ihn wieder zu Größe zu führen.«

Er ließ sie stehen und schritt davon, und diesmal mußte sie

hinter ihm her gehen. »Keine Prophezeiung kann vollkommen genau sein«, widersprach er. »Er hat einen Frieden herbeigeführt, der es unserem Volk ermöglichen wird, neue Größe zu erlangen. Das ist das gleiche.«

»Darauf wollte ich aber nicht hinaus, und das weißt du sehr wohl. Ich sage doch nur, ich habe einen Traum, dem ich folgen möchte, den ich vorantreiben will, ebenso wie du. Irgendwann habe ich damit begonnen, und jetzt werde ich es vollenden.«

»Gib mir ein Jahr – zwei Jahre –, um die Sache zu regeln. Dann gehe ich mit. Wohin du willst. Und so lange du möchtest.«

»Ich werde nicht warten.« Eine erneute Lüge. Wie sollte sie ihm zu verstehen geben, daß sie nicht zu warten wagte, daß es jeden Tag schwieriger für sie wurde? Warum stimmte er nicht zu, bevor sie ihm weitere Lügen unterschob? Sie fuhr fort: »Warum soll ich deiner Verpflichtung wegen die meine aufschieben?«

Trotzig reckte er das Kinn vor und zog die Mundwinkel nach unten. »Der Platz eines Weibs befindet sich an der Seite ihres Mannes.«

»Dem stimme ich zu.« Er wandte sich mißtrauisch vom Meer zu ihr um. Sie fügte hinzu: »Ich komme zurück. Gleichgültig, was geschieht. Ich liebe dich, Clas. Und daran vermag nichts etwas zu ändern. Und mein Herz singt, weil ich weiß, daß du mich genauso liebst. Hoffentlich ist deine Liebe groß genug, um mich zu verstehen und mir zu vergeben.«

»Ich liebe dich.« Die Worte schmetterten sie fast nieder, doch der Blick in seinen Augen lag zärtlich auf ihr, seine Stimme klang sanft. »Doch begreifen werde ich es niemals. Sicherlich glaubst du an deine Argumente. Mir ist das unmöglich. Aber dennoch kann ich dich nicht von deinem Vorhaben abbringen. Dir vergeben? Es gibt nichts zu vergeben. Geh! Du behauptest, das sei dein Schicksal. Also sei es so.«

Sie hatte auf eine weniger widerstrebende Antwort gehofft. Ihr Verstand sagte ihr, er benähme sich großzügiger als jeder andere Mann es getan hätte, doch ihr Herz sehnte sich nach mehr, nach einem kleinen bißchen Verständnis, das ihrer Entscheidung ein wenig von dem Schmerz genommen hätte.

Er ergriff ihre Hand, und plötzlich wurden ihre Knie weich, und in ihrem Kopf flammten Zweifel und Ängste auf. Sie stolperte, und er fing sie auf. Fast unhörbar dankte sie ihm.

Sie würde abermals stolpern. Oft. Und er würde nicht da sein.

Sie richtete sich auf und nahm das Kinn hoch.

Dann würde sie sich selbst auffangen. Sie würde Erfolg haben.

Gan und Neela unterhielten die Gäste aus Harbundai und Ola sowie einige der höchsten Offiziere der Wölfe, welche den Speisesaal füllten. Das Essen war noch nicht aufgetragen worden, und so summte es im Raum von den Gesprächen, während man wartete. Diese Art Versammlung zog nicht viele Angehörige der Kirche an, und so nahm es Gan überrascht auf, als ihm ein Diener die Ankunft von vier Priesterinnen verkündete, die um eine Unterredung baten. Noch verblüffter war er, da er bemerkte, daß es sich neben den drei Frauen der Fremden um Sylah handelte. Er trug dem Diener auf, sie geradewegs zu ihm zu führen.

Sie sah aus, wie er erwartet hatte. Ihre alte, feurige Arroganz wirkte ein wenig gedämpft und erinnerte ihn an Saband Guyd, der des Nachts ein Schmiedefeuer abdeckte. Es war eines ihrer Lieblingsspiele gewesen, einen Strohhalm in den anscheinend kalten Haufen zu stecken und zu beobachten, wie er plötzlich aufflammte, sich krümmte und schließlich zu Asche verglomm. Ihn beschlich das Gefühl, Sylah könne nun unvermittelt ebenfalls eine solche verzehrende Hitze entwickeln. Trotzdem lächelte sie, als sie ihn und Neela erblickte.

Die drei anderen – Carter, Anspach und Bernhardt – wirkten nervös. Gan stieß Neela an. »Sie wollen etwas von mir«, erklärte er. »Ob sie vielleicht mit ihr losziehen wollen?«

Neela blickte ihn überlegen an. »Deswegen sind sie nicht hier«, erwiderte sie, und damit wußte er, daß es sich um ein

Komplott handelte, dem er bereits zum Opfer gefallen sein würde, bevor er mehr erfuhr.

Sylah verschwendete keine Zeit. »Die Äbtissin hatte ein Vorhaben, bei dem sie dich um Unterstützung bitten wollte. Es hat ihr sehr viel bedeutet, und sie war der festen Überzeugung, dir dadurch bei der Verwaltung deines Landes helfen zu können.«

Ihm war nicht klar, weshalb Neela noch immer grinste. »Wie kann ich euch dienlich sein?«

Sylah richtete die Augen auf Carter, die schluckte und daraufhin fragte: »Wärest du bereit, einige deiner Offiziere in einem Spiel gegen die gleiche Anzahl zehnjähriger Mädchen einzusetzen, Murdat? Nur für ein paar Minuten. Niemand wird verletzt.« Eine Reihe Anwesender hatten ihre Frage unfreiwillig mit angehört, und sie lachten über die Wortwahl. Carter verbesserte sich stotternd: »Ich meine, in Verlegenheit gebracht. Nicht verletzt.«

Einer der Offiziere mischte sich ein. »Für die Priesterinnen würden wir auch Verletzungen riskieren, falls du willst, Murdat.«

»Wann würde dieser Wettkampf stattfinden?«

»Jetzt«, antwortete Sylah.

Gan zog die Augenbrauen hoch. Inzwischen hatten sich ihnen alle Gäste zugewandt. Zustimmende Rufe wurden laut. Er nickte. Bernhardt eilte zur Tür und öffnete sie für die fünfzehn Mädchen, die hereinströmten. Die Kleinen waren sich nicht ganz sicher, ob sie sich fürchten sollten oder nicht, aber sie waren fest entschlossen, die Sache ernst zu nehmen. In ihren schwarzen bodenlangen Roben schienen sie zu schweben, während sie sich Gan gegenüber an der Wand aufstellten.

Bernhardt erklärte die Regeln. Eine gleiche Anzahl der Offiziere würde sich auf der anderen Seite des Raums aufstellen. Gan sollte einen Befehl erteilen, wie er in der Schlacht vorkam, einen komplizierten jedoch. Er würde ihn einem Offizier und einem Mädchen ins Ohr sagen. Die Botschaft würde sodann durch die beiden Reihen weitergegeben. Diejenige Mannschaft, welche den Befehl am genauesten wiederholen konnte, gewann.

Sofort wurden Wetten abgeschlossen, noch bevor Gan zu überlegen begonnen hatte, welchen Befehl er erteilen könnte. Die Quoten neigten arg den Mädchen zu, was die Wölfe wurmte, obwohl sie offen ihre Vermutungen äußerten, daß dahinter irgendein Gedächtnistrick stecken müßte, den die Kirche ausgeheckt hatte. Schließlich war Gan so weit und flüsterte seinen Befehl dem ersten Offizier ins Ohr, bei dem es sich ausgerechnet um Tate handelte. Sie sprach schon mit dem zweiten Soldaten, ehe der Murdat die Mädchen erreichte.

Das Kind lauschte aufmerksam und bat ihn, alles zu wiederholen. Dann nickte sie und wandte ihm den Rücken zu. Die anderen taten das gleiche, und so starrten die Anwesenden auf eine Reihe gebeugter Schultern. Gan verzog das Gesicht, brachte so die Erwachsenen zum Lachen und kehrte zu Neela zurück.

Der letzte Offizier rief: »Wir haben es, Murdat«, und in diesem Moment drehten sich die Mädchen gemeinsam um. Das letzte in der Reihe flötete: »Wir auch«, und einen Augenblick schien es, als würde das Spiel in dem aufbrandenden Gelächter untergehen. Nun bat Gan um die Botschaft. Der Offizier wirkte wenig zuversichtlich. »Klingt eigentlich nicht so recht nach den Befehlen, die du uns für gewöhnlich erteilst, Murdat. Emso führt die vier Kavallerien zu spät, um elf Wölfen zu helfen, die Westflanke anzugreifen. Die Kavallerie pennt bei der Nachhut.«

Aufs neue erfüllte stürmisches Gelächter den Raum. Selbst die Mädchen lächelten, vielleicht ein bißchen zu selbstsicher.

Gan wandte sich ihnen zu. Die Kleine am Ende hielt ein kleines Stück Papier vor sich. Sie sagte: »Emso führt die Kavallerie vorwärts zu Tate, um den Wölfen aus Elf West zu helfen, die Flanke anzugreifen. Die Kavallerie überrennt die Nachhut.« Ihre Freundinnen klatschten begeistert. Die Erwachsenen verstummten, bis jemand anmerkte: »Sie hat *gelesen*!« Ein leises Stimmengewirr entstand.

Gan ging zu den Mädchen. Vor einem in der Mitte blieb er stehen. »Kannst du mir verraten, was auf dem Papier geschrieben stand?«

Sie nickte. »Ja, Murdat.«

»Wirklich. Du kannst dich daran erinnern?«

»Nein, Murdat.«

Er blickte sie verblüfft an. »Warum kannst du es mir dann sagen?«

Sie rannte zum Ende der Reihe, wo sie sich das Papier schnappte, kehrte zurück und reichte es ihm. »Die Priesterinnen haben uns erklärt, wenn wir dies beherrschen, können wir Leuten, die weit entfernt sind, sagen, was wir ihnen sagen wollen. Und du auch, wenn es sich um eine richtige Schlacht handelt.«

Jemand aus der Menge rief: »Man braucht eine Erlaubnis, wenn man lesen lernt. So ist es Gesetz.«

Gan drehte sich um und blickte in die Richtung, aus der die Stimme laut geworden war. »Nicht mehr«, sagte er. »Fehler wie diese können für meine Wölfe Verwundungen oder gar den Tod bedeuten. Wir haben die Boten, wenn wir sie brauchen. Deshalb sollten wir uns auch des Schreibens bedienen, wenn wir es benötigen. In der Zukunft wird es nicht mehr verboten sein.« Er zeigte auf die drei fremden Priesterinnen. »Alle Auserwählten sollen es lernen. Dafür seid ihr mir verantwortlich.«

Ihr Lächeln verriet, wie gern sie diese Aufgabe übernahmen. Sie scheuchten die Mädchen nach draußen, aber Gan rief Sylah zu sich und Neela. Während er sie ein wenig von den anderen Gästen, die noch über das Spiel und sein Ergebnis sprachen, zur Seite zog, sagte er: »Ich habe mich mit Clas unterhalten. Er hat mir von deiner Entscheidung berichtet, über dieses Ding, das du die Tür nennst. Ich weiß nichts darüber und auch nichts über eine Vereinbarung zwischen dir und der Irisäbtissin. Aber ich kenne meinen Freund, und dich. Gibt es irgend etwas –«

»Nein«, unterbrach ihn Neela abrupt. »Nichts.« Sie ergriff Sylahs Hände. »Unsere Liebe und Hoffnung wird dich begleiten. Geh, wenn du willst. Und kehre so bald wie möglich zu uns zurück.«

Sylah küßte die beiden und eilte hinaus.

Tate sah Conway hinterher, nachdem er sich vor ihrer Tür von ihr verabschiedet hatte. Sie rief: »Warten Sie mal einen Moment«, und als er sich umdrehte, winkte sie ihn zurück. Er wirkte gelinde erstaunt. Sie zeigte auf sein Gesicht. »Das treibt mich noch in den Wahnsinn«, meinte sie mit finsterer Miene. »Sie sollten wenigstens verwirrt oder ernsthaft neugierig sein. *Irgend etwas.* In diesen Steinwänden steckt mehr Leben als in Ihnen.«

Er zuckte mit den Schultern. »Ich weiß. Tut mir leid.«

»Das hilft uns auch nicht weiter, Partner.« Plötzlich empfand sie Mitleid. »Sie können doch nicht ewig Trübsal blasen, Mann. Diese Lady wird schon wieder zu sich finden, auf die eine oder andere Weise. Und bis dahin müssen Sie Ihr Leben selbst in die Hand nehmen. Geben Sie nicht auf.«

Defensiv erwiderte er: »Ich weiß, im Augenblick verbreite ich nicht gerade gute Laune, aber ich tue auch niemandem weh.«

»Das stimmt nicht. Jeder, der Sie kennt, leidet mit Ihnen, Matt. Warum glauben Sie, hätte sich Leclerc in diese alte Pferdefarm von Altanar zurückgezogen? Er hätte seine Arbeit auch hier tun können, aber es hat ihn einfach runtergezogen, Sie so zu sehen.«

Er lehnte sich an die Wand ihr gegenüber. »Ich habe nicht geglaubt, daß mir so etwas noch einmal passieren könnte. Schließlich war ich schon einmal verheiratet, wissen Sie? Wir hatten ein Kind.«

»Ich weiß.« Er blickte auf. Sie erklärte: »Habe ich Ihnen nicht erzählt, man habe von mir verlangt, ich solle ein Auge auf Falconer haben? Sie sollten der gleichen Kommandogruppe unterstehen – falls alles nach Plan verlaufen wäre –, und ich habe die Personalakten von Ihnen allen gelesen.«

»Das haben Sie noch nie erwähnt.« Er zog ein säuerliches Gesicht.

»War auch in einer anderen Welt. Hat heute keine Bedeutung mehr. Na ja, wenigstens führt es uns zu dem Punkt, über den ich mit Ihnen reden wollte.«

Er wirkte noch immer gereizt. Und so dauerte es einige Sekunden, bis er antwortete: »Was haben Sie auf dem Herzen?«

»Sylah.«

»Sie? Was ist mit ihr? Sie wird auf die Suche nach dem Wolkenkuckucksheim gehen, nicht?«

»Jedenfalls wird sie von hier abreisen. Wie ich gehört habe, liegt dieser Ort, den sie die Tür nennen, der Kirche zufolge irgendwo im Süden. Und irgendwie hat er etwas mit einer Organisation namens ›die Lehrer‹ zu tun.«

Er legte den Kopf schief. »Wollen Sie sie etwa begleiten?«

»Ich möchte nach etwas suchen, Matt. Nach irgend etwas. Ich habe Ihnen doch erzählt, einige dieser Frauen können durch reinen Willen die Empfängnis verhüten, und auch, wie Clas damals seine Blutung gestillt hat. Was gibt es sonst noch zu entdecken? Ich meine, sollen wir den Rest unserer Tage damit verbringen, historische Schlachten in einer neuen Realität nachzustellen? Was nun, wenn diese Tür ein zweiter Bunker mit Kälteschlafsärgen war? Vielleicht hat es außer uns noch jemand geschafft, und sie haben sich nur woanders niedergelassen? Wir könnten ihnen berichten, was hier vor sich geht. Und möglicherweise bringen wir die Lehrer zurück, na, so was in der Art jedenfalls. Wenn wir losziehen, leben wir. Wir tun wenigstens etwas.«

»Was ist mit Louis? Und mit den anderen Frauen?«

»Mit denen habe ich bereits gesprochen. Sie haben eine Aufgabe gefunden, die ihnen zusagt. Ich dagegen bin nicht zufrieden. Sylah weiß zwar noch nichts von ihrem Glück, aber ich werde sie begleiten.« Sie richtete sich auf und duldete keinen Widerspruch von ihm.

Er schüttelte zweifelnd den Kopf. »Ich weiß nicht«, antwortete er. Offensichtlich gab es an seinen Stiefeln etwas höchst Interessantes zu beobachten. »Das sind mir zu viele ›Vielleicht‹

und ›Möglicherweise‹. Wir wissen doch, wie gefährlich Reisen in diesem Land sind. Ich halte die Idee nicht für besonders gut. Nein, überhaupt nicht.«

Er ließ sie stehen, drehte sich nicht noch einmal um und hielt die Augen noch immer auf seine Stiefel gerichtet. Der gleichmäßige Rhythmus seiner Schritte hallte noch lange durch den Gang, nachdem er längst aus dem Lichtkreis verschwunden war, den eine Lampe neben ihrer Tür verbreitete. Sie lauschte ihnen hinterher und redete sich ein, sie höre eine Veränderung aus dem Rhythmus heraus, eine neue Festigkeit in den Schritten. Ganz sicher war sie sich dessen nicht.

Sylah stand mit Clas auf dem Balkon ihres Quartiers. Die Arme umeinandergelegt, sahen sie hinauf in den Himmel, der seit ihrem Gespräch am Strand wieder klar geworden war. Sterne glitzerten und funkelten am dunklen, mondlosen Firmament. Eine Weile schwiegen sie einträchtig, während sie gemeinsam die Nacht genossen und gleichzeitig das Wissen teilten, daß dies für lange Zeit das letzte Mal sein würde.

Keiner von ihnen wollte sich eingestehen, daß es das allerletzte Mal sein könnte. Sylah betrachtete die Wörter wie ein Messer, um das jeder von beiden herumschlich und den anderen beobachtete, ob der danach greifen würde.

»Ich habe Gan gesagt, ich würde aufbrechen«, brach Clas die Stille. »Zwar glaube ich, kein Feigling zu sein, aber mit dem Wissen um deine Abreise konnte ich nicht länger einfach hier herumstehen.« Seine Stimme klang leicht ironisch. Sie stellte sich sein schiefes Lächeln vor. Er fuhr fort: »Nun möchte ich dich um Verständnis bitten.«

Sie versuchte, ihrer Stimme Unbefangenheit zu verleihen. »Du sollst es bekommen. Frauen sind Männern in dieser Hinsicht überlegen.«

»Und in allem anderen auch. Danke.«

Er scherzte und schloß so mit ihr auf die einzige Weise Frieden, zu der er fähig war. Ihr ganzer Körper bebte vor Liebe zu ihm, zu seiner Freundlichkeit, seiner Kraft, seiner Zärtlichkeit.

»Denk an mich, Clas. Bitte. Jede Minute, jeden Tag, schenke mir einen kleinen Gedanken, und dann sind wir zusammen, weil du stets in meinem Kopf und in meinem Herzen sein wirst. Ich komme zurück. Und du wirst stolz auf mich sein.«

Er drehte sich um und blickte ihr in die Augen. Über ihm glühte ein rot-orangefarbener Stern wie eine Fackel. »Wie könnte ich jemals nicht stolz auf dich sein. Wir sind verdammt, Sylah, du und ich, und gleichzeitig sind wir gesegnet. Wir haben einen König gemacht und ihm ein Königreich erkämpft; jetzt treibt es uns auf unterschiedliche Wege. Dennoch gehören wir zusammen. Wir werden einander wiedererobern. Wieder eins sein. Ich liebe dich, und ich verspreche dir, daß es so sein wird.«

Sie drängte sich in seine Arme und schmolz dahin, drückte ihren Körper gegen den hämmernden Schlag seines Herzens, und fühlte sich erhoben und umhegt.

Geliebt.